マスカレード・ナイト

東野圭吾

集英社文庫

マスカレード・ナイト

1

昨日まで飾られていた巨大なクリスマスツリーが、ロビーから姿を消していた。代わりに登場を控えているのが、門松や垂れ幕、巨大な凧（たこ）などだ。年が明けたら、夜明けまでの間に、施設部のスタッフたちが徹夜で飾り付けを行うことになっている。

いよいよ年の瀬だ。身の引き締まる思いがする。年越しは、シティホテルにとって一年で最大のイベントだ。

ふと視線を上げると、吹き抜けになった二階の手すりに、白い風船が引っ掛かっているのが見えた。昨夜はここでクリスマスのイベントがあり、雪に見立てた白い風船がたくさん飾られたのだが、どうやらその名残のようだった。後で誰かにいって回収させよう、と山岸尚美（やまぎしなおみ）は思った。

制服のポケットの中でスマートフォンが震えた。職場用だ。プライベートで使うスマートフォンは、着替えと共に更衣室のロッカーに置いてある。

着信表示を確認すると、若手フロントクラークの吉岡和孝(よしおかかずたか)だった。フロントカウンタ
ーの向こうを見たが、彼の姿はない。アクシデントだな、と尚美は直感的に察した。そ
うでなければフロントクラークがコンシェルジュに電話をかけてくることなどない。
「はい、山岸です」声のトーンを抑えていった。
「吉岡です。今、ちょっといいですか」余裕のない声が聞こえてきた。少し息を弾ませ
ている。
「何かあったの？」
「はい、じつは少々困ったことが」
「どんなこと？」
「先程、女性のお客様がチェックインされたのですが、部屋がお気に召さないようなん
です。予約した時の条件を満たしていないと」
尚美は眉根を寄せたくなるのを堪(こら)えた。
「だったら、ほかの部屋に移っていただいたらいいじゃない？　この時間なら、まだ空
いている部屋はあるでしょ？　そんなことで私に電話してこないで」
「いや、それがそう簡単な話ではないんです。とにかくこちらに来ていただけますか」
尚美は、周囲の客に気づかれないよう、こっそりとため息をついた。
「わかった、すぐに行きます。そのお客様の部屋は？」

「１５３６号室です」

　尚美は電話を切ると、端末を素早く操作した。その客の情報はすでにホテルのデータベースに登録されていた。名前は『秋山久美子』というらしい。住所は静岡県になっているが、そんなことはどうでもいい。尚美が注視したのは、予約時の希望だ。東京タワーを眺められることに加え、『部屋の壁に肖像画や人物の写真を飾らないこと』とある。

　これか――。

　尚美は首を捻る。変わった要望だが、それはいい。問題は、このホテルに肖像画の類いを掛けてある部屋などあっただろうか、ということだ。飾られているのは、風景画か抽象画のはずだ。

　だが客が条件を満たしていないといっている以上、何かそれらしきものが目につく場所にあるのかもしれない。それならそれで、さっさと片付けさせればいいではないか。何のための客室係だ。こっちはこっちで忙しいというのに――不満と疑問を膨らませつつ、尚美はエレベータホールに向かった。

　エレベータを十五階で降りると、足早に１５３６号室の前まで行き、チャイムを鳴らした。程なくドアを開けてくれたのは吉岡だ。ふだんは柔和な顔が少し強張っている。心なしか瞳孔が縮んでいるようだ。

「お邪魔いたします」尚美は部屋に足を踏み入れた。

スタンダード・ダブルで、広さは約二十五平米ある。窓際にはソファが配置され、その窓から東京タワーを眺められるのが売りだ。ホテルの公式サイトでは、『タワービュー』という名称で紹介されている。

宿泊客——秋山久美子はダブルベッドの端に腰掛けていた。年齢は五十歳前後だろうか。グレーのセーターに黒のパンツという出で立ちだ。薄紫色のレンズが入った大きなサングラスをかけたままだった。尚美のほうを見ようとせず、じっと壁に目を向けている。

尚美は素早く室内に視線を走らせた。だが肖像画や人物写真などは見当たらない。

やや太めの身体をすくませるように立っている吉岡のそばに寄り、「何が問題なの？」と小声で訊いた。

それが、と吉岡が答えようとした時だ。

「こそこそしゃべってないで、私に聞こえるように話してちょうだいっ」秋山久美子が声を張り上げた。だがここでも彼女は壁に向かって怒鳴っただけで、尚美たちのほうには顔を向けてこない。

「失礼いたしました」尚美はゆっくりと近づき、女性客の前で腰を折った。「当ホテルのコンシェルジュをしております山岸です。この部屋が御予約時の条件を満たしていないとの御指摘をいただいたそうですが、具体的にはどういった点がお気に召さないか、教えていただけないでしょうか」

秋山久美子は依然として壁のほうを向いたまま、つんと顎を上げた。

「予約した時、肖像画とか人の顔写真とか、そういうものが目に入らない部屋にしてちょうだいといったはずよ。それなのに話が違うといってるの」

尚美は当惑しつつ、改めて室内を見回した。

「どこかにそのようなものがございましたか」

すると秋山久美子は、「その人に訊いて」と、つっけんどんにいい放った。

尚美が吉岡のほうを振り返ると、彼は窓際に移動し、小さく手招きした。そこで尚美も秋山久美子に一礼した後、窓に近づいた。

あれです、といって吉岡は遠くを指した。

「えっ、どこ？」

「あそこです。茶色のビルの先に、銀色の建物があるでしょう？」

彼の人差し指の先に目をやり、尚美はどきりとした。その建物の壁面に、欧米人らしき男性の顔をアップにした、巨大なポスターが掛けられているのだ。男性は眼光鋭く真正面を向いている。

「あれが……だめなわけ？」尚美は声を落とし、吉岡に訊いた。

「そのようです」吉岡は口を殆ど動かさずに答えた。

「私はねっ」秋山久美子が甲高い声でいった。「人間の顔写真だとか絵があると、気持ちが落ち着かなくなるの。何だか見られているような気になるわけ。だからそういうものは一切排除してちょうだい、そういうものが目に入らない部屋にしてちょうだいと予約時にお願いしたのよ。それなのにあんなものがあるなんて、どういうこと？」

「大変申し訳ございませんっ」尚美は両手を身体の前で重ね、腰を四十五度の角度に折った。「当方の配慮が足りませんでした」

「一体、どうしたらいいの？　ずっとカーテンを閉めておけとでもいうの？　せっかく東京タワーを眺められる部屋を予約したというのに、夜景を楽しむなって？」

「いいえ、決してそのようなことはございません」尚美は顔を上げた。「お客様の御要望は、たしかに承りました。念のためにお伺いするのですが、あのポスターが見えないお部屋に移っていただくことは可能でしょうか」

「構わないけど、東京タワーが見えないんじゃ意味がないから」

「かしこまりました。では何らかの対応を検討いたしますので、少々お時間をいただいてもよろしいでしょうか」

「仕方ないわね。でも急いでよ。今のままじゃ、窓に近づくこともできやしない」

「はい、大至急対応させていただきます。では、一旦失礼いたします」

尚美は吉岡を促し、部屋を後にした。廊下を歩きながら、考えを巡らせる。

「弱りましたねえ。こんなクレーム、初めてですよ」吉岡が苦しげにいった。

「これも勉強。どんなことにも初めてはあるんだから」

「そうはいっても……どうするんですか。東京タワーが見えて、あのポスターが見えない部屋なんて、たぶんないですよ」

「たぶん、でしょ？　探せば見つかるかもしれない。簡単に決めつけないで」

「もし見つからなかったらどうします？」

「その場合は、ポスターを何とかするしかない」

「向こうのビルに連絡して、ポスターを撤去してもらうっていうんですか？　無理ですよ。オーケーしてくれるわけがない」

尚美は立ち止まり、吉岡を睨んだ。

「今、何ていった？　無理です？　あなた、新入社員研修で何を教わったの？」

吉岡は小さくお手上げのポーズを取った。

「ホテルマンに『無理です』は禁句、でしょ。それはわかっていますけど、できることとできないことがあるじゃないですか」

「トライする前に諦めないこと。いいえ、トライして、仮にだめでも諦めないこと。とりあえずあなたは、東京タワーが見える部屋からの眺めをすべてチェックして。ほかのビルに遮られていたり、看板に隠されたりして、奇跡的にポスターが見えない部屋があるかもしれない」

「わかりました」

一階のコンシェルジュ・デスクに戻った尚美は、まずはポスターを掲げているビルを特定することにした。インターネットの地図を参考に大体の位置から見当をつけ、いくつかのビルに問い合わせたところ、某ファッションビルだと判明した。しかしそこから先で難航した。ポスターを設置したのはビルの広告部だが、発注したのはビル内のテナントだった。そこの宣伝担当者に連絡し、事情を話した上で、今日一日だけでもポスターを外してもらえないかと頼んでみた。

馬鹿なことをいってもらっちゃ困ります——この一言で切り捨てられた。

電話を切り、考え込んでいると吉岡がやってきた。浮かない表情だ。

「だめです。東京タワーが見えて、ポスターが見えない、なんていう都合のいい部屋はありませんでした」

「よく調べたんでしょうね」

「この目ですべて確かめました。惜しい部屋はあるんですけどね。手前の建物があと十メートル高ければ、ポスターが隠れたのにっていう位置です。屋上にでかい衝立でも建てられたらいいんですけどね」

今からそんなものを建てられるわけがない。許可が下りるかどうかもわからない。そもそもどこから費用を捻出するのか。

尚美は小さく唸り、腕組みをして上を見た。その時、目に入ったものがあった。直後、あっと声を漏らしていた。

「どうしました？」吉岡が訊いてくる。

尚美は二階の吹き抜けを指差した。「あれを使おう」

秋山久美子の機嫌は明らかに悪いままだった。こんなに待たせてどういうつもりだ、と怒っているのだろう。それでも尚美が新しい部屋を用意した旨を話すと、への字だった口元を少し緩めた。

「その部屋は大丈夫なの？　あの変なポスターは見えないわけ？」

「はい、お気に召していただけると思います」

ふうん、といって秋山久美子はベッドから腰を上げた。「どこなの？」

「ただ今、御案内いたします」尚美は、吉岡が秋山久美子の荷物を提げたのを確認し、ドアに向かった。

その部屋は一つ上の階にあった。カードキーを使い、尚美はドアを開けた。どうぞ、と秋山久美子を促す。彼女が半信半疑の顔つきで入っていくのに、尚美と吉岡も続いた。

部屋のグレードはデラックス・ダブルだから、１５３６号室よりも広い。秋山久美子は戸惑ったようにベッドの横で立っている。

　尚美は窓際まで進み、カーテンを開いた。「秋山様、どうぞこちらへ」

　秋山久美子が躊躇(ためら)いがちに近寄ってきた。おそるおそるといった感じで、ポスターがあるほうに顔を向けた。次の瞬間、はっとしたように口が開けられた。「あれは……」

「いかがでしょうか」尋ねながら、尚美はポスターのある方向に視線を移した。

だがポスターは見えない。その手前に白い何かが漂っているからだ。

　正体は風船だった。昨日のイベントで余った白い風船にヘリウムガスを入れ、ポスターの手前にある建物の屋上から浮かばせてあるのだ。その数は三百ほどだ。もちろん建物の管理会社から許可は取ってある。

「わざわざあんなところに風船を……」秋山久美子が呟(つぶや)いた。

「どうでしょう？　今の季節ですから、あそこにだけ雪が降り積もっているように見えなくもないと思うのですが」尚美は訊いた。

　秋山久美子が感極まったような顔を尚美に向けてきた。この女性客がまともに目を合わせてきたのは、これが初めてだった。

「とても素敵よ。ごめんなさい、我が儘(まま)をいってしまって」

「いいえそんな、謝っていただくなど、とんでもないことでございます」尚美は小さく手を振った。「こちらこそ、お客様の御希望を伺っておきながらその真意を測れず、大変御迷惑をおかけいたしました。心よりお詫びいたします。今夜は、このお部屋からの夜景を存分に楽しんでくださることを願っております」

「そうさせていただきます。ありがとう」

「ではこれで失礼させていただきます。どうぞ、ごゆっくりお寛ぎくださいませ」

吉岡と共に部屋を出た後、尚美は大きく息を吐いた。

「お見事でした」吉岡がいった。「秋山様には喜んでいただけたし、本当によかったです」

「だからいったでしょ。何があっても諦めてはだめ。ホテルマンは口が裂けても、『無理』という言葉を使ってはいけないの」

「改めて身に染みました。覚えておきます」吉岡の口調は真剣だ。先輩に対する単なるお世辞には聞こえなかった。

尚美がコンシェルジュ・デスクに戻ると、『手が空いたら部屋に来てください　藤木』と書かれたメモが貼られていた。何と、総支配人が直々にやってきたらしい。

一体何の用なのか。あれこれと想像を巡らせてみる。思いつくことは多々あるが、どちらかというと嫌な予感のほうが勝っている。

総支配人室の前まで行くと、深呼吸をしてからドアをノックした。どうぞ、という声は藤木のものだ。

ドアを開け、失礼します、といって頭を下げた。部屋に一歩足を踏み入れ、ドアを閉めてから、総支配人用のデスクに目を向けた。いつものように穏やかな表情の藤木が椅子に座っている。そばに立っているのは宿泊部長の田倉だ。その光景は見慣れたものだが、今日はもう一人、尚美の視界に入る人物がいた。傍らの応接用ソファにスーツ姿の男性が座っている。年齢は五十代半ば、顔が大きく、顎が横に張っている。柔和そうに見えるが、眼光は鋭い。

尚美の知っている人物だった。知りすぎていて、目眩がしそうだった。

「たぶんその必要はないのだろうが」藤木が薄い笑みを浮かべていった。「改めて紹介しておこう。警視庁捜査一課の稲垣警部だ」

稲垣が舌なめずりをしそうな顔で、のっそりと立ち上がり、どうも、と会釈してきた。尚美は混乱していた。挨拶の言葉さえ出てこない。その代わりに胸の中では、吉岡にあれほど禁じた「無理」という言葉を繰り返していた。

2

流れてきた曲は、『ONE HAND, ONE HEART』だった。映画『ウエスト・サイド物語』の挿入歌だ。スローワルツの定番曲としても知られている。

「はい、リバース・チェンジからスタート。ワン、ツー、スリー。ワン、ツー、スリー。ワン、ツー、スリー」

　女性インストラクターの声に合わせ、新田浩介は懸命にステップを踏んだ。つい足元を見そうになるが、俯くのは御法度だ。

「はい、もう少し腕を広く張って。姿勢が崩れないように。そうです、その調子」

　ヴァーティカル・ハンド・ポジションで新田と手を繋いでいるインストラクターは、このダンス教室を経営している夫婦の一人娘だという話だった。年齢を尋ねたことはないが、三十歳手前だと思われる。目も口も大きい派手な顔立ちの、なかなかの美人だ。真っ赤なシャツがよく似合っている。

「はい、いいですよ。だいぶ慣れてきたみたいですね」

「ようやく身体が思い出してくれたみたいです」新田は彼女の目を見つめていった。「あなたのおかげです」

「そんなことは……」相手は微笑んだ。「新田さんの才能です。たった数回の個人レッスンで、こんなにできるなんて。ダンスは中学生以来だとおっしゃいましたよね」

「父の仕事の都合でロサンゼルスにいたことがあるんですが、親に無理やり習わされたんです。欧米ではダンスができないと一人前として扱われないからって」

「素敵なアドバイスだと思います」

「こちらの教室のポスターを見て、久しぶりに踊りたくなったんですが、来てよかった」

「そういっていただけると嬉しいです」

「いかがですか、今度食事でも。お礼がしたいので」

新田の申し出に彼女は少し驚いたように目を見張ったが、すぐに笑みを返してきた。

「お礼なんて結構ですけど、お食事ならいつでも」

「よかった。では、是非近いうちに」

はい、と彼女は瞬きして頷いた。

新田のスマートフォンが着信を告げたのは、スタジオの隅に置かれた椅子に座り、タオルで汗を拭いている時だった。スポーツバッグから取り出したスマートフォンの着信表示を見て、思わず口元を歪めた。一瞬、無視してやろうかと思ったが、後が面倒なので出ることにした。

「はい、新田です」

「本宮だ。どこで遊んでやがる？　ああ？」相変わらずの柄の悪さだ。

「遊んでませんよ。社会勉強をしていたところです」

ちっと舌を鳴らす音が聞こえた。

「また昇任試験に向けての勉強か。どれだけ出世したいんだ」

「昇任試験には全く無関係の勉強です。それより、せっかくの休暇だっていうのに、一体何の用ですか」

「休暇じゃなくて待機だ。したがって、お呼びが掛かることもある」

「待ってください。うちの係は先週、ようやく一つのヤマから解放されたばかりですよ。表在庁(おもてざいちょう)は何してるんですか。すでに出払ったとでもいうんですか」

　表在庁とは、警視庁に出勤し、事件発生に備えて待機している係のことだ。次に待機しているのは裏在庁(うらざいちょう)というが、新田たちの係はそれですらない。立て続けに事件が起きたにせよ、呼び出しが掛かるはずがないのだった。

「うるせえな。表も裏も関係ねえんだよ。とにかく俺たちに呼び出しが掛かった。一時間以内に桜田門(さくらだもん)に出勤だ。わかったな」

　本宮は警視庁内にある会議室名を告げると、新田の返事も聞かずに電話を切った。

　スマートフォンをスポーツバッグに戻していると、インストラクターの女性がにこやかに近寄ってきた。「新田さん、休憩はお済みですか」

　新田は顔をしかめ、肩をすくめた。

「休憩は終わったんですが、レッスンはここまでです。急な仕事が入りまして」

「あら、そうなんですかあ」彼女は心底残念そうに眉尻を下げた。「せっかく、新しいステップをお教えしようと思ってたのに」

た。

「それは次の機会にお願いします。といっても、少し先になるかもしれませんが」

「そうですか。じゃあ……例のお食事のほうは？」彼女は窺うような上目遣いをしてきた。

それも当分、といった後、新田は首を横に振った。

「いやいや、それは必ず近いうちに何とか。また連絡します」

よかった、といってインストラクターは嬉しそうに相好を崩した。

新田はタオルを首にかけ、スポーツバッグを手にすると、彼女に片目をつぶってから出口に向かった。

約四十分後、スーツに着替えた新田は警視庁内の廊下を歩いていた。本宮から指示された会議室に行ってみると、細長い机がいくつか並べられ、三十人ほどの男たちが雛壇のほうを向いて席についていた。真ん中の通路を挟んで左側に集まっているのが、新田と同じ係の者たちらしい。本宮の姿もある。その隣が空いていたので、新田は近づいていって腰を下ろした。

「遅いじゃねえか」本宮が低い声で囁いてきた。骸骨顔でオールバック、細い眉の上には傷跡が残っている。通勤電車内で、彼の隣が空いていてもめったに人が座ることはない、という噂は誇張ではないだろう。

「一時間以内、という話でしたよね」新田は腕時計を先輩刑事に示した。「まだ十五分以上ありますよ」

本宮はじろりと時計を見た。「どこのだ？」

「はあ？」

「どこの時計だと訊いてるんだ。セイコーかシチズンか、それともカシオか」

「オメガですけど」新田は黒い文字盤に目を落とした。「狂ってはいないはずですよ」

「いくらだ？」

「はあ？」

「時計の値段だ。さっさと答えろ」

「二十万はしなかったと思いますけど」

本宮は舌打ちし、顔をそらした。「いいねえ独り者は、贅沢ができて。こっちはたまの休みも家族に振り回されてへとへとだっていうのに」

どうやら難癖をつけたかっただけのようだ。急遽呼び出され、本宮も機嫌がよくないらしい。それにしてもこの人物の口から家族という言葉が出ると意外な気がする。今日は家族サービスでもしていたのか。案外、自宅では良き父親なのかもしれない。

新田は通路を挟んで右側にいる男たちを見た。係は違うが見知った顔はいくつかある。

「向こうも一課ですね」新田は本宮の耳元にいった。

本宮は小さく頷いた。

「矢口さんの係だ。連中が抱えている事件の応援をやらされることになりそうだから、そのつもりでいろ」

「うちがですか？　どうして？」思わず声が大きくなった。何人かが視線を向けてきた。

「声がでけえよ」本宮が顔をしかめた。「わけがあるんだ。俺たちに声が掛かる理由ってやつが。まあ、その大半がおまえさんに関することなんだけどな」

「俺に？　どういうことです」

「まあ、すぐにわかるよ」本宮は、にやりと口元を歪めた。どうやら事情をある程度は知っているようだ。

新田は首を傾げつつ、矢口警部が率いる係の人間たちを改めて眺めた。同じ捜査一課といえど、ほかの係の刑事たちと接することはめったにない。

一人の人物に目を留めた。ずんぐりとした体形に丸くて大きな顔、髪は頭頂部が少し薄くなっている。

そうだった、と新田は思い出した。この人物が品川の所轄から捜査一課に配属されたという話を、本人からのメールで知ったのは今年の四月だ。おめでとうございます、お祝いしましょう、と返信したが、その約束は果たせないままになっていた。

名前は能勢といった。彼が品川の所轄にいた頃、新田は一度だけコンビを組んだことがある。どこか愚鈍そうな見かけによらず敏腕で、頭の回転も速いことを思い知らされた。

横顔を眺めていると、まるで視線に気づいたかのように能勢が新田のほうを向いた。目を合わせた後、かすかに笑みを浮かべながら会釈してきた。新田も小さく頭を下げて応じた。

それから間もなく、前方のドアが開いた。最初に入ってきたのは新田たちの上司の稲垣で、続いて長身痩軀の矢口が姿を見せた。脇にファイルを抱えている。

最後に現れたのは管理官の尾崎だ。ノンキャリアながら警視にまでのし上がった人物だが、現役の刑事だった頃も、叩き上げ特有の職人的な捜査には興味を示さず、独創的な発想でいくつもの事件を解決したといわれている。高級なスーツをさりげなく着こなす洗練された雰囲気は、昨日今日身についたものではないということだろう。

尾崎が中央に立ち、会議室を見回した。一気に空気が張り詰める。

「わざわざ集まってもらって申し訳ない。特に稲垣チームの諸君は、突然のことで戸惑っているだろう。しかし君たちを呼んだのには理由がある。極めて特殊な事態が起きたからだ。詳しくは両係長から説明してもらうが、一言でいうと矢口チームが担当している事件に動きがあり、犯人を逮捕できるチャンスが生まれた。ただしそのチャンスを生かすには、どうしても稲垣チームの協力が必要だと私が判断した。どうか理解してもらいたい」

係のことをチームと呼ぶのは尾崎の癖だ。チームワークを意識させるためだと新田は聞いたことがあった。

それにしても特殊な事態とはどういうものなのか。なぜほかの係ではなく自分たちの係が必要なのか、新田にはさっぱり心当たりがなかった。

尾崎は矢口に頷きかけ、雛壇の椅子に座った。稲垣がその横に腰を下ろす。

「では、現在我々が担当している事件について説明します」そういって矢口は背後の液晶モニターに近づくと、リモコンを手にして電源を入れた。

最初に画面に表示されたのは、『練馬独居女性殺害事件について』という文字だった。

あれか、と新田はすぐに思い至った。今月初めに起きた殺人事件だ。練馬のワンルームマンションで、独り暮らしの若い女性の他殺死体が見つかったのだ。

矢口がファイルを開き、目を落とした。

「遺体が見つかったのは、今月の七日です。匿名通報ダイヤルからの情報でした」

その名称に、新田は新鮮な響きを感じた。匿名通報ダイヤルというのは警察庁の委託を受けた民間団体で、主に暴力団による犯罪や薬物事犯、少年福祉犯罪、児童虐待事案などから被害者を守る目的で設置されたものだ。有効な情報の提供者には報酬が支払われる仕組みだが、通報者の身元は警察でさえも摑めないというのが大前提だ。新田もその存在は知っていたが、これまでに担当した事件で関わったことはない。

「情報の内容は、練馬区にあるマンション『ネオルーム練馬』の604号室を調べてほしい、女性の死体があるかもしれない、というものでした。電話ではなくウェブによる情報提供だったようです。匿名通報ダイヤルでは、通常このような情報は受け付けていないのですが、単なる悪戯とも思えないことから、所轄の警察署に連絡したようです」

矢口がリモコンを操作すると、液晶画面にマンションの外観写真が表示された。壁面がグレーの、ありふれた建物だ。

「すぐに最寄りの交番から警察官二名が当該のマンションに出向き、インターホンを鳴らしましたが応答はありませんでした。管理事務所に事情を話し、その部屋の住人について尋ねたところ、居住者はイズミハルナという女性だと判明しました。管理事務所が携帯電話の番号を把握していたのでかけてみたそうですが、呼び出し音は確認できたものの繋がりませんでした。ちなみに部屋は賃貸ですが、保証人は立てておらず、緊急の連絡先も、どうやら架空のものだったようです。警察官は地域課の上司と相談した上で管理事務所と交渉し、合い鍵を使って部屋に入ることにしました。部屋はワンルームで、警察官たちによればドアを開けた瞬間に異変に気づいたそうです」

矢口がリモコンを操作する。新田は眉をひそめた。液晶画面に映し出されたのは、ブルーのワンピースに身を包んだ遺体だった。皮膚は薄紫に近い灰色で、目は閉じている。一見したところでは、さほど腐敗しているようには思えない。

続いて、室内を撮影した画像が表示された。中央にソファとテーブルがあり、壁際に置かれたブティックハンガーには、どうやらクロゼットに収めきれなかったと思われる洋服が大量に掛けられている。ただし、床に物が落ちているようなことはなく、一見したところではよく片づいている。

ベッドは窓のそばにあった。死体はその上に横たわっているのだ。

「御覧の通り、争ったような形跡はなく、何かを物色されたわけでもなさそうです。すぐに所轄の刑事課が駆けつけて現場保存が為されると同時に、遺体は東京都監察医務院に搬送されました」

画面に運転免許証が映された。隣で本宮が、おっと声を漏らした。かなりの美人だからだろう。新田も思わず目を見張っていた。

氏名は漢字で和泉春菜と書き、生年月日によれば二十八歳らしい。写真を撮ったのは二年前のようだが、それにしても若く見える。アイドルだといわれても信じるかもしれない。

「解剖の結果、死後、三日から四日が経過しているとのことでした。郵便物を調べたところ、十二月三日の郵便物は部屋に回収されていましたが、四日以降のものはメールボックスに残ったままでした。このマンションに郵便物が配達されるのは午後五時前後ということですから、亡くなったのは三日の午後五時以降だと思われます。問題は死因ですが、現場に立ち会った検視官には特定できませんでした。目立った外傷はなく、苦しんだ痕跡も、何らかの薬の影響も認められなかったからです。心臓麻痺ではないか、というのが検視官が出した結論でした。じつは監察医務院でも、当初の見立ては同様のものでした。しかし遺体発見に至る経緯が不自然な上、鑑識から、部屋の至るところに布のようなもので拭いた跡があるという報告が届いたことにより、他殺の可能性がないかどうか、解剖に当たって慎重に調べられることになりました」

矢口はファイルのページをめくった。

「その結果、胸の表面から心臓にかけての細胞組織、及び背中から心臓までの組織に、不自然な加熱痕が見つかりました。さらに血液検査から、睡眠薬を服用していることが判明しました。それらを元に監察医、鑑識班、さらに科捜研の専門家が協議した結果、次のような仮説が立てられました」

新たに表示された画面を見て、新田は息を呑んだ。中央に女性のイラストが描かれている。その胸と背中から延びている線が合わさり、電気のコンセントに繋がっているのだ。

「何者かが被害者に睡眠薬を飲ませて眠らせた後、二本に裂いた電気コードの一本を胸に、もう一本を背中に貼り付け、心臓に電気を流すことで感電死させた、というわけです。おそらく即死でしょうから、抵抗することもありません。ここに至り、本件は他殺の疑いが濃いということで、所轄に特捜本部が開設されました。で、本庁で担当することになったのが、うちの係というわけです」

矢口は少し胸を反らせるようにしていった。不本意ながらほかの係の力を借りることになったが、これはあくまでもうちのヤマだ、と宣言しているように新田には聞こえた。

画面にいくつかの店を撮影した画像が並んだ。

「被害者の職業はペットの美容師、所謂トリマーというやつです。都内にある複数のペットショップ、ペットサロン、動物病院などと契約していて、それぞれに週に一度程度通っていました。個人宅に出張することも多かったようです。スケジュールを記したノートが見つかっています。三日には池袋のペットショップで仕事をしています。店を出たのが午後四時過ぎだそうで、店長などの証言では特に変わった様子はなかったということです。翌日の四日は別のペットショップに行く予定になっていましたが、三日の夜、都合で行けなくなったというメールが店に送られています。被害者のスマートフォンを確認したところ、たしかにその送信メールが残っていました。五日の午後には個人宅に行く仕事が入っていたようです。その家の連絡先も判明したので問い合わせたところ、被害者は来なかったとのことでした。事前の連絡がなく、電話をしても繋がらないので不審に思っていたそうです。以上の証言と解剖の結果から、犯行日時は三日の夕方から四日までの間と推定できます。三日の夜に送信されたメールは犯人の仕業という可能性もありますが、その時点で被害者が殺されていたかどうかは断定できません」

　ここで矢口はひと呼吸置き、新田たちの顔を見回した。

「死因について話しましたが、もう一点、解剖によって重要なことが判明しています。被害者は妊娠していました。四週目に入ったあたりであろうとのことです。それを裏付けるように、陽性を示す使用済みの妊娠検査薬が室内から見つかっています」

　男がいたのか――だが新田に、さほど驚きはなかった。何しろ、あれだけの美貌だ。恋人がいないほうがおかしい。

「じつは当該のマンションで聞き込みをした結果、被害者宅に出入りする男性の姿が複数の人物に目撃されています。残念ながら顔を記憶している者はいないのですが、背格好などから同一人物だと思われます。そこで、その人物の身元を突き止めることを最重要課題として被害者の周辺を徹底的に探っておりますが、現時点ではそれらしき人物は見つかっておりません。そんな折、新たな情報がもたらされました。警視庁に一通の手紙が届いたのです。この密告状です」

　矢口がリモコンのボタンを押した。液晶画面に映ったのは、封筒と白い紙だった。封筒には警視庁の住所が印字されている。そして白い紙に書かれた文字も、プリンターによるものだった。

　新田は文面をさらりと流し読みした後、少し乱れた呼吸を目を閉じて鎮め、もう一度ゆっくりと読み直した。

くらりと軽く目眩がした。同時に、なぜ自分たちの係が呼ばれたのか、そして先程の本宮の意味深長な言葉の意味を完全に理解した。

密告状の文面は次のようなものだった。

『警視庁の皆様

情報提供させていただきます。

ネオルーム練馬で起きた殺人事件の犯人が、以下の日時に、以下の場所に現れます。逮捕してください。

12月31日　午後11時

ホテル・コルテシア東京　カウントダウン・パーティ会場

密告者より』

3

長い打ち合わせを終え、新田が警視庁の門を出る頃には、周辺はすっかり暗くなっていた。桜田門から地下鉄に乗り、有楽町(ゆうらくちょう)で降りた。師走だけに、どこへ行っても人だらけで、ぶつからずに歩くだけでくたびれてしまう。

目的の店は外堀通りに面したビルの中にあった。庶民的な構えの居酒屋だった。男性店員に名前を告げると、「お連れ様はもうお着きです」といってカウンター席に案内してくれた。

待っていたのは能勢だった。カウンターに肘をつき、湯飲み茶碗を口に運んでいた。新田に気づくと、やあどうも、と人なつっこい笑顔を向けてきた。

「すみません。お待たせしちゃいましたね」コートを店員に預けながら新田は詫びた。

「気にしないでください。稲垣チームの打ち合わせが長引くことはわかっていました」

すみません、ともう一度いって新田は能勢の隣に腰を落ち着けた。

先程の会議の途中に一度だけ休憩があったので、その時にメールでやりとりし、それぞれの打ち合わせが終わった後に二人で飲むことを約束したのだった。

生ビールを二つと、酒の肴をいくつか注文した。新田が何度か来たことのある店なので、お薦めの品は大体わかっている。

すぐに生ビールが運ばれてきたので、まずは乾杯することにした。

「遅くなりましたが、御栄転、おめでとうございます」

新田がグラスを掲げると、能勢はばつが悪そうに苦笑して首を傾げた。

「所轄で地味にコソコソと、好きなように動いてるほうが性に合ってるんですがねえ。

本庁なんて柄じゃないんですが、命令とあらば仕方がありません」

「何をいってるんですか。能勢さんの力を所轄だけに留めておくなんて宝の持ち腐れです」

「勘弁してください。おだてられるのは苦手なんです」能勢は顔をしかめてビールを飲んだ後、口についた白い泡をぬぐってから新田に顔を寄せてきた。「それより、思いがけない展開になりましたね。新田さんのあのお姿を、再び見られるとは、夢にも思いませんでした」

新田は少し身を引き、能勢の丸い顔を見返した。

「うちの係の打ち合わせ内容を、誰かから聞いたんですか」

能勢は笑って手を振った。

「聞かなくてもわかります。そもそも、稲垣さんの係が招集されたってことから、捜査一課長たち……というより尾崎管理官の狙いは明らかです。何年か前の、例の作戦をもう一度やろうってわけだ。奇しくもホテルは、あの時と同じコルテシア東京。奇抜で大胆なアイデアを仕掛けるのが好きな尾崎管理官が考えつかないわけがない。そしてあの作戦をする以上、どうしても稲垣チームが必要になる。もっといえば新田さん、あなたという主役が不可欠です」

新田は眉根を寄せ、ため息をついた。「さっき係長から、全く同じことをいわれました」

「そりゃそうでしょう。稲垣さんにしてみれば、自分の部下が救世主扱いされたわけですから、誇らしいに違いありません」

「命令するほうはそれでいいかもしれないけど、やらされるほうは大変なんだよなあ」

新田はゆらゆらと頭を振り、ビールを飲んだ。

数年前、都内で連続殺人事件が発生した。犯行現場に残された奇妙なメッセージを解読した結果、次に事件が起きる場所はホテル・コルテシア東京だと判明した。そこで尾崎たちが考えたのは、何人かの捜査員をホテルの従業員として潜入させるという作戦だった。その際、フロントクラークに化けるよう指示されたのが新田だ。英会話が堪能で見た目が上品というのが、その理由だった。

無事に犯人は逮捕できたが、あの時のことを思い出すと今でも冷や汗が出る。捜査以上にホテルマンとしての仕事で疲弊してしまったのだ。あの職業があれほど大変だとは予想していなかった。

二度とごめんだ、というのが本音だった。それにもかかわらず――。

「おまえしかいない。それはおまえ自身が一番よくわかっているだろう?」稲垣にいわれた言葉が耳に蘇った。

例の密告状を目にした時から覚悟していたが、それぞれの係に分かれての打ち合わせで稲垣がまず切りだしたのが、ホテル・コルテシア東京への潜入捜査を敢行するということだった。そして真っ先に指名されたのが新田だ。あの時と同じく、フロントクラークに化けろといわれた。

何とか固辞しようとしたが、多勢に無勢どころか孤立無援だった。本宮からは、「つべこべいってないで、さっさと首を縦に振りやがれ。てめえがごねてたら、話が前に進まないじゃねえか」といわれてしまった。結局、引き受けるしかなかった。

その後の打ち合わせで、後輩刑事の関根も前回と同様にベルボーイに扮することになった。ほかのメンバーは、客として潜入したり、ハウスキーピングなど一般客の目に触れない部署で活動する手筈だ。もっとも客が見ていないわけだから、実際にハウスキーピングの仕事をする必要はない。やれといわれても無理だろう。あの仕事が極めて熟練を要することは、新田は前回の経験でよく知っている。

注文した料理が運ばれてきた。新田は割り箸を手にした。

「それにしてもわからないですね、あの密告状」刺身に箸を伸ばし、首を捻った。「何が目的なんでしょうか」

「犯人逮捕に協力する善意の密告」能勢も、ぱちんと音を立てて割り箸を割った。

「……と素直に受け取る気にはなれませんな」

「あの文面を読むかぎりでは、密告者は犯人の正体を知っている。善意の密告なら、ただそれを書けばいいだけのことだ」

「おっしゃる通り、不可解です。犯人の正体は知らないが、ホテルに現れることだけは知っている、なんてことは考えにくいですからなあ」

「だからといって悪戯とも思えない。あの写真がありますからね」

密告状には一枚の写真が同封されていた。二人の男女を隠し撮りしたもので、女性の顔はしっかりと確認できた。明らかに今回の被害者、和泉春菜だった。ところが一緒にいる男性の頭部にはモザイクがかけられており、顔は全く確認できなかった。場所は和泉春菜のマンションの前で、二人が玄関から入っていく直前に撮影されたものと思われる。

被害者が交際男性と一緒にいる写真を持っている、当然男性の正体も把握している――密告者は、そういいたいのだろう。

「そもそも今回の事件、発端自体が密告によるものでしたからなあ」

能勢の言葉に新田は頷く。「匿名通報ダイヤル……でしたね」

「警察に直接電話をかけず、あんなところを使ったのは、通報者が自分の身元を隠したかったからでしょう。匿名通報ダイヤルなら、電話をかけても発信元を突き止められる心配がありませんからね。しかも今回の通報者はウェブを使っています。相当に慎重です」

「通報者と密告者は同一人物でしょうか」

「おそらくそうだと思います。それにしても通報者は、あの部屋で女性が殺されていることをどうやって知ったのか。それもまた謎なんです。何しろマンションの六階ですからね」

新田は箸を置き、腕を組んだ。

「通報者と密告者、さらには犯人が同一人物というのはどうです？」

能勢は細い目を見開いた。「大胆な意見ですな」

「密告は警察に対する挑戦です。ホテルのカウントダウン・パーティに現れるから、捕まえられるものなら捕まえてみろ、というわけです。そんな挑戦をする理由は不明ですが」

能勢は、ビールを飲み干し、くっくっくっと喉を鳴らして笑った。

「あなたの柔軟な思考には、いつも驚かされます。そんなこと、誰も考えませんでした。頭の片隅に置いておきます。いやあ、驚いた」

新田の冗談半分の意見を馬鹿にすることなく受け入れている。能勢のほうこそ柔軟だ。

「今回、能勢さんの担当は何ですか」

「鑑取り（かんど）りです。被害者の交友関係などを当たっています。だけど正直、さっぱりです。成果はゼロ。給料泥棒といわれても文句はいえません」

「被害者は独り暮らしでしたよね。家族はどこに？」

「山形です」能勢はスーツの内ポケットから手帳を出してきた。「被害者自身も山形の出身で、実家に連絡したところ、母親が遺体を引き取りに来ました。その時にいろいろと話を聞いたのですが、どうやら少々複雑な家庭環境にあったようです」

「というと？」

「母親は地元でも有名な和菓子屋の一人娘で、旦那は婿養子だったそうです。で、被害者の和泉春菜さんが生まれたわけですが、彼女が小学生の時に旦那が外に女を作って、家を出てしまったんです。その後、母親が店を経営することになったわけですが、離婚騒動が起きた時に、かなりいろいろと家の中が揉めたらしく、和泉さんはあまり誰とも口をきかなくなったそうなんです。そのうちに和泉さんは、高校を卒業したら家を出たいというようになったようです。実際、卒業後に上京し、実家の系列店などで働きながら、トリマーの専門学校に通い始めました。母親は、円満な家庭を築けなかったという負い目があるからか、娘のやりたいようにやらせていたようです。上京後も生活費を仕送りしたりしてね。ただし、連絡は殆ど取っていなかったらしいです。特に被害者がトリマーとして独り立ちできるようになってからは、金銭面のやりとりもなく、音信不通の状態になっていたとか。遺体と対面した時には、大粒の涙を流しながら、もっとちゃんと話をすればよかったと悔いていましたね」

「もっとちゃんと話を……ですか。その口ぶりからすると、母親に事件解決の手がかりを期待するのは無理のようですね」

残念ながら、といって能勢は手帳を閉じ、ポケットに戻した。

新田は枝豆を口に放り込んだ。

「最も重要なのは、被害者の妊娠の相手が誰かということだと思うのですが」

「もちろん、そうです。ところがどこをどう調べても、男と交際していた形跡が見当たらんのです。スマートフォンにも連絡を取り合っていた形跡はありません。仕事関係者にも当たってみたのですが、皆、口を揃えて、彼女から恋人の話なんて聞いたことがないというんですな。トリマーというのはお客さんと話をするのも仕事の一つらしいですが、彼女が口にするのはペットやファッションのことが主で、男性について話題にすることはまずなかったそうです」

「プライベートと仕事をはっきり分けていた、ということでしょうか」

「そうかもしれませんが、友人相手にも男のことは打ち明けていません。スマートフォンの記録を調べたところ、SNSなどで専門学校時代の友達と繋がっていたようですが、その手の書き込みは一切見当たらないんです。実際、友達数人と直に会って話を聞きましたが、恋人の存在を聞いていた人はいません。それどころか和泉春菜さんについて、彼女は男には興味がなかったんじゃないか、一生結婚する気はなかったんじゃないか、という人もいるぐらいでしてね」

「あれだけの美貌なのにもったいない。いやしかし、妊娠しているわけだから、結局のところ男はいたはずですよね。それとも行きずりの相手か……」

「これまでに私が聞いてきた話から受ける和泉春菜さんの印象では、それはないと思いますな。比較的付き合いの長い友人でも、過去に男性と交際していた話さえ、彼女から聞いたことがないというのですから。お腹の子の父親は部屋に出入りしていた男と考えて、まず間違いないんじゃないでしょうか」

「それだけ深い関係にありながら、友人にさえも話してないということは、秘密にしなきゃならない相手だということですかね」

「そうじゃないか、と私は思っております」

「相手に家庭がある、とか？」

はい、と能勢は頷いた。

男性店員が通りかかったので新田が呼び止め、ハイボールを注文した。能勢は生ビールのおかわりを頼んだ。

「先程、成果はゼロだといいましたが、じつは一つだけ気になることが」能勢が声をひそめていった。

新田は、にやりと口元を曲げた。

「やっぱり能勢さんだ。何も摑んでない、なんてことはないだろうと思ってました」

「冷やかさないでください、話しにくくなる。大したことではないかもしれないんで、気軽に聞いてください。気になることというのはですね……ええと、何というんだったかな」能勢は再び手帳を出してきて広げた。「ああ、そうそう、ワードローブです」

「ワードローブ？」

「本来は衣装ダンスのことで、転じてその人が所持している服全体を指すんだそうですね。和泉春菜さんの友人で、部屋に何度か遊びにいったという人から聞いたのですが、たまたまクロゼットの中を覗く機会があって、服の好みがあまりにいつもと違っていたので驚いたというんです」

「どう違ったんですか」

「その友人によれば、いつもの和泉さんはボーイッシュで、色気のない服を好んでいたとか。そのほうがトリマーの仕事をするにも都合がいいですからね。ところがクロゼットの中に吊るされていたのは、少女趣味の服ばかりだったそうです」

「少女趣味？」話の方向があまりに意外だったので、新田の声が裏返った。

「ええと……」能勢はまたしても手帳に目を落とす。「ゴスロリとか、ガーリーとか、いろいろと言い方はあるようですな。具体的にはよくわからんのですが、お人形さんのようなファッションだとその女性はいってました」

新田が頭に描いたのは、秋葉原で見かける若い女性の服装や、コスプレの衣装だった。

「好みが変わったということですかね。その友人は、本人に理由を尋ねなかったのかな」

「訊けなかったようです。どうやら本人に無断でクロゼットの中を覗いたらしいですな」

店員がハイボールと生ビールを運んできた。新田はよく冷えたグラスを手にしたが、ハイボールを口に運ぶ前に能勢のほうを向いた。

「男性の場合、交際している女性が変わると服装も変わる、ということがよくあります。大抵は、あなたはこういう服のほうがよく似合うとかいって、交際女性が自分の好みに誘導しているわけですが、和泉さんのケースもそれでは？」

「少女趣味は恋人の指示、というわけですか。あり得なくはないのですが、私の数少ない経験からいえば考えにくいです」

「どうしてですか」

「男が女性を好きになる時は、すでにその女性のファッションも引っくるめて受け入れている場合が多いのではないですか。ボーイッシュな服装をしている女性を好きになった男が、お人形さんみたいな格好をするように命じたりするでしょうか。それに、そもそも多くの男は、少女趣味のファッションにはあまり惹かれません」

「たしかに……」

　能勢の意見に新田は反論できない。やはりこの刑事はただ者ではないと感心するしかなく、小さく首を振りながらグラスを口に運んだ。

「ファッションに関する話はこれだけでは終わらないんです。じつは、ここから真逆の話が続きます」

「というと？」

「ブッ取り班からの情報によれば、和泉春菜さんは、この秋から頻繁にネットで洋服を買っていたそうなんです。洋服だけでなく、下着やアクセサリーなども。スマートフォンに記録が残っていたらしいです」

「最近はネットの画像を見ているうちに、衝動的に買いたくなる人は少なくないようですよ。で、その話のどこが真逆なんですか」

「だからファッションが、ですよ。和泉さんが購入した服の画像を、何人かの女性に見てもらったところ、なかなか評判がいいんです。二十八歳の女性が着て、何の問題もないということでした。少女趣味ではないかと訊いたら、とんでもない、むしろ落ち着いていて大人っぽいといわれました」

　能勢はグラスを傾けて生ビールを飲み、どう思いますか、と訊いてきた。

「服装の好みが再び変わった、としか考えようがないですね」

「おっしゃる通りですが、問題は、なぜ変わったのかということだと思うのです。今もいいましたが、男は恋人にイメージチェンジなんて求めません。イメージチェンジするのは、女性がそうしたいと思った時です」

新田は低く唸り、枝豆に手を伸ばした。「催眠術でも使ったかな」

「催眠術?」

「イメージチェンジしたくなるよう、誰かが催眠術をかけたということです」そういってから新田は手を横に振った。「すみません、冗談ですから忘れてください」

能勢は真顔のままでボールペンを出してきた。

「またまた斬新なアイデアだ。忘れないよう、メモをしておきましょう」本当に手帳に何か書き込んでいる。参ったな、と新田は呟いた。

「さっき、スマートフォンに男の痕跡はなかったとおっしゃいましたよね。では二人は、どうやって連絡を取り合っていたんでしょうか」

「その点は大きな疑問です。でも考えられることはあります」

「どのように?」

「もう一つ、持っていたということです」能勢は人差し指を立てた。「男との連絡用です。男が貸し与えたもので、和泉春菜さんを殺害後に持ち去ったと考えれば筋が通ります」

なるほど、と新田は頷いた。「その説に俺も一票入れます。さすがは能勢さんだ」

「恐縮です」

「もしそうだとしたら、男は相当慎重な性格ですね。被害者との関係が破局を迎えた後、自分の痕跡が被害者のスマートフォンに残らないよう、連絡用のモバイルを与えていたと考えられるわけですから」

能勢の表情が少し険しくなった。「その通りだと思います」

「それぐらい二人の関係を隠しておきたかったわけだ。正体を簡単には突き止められないのも当然……か」

「強敵ですな。だからこそ、新田さんたちの力が重要なんです。もちろん我々も引き続き捜査に当たりますが」

「明日から、早速コルテシア東京に詰めます」新田はいった。「ホテルに行ったら、まずは理髪店に行かないと。こんな頭をしていたら、文句をいわれるに決まっている」

「あの女性に、ですな」能勢が嬉しそうに目を細めた。「懐かしいですねえ。あの方、元気にしておられるんでしょうか」

「元気みたいです。昨日、うちの係長がホテルへ挨拶に行ったそうですが、その時に会ったとか。今はコンシェルジュをしているらしいです」

「こんしぇる……何ですか」

「コンシェルジュ。三年ほど前に新しく作られたそうで、ホテルの客の様々な要望を聞く係です。食事する店に予約を入れたり、客が欲しがっている品物を手に入れる方法を探ったりします。まあいってみれば便利屋です」

「それは大変そうですな」

「だからこそ、彼女が抜擢されたんでしょう」

能勢は首を何度か縦に振った。「あの方なら、素晴らしい仕事をしているでしょうな」

「自分が正しいと思ったら、刑事を相手にしても一歩も引き下がりませんからね」

新田はハイボールの泡を見つめながら、山岸尚美の勝ち気そうな顔を思い出していた。今回の作戦に当たるのは少しも気が進まなかったが、彼女との再会を楽しみにしている気持ちがあることは否定できなかった。

4

若いベルボーイがコンシェルジュ・デスクに駆け寄ってきた。

「ホワイト様が、ただ今御到着のようです」彼はインカムを付けている。ドアマンから連絡があったのだろう。

「わかりました。ありがとう」

尚美は内線電話のボタンを押し、受話器を取り上げた。

電話はすぐに繋がった。「エグゼクティブ・カウンターです」男性の声がいった。

「山岸です。ホワイト様が御到着です。チェックインの準備、お願いします」

「了解です」

「よろしく」

尚美は受話器を置いてから首を傾げた。たった今電話で話した相手が誰なのか、わからなかったからだ。何人かのフロントクラークの顔を思い浮かべるが、該当者がいない。とはいえ、そんなことを考えている場合ではない。尚美は正面玄関のそばまで行くと、背筋を伸ばして立った。金髪で大柄の男性――ジョージ・ホワイトが、二重になったガラスドアを通り、入ってくるところだった。先程のベルボーイが、彼のものと思われるスーツケースを運んでいる。

ホワイトは尚美に気づき、少し驚いたように目を見開いた。

(ナオミ、出迎えてくれるとは嬉しいね) 笑顔を向けてきた。

尚美は相手の目を見つめ、口元には微笑みを、そしてもちろん英語で答える。

(お待ちしておりました。またお目にかかれて私も嬉しいです)

(前回は二か月前だ。あの時は世話になったね、いろいろと助かったよ)

(ありがとうございます。御満足いただけたのなら何よりです。ホワイト様、すぐにチ

ェックインということでよろしいでしょうか）

（うん、それでいい）

（ホワイト様のお部屋は、今回もエグゼクティブ・フロアになります。通常のカウンターでもチェックインできますが、専用のカウンターでお手続きなさいますか）

（うん、そうしよう。よろしく頼むよ）

（では御案内いたします。こちらへどうぞ）

尚美はベルボーイに目で合図をし、エレベータホールに向かって歩きだした。

ジョージ・ホワイトはサンフランシスコ在住のビジネスマンだ。最近は日本の文具を扱っているらしく、頻繁に来日している。そのたびにコルテシア東京のエグゼクティブ・フロアの部屋に泊まり、時にはホテル内のレストランを取引先との会食に使ってくれるので、ホテルにとって上得意といってよかった。コンシェルジュ・デスクを利用することも多いので、尚美とも顔馴染みだ。

二か月前に訪れた際、尚美は彼から、アメリカで和紙の素晴らしさを改めて紹介したいのだが何かいいアイデアはないか、と相談された。

その時、たまたまロビーでウェディングドレスが展示されていたので、紙で出来たウェディングドレスはどうだろうかと尚美は提案してみた。何かの記事で、そういうものがあると読んだことがあった。

しかしホワイトは気の乗らない表情で首を横に振った。和紙が繊細で美しいことはみんなが知っている、それではインパクトがない、というのだった。今回は全く逆のイメージ、むしろ丈夫で手荒に扱っても平気だという点をアピールしたいと彼は強調した。もしも紙で服を作るならウェディングドレスではなく、たとえば戦闘服のようなものだといった。

ただし、見かけは戦闘服だが実際には使用できないというのでは意味がない、実用に耐えるものだと示せなければならない、そういう服を作ってくれるところを探してくれないか、と彼はいった。

ゲストから頼まれれば、決してノーといわないのがコンシェルジュだ。かしこまりました、探してみます、と尚美が答えたのはいうまでもない。

だがこの作業は簡単には進まなかった。紙で着物や洋服を作るというだけなら、いくつかの業者は見つかる。実際、ウェディングドレスやスーツを作ってくれるところはすぐに見つかった。ところが戦闘服、しかも実用に耐える品となれば、どこからも難色を示された。

デザインを示してくれれば、その形の服は作れる。ただし強度や耐久性は保証できないというのだった。どんな使われ方をするのか、予想できないからだ。

いわれてみればその通りだった。尚美にしても、実際の戦闘服にどの程度の機能が要求されるのか、まるで知らない。それにおそらく、一口に戦闘服といっても用途によっていろいろあるのだろう。

どうしようか、と尚美は悩んだ。ホワイトの意見を聞いてみることも考えた。だがその前に、もう一度彼とのやりとりを振り返った。コンシェルジュは、ただいわれたことだけをしていればいいわけではない。ゲストの要望の真意を理解するのが重要だ。

そして思い出したのは、たとえば、という言葉だった。ホワイトは「たとえば戦闘服のようなもの」といったのだ。繊細で美しいというイメージの逆、丈夫で手荒に扱っても平気だという点をアピールできれば、戦闘服でなくてもいいはずだった。そのことを念頭に置き、もう一度調べ直してみた。

紙で衣類を作るには、大きく分けて二つの方法がある。ひとつは紙布(しふ)を用いる方法だ。紙布とは紙を原料にした糸を織り上げた布で、それを使った着物は軽くて肌触りがよく、かつては夏用の衣料として使用されたらしい。もう一つは紙衣(かみこ)で、和紙をそのまま材料として衣類を作る。どちらかというと前者は高級品で、後者は低所得者が愛用したようだ。

紙衣について調べていて、目に留まった一文があった。野戦の防寒着として武将に着用されたこともある、というのだ。それを見て、閃(ひらめ)いた。早速、いくつかの業者に当ってみた。

その夜、尚美がホワイトに提案したのは、紙衣で出来たスノーボードウェアだった。それならば作れるという業者が見つかったのだ。

プロスノーボーダーにそのウェアを着てもらい、実際の雪上で滑ってもらえれば、その実用性を示せるのではないか、といってみた。

腕組みをし、眉根を寄せて考え込んでいたホワイトは、突然立ち上がって尚美の両手を摑んだ。「ワンダフルッ」

彼は彼女のアイデアを絶賛するだけでなく、自分の意図を理解してくれたことに対する感謝の言葉を述べた。これからも是非、このホテルを使わせてもらうよ――最後はホテルマンたちが最も聞きたい言葉で締めくくってくれたのだった。

その後、しばらくしてからホワイトから手紙が届いた。和紙のスノーボードウェアを使ったデモンストレーションは大成功を収めたという内容で、尚美への感謝の言葉が綴(つづ)られていた。その手紙は彼女の宝物の一つとして、大切に保管してある。

今回、ホワイトのこのホテルでの滞在は二泊だけだ。短い期間ではあるが、もしかするとまた何か思いがけない要望が出されるかもしれない。それが少し怖くもあり、楽しみでもあった。

エレベータがエグゼクティブ・カウンターのあるフロアに到着した。ホワイトとベルボーイが降りるのを待ってから、尚美も後に続いた。そのままカウンターに向かう。一人のフロントクラークが、立って待ち受けていた。

その人物の顔を見て、尚美は驚いて足を止めた。よく知っている顔だ。だが咄嗟に名前が出てこない。名札を見て、新田という名字を思い出した。

新田は尚美を見て意味ありげな笑みを浮かべた後、さらに表情を明るくしてからホワイトに視線を移した。

（ようこそいらっしゃいました、ホワイト様。ただ今お手続きをいたしますので、どうぞお掛けになっていてください）流暢な英会話には、一層磨きがかかっていた。

新田のすぐ後ろに、フロントオフィス・マネージャーの久我がいた。尚美と目を合わせると、小さく頷きかけてきた。

尚美は事情を理解した。早くも例の作戦が始まっているのだ。警視庁捜査一課による、あの憂鬱な作戦が。

カウンターの前のテーブル席に腰掛けたホワイトを相手に、チェックインの手続きをする新田の様子を、尚美は少し離れたところから見守った。

（お待たせいたしました。広いお部屋が空いておりましたのでアップグレードさせていただきました）カードキーのフォルダを示しながら新田はいった。

ホワイトは満足げに小さく両手を開くと、アリガトウ、と日本語でいった。

新田は頭を下げ、ベルボーイに目で合図をした。

彼からカードキーを受け取ったベルボーイがホワイトを部屋まで案内するのを、尚美はエレベータホールまで見送った。エレベータの扉が閉まるのを見届けると、踵を返してカウンターまで戻った。

新田はカウンターのほうを向き、電話で誰かと話しているところだった。

「かしこまりました。では、そのようにお手続きいたします。……はい、プールを御利用になられる場合は、その際にお申し付けくだされば結構です。……いいえ、滅相もございません。……はい、失礼いたします」

電話を切って何かをメモした後、彼は尚美が戻ってきていることに気づいていたらしく、「お久しぶり」といいながら振り返った。

尚美は大きく呼吸してから、数年前と同様に刑事とは思えない上品な顔を見返した。

「お変わりなさそうですね」

「あなたも相変わらずのようだ」

何がですか、と問いたいところだったが尚美は我慢した。あまり良い答えが返ってこないような気がしたのだ。

「無謀な捜査について稲垣警部からお話は伺っておりましたけど、まさかもう始められているとは知りませんでした。しかも、このフロアのカウンターにいらっしゃるとは。ホテルにとって特に大切な場所だということは御存じですよね」

「わかっています。リニューアルして、この特別カウンターが出来たと聞き、それなら是非体験しておこうと考えた次第です。久我さんと何度かリハーサルして、合格点をいただきました」

すぐ隣で久我が苦笑を浮かべた。

「山岸君がいうように、このカウンターには常連の方など特に大事なお客様がお見えになるが、逆にいうとこちらにお客様に関するデータが揃っていて対応しやすい。どんなお客様が現れるか予想できないという点で、一階のフロントのほうが厄介だ。そういう意味でも、新田さんにはまずここで肩慣らしをしていただこうと考えた次第だ」

「なるほど、肩慣らしですか」尚美は新田に目を戻した。

「何しろ久しぶりですからね。勘が鈍っていないか心配です。気づいた点があれば、遠慮なくいってください」

「そうですか。では早速」尚美はカウンターの電話を指した。「今、お客様と話しておられましたね」

「ええ、ジムとプールを利用したいというお客さんから」

「お客様」

「あっと、そうだったお客様から。日本語のほうが難しいな」

「その通りです。電話を切る少し前、何とおっしゃいました？」

えっ、と戸惑ったように新田は目を丸くした。

「滅相もございません――」尚美は首を横に振った。「そんな言い方はありません。滅相もない、で一つの言葉ですから、正しくは、滅相もないことでございます、となります。それからその前に、プールを御利用になられる場合は、とおっしゃいましたけど、二重敬語になっています。プールを利用される場合は、あるいは、プールを御利用になる場合は、が正解です」

新田は顔をしかめて鼻の横を掻いた後、白い歯を見せた。「やっぱり相変わらずの敏腕ホテルウーマンだ」

「それは皮肉でしょうか」

「とんでもござい……おっと、これも要注意の言葉だ。敬語にする時は、とんでもないことでございます、でしたね。前回、あなたから教わりました」

「とんでもございません、は最近許されるそうです。私は意地でも使いませんけど」そういってから尚美は久我のほうを見た。「今回は久我さんが新田さんとコンビを?」

「いや、新田さんは明日からは一階のフロントに立たれるそうだから、別の者に担当してもらう。こちらのフロアは、ほかの刑事さんが交替で宿泊客に扮して見張るそうだ。新田さん以外で、フロントクラークに化けられる刑事さんなんていないらしくて」

そうだろうな、と尚美は納得した。新田は特別なのだ。

「すると新田さんの補佐は誰が？」

うん、と久我は少し躊躇する気配を示した後、「氏原さんにお願いしてある」と答えた。

「氏原さんに……ああ、そうなんですか」どういう反応を示せばいいのか迷い、中途半端な受け答えになってしまった。

「その氏原って人は、フロントオフィス・アシスタント・マネージャーだそうですね」新田がいった。「今朝まで夜勤をしておられたらしく、まだお会いしてないんです。どんな人ですか」

「どんな、というと……」尚美は頭の中を整理し、言葉を選んだ。「三年ほど前に、コルテシア横浜から移ってこられました。一言でいうと真面目な方です。仕事には決して手を抜かず、ルールに厳格です」

へえ、と新田は頷いている。

「人選は久我さんが？」尚美は久我に尋ねた。

「いや、総支配人からの指示だ。田倉部長と話し合って決めたということだった」

「なぜ氏原さんに？」

「わからない。理由は訊かなかった」

「氏原さんには、すでに伝えてあるんですか」

「伝えた」

「驚かれたんじゃないですか？」

そりゃあね、と久我は口元を緩めた。

「かなりびっくりしていた。前回の事件の時、あの人はいなかったわけだけど、誰かから話を聞いて、刑事をフロントに立たせるなんて何という馬鹿げたことをしたものだと内心呆（あき）れていたらしい。ところがそれと同じような事態に直面して、しかも今度は自分が刑事と組めといわれたわけだから、面食らって当然だ」

「でも、お引き受けになったんですね」

「引き受けてくれた。あの人の言い分はこうだ。潜入捜査に手を貸すなんてことには大反対だけれど、決まったことなら仕方がない。そうしてずぶの素人をフロントに立たせるとなれば、その世話を自分以外の人間にはとても任せられない――」

久我の説明に尚美は大いに納得し、首肯した。その言葉を口にした時の氏原の表情が、容易に目に浮かんだ。

「まあ、俺は構いませんよ、補佐役がどんな人でも。捜査に協力してもらえるのであれば」新田は気軽な調子でいった後、尚美の顔を見た。「ところで、これから少し時間はありませんか。あなたとも打ち合わせておきたいことがある。もちろん、こちらの本業についてです」

尚美は腕時計を見て時刻を確かめてから頷いた。

「では一階に行きましょう。長い時間、デスクを空けておくわけにはいきませんので」

二人でエレベータに乗り込んだ。ボタンを押した後、新田が鼻で何度か息を吸った。

「何か、変えましたね」

「変えた？　何の話ですか」

「シャンプーか香水……いや、あなたは香水は使わなかった」

「だから、何のことをいってるんですか」

「匂いです。あの頃と匂いが微妙に違う」

尚美は深呼吸を一つしてから、わざとらしくにっこりと笑ってみせた。「時間が経てば、人というのはいろいろと変わりますから。いえ、人だけではなくホテルも」

「それはそうだ。何がどう変わっているのか、じっくりと観察させていただきます。楽しみが増えた」

「楽しみ？　新田さんがそんな格好をしておられるのは捜査のためでは？」

「もちろんそうですが、捜査以外の楽しみを見つけるというのが張り込みのコツなんです。そうでないと気持ちと身体が保たない」

「大変なんですね」

「お互い様です」

エレベータから降りると、コンシェルジュ・デスクのそばの壁際に二人で並んで立った。

「またこんな日が来るとは夢にも思いませんでした」ロビーを見渡し、新田がしみじみとした口調でいった。「この制服を着て、あなたと一緒にいるとは ね」

「全く同感です」尚美は応じた。「懐かしい、なんていう呑気な言葉を使う気にはなれませんけどね。今でも思い出すだけで震えが止まらなくなる時があります」

「あなたは特にひどい目に遭いましたからね」

「あんなことは二度とごめんだと思っていました。だから今回、話を聞かされた時には目の前が真っ暗になりました」

「そうだろうと思います。係長から聞いたんですが、藤木総支配人は、あなたには休暇を取ることを提案したそうですね」

「そうです。もう二度と、私をあんなことには巻き込みたくないと思ったようです」

「当然でしょうね。でもあなたは断った。それどころか、潜入捜査が行われている間は、基本的には自分一人でコンシェルジュ業務をこなすと答えたそうですね。なぜですか」

尚美は彼のほうに顔を巡らせ、少し顎を上げた。「なぜだと思いますか」

新田は肩をすくめ、首を振った。「わからないから訊いているんです」

尚美は少し胸を反らせてから口を開いた。

「コンシェルジュは、どんな困難な要求に対してもノーといってはいけないし、逃げてはならないからです。安易にお休みするなんてもってのほかです。私たちを頼りにしてやってくるお客様もいると思いますから。ただ、私以外のコンシェルジュはまだ経験が浅い上、前回の事件を知らず、当然、警察の潜入捜査にどう対応していいかもわかっていません。そんな者たちを大切なコンシェルジュ・デスクに置いておくわけにはいかないでしょう？　つまり、私がやるしかないんです」

「でも勤務時間はかなり長いんでしょう？」

「午前八時から午後十時までです。大丈夫、体力には自信があります。それに、たった数日のことですから」

新田は感心したというより、呆れたような顔で首をゆらゆらと振った。「さすがですね」

「新田さんたちが大変なこともよくわかっています。だから、私にできることがあれば、どんなことでも協力させていただきます」

「それは頼もしい。是非、よろしくお願いします。とはいえ、現時点では我々のほうから打つ手はないんですがね。ただひたすら、次の情報を待っているしかない」

「情報……密告者からの連絡ということですね」

殺人事件の犯人が、このホテルの年越しカウントダウン・パーティに現れる――そういう内容の密告文書が警視庁に届いたことは尚美も聞いている。

新田は唇を嚙み、険しい表情で首を傾げた。

「犯人が現れる日時と場所を明記しつつ、なぜ犯人の正体を明かさないのか、密告者の狙いは全く不明です。それでも警察としては無視はできません。密告者から犯人を明かす連絡があったなら、証拠の有無にかかわらず、まずはその人物の身柄を確保することになっています。その人物が本当に犯人なら万々歳だ。でも話がそんなに単純だとは思えない。今後の展開が読めないから、どんなことにも対応できるように準備しておく必要があります」

「そうだろうと思います。ホテルとしても、それは同じです」

新田は表情を少し和らげ、ロビーを見回した。

「聞くところによれば、このホテルで開催されるカウントダウン・パーティは、とても趣向が凝らされているそうですね」

「おっしゃる通りです。幸い好評で、リピーターの方もたくさんお見えになります。久我から説明をお聞きになりましたか」

「少し話は聞きましたし、チケットも見せてもらいました。パーティを予約している宿泊客には、チェックインの際に渡すそうなので」

「その通りです」

「参加者の数は？」

「昨年は四百名ほどでした」

「四百？　マジですか」新田は顔をしかめ、頭を搔いた。「参ったな。しかも仮装パーティだとか」

「ただの仮装パーティじゃありませんよ」尚美は人差し指を振った。「全員、顔を隠すというのが約束事です」

「まさに仮面舞踏会ですね。考えただけで頭が痛くなる。ええと、そのパーティは何というんでしたっけ。何だか、ずいぶんと長ったらしい名称が付いてましたね」

尚美はフロントクラークに扮した刑事の顔を見つめ、息を整えてからいった。

「お客様に訊かれることもあると思いますから、しっかりと覚えておいてくださいね。パーティの正式名称は、『ホテル・コルテシア東京年越しカウントダウン・マスカレード・パーティ・ナイト』、通称は『マスカレード・ナイト』です」

5

エグゼクティブ・カウンターでチェックインの手続きができるのは午後十時までだ。新田が腕時計で時刻を確認していると、エレベータホールから一人の男性が現れた。フロントクラークの制服を着ているが、新田の知らない人物だった。あまり多くない髪をぴったりと七三に分け、金縁の眼鏡をかけている。肌は白く、彫りは浅く、目も眉も細い。公家の格好をしたら似合いそうだ、と新田は思った。年齢は四十歳過ぎか。

胸の名札に目をやり、はっとした。氏原、という文字が見えたからだ。

相手も新田の胸元を見ていた。それから無表情の顔を向けてきた。「久我マネージャーはどちらに？」

新田は何度か瞬きしてから口を開いた。

「急に呼ばれて、一階の事務所に行っておられます。あの……俺の補佐をしてくださる氏原さんですね」

ええ、と相手は冷めた顔で答えた。

新田は会釈した。

「警視庁捜査一課の新田です。このたびは御協力ありがとうございます」

だが氏原は何も答えず、自分の腕時計を見た。「まだ十時になってないじゃないか。何をやってるんだ、素人を一人にして」

「はあ？」

新田が訊いた直後、エレベータの到着する音が聞こえてきた。間もなく現れたのは久我ではなく、スーツを着た男性だった。コートとバッグを手にしている。「まだいいかな？」

「チェックインでしょうか」新田が訊いた。

「うん」

「もちろん大丈夫でございますっ」たった今まで無表情だった氏原が、満面の笑みを浮かべ、新田の前に割り込んできた。「どうぞこちらへ」

氏原は男性をテーブル席に案内した後、名前を尋ねた。男性がクサカベと名乗るのが新田にも聞こえた。

新田が端末を操作しようとしたが、素早く戻ってきた氏原に横取りされてしまった。検索を終えた氏原は、画面を見て細い眉をほんの少し動かした。

新田も横から画面を覗き込んだ。名前は日下部篤哉（とくや）で、ロイヤル・スイートが予約されている。チェックアウトは元日になっているから、このホテルで年越しを迎えるつもりらしい。ただし、カウントダウン・パーティには申し込んでいない。

氏原が小さく空咳（からせき）をしてから宿泊票を手にし、男性客のところへ行った。

「日下部篤哉様ですね」

「そう」

「お待ちしておりました。本日から四泊、ロイヤル・スイートの御利用ということでよろしいでしょうか」

「では、こちらにサインをいただけますでしょうか」氏原は宿泊票とボールペンをテーブルに置いた。

「ああ、いいよ」

日下部がサインしている様子を新田は横から観察した。

四十歳前後で中肉中背、目は一重だが鼻筋は通っており、まずまず二枚目といえる顔立ちだ。仕立てのいいスーツはおそらくダンヒルで、コートは本物のカシミヤ、四角いバッグはブリックスか。

「日下部様、今回、お支払いはどのようになさいますか。現金でしょうか。それともクレジットカードで」日下部が書き終えるのを待って、氏原が訊いた。

クレジットカードで、といいながら日下部はスーツの内ポケットから財布を出した。

「どうぞ、プリントを取るんだろ」そういってカードを氏原に渡した。

「恐れ入ります」

ロイヤル・スイートで四泊となれば料金は百万円以上になる。こんな高額を踏み倒されたらたまらないから、ホテル側としてはデポジットを預かるか、クレジットカードのプリントを取るのが通例だ。日下部も、そのことはわかっているのだろう。たぶんホテルの利用に慣れているのだ。ただし端末に表示された情報によれば、このホテルの常連ではない。

氏原がカウンターに戻ってきて、クレジットカードのプリントを取り始めた。ブラックカードだった。さらに端末を操作し、カードキーの発行を行った。カードキーとクレジットカードを手に、氏原は日下部のところへ戻っていく。

「お待たせいたしました。氏原は日下部のところへ戻っていく。ではこちらがお部屋のキーでございます。日下部様、当ホテルの御利用は初めてでしょうか」

「そうだけど」

「さようでございますか。このたびはありがとうございます。じつは日下部様の今回の御利用には、いくつか特典がございます。それについて少し説明させていただいてもよろしいでしょうか。たとえば御朝食ですが――」

だが日下部は煩わしそうに眉根を寄せ、手を振った。

「いいよ、そういうのは。わからなければこちらから訊くよ。それにどこのホテルも似たり寄ったりだし。ジムとプールの利用は無料とか、エステの利用には割引がきくとかね」

「恐れ入ります。失礼いたしました」氏原は頭を下げた。客が横柄な態度を取ったら、とりあえず謝っておけ、というホテルマンのセオリーを守っているようだ。「では説明は割愛させていただきます。サービスの詳細を記した御案内を同封しておきますので、お時間のある折にでもお目通しくださいませ」

「わかった、わかった。もういいかな。疲れてるから、早く部屋で休みたいんだ」そういいながら日下部はカードキーの入ったフォルダを手に取り、立ち上がった。

「結構でございます。――あっ、君、お客様のお荷物を部屋までお持ちするように」氏原がいった。

君、というのが自分のことだと新田は一瞬気づかなかった。

「いいよ、自分で持っていく」日下部はバッグを提げ、エレベータホールに向かった。氏原があわてて追いかけていく。新田も、その後に続いた。氏原は日下部を追い越すとエレベータの乗り場ボタンに触れた。

ところで、と日下部がいった。

「一階のコンシェルジュ・デスクは何時から利用できるのかな」

「コンシェルジュ……でございますか。午前八時から御利用いただけます」氏原が答えた。

「そう、八時ね」

「ですが日下部様、私共もフロントにおりますので、何なりと御用命くださいませ」氏原が会釈した。日下部は無言だった。

エレベータが到着した。扉が開くと、久我が乗っていた。客が立っていることに気づいた彼は即座に脇に寄ったが、新田たちを見て意外そうに目を瞬(しばた)かせた。おそらく氏原がいるからだろう。

日下部がエレベータに乗り込むのを待って、久我が外に出た。新田もそれに倣った。顔を上げた時には、エレベータの扉は閉まっていた。

横を見ると氏原の顔から笑みはすっかり消え、能面のような無表情に戻っていた。

「どうしたんですか？　氏原さんは明日の朝から、という話だったと思いますが」久我が氏原に尋ねた。地位は久我が上のはずだが敬語を使っているのは、氏原のほうが年上だからだろう。

氏原は金縁眼鏡の位置を直した。

「そうなんですが、やっぱりいろいろと気になりましてね。少しでも早く状況を確認しておきたかったんです。制服を着てきたのは、何かお役に立てることがあるかもしれないと思ったからです」抑揚の少ない口調で久我にいった後、眼鏡越しに値踏みする目を新田に向けてきた。「来てよかったですよ。ロイヤル・スイートを初めて御利用になるお客様への応対を、偽のフロントクラークに任せるわけにはいきませんからね」

「いや氏原さん、その心配ならいりません。新田さんには一通りの手順をマスターしてもらいました。通常の手続きなら問題なくこなされます。半日ほど一緒にいましたけど、全く危なげなく見ていられました。だから今も、ここをお任せしていたわけで」

氏原は冷めた目を久我に向けた。

「通常の手続きなら、でしょう？　オーバー・ブッキングやダブル・ブッキングがあった時はどうしますか。あるいはウォークインのお客様が現れた際は？」

「一階のフロントならともかく、こっちのカウンターでそんなことはあり得ませんよ」

「そんなことはわかりません。万一ということがあります」

「それはそうですが……」久我は口籠もった後、気を取り直すように新田に顔を向けてきた。「自己紹介は、もうお済みですか」

「ええ、まあ大体……」

新田が言葉を濁すと、氏原が恭しく上着のポケットから名刺を出してきた。

「氏原です。よろしくお願いいたします」

「あ、どうも」

新田が名刺を摑もうとすると、氏原は手をさっと引っ込めた。

「大人の挨拶なんだから、どうもってことはないでしょう」笑いかけてくるが、目からは冷たい光が放たれている。

むかっときたが、顔に出さない程度の冷静さは新田にもあった。

「失礼しました。新田といいます。こちらこそよろしくお願いいたします」

氏原が改めて名刺を差し出してきた。受け取ってみると、『フロントオフィス・アシスタント・マネージャー　氏原祐作(ゆうさく)』とあった。

「あなたの名刺を見せていただけますか」氏原がいった。

「名刺ですか……。ええと、すみません。更衣室に置いてきました。警察のバッジなら携帯していますが」内ポケットに手を入れた。

氏原は白けたような顔で、かぶりを振った。

「そんなもの、見せていただかなくて結構です。名刺というのは、ホテル従業員としての名刺です。まさか、用意してないなんてことはないでしょうね」

「あっ、それはまだ……」

途端に氏原がげんなりした顔を作った。「案の定だ。そんなことじゃないかと思った」

「まあまあ、新田さんたちの潜入捜査は今日から始まったばかりだから」

久我が助け船を出してくれたが、氏原はそれには応じず、新田を睨みつけてきた。

「もしお客様から名刺を要求されたらどうするつもりですか。持ってません、で済む話ではないと思うのですが」

新田は返答に詰まった。悔しいが、その通りだった。

「氏原さん、もうそのへんでいいでしょう」久我がとりなした。「名刺なんて、何とでも言い訳できるし」

「いえ、こちらのミスでした」新田はいい、氏原のほうを向いた。「御指摘、ありがとうございます。すぐに作るよう手配します」

氏原は顎を少し上げるようにして新田を見返してきた。

「それがいいでしょうね。髪を切って制服を着たら誰でもホテルマンになれるというわけではないので、どうか御注意を」

「気をつけます」新田はいった。横を向いて舌打ちしたいところだったが我慢した。

「最初にいっておきますが、私はこういう潜入捜査には賛成できません。ホテルとしては断るべきだと考えています。しかし総支配人たちが協力すると決めた以上、従わざるをえません。ただし、何でもかんでも警察のいいなりになっていては、ホテルとしてのサービスが破綻してしまいます。私は潜入捜査員の補佐をすることを承諾しましたが、やり方は私に任せていただくという条件を付けました。――そうですよね、久我マネージャー」

はい、と久我が苦い顔つきで短く答えた。

「どういうやり方ですか」新田は訊いた。

「基本的に、フロントにいる時は私の指示に従っていただきます。接客をはじめ業務は私が行いますから、あなたは手を出さないでください。私がいない時はフロントに立たないこと。フロントにかかってきた電話には出ないこと。無闇にお客様に話しかけるのも禁物です。よろしいですか」

要するにホテルマンとしての仕事は何もするな、ということらしい。馬鹿にされているようで腹立たしいが、刑事の仕事に専念できるのなら願ったりだ。わかりました、と新田は答えた。

氏原は頷いて腕時計を見た後、エレベータのボタンを押した。

「こちらのカウンターはそろそろクローズですね。私はこれで引き上げます。新田さん、明日の御予定は？」

「まだわかりませんが、朝から一階のフロントに立ちたいと思います」

「では午前八時に事務所で、ということにしておきましょう。しつこいようですが、それまでは勝手にフロントに立たないでください。いいですね」

「わかりました。よろしくお願いいたします」

エレベータの扉が開いた。氏原は、失礼します、と久我にいい、エレベータの中へと消えた。

新田は肩をすくめた。

「今回のお目付役は、山岸さんとは違うタイプですね」

「彼女もいっていましたが、真面目だし、仕事はよくできます。ただし、少々堅物なところがありましてね。話してみておわかりになったと思いますが」

「歓迎されていないこともよくわかりました。叱られないよう、せいぜい気をつけますよ」

新田は時計に目をやった。氏原がいったように、そろそろこちらのカウンターを閉める時間だった。

「では、今日はここまでということで」

「はい、お疲れ様でした」

「失礼します」

新田はエレベータで一階に下り、ロビーを横切った。コンシェルジュ・デスクにちらりと視線を送ったが、そこにはもう山岸尚美の姿はなかった。

6

通用口から外に出て、道路を渡った。『コルテシア東京別館』と看板に表示された建物がある。別館となっているが、ここには宿泊施設どころかサービス施設は何もない。営業本部や管理本部が置かれた事務棟なのだ。従業員の更衣室や仮眠室、会議室もこちらにある。

新田は建物に入ると階段を上がった。二階の廊下を進み、最初のドアを開けた。中に入った途端、煙草の臭いに全身が包まれるのではないか、と予想した。前の事件でこの部屋が現地対策本部として使われた際には、そういう状況だったからだ。しかし意外にも室内の空気はクリーンだった。臭いはないし、煙で霞んでいることもない。

人がいないわけではなかった。稲垣や本宮をはじめ、新田の同僚が会議机を囲んで座っていた。ただしその机の上に灰皿はない。

「なるほど」ネクタイを緩めながら新田は席についた。「ここも禁煙というわけだ」

向かい側の席で本宮が口元を歪めた。

「この時代だから禁煙はわかるが、喫煙所さえないってのはどういうことだ。ホテルのほうには、まだ煙草を吸える客室があるってのに、従業員には吸える場所がないなんておかしな話だ」

「制服に臭いがついちゃうから、勤務中は禁煙なんですよ。臭いに敏感なお客様も多いですからね」

新田の答えに本宮は片方の眉を上げる。

「お客様ねえ。たった一日で、すっかり勘を取り戻したってところか。さすがだねえ」

「そんなわけないじゃないですか。システムはいろいろと変わってるし、新しいサービスも増えてる。なかなか、慣れそうにないですよ。おまけに明日からは堅物のお目付役がつくみたいだし」

「そういうことなら、やはり早めに始めてよかったようだな」稲垣がいった。

「ええ、それはまあ……」新田は頭に手をやった。

今日は十二月二十八日だから、大晦日まで三日ある。そんなに早く潜入しても意味がないのではないかと新田はいったのだが、なるべく早く溶け込んだほうがいい、というのが稲垣からの指示だった。密告状には犯人がカウントダウン・パーティに現れると書いてあるが、ホテルに来るのが当日だとはかぎらない。仮に数日前から滞在するのだとしたら、ホテルの従業員の顔ぶれをある程度は把握するだろう。大晦日になって全く見覚えのない人間がフロントに立っていたら、怪しまれるおそれは十分にあった。

ドアが開き、ベルボーイ姿の関根が入ってきた。「遅くなりました」

御苦労、といってから稲垣は部下たちを見回した。

「じゃあ、早速始めるか。誰からいく？」

「俺からいきましょう」本宮が手を挙げた。「今日の時点で、ホテル宛ての不審な郵便物、電話、メールの類いはありません。クレームの電話は、この一か月の間にも何件かあったようですが、いずれも軽微なもので、すでに解決済みです。暴力団関係者とのトラブル等は、今は抱えていないそうです。とはいえ、要注意人物というのはどこにでもいるわけで、これまでに何らかの問題を起こした宿泊客のリストは出してもらいました。今回の事件との繋がりを調べているところです。ただし殆どが地方の人間で、今のところ関係はなさそうです。以上です」

「わかった——次」

稲垣に促され、別の捜査員が報告を始めた。殺された和泉春菜と、このホテルの関係を調べた内容だった。それによれば、和泉春菜が宿泊した記録も、ホテル内の飲食店を利用した形跡もないようだった。過去数年間の結婚披露宴の招待客リストまで調べたが、見当たらなかったらしい。

報告を聞きながら、新田は少し驚いていた。通常ホテル側は、何があっても客のプライバシーに関する資料は提出したがらない。今回、これほど捜査に協力的なのは、ホテル側が本気で危機感を抱いているからだと思われた。それには、稲垣の係が乗り出してきていることが大きく影響しているに違いない。数年前、あわやこのホテルで殺人事件が起きるところだった。それを新田たちが防いだことを忘れてはいないのだ。

部下たちの報告を一通り聞いた後、稲垣は腕組みをして唸った。

「密告内容は依然として不可解だし、犯人が本当に現れるかどうかも不明だが、なぜこのホテルなのか。たまたまなのかもしれないが、どうにも気になる」

「密告状の内容が本当だと仮定して、犯人が何のためにこのホテルに来るのかってのがポイントだと思いますね」本宮がいった。「密告者は、もしかしたらそれについても知っているのかもしれません」

「犯人がこのホテルに現れる理由か」独り言を呟くようにいってから稲垣は、再び全員に顔を巡らせた。「それについて、意見のある者は？」

いいですか、とベルボーイの格好をした関根が遠慮がちにいった。「ちょっとした思いつきなんですけど」

「かまわん、そういうのが大事なんだ。いってみろ」

はい、と頷いてから関根は、やや緊張の面持ちで口を開いた。

「もしかすると犯人としては、練馬の殺人だけでは目的を果たしたことになっていないのではないでしょうか。それをすべて果たすために大晦日にここへやってくる……という考えは突飛ですかかね」

この部屋にいる全員の視線が、ベルボーイの格好をした若手刑事に向けられた。

どういうことだ、と誰かが問うた。

「もしかして、こういうことか」新田は関根が答える前にいった。「犯人には和泉春菜さん以外に殺さなくてはいけない人間がいる、その殺人を大晦日に、このホテルで実行しようとしている、つまりこれは連続殺人事件の一部なのだ、と」

「さすがは新田さん、その通りです」関根は大きく頷いた。「そのターゲットとなる人物が、このホテルにやってくる。だから犯人も、ここへ来るしかない、というわけです」

一瞬、会議室内が静まり返った。くだらないことを、と誰かが笑い飛ばしそうな気配もあった。だがそうはならなかった。

「たしかに突飛だな」稲垣が重々しくいった。「大晦日の夜に一流ホテルで殺人か。どこの世界に、そんな馬鹿なことをする人間がいる、といいたいところではある。しかし今回の案件は、そもそも最初から突飛だ。だからこそこっちも突飛な捜査方法で対抗しているわけだしな」真剣な目を隣の本宮に向けた。「どう思う？」

「あり得ない話ではないですね」本宮は眉間に皺（しわ）を寄せたままいった。「和泉春菜さん殺害の動機について、特捜本部の連中は単なる痴情のもつれのように考えているみたいですが、そう決めつける理由はじつは何もないというのが俺の意見です。もっと別の動機が存在するのだとしたら、殺されるのが一人とはかぎらない。謎の密告者が犯人の次の行動を予測できるのは、犯行動機を知っていて、次に誰が狙われるのかがわかっているからかもしれません」

　ふうーっと稲垣は太い息を吐き、顔をしかめて机を叩いた。

「どいつもこいつも嫌な推理を聞かせてくれる。だが悔しいが、おまえらのいうことには妥当性がある。となれば、そういった推理を前提にした作戦を立てなければならん。さあ、どうする？」

「密告状には、単にこのホテルに現れると書かれていたのではなく、カウントダウン・パーティに現れるとわざわざ書いてありました」渡部（わたべ）というベテラン刑事がいった。

「その点をどう解釈するかも問題だと思うのですが」

うん、と稲垣は頷き、部下たちを見回した。

「カウントダウン・パーティというのは仮装パーティらしいな。誰かもっと詳しいことを説明できる者はいるか？」

「詳しいというほどではないのですが」新田が右手を小さく挙げた。「大晦日の午後十一時から、三階の当ホテルで一番広い宴会場を使って行われる予定です。正式名称は――」ポケットから出した手帳を開いた。山岸尚美から教わったことをメモしてある。

「『ホテル・コルテシア東京年越しカウントダウン・マスカレード・パーティ・ナイト』といいます」

新田の向かい側に座っている本宮が、口をあんぐりと開けた。

「何だそりゃ。何かの呪文か。もういっぺんいってくれ」

「『ホテル・コルテシア東京年越しカウントダウン・マスカレード・パーティ・ナイト』、長すぎるので、『マスカレード・ナイト』と呼ばれています。参加費は一万円ですが、宿泊客の場合は三千円になります。もっとも、参加者の殆どが宿泊客だという話です。予約制で、五百人を超えたら申し込みを打ち切るそうです」

「今年の参加人数は？」稲垣が訊いた。

「すでに三百人以上の申し込みがあります。ただ、パーティのことを知らずにチェックインした客が、後から申し込むことも少なくないようです。例年の実績からすると、これから百人以上の駆け込み予約があるとか」

「一体、どんなことをするんだ」

新田は手帳に目を落とした。

「エリアがいくつかに区切られて、ジャズの演奏やマジックショー、大道芸などが行われます。ビールやワイン、カクテルが飲み放題で、軽食も用意されるとか。ふつうの立食パーティと違うのは、参加者全員が仮装をする点です」

稲垣をはじめ、多くの者が苦笑を浮かべた。

「余程下品でないかぎり、どんな格好をしてもいいそうです。コスプレ好きは多いし、最近はハロウィンの影響でふつうの人も仮装に抵抗がなくなっているので、かなり凝った衣装で現れる人が増えたそうですよ」

「参加者全員といったな。そうはいっても、衣装を用意できない者も多いだろ。急遽参加を申し込んだような客は、どうするんだ」

「レンタルもあるようです。あまり奇抜な格好はしたくないという人は、ふつうの服に仮面を付けるだけでもいいそうです。そういう人たちのために、仮面の無料貸し出しもするということでした」

「至れり尽くせりってわけかよ」本宮がげんなりしたようにいう。「何でまた、そこまでするんだ」

「カウントダウン・パーティなんて、どこのホテルでもやってますからね。特色を出そうってことだと思います。なかなかの評判で、年々参加者が増えているらしいです。知らない者同士で写真を撮り合ったりして、かなり盛り上がるみたいですよ。ただし仮装を続けるのは年明けまでです。カウントダウンが始まって、ゼロになったところで参加者たちは素顔を見せるという趣向です。盛り上がりがピークに達する瞬間で、その後、全員にシャンパンが振る舞われるんだとか」

「聞いているだけで胸やけがしそうだが……」稲垣は首を傾げた。「まさかそんな派手な場所で、人を殺そうとしているわけじゃないだろうな」

上司の意見に部下たちは黙っている。新田にしても、それはない、と断言できる根拠はなかった。今回の事件は何から何まで異質だ。どんな奇妙なことが起きても不思議ではない雰囲気がある。

「パーティは予約制だといったな。参加者リストは入手できそうか」稲垣が新田に訊いてきた。

「難色を示されると思いますが、たぶん大丈夫だと思います。ただ、そのリストがあったからといって、役に立つとはかぎりません。犯人が本名を使うとは思えませんので」

「参加者の大半は宿泊客なんだろ？　偽名なら現金で支払おうとするはずだ。その目印を付けられるだけでも無駄じゃない」

「わかりました」

「すでにチェックインしていて、そのまま大晦日の夜まで居続ける客はどれぐらいいる？」

　新田は再び手帳を開いた。

「今夜の時点で三十組ほどいますが、殆どが外国人客です。ビジネスマンか、日本で正月を迎えようという酔狂な客です」

「来日が最近なら外国人は外していいだろう。日本人は何組だ」

「五組です。家族連れが四組で、カップルが一組。宿泊票に記された家族連れの住所は、札幌、鳥取、福島、富山になっています。いずれも小さな子供を連れた三人もしくは四人家族です。カップルは男性名で予約されていて、住所は大阪です。接客したフロントクラークによればたしかに関西弁だったそうです。家族連れは、いずれもパーティに申し込んでいませんし、子供が年齢制限に引っ掛かります。カップルは申し込んでいます。……ああ、そうだ」報告しながら新田は、つい先程やってきた客のことを思い出した。「もう一人、男性客がチェックインしました。今夜から四泊です。しかもロイヤル・スイート」

　ひゅう、と喉を鳴らしたのは関根だ。ベルボーイとしてロイヤル・スイートに入ったことがあり、豪華さを知っているのだろう。

「そんな広い部屋に一人で泊まるのか」稲垣が訊いた。

「予約内容によればそうです。後から女性が合流するのかもしれませんが。クレジットカードのプリントを取らせてくれましたから偽名ではないと思われます。また、パーティには今のところ申し込んでいません」

「プリントを取らせたからといって、本物のカードだとはかぎらない。パーティには直前になって申し込む可能性もある。思い込みは捨ててかかれ。大晦日に一人で泊まる男性客は特に注意して、決して目を離すな。少しでも不自然な点があった場合は、徹底的にマークしろ。いや、それだけじゃない」稲垣は捜査員たちを見回した。「たとえ地方から来た家族連れやカップルだからといって油断するな。犯人がどんなふうにカムフラージュしているかわからないからな。明日以降、元日まで滞在するという客が増えるだろう。そういう部屋は、掃除の際にハウスキーパーに同行し、可能なかぎり荷物をチェックしろ。ホテル側から苦情が出るかもしれんが、その時はその時だ。気にするな」

はい、と捜査員たちが返事した。

「殺人現場となったマンションの共同玄関には防犯カメラが取り付けられていた」稲垣は声のトーンを上げて続けた。「犯行日時は十二月三日の夕方から四日までの間と推定されている。その間の映像には、必ず犯人の姿が映っているはずだ。その映像を全員のスマートフォンに送っておくから、各自、しっかりと目に焼き付けておいてくれ。映像に残っている人物に少しでも似た人間を見つけたら、即座に本宮か俺に知らせるように」

「それは男女問いませんね」本宮が確認するように訊いた。

「ああ、そうだ。被害者は妊娠していたが、犯人が男とはかぎらない。何度もいうが、思い込みは捨てるんだ。このホテルを訪れる人間すべてが容疑者だと思え。絶対に見逃すな。犯人が現れる日時と場所がわかっていながら逮捕できなかったなんてことになったら、警視庁内だけでなく、日本中の警察から笑いものになるぞ。大晦日までに何としてでも手がかりを掴むんだ。以上っ」稲垣の気合いの籠もった声が会議室内で轟いた。

7

更衣室は事務棟の三階にある。シャワーを浴びた後、共用の机を使って新田がノートパソコンを操作していると、誰かが入ってくる気配がした。

お疲れ様です、と向こうから先に声を掛けてきた。笑顔の能勢がコンビニの袋を提げて近づいてきた。茶色のニット帽を被り、スーツの上からダウンジャケットを羽織っている。

「こんな時間まで聞き込みですか」新田は壁の時計に目をやった。午前零時をとうに過ぎている。

「仕方がありません。何しろ、相手が夜しか空いてないというものですから」能勢はニット帽を取り、ダウンジャケットを脱いでから近くの椅子を引き寄せた。

「夜しか？　相手というのは？」

「被害者の出身が山形だということはお話ししましたよね。それで山形まで出張した若い刑事が、耳寄りな情報を送ってくれたんです。和泉春菜さんの中学と高校時代の女友達が、ほぼ同じ時期に上京しているということでした。東京の大学に進学したんですよ。最難関の、新田さんも御出身の大学です。しかも医学部」

「ははあ……」新田は口を半開きにし、顎を撫でた。成績の良い女子は、法学部にも何人かいた。司法試験に楽々合格し、弁護士事務所などでばりばり働いている者も多い。いずれも恐ろしく気が強かった。医学部となれば、あれと同等か、あるいはあれ以上か。

「なぜ夜しか空いてないんですか」

「忙しいからです」能勢はあっさりと答えた。「まだ研修医だとかで、激務なんです。病院の薄暗い待合室で会ったのですが、始終、ＰＨＳを気にしてました。いつ呼ばれるかわからないんだそうで」

「研修医の大変さは話に聞いたことはあります。で、被害者とは仲が良かったんですか」

「かなり良いほうだったと思う、という答えでした。中学一年の時に同じクラスになったのがきっかけで親しくなって、卒業後は同じ高校に進んだとか。和泉さんは、しょっちゅう家に遊びに来ていたそうです。学校の成績も似たようなものだったとかで、テストの答え合わせを一緒にしたこともあるらしいです。ただ、上京後は生活のパターンが合わず、次第に疎遠になってしまったみたいです。医学部生と専門学校に通う社会人ですから、時間を合わせるのはなかなか難しいでしょうな」

「すると最近は被害者とは……」

「何年も連絡を取ってなかったということでした」能勢は机の上にコンビニの袋を置き、中から缶ビールと缶入りハイボールを出してきた。「いかがですか」

「あっ、いただきます」新田はハイボールに手を伸ばした。

昨日の居酒屋で、新田がハイボールを飲んでいたことを能勢は覚えていたのだろう。こういうのを気配りというのか。この人物のほうが余程ホテルマンに向いている、と思った。

「その女性、和泉さんが殺されたことは知ってたんですか」

「知らなかったそうです。忙しくてニュースなんて見ている余裕がないし、中学や高校時代の友人たちとの繋がりも今は殆どないそうで。だから会った途端、こちらが逆に質問されました。一体、何があったのか、どうして殺されたのかってね。それを明らかにするために調べているんですよと説明したわけですが、今もいったように、最近の和泉春菜さんについては全然知らないということだったんです。そこでまあ、学生時代の話を主に聞いてきました」

「どういう女の子だったんですか、被害者は」

能勢はビールの缶を机に置き、例によって懐から手帳を出してきた。

「特に目立たない生徒だったようです。クラブ活動もしていなかったし、積極的に人前に出ていくタイプではなく、昼休みなどは本を読んでいることが多かったとか」

「男性と付き合ったことは？」

「自分の知るかぎりはないし、たぶん絶対になかったと思う、とのことでした。かなり自信のある口ぶりでしたから、間違いないんじゃないかと思います」

「昨日の話では、男には興味がなかったんじゃないか、といった友人がいるそうですね。昔からそうだったのかな」

「そうかもしれません。服装は、その頃からボーイッシュなものが好きで、髪も短かったそうです。私服の時は、ジーンズばかりだったらしくて」

「少女趣味については訊かなかったんですか」

「無論、訊きました」

「驚いていましたか」

「いや、それが――」能勢は口をすぼめた。「そうでもないようなんです」

「えっ、そうなんですか」

「服装はボーイッシュでしたが、決して女の子っぽいものが嫌いだったわけではなかったそうなんです。ちょっとした小物だとか筆記具なんかは、むしろ少女趣味だったと」

「二面性があったということでしょうか」

「そういう可能性もあります。まあ、それが今回の事件に関係しているのかどうかは不明ですが」能勢は手帳をポケットに戻し、缶ビールを手にした。

新田はボーイッシュなファッションをした少女が、友達と遊んでいる光景を思い浮かべた。そんな服装だと活発なイメージを受けるが、和泉春菜はそうではなかったらしい。

最初に能勢が話していたことを思い出した。

「その研修医の女性と和泉さんは、成績は似たようなものだったとおっしゃいましたよね。そこまで学業優秀なのに、どうして進学しなかったのだろう」

ビールを口に含んだまま、能勢は頷いた。

「私も、そのことは訊きました。研修医さんの答えは、じつは自分もずっと気になっていることだ、というものでした。当然和泉さんも進学すると思い込んでいたそうです」

「それほどペットの美容師――トリマーになりたかったということかな。それなら大学に行く必要はありませんからね」

「そこなんですが、研修医さんの話によれば少し不可解なんです」

「というと?」

「自分が記憶しているかぎり、和泉さんの口からトリマーになりたい、などという台詞(せりふ)を聞いたことがないというんです。覚えているのは、大学には進まず、東京に出て働く、といっていたことだけで。なぜ進学しないのかと尋ねたら、必要性を感じないから、という答えが返ってきたそうです」

「必要性か……」新田はハイボールの缶を机に置き、腕を組んだ。現役大学生、あるいは大学卒業者の何パーセントが、この意見に反論できるだろうか。「進学の必要性は感じなかったけれど、上京の必要性は感じたってことでしょうか」

「全く同じ質問をその女性に投げてみました。すると、上京は和泉さんにとって必須だったように思う、とのことでした。とにかく家を出たがっていたようだ、とも」

「やはり母親の離婚が原因ですか」

「その点はよく知らないといわれました。人にはそれぞれ家庭の事情というものがあるだろうから、あまり触れないようにしていた、と」

「ずいぶんと大人の対応ですね。当時は好奇心旺盛な年頃だったと思うのですが」

「新田さんもそう思うでしょう? 私もね、ちょっと違和感を覚えたんですよ」能勢は薄い笑みを浮かべ、首を傾げた。

「どういうことですか」

「そのあたりの話になると、途端にその研修医さんの口が重くなるんです。よく覚えていないとか、根拠のない想像を話すわけにはいかないとか、とにかく歯切れが悪い。私はね、あの女性は何か隠しているんじゃないかと睨んでいるんです」

「隠している？　たとえばどんなことをですか」

「それはわかりませんが、おおっぴらには話しにくい何かです。少なくとも、今日会ったばかりの刑事なんかには、おいそれとは打ち明けられない内容です」

「何だろう？　大いに気になります」

「ゆっくり話している時間がないとかで、今夜は追い返されてしまいましたが、私は明日も当たってみようと思っています。とはいえ、単なる考えすぎという可能性もあるわけですが」

能勢は缶ビールを握ったままで宙を見据えている。その表情を見て、たしかな手応えがあるのだな、と新田は察した。この刑事の勘の鋭さが半端でないことはよくわかっている。

ふと我に返ったように能勢が新田のほうを向いた。「そちらはいかがですか」

新田は首を横に振った。

「今日の時点では成果はゼロです。ホテルの記録を隈無(くまな)く調べても、被害者の名前などはどこからも出てこないようですし」

能勢は渋面になり、ため息をついた。

「やっぱりそうですか。いろいろと当たってみましたが、被害者の口からこのホテルの名前を聞いた者は一人もおりませんでした。ブツ取り班の連中も、被害者の部屋を調べまくったけれど、このホテルに関連するものなんて何ひとつ出てこなかったといっています。スマートフォンの履歴にもないし、メールやSNSの中にも出てこない。被害者とこのホテルの間には直接の関係はないのかもしれません」

「となると」新田は、うっすらと髭の伸びてきた顎を擦った。「このホテルが選ばれたのは、やっぱり犯人側の事情なのかな」

能勢が眉をぴくりと動かした。「何ですか、それは?」

「先程の会議で不穏な意見が出ましてね」

新田は、事件は単発のものではなく和泉春菜殺害を含めた連続殺人ではないか、という説を話した。

能勢は険しい顔をして低く唸った。

「犯人は次なるターゲットを仕留めるため、このホテルにやってくるというわけですか。大胆ではありますが、新田さん、それはなかなか鋭い意見ですぞ」

「能勢さんも、そう思われますか。じつは俺も、大いにあり得ると睨んでいるんです。

人を殺した人間は、ほとぼりが冷めるまであまり人前には出たくないものです。パーティなんていう派手な場所に行くからには、余程の理由があると思われます」

「同感ですな。それにね、私は当初から、この事件には独特の臭いがあると感じていたんです」そういって能勢は自分の鼻を指先で弾いた。

「へえ、名刑事がどんなふうに嗅覚を働かせたんですか」

能勢は顔をしかめ、手を横に振った。

「やめてください。おだてられるのは苦手だと昨日もいったじゃないですか。臭いだなんてもったいぶった言い方をしましたが、大したことじゃありません。要するに手練れすぎると感じたわけなんです」

「手練れ……手口が巧妙ということですか」

「そうです。睡眠薬を飲ませた上で電気コードを使って感電死させるなんて、ふつうの人間には考えつきません。首を絞めたほうが手っ取り早い。そうしなかったのは、たぶん犯人には何らかのこだわりがあったからだと思うんです。自分の身元が一切わからないようにしておいたことも含め、この犯人は慣れているのだと思うんです」能勢はそういってから一拍置いて、人殺しに、と付け足した。

「要するに、和泉春菜さん殺害は、犯人にとって初めての殺人ではなかったのではないか、というわけですね」

「断言はできませんが、可能性はあると思っています」

「なるほど……」新田は再び顎を擦りながら頷いた。先程の会議では、そういった話は出なかった。だがこれが連続殺人事件ならば、和泉春菜が一人目の犠牲者だと決めつける理由もないのだった。「未解決の殺人事件の中に、今回の犯人の手によるものがあるかもしれないってわけだ」

「調べる価値はあるでしょうな。そっちはこちらが引き受けます」能勢は手帳を取り出し、何やらメモした。

「そういえば前回の事件でも同じような話になって、未解決事件について能勢さんに調べてもらいましたよね。捜査一課の資料班に同期がいるとおっしゃってました」

「幸いなことに、あいつがまだ資料班で燻(くすぶ)ってるんですよ。酒好きですから、今度奢(おご)るとでもいえば、情報を流してくれるはずです」能勢は舌なめずりをした。

「密告者についてはどうですか。何か手がかりは摑めましたか」

　いやそれが、と能勢は苦いものを口にしたような顔をした。

「密告状を印刷したプリンターの機種なんかは特定できましたが、今時、そんなものは手がかりとはいえません。同封されていた写真についても、近くの建物の陰から撮影したらしいとわかった程度で、新たな情報は出てきていません」

「あの写真ですけどね、何のための隠し撮りだったと思いますか。密告者は和泉春菜さんが殺害されることを知っていたんでしょうか」

能勢は口をへの字に曲げ、頭を振った。

「わかりませんなあ。犯人についてはもちろん、密告者についても、全く何も見えてきません。そもそも、なぜあの部屋で殺人が行われたことを密告者が知ったのかも不明ですし」

「そのことですが、ひとつ気になっていることがあるんです。匿名通報ダイヤルに送られてきた正確な文面はどういうものでしたか？　あのマンションに死体があるから調べろ、でしたっけ」

「ええと、ちょっと待ってください」能勢は指先を舐めて手帳のページをめくった。「正確にはこうです。『練馬区にあるマンション、ネオルーム練馬の６０４号室を調べてください、女性の死体があるかもしれません』というものでした」

「あるかもしれません――か」新田は文章の一部分を抜き出して繰り返した。「死体がある、ではなく、あるかもしれません。この文章、引っ掛かると思いませんか」

「いわれてみればその通りですな」能勢が手帳を睨む。「どうしてこんな曖昧な書き方なんでしょうかね」

「密告者にもはっきりしたことがわかっていなかったからではないでしょうか。死体があるように思われるが、断定はできない」

「死体があるように思う、なんて状況はかぎられていますな」能勢がいった。「もしかすると、密告者には室内の様子が見えていた、ということですかね」

「それしかないと思うんです。遺体が発見された時、部屋の窓はどうなっていましたか。特にカーテンは？　完全に閉じられていたんでしょうか」

「ちょっと待ってください。係の若い奴に確認させてみます。特捜本部に泊まり込んでいるといっても、まさかまだ眠っちゃいないでしょう」能勢がスマートフォンを操作し始めた。メッセージを送っているのだろう。太い指を画面上で滑らせる手つきは、なかなか慣れたものだ。

操作を終えてから、能勢は新田を見た。「密告者は、どこかの建物から室内を覗いていたと？」

「それが一番可能性が高いんじゃないでしょうか。被害者はベッドに横たわって死んでいたんでしたよね。その部屋を覗き見していた人物が、あまりに女性が動かないことを不審に思い、通報するということはあり得ます」

「なるほど。しかし直接警察に通報した場合、なぜ女性の部屋を覗いていたのか、その理由を説明しなければならなくなる。だから――」

「匿名通報ダイヤルを使った」

能勢は破顔し、新田の顔を指差した。「出ましたね、新田さんのカミソリ推理が」

「やめてください。大した推理じゃありません。的外れかもしれないし」

その時、能勢のスマートフォンに着信があった。電話に出た彼は、二言三言話してから電話を切り、新田のほうを向いて親指を立てた。「窓のカーテンは開いていたそうです」

「どの程度？」

「ガラス窓一枚分の幅ということですから、一メートル弱でしょう」

「近くの建物からどの程度見えるか、調べてみたらいかがでしょうか」

「やってみましょう」能勢は立ち上がり、ニット帽を手にした。「ありがとうございます。いいヒントをもらいました」

「それで密告者が判明して、そこから芋づる式に犯人逮捕となれば最高なんですけどね」

新田がいうと能勢は、いやいやと首を捻り、ダウンジャケットを羽織った。

「そううまくいけばいいんですが、この事件は、一筋縄ではいかないと思いますよ」

「能勢さんの勘ですか」

「まあそうですが、新田さんもそうじゃないですか。それにこんなふうにも思っておられるはずだ。ここまで大規模な潜入捜査を繰り広げておいて、そんな簡単に解決したんじゃつまらない――違いますか」

新田は咳払いした。「まあ、俺たちは上からの命令に従うだけです」

「大丈夫ですよ」能勢は楽しそうにいった。「たぶん犯人は新田さんたちの網にかかる。その時が楽しみです」

「そういわれても、何しろ相手は正体不明ですからね。そして正体不明の人間が次々とやってくるのがホテルというところです」

「新田さんならきっと犯人の仮面を剝がせますよ」能勢が缶ビールを掲げてきた。

「仮面を剝がす前に、こっちの正体がばれなきゃいいんですけどね」新田はため息交じりにいってハイボールの缶を手にすると、能勢の缶ビールに軽く当てた。

8

コンシェルジュ・デスクの始業は午前八時だ。尚美がオープンの準備を始めていると、フロントクラークの制服に身を包んだ新田がやってきた。

「おはようございます」

「おはようございます。新田さん、先程からロビーを歩き回っておられましたけど、どうしてフロントに立たないんですか」

新田は眉間に皺を寄せて口元を曲げ、ズボンのポケットに両手を突っ込んだ。「そうしたいのは山々なんですが、じつは――」

尚美は彼の手元を指した。「ポケットに手を入れないっ」

「あっと失礼」彼はあわてて手を引き抜いた。ちょっと甘い顔をしたら、すぐにこれだ。

「でっ？　そうしたいのは山々だけど……何ですか？」

新田は鼻先を親指で弾いた。「一人ではフロントに立つなといわれたんです」

「誰にですか？」

「昨日、話に出ていた氏原という人です」

「もう、お会いになったんですか」

氏原は、昨日は夜勤明けだったはずだ。

「昨夜、俺がエグゼクティブ・カウンターにいたら、急に現れたんです。その時にいわれました。お客様への対応はプロの自分がするから、刑事は後ろに引っ込んでろと」

「あの方がそんな粗野な言い方をするはずはないと思いますけど、そういう意味のことをおっしゃるだろうなとは思います」

「しかも無闇に客に話しかけるな、なんてこともいうんです。フロント業務をしなくていいというのはありがたいんですが、こっちとしては臨機応変に動く必要がある。場合によっては宿泊客と直にやりとりしたいこともあるかもしれない。それなのに細かいことをいちいち口うるさくいわれたんじゃ捜査どころじゃない。はっきりいって、あなたがお目付役のほうがましだった」

「まし、という言い方には抵抗を覚えますね」

「褒めてるんです。あーあ、これからずっとあの人と一緒かと思うと気が滅入る。犯人のやつ、カウントダウン・パーティとかいってないで、もっと早くに現れてくれないかな。さっさと逮捕して、さっさと引き上げたい気分です」

「新田さん、私に愚痴をいうためにやってきたんですか」

「愚痴は前振りです。連絡しておきたいことがあります」

「何でしょうか」

新田の話とは、昨夜遅くにチェックインした日下部篤哉という男性のことだった。ロイヤル・スイートに宿泊しているその人物が、コンシェルジュ・デスクが開く時刻を尋ねたというのだった。

「午前八時からだと氏原さんが教えていたので、ここへ来るかもしれません」

「そうですか。わざわざありがとうございます」

新田は周囲を見回した後、顔を寄せてきた。

「いけすかない男ですよ。これ見よがしにブラックカードを出してきたりしてね。あんなもの、多少実績を積めば誰だって持てるっていうのに。たしか、うちの父親だって持ってたんじゃなかったかな」

尚美は瞬きし、彼の顔を見返した。今の自分の台詞も相当にいけすかなく聞こえることに、新田は気づいていないのだろうか。

「何か？」新田が不思議そうに尋ねてきた。

「いいえ、何でも」やはり気づいていないらしい。

「もしここへ来たら、どんなことを相談したか、後で教えてもらえますか。大晦日の夜まで滞在する客については、徹底的に情報を集めておけといわれているもので」

「殺人事件の犯人が、コンシェルジュに用があるとは思えないんですけど」

「それはわからない。思い込みは禁物だと上からきつくいわれているんです。お願いできますね」

「内容によります。プライバシーの問題もありますから」

新田がまた顔を近づけてきた。「わかってますか？　非常事態なんですよ」

「よくわかっていますが、それとこれとは話が別です。お客様のプライバシーを守るのは私たちの義務です」ただし、と尚美は続けた。「場合によっては、お客様に関する情報を共有しなければならないこともあります。そういう時にはお話しします。刑事の新田さんにではなく、フロントクラークの新田さんに」

新田がため息をついて何かいう気配を発した時、氏原が近づいてくるのが尚美の視界に入った。彼女はそちらに顔を向け、「おはようございます、氏原さん」と挨拶した。

新田が驚いた様子で振り返った。

「おはよう。——新田さん、午前八時に事務所で、と昨夜いったはずですが」

新田は腕時計を見た。「まだ二分あります。トイレを済ませてから行きます」

彼が足早に歩きだすのを見送った後、「あの刑事とはどんな話を?」と氏原が低い声で尋ねてきた。この人物は客を相手にしている時以外、表情や口調に殆ど起伏がない。

「ロイヤル・スイートのお客様が、コンシェルジュ・デスクの利用時間をお尋ねになったそうですね。大晦日の夜も宿泊される方だから、何か依頼された場合は内容を教えてほしいといわれました」

氏原の目が、レンズの向こうで細くなった。「まさか承知したんじゃないだろうね」

「場合によってはお話しします、といいました」

尚美が新田にいった内容を聞くと、氏原は露骨に目元を曇らせた。

「ホテルマンの格好をしているだけで、あくまでも偽者、よそ者だよ。そして外部の人間にお客様のことを話してはならないのは、ホテルマンの鉄則」

「でも総支配人からは、新田さんを正規の従業員と同等に扱ってよいという指示を受けています」

氏原は眼鏡のフレームを摑むと、尚美の顔をしげしげと見つめてきた。

「何でしょうか?」

「聞いたよ。前回の事件の際、君があの刑事の補佐をしたそうだね」

「そうですけど、それが何か？」

　氏原は口元をかすかに歪めた。

「その時に君が甘やかしたものだから、あの刑事は図に乗って、できもしないフロントクラークの真似事なんかをやりたがるんだ。私は君とは違う。私がフロントにいるかぎり、あの男を一歩たりともお客様に近づけたりはしないつもりだよ」

「あの方とどう付き合うかは、氏原さんの自由だと思います。でもそれでは捜査ができないと、新田さんはいうんじゃないでしょうか」

「そんなことは私の知ったことではない。私にとって大事なのは、このホテルであり、お客様だ。彼等が手柄を立てられようと失敗しようと、どうでもいい」

「新田さんたちが追っているのは殺人犯ですよ」

「わかっている。しかしそれが何だというんだ。このホテルには毎日数百人が訪れ、数百人が宿泊する。その中にはいろいろな人間がいる。殺人を犯した人間だっているかもしれない。いや、君や私がこれまでに接してきた客の中に、必ず一人や二人、いやもっといただろう。密告があったというだけで、大晦日の夜も、宿泊客の中に殺人犯がいるかもしれないという点では、これまでの夜と何ら変わらない。となれば、いつもと同じようにやるだけだ。あの粗雑な男を正規の従業員と同等に扱ってよいと総支配人から指示されたって？　わかった、それならその指示に従おうじゃないか。あの刑事を正規のホテルマンとして見た場合、半人前、いやそれ以下だ。そんな新米にはフロント業務を任せられないというのが正当な判断ではないかな」

顔の表情筋を殆ど動かさず、よくこれだけ饒舌にしゃべれるものだと尚美は感心したが、もちろんそんな思いは顔には出さず、一拍空けてから口を開いた。

「今もいいましたけれど、新田さんとどう付き合うかは氏原さんの自由です。でも僭越ながらいわせていただきますと、結論を出す前に、もう少しあの方のことを知ったほうがいいと思います。あの方は、氏原さんが思っておられるような人ではありません」

氏原の頬がかすかに動いたように見えた。

「アドバイスをくれるのか。ずいぶんと上から目線だ。コンシェルジュに抜擢された自信がいわせる台詞なんだろうね」

「そういうわけでは……」

「君にいわれなくても、あの新田という刑事のことはしっかりと監視せねばと思っている。ホテルにとってどれほど有害な存在かを総支配人に報告する必要があるからね。そうして、もう二度とこんな馬鹿げた捜査には協力しないよう、進言するつもりだ」

尚美は吐息を漏らした後、敢えて氏原に微笑みかけた。

「そうですか。どうぞ、御自由に」

氏原の眉間に、かすかに皺が生じた。だがすぐに元の能面に戻ると、眼鏡のフレームに指先で触れた後、くるりと踵を返して歩きだした。

9

午前十一時を少し過ぎた頃から、フロント前が賑やかになってきた。チェックアウト時刻の正午が近づいてきたからだろう。ビジネス客の多くは、もっと早い時間帯にチェックアウトをするが、今の時期は観光客が大半だ。

尚美はコンシェルジュ・デスクから、フロントカウンターの様子を窺った。

ほかのフロントクラークと共に、氏原がチェックアウト業務に追われている。尚美と二人だけの時には決して見せない愛想笑いを顔に貼り付け、てきぱきと手続きをこなしている。その動きには無駄がなく、自信に満ち溢れているようだ。実際、自分こそがこのホテルでナンバーワンのホテルマンだという自負があるのだろう。

氏原がコルテシア横浜からやってきたのは、尚美が新設されたコンシェルジュ・デスクに異動になった直後のことだ。彼の経歴を尚美は詳しく知らなかったが、いくつかの有名ホテルを渡り歩いてきたということは聞いていた。将来の野望は総支配人になることらしい、との噂も耳に入ってきた。もしかするとふだんから、自分が総支配人になった暁にはああしようこうしよう、とあれこれ想像を巡らせているのかもしれない。だから今回の潜入捜査に対する藤木の判断に、あれほど露骨に反発するのではないか。

氏原の後方に目を移すと、新田が立っていた。端末に向かっているふりをしているが、実際には宿泊客の様子を探っているに違いない。チェックアウトする客は、このホテルから去っていくのだから事件とは関係がないと思うのだが、彼にいわせれば、そういう思い込みも禁物なのだろう。

新田の姿を眺めていると、このホテルが尋常ではない事態に直面しているのだということが、ひしひしと胸に押し寄せてくる。見た目はフロントクラークだが、彼はれっきとした警察官、しかも警視庁捜査一課の刑事なのだ。

どうか何事も起こりませんように、と尚美は心の底から祈った。

フロントカウンターと同様、コンシェルジュ・デスクも少し忙しくなってきた。この時間帯だと、ランチをしたいのだがどこかお薦めの店を教えてほしい、という要望が多い。ただそれだけなら何でもないが、大抵は難しい条件が付いている。小さい子供が少々騒いでも平気な店、個室でアルコール飲み放題で一人一万円以内の店、自分の席で煙草を吸える店――コンシェルジュを魔法使いとでも思っているのかといいたくなるほど、客たちは好き勝手なことをいってくる。時には、半年前から予約で埋まっているような超有名店に今すぐ行きたい、なんてことをいいだす客もいるのだ。

だが文句はいえなかった。単に料理が美味(おい)しい店、低価格の店ということなら、今の時代、スマートフォンがあれば簡単に調べられる。わざわざコンシェルジュ・デスクに来るからには、それなりの理由があって当然なのだ。そしてコンシェルジュは、どんな難問にも、できません、とは決していってはならない。客の要望を実現するのが困難な場合には、必ず代替案を出して納得してもらうのがセオリーだ。

先程やってきたイタリア人カップルの依頼は、帰国した時に友達に自慢できるものが食べたい、というものだった。寿司や天ぷらといったありきたりなものではなく、外国人がめったに食べないものがいいらしい。そのためには少々口に合わなくても我慢する、とまでいうのだ。聞けば、納豆やホヤはすでに挑戦済みらしい。

尚美はあれこれ思案した後、二つの料理を挙げてみた。ひとつはくさやで、もう一つは鮒寿司だ。どちらも臭いにインパクトがあり、日本人でも苦手な人が多いことを付け加えた。

(君はどっちが好きだ?)男性が訊いてきた。

(私は、どちらもそれなりに美味しいと思います)じつはそうではなかったが、こういう時は嘘も方便だ。

カップルは話し合い、答えを出した。両方食べられる店を教えてくれ、というのだった。

目の前が暗くなった。くさやは八丈島、鮒寿司は滋賀県の名物だ。両方をメニューに揃えている店があるとは思えない。

　とりあえず八丈島の料理を売りにしている店に片っ端から電話し、鮒寿司を出しているかどうかを問い合わせてみたが、やはり結果はことごとくノーだった。尚美は電話を置き、考え込んだ。鮒寿司を扱っている店に電話して、くさやを出しているかどうかを尋ねても、たぶん答えは同じだろう。

　イタリア人カップルは、ロビーのソファでスマートフォンを見ながら楽しそうに談笑している。くさやや鮒寿司に関する情報を集めているのかもしれない。店が見つからないなどとは口が裂けてもいえなかった。

　一人の客が目の前を横切った。コンビニの袋を提げている。中身は弁当のようで、部屋で食べるつもりかもしれない。食事代を浮かせるため、そんなふうにする宿泊客は珍しくない。

　それで閃いた。くさやと鮒寿司の両方を食べられる店がないのなら、どちらか一方を持ち込みにすればいいのだ。くさやは店で調理してもらう必要があるから、持ち込むとすれば鮒寿司のほうだ。

　調べてみると、滋賀県の観光物産情報センターが日本橋にあった。鮒寿司はそこで買えるようだ。次に、もう一度八丈島の料理の店に電話をかけて回り、事情を話したうえで鮒寿司の持ち込みを認めてもらえないかと交渉してみた。すると三軒目の店で快諾を得られた。臭いもの同士で面白い、といってくれたのだ。

尚美の説明を聞くと、カップルは大いに喜んでくれた。鮒寿司を売っている店と、くさやを食べられる店の地図をスマートフォンに記憶させると、手を繋いで出かけていった。

あの二人は鮒寿司を前にして、どんな顔をするだろうか。さらに、くさやの臭いを嗅いだ時の反応はどうだろうか。想像するだけで楽しくなる。ともあれ、日本での良い思い出にしてくれれば、と願う。

そんなことをぼんやり考えていると、デスクに一人の男性が近づいてきた。高級そうなスーツを着ていて、四十歳前後と思われる。「ちょっといいかな」

尚美は急いで立ち上がった。「はい、何でしょうか」

「１８０１号室のクサカベだけど、頼みたいことがあるんだ」

クサカベと聞き、即座に尚美の頭の中で『日下部』という漢字に変換された。新田の話を思い出したのだ。

「かしこまりました、日下部様。どうぞ、お掛けになってください」

相手が座るのを見届けてから、尚美も腰を下ろし、端末を操作した。１８０１号室、日下部篤哉、やはり新田のいっていた人物に間違いない。

「日下部様、このたびは御利用ありがとうございます」尚美は頭を下げた。「当ホテルのサービスはいかがでしょうか。何かお気づきの点があれば、遠慮なくお申し出くださいませ」

「今のところはまあまあだよ。朝食も美味しかったしね」日下部は足を組み、意味ありげな目で尚美を見上げてきた。「でも問題はここからだ」

尚美は微笑みを返した。「どういうことでございますか」

「このホテルのサービスが一流かどうかは、僕の頼みをどこまで聞いてくれるか、それで判断させてもらう」

新田のいった通りだな、と尚美は思った。かなり癖の強い人物のようだ。とはいえ、大切なお客様であることに変わりはない。

「私共で何かお手伝いできることがあれば、何なりとお申し付けください」

「うん、じつはね」日下部は少し身を乗り出してきた。「今夜、ここのフレンチを予約してある。七時からだ」

尚美は端末の画面に目を落とした。たしかにフレンチレストランの予約が入っている。

「間違いなく承っております。十九時より二名様、夜景を眺められるお席を御希望でございますね」

「それなんだけど、ちょっと変更してもらいたいんだ」

「どのようにでしょうか」尚美はポケットからメモ帳を取り出し、ボールペンを手にした。

「大したことじゃない。店を貸し切りにしてほしい」

尚美は一瞬息を止めた。動揺が顔に出そうになるのを堪えた。

「承知いたしました。レストランに確認してみますので、少々お時間をいただいてもよろしいでしょうか」

日下部は手を横に一回振った。

「その手順は必要ない。僕自身がレストランに電話をかけて頼んだんだけど、できないといわれた。だからここへ来たんだ。何とかしてもらおうと思ってね」

「……さようでございますか」

そりゃあできないだろうなあ、と思った。この時期に複数の予約が入っていないわけがない。その客たちに今から断りの連絡を入れることなど不可能だ。

「何とかならないかな。どうしても二人きりで食事をしたいんだ。もちろん、お金ならいくらでも出す」日下部は自信に満ちた表情でいった。

「そういうことなら個室が空いているかどうかを確認いたしましょうか。もし空いていないということでも、パーティションを使うなどして、ほかのお客様たちとの間を仕切ることは可能だと思うのですが」無理難題には代替案で対抗だ。

しかし日下部は手を振りながら、首も横に振った。

「そんな狭っ苦しいところはだめだ。予定していることができなくなる。それに、壁一枚じゃほかの客の気配を消せないだろう。パーティションなんて論外だな」

「それでは――」尚美は頭をフル回転させ、別案を探った。「日下部様のお部屋で、フレンチのフルコース・ディナーをお召し上がりになれるようにいたしましょうか。ロイヤル・スイートですから、広さに関しては十分に余裕があると思うのですが」

日下部の表情に変化が現れた。そういう手があったか、という顔だ。ようやく納得してくれそうだと尚美が安堵しかけた直後、「いや、やっぱりだめだ」という言葉が出た。

「人が出入りするたびにドアの開閉する音が聞こえる。それだと計画が狂う」

「先程も、そのようなことをおっしゃいましたね。予定していることができなくなる、と。もし差し支えなければ、その計画というのを教えていただけないでしょうか」

「差し支えなんてないよ。むしろ、いろいろと手伝ってもらわなきゃならないから、話を聞いてもらおうと思っていた。一言でいうとサプライズを用意したいんだ」

「どのようなサプライズでしょうか」再びメモを取る準備をした。

「薔薇だよ」日下部は目を大きく開き、鼻の穴も少し膨らませた。

「薔薇……ですか」

尚美は戸惑う。それだけでは何のことかわからない。

「今夜のディナーの相手は、僕にとってとても大切な女性なんだ。食事が一通り終わった後、その気持ちを伝えたいと思っている」

「それはつまり……プロポーズということでしょうか」

日下部は大きく頷いた。「そう解釈してもらって問題ない」

尚美は、ふっと息を吐いた。かなり気持ちが楽になった。そうか、そういうことなのか、それならそうと早くいってくれればいいのに、と思った。

ドラマチックにプロポーズをしたいので協力してほしい——年に何度かはコンシェルジュ・デスクに持ち込まれる案件だ。そういう時のために、日頃からいろいろとアイデアを考え、これはと思うものをストックしてある。だがどうやら日下部には、すでに何か考えていることがあるようだ。

「どのような演出をお考えですか」尚美は訊いた。

「タイミングはデザートの直後だ」日下部は指揮棒のように人差し指を振った。「デザートが終わってティータイムに入ったら、ピアノを演奏してほしい。曲目は『メモリー』。知ってるかな? ミュージカル『キャッツ』の中で歌われる曲だ」

「存じております」尚美はメモ帳に素早く書き込んだ。「何か特別な思い出が?」

「最初のデートで、あのミュージカルを一緒に観た。曲を聴いて、彼女はきっと、ぴんとくるに違いない。これから何かが始まるってね」

短絡的な発想だなあと尚美は思ったが、口には出せない。

「その後、どのように展開を?」

「演奏が終了に近づくと徐々に照明が暗くなっていく」日下部は大きく両手を広げた後、その幅を少しずつ狭めていった。「完全に曲が終わった時には、明かりは僕たちのテーブルに置かれたキャンドルの火だけだ」声をひそめたのは、その時点での室内の暗さを表現しているつもりらしい。

事前にキャンドルをテーブルにセット——尚美はメモを取った。

「突然のことに、彼女は何事かと戸惑うだろう。でも僕は何もいわず、キャンドルの火を吹き消す。当然、真っ暗になる。それから僕は彼女にいう。そのまま後ろを振り返ってごらん、と。その直後、彼女の背後にスポットライトが当てられる」日下部の声がまた大きくなった。「すると、その下に現れるのは赤い薔薇の道だ」

「薔薇の道?」尚美はメモ帳から顔を上げた。「と、おっしゃいますとどのような……」

日下部は両手を真っ直ぐ前に伸ばした。「まず、僕たちのテーブルから店の出口まで、レッドカーペットを敷いてほしい。幅は一メートル強といったところかな」

「レッドカーペットでございますね」尚美はメモを取る。レッドカーペットなら宴会部で借りられる。

次に、と日下部は続けた。

「その両側にずらりと薔薇の花を並べるんだ。真っ赤な薔薇だ。なるべく間隔をあけずにびっしりと」

なるほど、それで薔薇の道か。メモを取りながら尚美は思案する。レストランの店内から外まで薔薇を隙間なく並べるとすれば、どれぐらい用意すればいいだろうか。百本や二百本では済みそうにない。

「たぶん彼女は驚きのあまり、言葉を発せられないんじゃないかな。呆然としている彼女に、僕は足元に隠しておいた薔薇の花束を見せる。赤い薔薇で百八本ある。その花束の中央には指輪を仕込んである」そこまでいってから、日下部は咳払いをした。「その時に僕がどんな言葉を発するかは、今ここで明かす必要はないだろう。その後、僕は指輪を受け取ってくれた彼女と二人で、薔薇の道を通って退場する。——どうかな」

「よくわかりました……」尚美は日下部の話を反芻し、情景を思い浮かべた。

聞いているだけで、こちらが恥ずかしくなりそうなほどベタなアイデアだ。しかし悪くはないと思った。それなりにインパクトがありそうだし、日下部のことを好きな女性なら感激するだろう。

問題は実現できるかどうかだ。相手の女性に気づかれないよう、背後に数百本の薔薇を素早く並べねばならない。室内が暗くなっていくタイミングでやるしかないが、一人や二人のスタッフでは無理だろう。

部屋ではだめだと日下部がいった理由がわかった。いくらロイヤル・スイートが広いとはいえ、食事中に物音を一切たてずに外から大量の薔薇を持ち込むことなど不可能だ。やはりやるとすれば、レストランを貸し切りにして、事前に薔薇をどこかに隠しておくしかない。

「どう？　やっぱりこのホテルじゃ、こんなダイナミックなことは無理かな」日下部が両方の眉を上げた。一流ホテルと思われたいなら、この程度の要望を聞けなくてどうする、とでもいわんばかりだ。

「いえ、何とかいたします」尚美はきっぱりといいきった。「日下部様、お食事の時間を少しずらすことは可能でしょうか」

「時間？　どれぐらい？」

「たとえば一時間ほど遅らせるというのはいかがでしょう？　さらにレストランに連絡して、日下部様たちのお食事が終わる頃には、ほかのお客様がすべてお帰りになっているよう、日下部様たちのお料理を出すタイミングを調整してもらいます。つまりデザートが出る頃には貸し切りと同様というわけです」

いかがでしょうか、と尚美は相手の表情を窺った。

日下部は顎に手を当て、黙り込んだ。新たな提案を吟味しているのだろう。眉間に皺が寄るのを見て、尚美は不安になった。

だがその皺がふっと消えた。彼女の顔を見つめ、うん、と頷いた。

「それなら悪くないな。よし、それでいこう。食事は八時からに変更だ。そのセンで進めてもらえるかな」

尚美は胸を撫で下ろした。「お任せくださいませ」

「よろしく頼むよ。僕はこれから出かけなきゃいけない。何かあったらケータイに電話を」日下部は懐から取り出した名刺をテーブルに置き、立ち上がった。「食事の一時間前には戻ってくる予定だ。ここへ寄るから首尾を聞かせてもらおう」

尚美も腰を上げた。「かしこまりました。お気をつけて行ってらっしゃいませ」

日下部が正面玄関に向かって歩いていくのを見送った後、尚美は電話の受話器を取り上げた。まずはレストランのスタッフと交渉だ。それからレッドカーペットと薔薇。今日はこれ以上に厄介な要望が持ち込まれませんように、と心で念じた。

10

「では午後六時半に直接レストランに届けていただけるということで、よろしくお願いいたします。このたびは無理をきいてくださり、ありがとうございました」電話を切り、尚美はほっと息を吐いた。赤い薔薇の調達が無事にうまくいったからだ。ホテル内にもフラワーショップはあるが、そこだけでは賄いきれなかった。

レストランのスタッフとの打ち合わせも済んでいる。料理を出すタイミングを調節することや、ピアノ演奏、照明の調整などは何でもない。日下部が差し出す百八本の薔薇の花束は、予め(あらかじ)テーブルの陰に置いておけばいいだろう。

やはり難しいのは、薔薇の道だ。

レストランのメインフロアとエントランスは扉で仕切られているので、ほかの客が出ていった後、扉の手前までは作業を進められる。レッドカーペットを敷き、薔薇のアレンジメントを並べるだけだ。

問題は扉より先、メインフロアだ。いかにして相手の女性に気づかれることなく、すぐ近くまでカーペットを敷き、薔薇を並べるか。女性には扉を背にする位置に座ってもらう予定だが、下手に物音をたてて振り返られたらすべてが水の泡だ。

皆で相談した結果、デザートが始まるまでに、女性の隙を見て、背後に衝立を立てようということになった。そうすれば万一女性が振り返ったとしても、薔薇を並べているところを見られずに済む。そしてピアノの演奏が始まるタイミングで衝立を外し、女性のすぐ後ろまで一気に薔薇を並べるのだ。『メモリー』が流れるのは女性にとって予想外のことだから、気持ちはそちらに向いていて、背後で何かが行われているとは考えもしないだろう。念のため、女性の顔が真っ直ぐ前を向いているよう、ピアノの位置も少し移動させることにした。

コンシェルジュとしてできるだけの手は打った、と尚美は思った。後は日下部の腕前にかかっている。今夜のためにプロポーズの言葉を用意してあるそうだが、どんなものだろう。一段落してみると、今度はそっちが気になってきた。とはいえ、百八本の薔薇と聞けば、大体のことは予想がつく。

頭の中であれこれと想像を巡らせていると、一人の女性がデスクに近づいてきた。三十歳前後か、もう少し上か、落ち着いた雰囲気のある日本的な美人だ。

「お尋ねしたいことがあるんですけど、今、いいですか」丁寧な物言いで話しかけてきた。

尚美は、さっと腰を上げた。「はい、何でしょうか」

女性は気持ちを落ち着けるように胸を上下させた後、口を開いた。

「昨日からこのホテルに日下部という人が泊まってますよね。日下部篤哉という男性が」

たった今まで思い浮かべていた人物の名前が出たので、尚美はほんの少し狼狽した。だがこういう場合にどう答えるかは決まっているので、戸惑うことはない。

「お客様、申し訳ございませんが、そういったお問い合わせにはお答えできないことになっております。御理解くださいませ」頭を下げ、丁重に詫びた。

女性は少し苛立ちの色を示したが、仕方がないというように頷いた。

「わかりました。でもあたしは彼が滞在していることを知っています。だって、今夜彼とここのレストランで食事をすることになっていますから」

　この女性か、と尚美は相手の顔を凝視したくなる気持ちを抑えた。

「さようでございますか。ではごゆっくりとお楽しみくださいませ」

「彼、あなたに何か頼みませんでしたか」

「はっ？」尚美は思わず相手の目を見返した。

「食事の時に何か特別なサービスをしてくれとか、頼んだんじゃないですか」

　女性の質問に尚美は当惑した。なぜそのことを知っているのかと疑問に思ったせいもあるが、女性の目があまりに真剣だったことが気になったのだ。

　尚美が返答に窮していると、どうなんですか、と女性が尚(なお)も訊いてきた。

「申し訳ございませんが、そういった御質問にも――」

「答えられないと？」

　申し訳ございません、と頭を下げる。謝るのもホテルマンの仕事の一つだ。

「わかりました。もういいです」女性が踵を返した。

　尚美は迷った。このまま彼女を立ち去らせていいものだろうか。先程見せた真剣な表情は、ただ事ではなかった。

　お客様、と呼びかけた。足を止めて振り返った女性に向かって続けた。

「ほかのお客様のプライバシーに関わることについてはお答えできませんが、私共で何かお力になれることがございましたら、お手伝いさせていただきますが」

女性は思案するように目を伏せた。数秒間その姿勢を続けた後、ゆっくりと尚美のところに戻ってきた。「そういうことなら、お願いしようかな」

「何なりと、御遠慮なく」尚美は椅子を勧めた。

女性が腰を下ろすのを見て、尚美も座った。

「どういったことを御希望でしょうか」改めて訊いた。

女性は深呼吸を一つした。

「さっきもいいましたように、今夜、あたしは日下部さんと食事をします。仕事の関係で彼はアメリカに住んでいて、久しぶりの再会なんです。年明けには、彼はまた向こうに帰らなければなりません。そうして今度はしばらく日本には戻ってこられません。だから彼は今夜――」唾を呑み込んでから続けた。「あたしにプロポーズするつもりだと思います。派手なことが好きな人だから、きっと趣向を凝らそうとして、ホテルに協力を依頼しただろうと思うんですけど、それについては話せないということなら、それはそれで結構です。でも、あたしのほうから打ち明けておくべきことがあります」

「……どのようなことでしょうか」

「その申し出に……プロポーズに、イエスとはいえない、ということです」

尚美は息を呑み、女性を見つめた。「お断りになるおつもりですか」

はい、と彼女は顎を引いた。「断ります」

「そうですか。私共は口を差し挟む立場にはございませんので……」

日下部篤哉の顔が浮かんだ。プロポーズを拒絶されたら、あの自信に溢れた態度はどうなってしまうのだろう。

女性が、ふっと口元を緩めた。

「おかしな女だと思っておられるでしょうね。プロポーズされることがわかっていて、しかも断る気なら、どうして食事の誘いに乗ったのか、と」

「そんなことはございませんが……」

言葉を濁したが、じつは図星だった。尚美の胸中では疑問が渦巻いている。

「日下部さんと出会ったのは、三年前です。北海道へスキーに行った時、一時帰国していた彼とゴンドラの中で話をしたのがきっかけです。彼は実家が横浜で、あたしは埼玉に住んでいます。だからスキー旅行の後、すぐに会いました。最初のデートはミュージカルの『キャッツ』。でもあたし、あまり内容をよく覚えてないんです。女子中学生みたいに、ずっとドキドキしてて」

「その時すでに惹かれていたのですね、日下部様に」

女性は、こくり、と頷いた。

「彼はアメリカに行かなければいけなかったんですけど、その直前まで、時間を見つけては会っていました。もちろん成田へ見送りにも行きました。帰国した時には必ず会おうって約束して、実際、数か月に一度ぐらいの割合で会いました。彼が向こうにいる間は、メールやテレビ電話でやりとりして」

「素敵な御関係ですね」

ありがとうございます、と女性は少し微笑んだ。

「今の関係を終わらせたくはないんです。むしろ、ずっと続けられるなら、それが一番いいのにと思ったりもします。でもやっぱりそれは虫のいい考えなんですよね」

尚美は小さく首を傾げた。「どういうことでしょうか？」

「あたしたちにとっての結婚は、今の関係を維持することとイコールではないんです。結婚したら、あたしは仕事を辞めて、アメリカに行かなくてはなりません」

「お仕事は何を？」

「教師です。でも、ふつうの教師ではありません。障害のある子供たちが通う、特別支援学校に勤務しています」彼女は尚美の目を真っ直ぐに見つめてきた。自分の仕事に誇りを持っていることを窺わせる顔つきだった。

「素晴らしいお仕事ですね」尚美はいった。心底、そう思った。

ありがとうございます、と彼女は再び礼をいった。

「というわけで、彼と一緒にアメリカに行くことはできません。あたしにはあたしのすべきことがあるからです。障害のある子供たちの世話をし、彼等に自信をつけさせ、自分の力で生きていく勇気と力を身につけさせることです。ずっと悩み続けてきたけれど、ようやく答えが見つかったんです。自分は、この道を進み続けるしかないって。だから今夜の誘いを受けた時、一旦は断ろうかと思いました。彼がプロポーズするつもりだと気づいたからです。でも電話やメールで別れを告げたくないし、彼だって納得しないでしょう。それにあたしも、彼との最後の食事を楽しみたかった」

「両立の道はないのでしょうか。結婚しないけれど、今まで通りのお付き合いを続ける、とか」

尚美の提案に、女性は薄い苦笑を唇に滲(にじ)ませた。

「いったでしょ、それは虫のいい考えなんだって。あたしが日本を離れない以上、彼は別の伴侶を探す必要がある。あたしなんかに時間を使わせるわけにはいかないんです。それにもしかしたら、あたしにはあたしの新たな出会いがあるかもしれないわけだし」

「……たしかに、おっしゃる通りかもしれませんね」相手の冷静な言葉を聞き、尚美は口調を沈ませずにはいられなかった。世の中にはいろいろな恋愛の形があるものだ。

「そういたしますと、私共は何をお手伝いすればよろしいのでしょうか」

だから、と女性は背筋をぴんと伸ばした。

「彼のプロポーズに対して、あたしはノーと答えるしかありません。でもそれじゃあ、大切な夜が後味の悪いものになってしまうでしょ？　そこを何とかしてほしいんです」

「何とか……とおっしゃいますと、たとえば？」

女性は首を振った。

「あたしにはわかりません。だから相談しているんです。彼に恥をかかせず、気まずくなることもなく、プロポーズにノーと答える方法を」

尚美は当惑した。そんなうまい方法などあるだろうか。しかし無理とはいえないのがコンシェルジュだ。

かしこまりました、と答えた。

「こちらで何か考えてみますが、少々お時間を頂戴してもよろしいでしょうか」

「もちろん結構です。よろしくお願いします」女性はバッグを開け、中から一枚の名刺を出してきた。「方針が決まりましたら、こちらに連絡をください」

名刺には特別支援学校の名称が記されていた。『教員　狩野妙子』とあり、携帯電話の番号やメールアドレスも添えられている。

尚美も自分の名刺を渡し、「変更等がございましたら、いつでも御連絡を」といった。

「変更はありません。プロポーズに対する答えはノーです」そういって狩野妙子は白い歯を見せると、ではよろしく、といって立ち去った。

11

宴会部宴会支配人の江上(えがみ)は、その肩書きにふさわしい恵比寿顔が持ち味だが、今日ばかりは苦々しい顔つきで数枚の書類を出してきた。書類の一番上には『マスカレード・ナイト　参加者一覧』の文字が印刷され、その下にはずらりと氏名が並んでいる。

拝見します、といって新田は手に取った。

事務棟の三階にいた。ここには宴会部の事務部門がある。江上の席は窓から日差しの入る場所にあった。

リストに記されているのは、代表者名、参加者数、代表者の連絡先だ。連絡先は電話番号かメールアドレス、あるいはその両方になっている。住所はない。

「代表者以外の参加者の名前はわからないのですか」

「はい、そこまでは」江上はいった。「ほぼ全員の方が、宿泊予約の際にパーティの申し込みも済ませておられます。宿泊予約自体が代表者名だけで行われていますので、ほかの方の名前はこちらではわかりません」

「すると会場の入り口で本人確認はできないことになりますね」

「チェックインをされる時、パーティに申し込んでおられるお客様には人数分のチケットをお渡しいたします。そのことは、すでにフロント業務をしておられる新田さんなら御存じだと思うのですが」

「あのチケットを持っていれば、誰でも会場に入れるわけだ」

「御承知だと思いますが、パーティに参加される方は仮装しておられます。本人確認など無意味です」江上は真面目腐った顔でいった。

「ははは、たしかにそうだ」

「新田さん」江上が、じろりと見上げてきた。「こうしたリストを外部に出すのは、ホテルとしては極めて不本意であることを御理解ください」

新田は表情を引き締め、江上の視線を受け止めた。

「御心配なく。慎重に取り扱います」書類を掲げると、くるりと踵を返した。

部屋を出ると階段を下りた。二階の会議室では、上島（うえしま）という刑事がパソコンに向かっていた。コンピュータやネット犯罪に強い若者だ。新田は後ろから覗き込んだ。どうやら警視庁のデータベースにアクセスしているようだ。

「犯歴か」新田は訊いた。

「宿泊客の名前で照合しているだけですけどね」

「手応えは？」

「今のところは何も。もっとも軽犯罪や交通違反に関しては無視しています。そんなのに付き合っていたら、時間がいくらあっても足りなくなる」

「重犯罪の前科があれば、偽名を使っている可能性が高い」

「おっしゃる通りです。だから運転免許証の検索も手配しています。同姓同名がいっぱい見つかるでしょうけど」

「顔写真が手に入るなら、それでも十分だ。本物かどうか、俺が見比べてやる」

「お願いします」

新田は持っていた書類を置いた。「こいつを渡しておく」

「何ですか、これは」

「カウントダウン・パーティの参加者リストだ。代表者名しか書いてないし、本名かどうかもわからんがな」

「お預かりします」

新田が会議室を出て、腕時計で時刻を確かめると、間もなく午後二時になろうとしていた。チェックインの始まる時刻だが、この時間帯にやってくる客が少ないことは、これまでの経験で新田はわかっていた。部屋の清掃の仕上がり状況の確認、連泊予約や複数予約の部屋割りなど、フロント業務自体はたくさんある。しかし偽者の新田がやる必要はないし、どうせ氏原が目を光らせているだろう。それより気がかりなことがあった。

本館に移動してコンシェルジュ・デスクに行くと、山岸尚美がパソコンを操作していた。顔つきは真剣で、眉間にはかすかに皺が刻まれている。

「忙しそうですね」

新田が声をかけると、山岸尚美は彼が近づいてきたことには気づいていたらしく、

「忙しいというより、悩んでいるところです」とパソコンの画面から目をそらさずに答えた。

「難しいミッションでも与えられましたか」

山岸尚美が、じろりと見上げてきた。「用件があるなら、早くおっしゃってください」

「日下部氏について確認しておきたいと思いまして。午前中、やはりここに立ち寄ったようですね。フロントから見えました。何を相談されたんですか」

山岸尚美は、にっこりと笑いかけてきた。

「たしかに日下部様から、ある要望がございましたが、事件には無関係だと断言しておきます。コンシェルジュとしての私を信用していただければと存じます」わざとらしいほどの丁寧な言葉遣いで締めくくった。

「ホテルマンはお客様に関する情報を共有しておく必要がある、といったのはあなたですよ」

「お客様のプライバシーに関わる場合は別だとも申し上げたはずです」

「だとしても、あなた以外の従業員は誰も知らないってわけではないでしょう？　協力

者たちには打ち明けているはずだ」

「おっしゃる通りですけど、新田さんに協力していただくことはございません」

新田は渋面を作った。

「お願いしますよ。大晦日の夜まで滞在する客の動向については、逐一チェックするように指示されているといったでしょう？　事件に関係があるかどうかは、こちらが判断します。どうか、捜査に御協力を」

山岸尚美は、肩で大きく息をついた。

「仕方ないですね。でも、無闇に話さないでくださいよ」

「わかっています。信用してください」

じつは、といって山岸尚美が話した内容は、新田を拍子抜けさせるほどありきたりなものだった。日下部篤哉は薔薇の花を使ったプロポーズを計画しているらしい。

「たしかに事件とは関係なさそうだな」話を聞き終えると、ついそんな感想が新田の口をついた。

「だから、そういったじゃないですか。もういいでしょうか。今はそのことで頭を悩ませている最中なので」

「そうなんですか。でも、それほど難しい案件だとは思えないけどな。要するに薔薇を大量に揃えて、演出の手配をするだけじゃないんですか」

「それが、そういうわけにはいかなくなっちゃったんです。相手方から別の要望が入ってきたものですから」

「相手方？　どういうことですか」

山岸尚美は話していいかどうか迷った様子だったが、結局はぼそぼそと呟くように事情を打ち明けた。それを聞き、新田は思わずのけぞった。「プロポーズを断るって？」

「声が大きいです」山岸尚美が眉をひそめた。

「それ、かなり無茶な要求じゃないですか。相手に恥をかかせず、気まずくなることもなく、プロポーズにノーと答える方法って、そんな都合のいい話があるんですか」

「難しいですけど、考えなきゃいけません。それがコンシェルジュの仕事です」強い口調でいいきってから山岸尚美は頷いた。自らにいい聞かせたのかもしれない。

「男がプロポーズを決意するのは、勝算があると確信した時です。頭の中には、女性がイエスと答えるシーンが出来上がってしまっている。それなのにノーなんていわれたら、きっとパニックになるだろうなあ」

「それが心配なんです。日下部様は自信満々で、断られるなんてこと、これっぽっちも頭にないと思います」

「いっそのこと本人に教えてやったらどうですか。あなた、断られますよって」

山岸尚美は頰を強張らせ、新田の顔を凝視してきた。「そんなこと、いえるわけないじゃないですか」

「だめですか」

「当たり前です。なぜそんなことが断言できるのかと訊かれたら、どう答えればいいんですか」

「本当のことをいえばいいじゃないですか。相手の女性から聞いたって」

「そんなこと、勝手にはできません。狩野様は、直接会って返事をしたいといっておられるのですから」

　新田は顔をしかめた。「めんどくさいなー」

「たしかに少々厄介ではありますけど、お二人の人生に関わることですから、慎重に判断しなくてはならないと思っています」山岸尚美の顔つきは真剣そのものだった。

「大変ですね。やっぱりあなたはプロだ。どんなふうに処理するのか、お手並み拝見といきましょう」

　新田のスマートフォンが着信を告げた。取り出して表示を見ると能勢からだった。電話を繋ぎ、はい、と応える。

「新田さん、能勢です。昨夜はお邪魔いたしました」

「いいえ、それより何かあったんですか」

「昨夜、二人で話した件です。今回の事件が連続殺人なら、これまでに起きた未解決事件の中に同一犯のものがあるのではないか、という仮説についてです。今朝、早速、資料班にいる同期に振ってみました」

鈍重そうな見かけとは逆に、能勢は行動が速い。さすがだ、と新田は改めて感心した。

「何か見つかりましたか」

いやあそれが、と能勢は芳しくない声を発した。

「とりあえず過去一年分を調べてもらいましたが、今回の事件と繋がりがありそうなものは見当たらないようです。若い女性が殺されている事件はいくつかあるのですが、共通しているキーワードがないそうで」

「キーワード？」

「資料班では、過去に起きた事件の捜査資料をすべてデータ管理しています。だから鍵になりそうな言葉で検索すれば、その言葉を含む資料がすぐに見つかるんです。今回でいえば、感電死とか、密告状といった言葉です。被害者の名前、働いていた店の名称とかマンション名なんかでも検索してもらいました。もちろん、コルテシア東京でも」

「でも、これといったものは見つからなかったと」

「そういうことです。検索するキーワードを、もう少し増やそうかと思いますが、どんな言葉を選べばいいのかわからず困っています」

「はあ、キーワードですか」

「何か思いつくことはないですか」

新田は唸った。そういわれても、事件について能勢以上に知っていることはない。これまでに彼と話した内容を反芻した。

「イメージチェンジ、というのはどうですか。あるいは少女趣味とか」

「なるほど、それがありましたね。わかりました。そのあたりの言葉でも当たってもらいましょう。さすがは新田さんだ」

「的外れの可能性も大ですけどね」

「大いに結構です。下手な鉄砲を撃ちまくるのが刑事の仕事です」

面白い喩えだ。その通りですね、と新田は同意した。

「もう一つ、例の件も調べています。密告者が被害者の部屋を覗いていたのではないか、という説についてです」

「どんな具合ですか」

「残念ながら、近くには該当しそうな建物はありません。考えてみれば当たり前の話で、だからこそ被害者はカーテンを開けっ放しにしていたのだと思うわけです。覗かれそうな建物がそばにあったら、ふつうはカーテンを閉めますからね」

「たしかに」

見込み違いかと新田は落胆しかけたが、しかしながら、と能勢は続けた。

「倍率の高い望遠鏡を使ったとすれば、もっと範囲を広げられます。一キロぐらいまで広げたらどうなるか、今、若い奴に調べさせているところです」

「一キロ？　それはすごい」

「考えれば考えるほど、新田さんの説が当たっているように思えてならんのですよ。とにかくもう少し粘ってみます。あとそれから例の女性研修医さんですが、今夜も会いにいくつもりです。今度こそ口を割らせてみせますよ」

「わかりました。収穫があることを祈っています」

電話を切った後、新田は相手が能勢だったことを山岸尚美に教えた。前回の事件で、彼女も能勢とは面識がある。

「そうですか、あの方も警視庁に……。出世されたんですね」

「元々、優秀な刑事でしたからね。しかも俺なんかとはまるで違うタイプです。地道に足で集めた情報をコツコツと積み上げて、真相に辿り着く。隠し事をしている人間でも、ついあの人にはしゃべっちゃったりするんです」

「口が達者なんですね」

「達者、というのとは少し違うな」新田は首を傾げた。「あの人には大きな武器があるんです。俺なんかにはない武器です」

「何ですか」

「それはね、誠意です」新田はいった。「どんな相手に対しても、まずは誠意を示す。言葉遣いには気をつけるし、腰も低い。だからといって慇懃無礼なんてことは決してない。精一杯の誠意を示されたら、誰だってそれに応えなきゃって気になりますからね」

「誠意……ですか」

「そうです。俺なんか、つい駆け引きをしてしまうんですけど、それでは人の心を動かせないと知っているんだろうなあ」

「駆け引き……」

そう呟いた直後、山岸尚美の目がぱっと見開かれた。それはまさに、今まで見えていなかった何かに気づいた表情だった。彼女は瞬きし、新田の顔を見つめてきた。

「そうですよね、駆け引きはよくないですよね」

「どうしたんですか」

「もしかすると日下部様の件、答えが見つかったかもしれません」

「ほんとですか。どんなふうに？」

「今まで小細工ばかり考えていたんですけど、そういうのは誠意が感じられませんよね。狩野様のお気持ちだっていい加減なものではないし、もっとストレートに表現すればいいのかも」山岸尚美の口調は、途中から独り言を呟くものになった。物思いにふけるように宙を見つめた後、我に返った様子で新田に視線を戻した。「新田さん、ごめんなさい。私、これからいろいろと手配をしなきゃいけないので」

「わかりました。どうぞ、仕事に戻ってください。邪魔をしてすみませんでした」

山岸尚美は椅子に座り直すと、どこかに電話をかけ始めた。その横顔には彼女らしい自信が漲(みなぎ)っていた。

12

日下部篤哉がホテルに帰ってきたのは午後七時を少し過ぎた頃だ。コンシェルジュ・デスクにやってきた彼は、「首尾はどうかな」と尚美に尋ねてきた。

「御指示通りに進めております。レストランのスタッフは、すべてを把握しておりますので、日下部様は係の者が御案内する席についていてくだされば結構です」

「わかった。じゃあ、八時にレストランに行くよ」

「私はデザートが始まる少し前から、店のどこかで待機しております。もちろんお邪魔になるようなところにはおりませんので、どうか御安心ください」

「よろしく。何だか緊張するよ」日下部は満足そうな笑みを浮かべ、エレベータホールに向かった。

それから約三十分後、今度は狩野妙子がやや強張った表情で姿を見せた。尚美は二階に上がるエスカレータへと彼女を誘った。一緒にいるところを万が一にも日下部に見られてはならないからだ。

ブライダルコーナーを覗いてみたところ無人だったので、隅のテーブルを使わせてもらうことにした。

「何かいい方法は見つかったでしょうか」狩野妙子が訊いてきた。

尚美は背筋を伸ばし、彼女の目を真っ直ぐに見つめた。

「私なりにいろいろと考えました。その結果、変に言葉を濁したりせず、ノーはノーでいいのではないかと考えた次第です」

狩野妙子の顔が曇った。「はっきり告げろってことですか」

「ノーにもいろいろあると思うのです。狩野様は日下部様のことを拒絶しておられるわけではなく、結婚して渡米するわけにはいかないけれど好きだという思いは変わらない、ということですよね。でしたら、その気持ちを素直に伝えたらいいのではないでしょうか」

「どうやって？」

「難しくはありません。同じものを用意するんです」

「同じもの？」狩野妙子は、わけがわからないといった表情だ。

はい、と尚美は頷いて微笑んだ。「日下部様と同じもの——道です」

13

腕時計の針は午後九時五十分を指していた。さっき見た時から十分しか経っていない。コンシェルジュ・デスクに目を向けると、山岸尚美は座って何やらメモを取っていて、動き出す気配はなかった。

「何かあるんですか」隣から久我が小声で尋ねてきた。「先程から、ずっと時計を気にしておられますね」

「いえ、大したことじゃないんです」新田は答えた。「今夜も事務棟で会議があるので、遅れないようにしなきゃな、と考えていただけです」

久我は、やれやれといったふうに首を振った。「改めて、大変なお仕事だと思います。私なんかには到底務まりそうにない」

「それはお互い様です。俺にしても短期間だから真似事ができているだけで、ずっとホテルマンをしろといわれたら、逃げだしたくなります」

新田の言葉に久我は苦笑した。「それを聞いて、少し安心しました」

「今すぐにでも逃げだしてくださって結構ですよ」カウンターに向かっている氏原が、そういって振り返った。「むしろ、私としては大歓迎です」

言葉に冗談の響きなどまるでない。本気でそう思っているからだろう。

氏原さん、と久我が困ったような顔をした。新田は笑いかけ、手を横に振った。気にしなくていい、という合図だ。

チェックイン作業が一段落し、フロントカウンターにいるのは、この三人だけだった。ロビー全体が静かで、まるでエアポケットのような時間帯だった。

「白状しますとね」新田は小声で久我にいった。「捜査会議より、フレンチレストランのことを考えているんです。今頃、どんなふうだろうか、と」

はははあ、と久我が口を開き、コンシェルジュ・デスクのほうに視線を走らせた。

「その話なら聞きました。レストランで派手なプロポーズを計画しているお客様がいらっしゃるそうですね」

「昨夜遅くにチェックインした日下部という人物です。元日まで滞在するようなので、上司から動向を把握しておくように指示されているわけですが、それを除外しても、顚末が気になっていましてね」

「プロポーズが成功するかどうか、ですか？」

「いや、どうやら話はそう単純ではないようなんです」

「といいますと？」

「あまり感心しませんね」再び氏原が振り返った。「お客様に関する情報共有ではなく、単なる噂話に花を咲かせるというのは」

「おっと失礼、このへんにしておきます」久我は苦笑して謝った後、後方のドアを開けて事務所に消えた。

もし、と氏原が新田の顔を見ながら続けた。

「新田さんのお仕事に関わりがあるということなら、どうぞ様子を見に行ってきてください。フロントオフィス外でなら、新田さんがどこで何をしようと私には関係がありませんから」そういって再び前を向いた。

「そうですか。では、場合によってはそうさせていただきます」

どうぞ、と素っ気ない返事が返ってきた。

その直後、一人の背の高い女性が正面玄関から入ってきて、フロントカウンターに近づいてきた。欧米系の血が入っているのか、彫りの深い美人だ。襟の部分にファーが付いたダークブラウンのコートを羽織っている。スーツケースを引っ張っているのに気づいたベルボーイが、あわてた様子で駆け寄った。ベルボーイは女性と何やら言葉を交わした後、彼女のスーツケースを提げてカウンターにやってきて、「ナカネ様です。チェックインだそうです」と新田と氏原の顔を交互に見ながらいった。

新田は手元の端末を操作した。予約者リストに載っているのは、仲根伸一郎（しんいちろう）という名前だった。ほかにナカネという名字は見当たらない。

女性がカウンターの前に立った。「ナカネです」

「失礼ですが、下のお名前を伺ってもよろしいでしょうか」氏原が新田に対する時とは別人の柔らかい口調でいった。

ああ、と女性は口を小さく開け、得心したように首を縦に動かした。

「シンイチロウです。すみません、予約した本人は後から来るそうで、先にチェックインしておいてくれといわれたんです」ハスキーで艶っぽい声だ。

「かしこまりました。本日から一月一日まで三泊、二名様、コーナー・スイートでの御宿泊ということで間違いございませんか」

はい、と女性は答えた。

「まだエグゼクティブ・カウンターの御利用が可能な時間ですが、こちらでお手続きするということで構いませんか」

「ええ、構いません」

「ではこの用紙に御記入をお願いいたします」氏原は彼女の前に宿泊票を置いた。

女性はボールペンを手にし、少し躊躇する様子を見せて書き始めた。

「これでいいでしょうか」

彼女が差し出した宿泊票を、新田は氏原の肩越しに見た。署名欄に書かれたのは、仲根緑(みどり)という名前だった。住所は愛知県だ。

本来なら予約者名を記すのだが、名字が一致しているので特に問題はない。氏原も書き直しを頼むことなく、ありがとうございます、と受け取った。

「仲根様、お支払いはいかがなさいますか。クレジットでしょうか、それとも現金で」

氏原の問いかけに彼女は首を傾げた。「たぶん、クレジットだと思います」

たぶん、といったのは、支払うのは仲根伸一郎だからだろう。

「さようでございますか。その場合、クレジットカードのプリントを取らせていただいているのですが」

「ああ、でも本人がまだ来てないから……。代わりにお金を預けてもいいんですよね」

「もちろんですが、現金でデポジットをお預かりする場合、宿泊料金の百五十パーセントほどになります。今回のお部屋で三泊となりますと……」氏原は電卓を叩いた。表示された数字は六十万以上だ。それを女性に示した。「これぐらいの金額になりますが」

さすがにそれだけの持ち合わせはないらしく、女性の顔に困惑の色が浮かんだ。

「仲根様、プリントを取らせていただくクレジットカードは、実際のお支払いの際に御使用になるカードでなくても構いません。もし今何かクレジットカードをお持ちなら、それでも問題ないのですが」

「私のカードでもいいということですか」

「さようでございます」

女性は考え込むように目を伏せた後、すぐに頷いてバッグを開けた。財布から出した金色のクレジットカードを氏原の前に置いた。「これでいいですか」

お借りしますといってカードを受け取り、プリントを取ろうとした氏原の横顔に、一瞬だけふっと怪訝（けげん）そうな気配が浮かぶのを新田は見逃さなかった。

プリントを取った後、ありがとうございました、といって氏原は女性にカードを返した。

氏原がカードキーを用意している間に、新田はこっそりとクレジットカードのプリントを確認した。そこに印字されている名前は、『MIDORI　MAKIMURA』となっていた。

「お待たせいたしました、仲根様。では、1701号室のお部屋を用意させていただきました。こちらが朝食券、そしてこちらがカウントダウン・パーティの参加チケットでございます」氏原の言葉を聞き、新田はカウンターの上に目をやった。パーティのチケットは二枚あるようだ。

サービス内容を一通り説明した後、氏原はそばで待機していたベルボーイを手招きし、カードキーを渡した。ベルボーイに案内され、女性はエレベータホールに向かった。

「本名ではないようですね」宿泊票を手にして新田はいった。「緑という名前は同じですが、クレジットカードの名字はマキムラでした。しかも結婚指輪を嵌（は）めてなかった。

わざわざ男性と同じ名字にしたのは、夫婦だと思われたかったからでしょうね」

すでに無表情に戻っている氏原が唇の片端を上げ、新田の手から宿泊票を取った。

「それがどうかしましたか?」

「結婚していない男女がホテルに泊まったって、別に構わない。それなのにそんなことをしたのは、何か後ろ暗いところがあるからかもしれません」

「不倫だといいたいわけですか」

「まあね。断言はできませんけど」

「大いにあり得るでしょうね。でも、そういうお客様はホテルにとっては貴重です。人目についてはまずいので、レストランは利用しづらい。必然的に冷蔵庫の利用とルームサービスが多くなります。そして、この二つは利益率が高い」氏原は淡々と続けた。「我々の隠語でラブ・アフェアといいます」

ははは、と新田は笑った。「情事、ですか。ずいぶんとストレートだ」

「オブラートに包んでいたら、この商売は成り立ちませんから」にこりともせずにいった後、氏原はくるりと背を向けた。

その直後、コンシェルジュ・デスクのほうから電話の音が聞こえてきた。新田が見ると山岸尚美が受話器を取り上げるところだった。

14

尚美に電話をかけてきたのは、フレンチレストランのマネージャーである大木だった。

「ついさっき、メインディッシュをお出しした。この後、デザートだ」

「わかりました。すぐに向かいます」

コンシェルジュ・デスクはすでに終了している。尚美はエレベータホールに向かった。エレベータに乗り込むと、後から新田が追いかけてきた。「俺も立ち会わせてもらっていいですか」

尚美は瞬きして彼を見上げた。「何のために？」

「いったでしょ。日下部氏は要チェック人物なんです。できるかぎり動向は把握しておかねばなりません」そういった後、新田は笑って鼻の下を擦った。「というのは口実で、単なる野次馬です。あの難問をあなたがどんなふうに解決したのか気になるものですから。御安心ください。決して邪魔はしません」

尚美は苦笑した。

「まあ、いいでしょう。新田さんがヒントをくださったわけだし」

「誠意の話ですか。あれがどんなふうにヒントになったのかなあ」

「それは見てのお楽しみ……とはいえ、うまくいくかどうか、まるで自信はないんですけど。もしかすると日下部様から叱責されるかもしれません」

「それはますます興味深い」

新田が好奇の光を目に浮かべた時、エレベータが到着した。

「一つだけ約束してください」エレベータを降りてから尚美は新田にいった。「レストランに入ったら、決して声を発しないこと。身振り手振りも禁止です。約束できますか」

「黙って見てろってことですね。ええ、もちろん約束します」

「それなら結構」

フレンチレストランに行くと入り口の扉が閉ざされており、その前で大木が神妙な面持ちで待っていた。

「結構、遅くなりましたね」尚美はいった。

「一組、長尻の外国人客がいてね。おかげで、日下部様たちのメインディッシュをなかなか出せなかった。でももう大丈夫。今は日下部様たちだけだ」そういってから大木は怪訝そうな目を新田に向けた。

「俺のことなら気にしないでください」新田がいった。「単なる見学ですから」

大木は釈然としない様子だったが特に何も訊くことはなく、「エントランスの照明を絞ってあるから中はかなり暗い。気をつけて」といって扉を開けた。

大木に続いて入っていくと、たしかに暗かった。だが床にレッドカーペットが敷かれており、両側にフラワーアレンジメントがずらりと並べられているのはわかった。

花を見た新田が何かいおうとする気配を発したので、尚美は人差し指を唇に当てて制した。

レッドカーペットの先には扉があった。その向こうがメインフロアで、日下部たちが食事を続けているはずだった。

扉の手前には数名のスタッフがいた。彼等の傍らにはアレンジメントが集められていた。その数は二十個以上ありそうだ。

扉を開けて一人の男性スタッフが出てくると、大木の耳元で何やら囁いた。

「デザートが出された。衝立の設置も終わったそうだ。ピアニストも準備完了らしい」

大木が待機しているスタッフたちに小声でいった。

扉が開かれ、スタッフたちが素早く行動を開始した。一人はレッドカーペットを敷いていく。ほかの者たちはアレンジメントを抱え、腰を屈めて移動する。

尚美は大木の横に立ち、中の様子を窺った。

後片付けの済んだ無人のテーブルが並んでいる。まだ食事が続いているはずの唯一のテーブルは、窓際に置かれた一メートル半ほどの高さの衝立のせいで尚美の位置からは見えなかった。すでにそのすぐ手前までレッドカーペットが敷かれ、アレンジメントも並べ終えられようとしていた。スタッフたちの動きには無駄がない。

飲み物をワゴンに載せたウェイターが現れ、衝立の向こうにあるテーブルに近づいていった。それぞれの飲み物を置いているのがわかる。やがて、ウェイターはゆっくりと下がっていった。ティータイムの始まりだ。

「いよいよですね」尚美は大木に囁いた。「照明の調整は？」

「大丈夫。施設部の人間がスタンバイしている」

女性ピアニストが鍵盤を叩き始めた。ミュージカル『キャッツ』の『メモリー』だ。あまりにも有名な曲だし、いきなり印象的なメロディから始まったのでインパクトは大きい。

足音を殺して二人のスタッフが衝立に近づき、それを脇に移動させた。テーブルを挟んで向き合う日下部たちの姿が現れる。背中を向けているのは狩野妙子だ。ピアノに気を奪われているらしく、振り返る素振りは全くない。

尚美の位置から日下部の顔が見えた。彼のほうからも彼女たちのことは見えているはずだが、ちらりとも視線を向けようとせず、身体を捻ってピアノのほうに顔を向けている。狩野妙子に気づかれたくないからだろう。

やがて照明がゆっくりと暗くなってきた。ピアノの演奏はクライマックスに差し掛かっている。スタッフたちが狩野妙子のすぐ後ろまでカーペットを敷き、アレンジメントを並べているのが見える。

無事に並べ終えたスタッフたちが、足音を殺して急いで戻ってきた。

ピアノの演奏が終了すると共に、照明はすべて消えた。残された明かりは、二人のテーブルに置かれたキャンドルの炎だけになった。

後ろからでは狩野妙子の反応はわからない。何か言葉を発しているのかもしれないが、尚美たちのところまでは届かない。だが正面に見える日下部の表情は満足そうだ。

その日下部がキャンドルに顔を近づけ、炎をふっと消した。店内が真っ暗になった直後、狩野妙子の背後にスポットライトの光が落ちた。ずらりと並んだ真っ赤な花が浮かび上がった様子は、思わず息を呑むほどに華麗で迫力があった。

「後ろを見てごらん」静寂の中、日下部の声が響いた。

狩野妙子が振り返り、驚いたように目を瞬かせた。彼女はこの演出を知っていたわけだが、演技には見えなかった。予想以上に美しい光景だったからかもしれない。

妙子、と日下部が再び呼びかけた。立ち上がった彼の腕には巨大な薔薇の花束が抱えられていた。

「赤い薔薇の花言葉を知っているかな？」日下部が訊いた。

「たしか……愛情？」

狩野妙子の答えに日下部は頷いた。

「その通り。ただ、この薔薇の花束は特別だ。百八本ある。その数だと特別な意味が含まれる。もし知らないのなら、今すぐに調べてみてほしい」

やはりそう来たか、と尚美は思った。ほぼ予想通りだ。

狩野妙子がバッグからスマートフォンを取り出し、操作を始めた。

百八本の薔薇――その花言葉は、私と結婚してください、なのだ。

狩野妙子が顔を上げ、日下部のほうを向いた。

「ありがとう。とても嬉しい」

やや強張っていた日下部の表情が途端に崩れた。彼は花束の中から小さなケースを出してきた。おそらく中身は指輪だろう。

「これを受け取ってほしい。そして二人で、この薔薇の道を歩いていきたい。ずっと、永遠に」箱を開け、差し出した。

狩野妙子は指輪と日下部の顔をじっと見比べていた。しかし指輪に手を伸ばすことなく、すっと立ち上がった。

ありがとう、と彼女は繰り返した。「あたしなんかのために、こんなことまでしてくれて……。一生忘れない。この思い出を一生の宝物にする」

でもね、と彼女は続けた。

「あたしたちがこれから歩むべき道は、残念だけど薔薇の道じゃない。情熱的な愛の道ではないの」

狩野妙子が何のことをいっているのかわからないのだろう、日下部は指輪のケースを手にしたまま立ち尽くしている。

「こっちに来て。そうして、カーペットの脇に並べられた花をよく見て」

彼女にいわれ、日下部はテーブルのこちら側に回った。それまでは彼の位置からだと、床に並べられた花はよく見えなかったはずだ。

えっ、と日下部が声を発した。目が大きく見開かれた。腰を屈め、アレンジメントに顔を近づけた。

「何だ、これはどういうことだ。薔薇じゃない」

そう、と狩野妙子はいった。「薔薇じゃなくてスイートピーよ」

「スイートピー？　どうして……」

ここで初めて日下部の目が尚美たちに向けられた。怒りと戸惑い、さらには疑問が入り混じった顔だ。

「山岸さんを責めないで。あたしが依頼したことなの」狩野妙子がいった。「今夜、たぶんあなたはプロポーズしてくれるだろうと予想してた。それに対するあたしの答えを、どう伝えていいかわからなかったので、山岸さんに相談した。そこで提案してくださったのが、こういう方法だったの。今夜、薔薇の道を選ばないのであれば、どんな道を選ぼうとしているのかを示してはどうでしょうか、と。話を聞いて、納得した。これならあなたの心からのプロポーズに誠実に答えることになると思った」

日下部は狩野妙子に顔を戻した。言葉が出ない様子だった。

「スイートピーの花言葉を知ってる？」

彼女に問われ、日下部は首を横に振った後、はっとしたようにスーツの内側に手を入れた。取り出したスマートフォンを操作し始めたのは、花言葉を調べているのだろう。

日下部が顔を上げた。驚きと放心、そして落胆の色が混在しているようだった。

どう、と狩野妙子が尋ねた。

日下部は気持ちを落ち着けるように何度か大きく呼吸した後、寂しげな笑みを作った。

「別離、というのがあるね」

「門出、というのもあるはずよ。それから、優しい思い出、というのも」

「それが……僕のプロポーズに対する君の答えってことか」

「ごめんなさい」狩野妙子は、はっきりとした口調でいった。「今夜を、あたしたちの新たな門出の日にしたいと思ったの」

「そうか。門出の……ね」日下部は持っている指輪の箱をじっと見つめた後、その蓋をぱたりと閉めた。それから尚美のほうを向いた。「これだけの数のスイートピー、よく集めたものだ」

尚美は黙って頭を下げた。何と答えていいかわからない。

大したものだ、といって日下部は頭を揺らした。

「篤哉さん」狩野妙子が彼に呼びかけた。「スイートピーの道を一緒に歩いて、退場してくれる？」

日下部は、ずらりと並んだスイートピーのアレンジメントを改めて眺めた。引き攣っていた表情が和み、口元に笑みが浮かんだ。

「皮肉なものだな。『メモリー』という曲には、こちらの道のほうがふさわしいように思えてくる」

「素敵な夜をありがとう」狩野妙子の声が涙まじりになった。

ウェイター、と日下部が呼んだ。

足早に近づいたウェイターに、日下部はグラスのシャンパンを二つ注文した。

「退場する前に、二人の門出に乾杯だ」そういって彼は狩野妙子に笑いかけた。

15

新田が会議室に入っていくと、すでに打ち合わせが始まっており、古参刑事の渡部が報告しているところだった。渡部はロビーをはじめホテル内外の張り込みを行い、怪しい人物をチェックしている。

「今日の午後四時頃、不審な動きをしている男性がいるという連絡が、警備員室の防犯カメラをチェックしていた刑事から入りました。具体的には、正面玄関から入った後、エスカレータで二階に上がり、使用されていない宴会場や控え室を覗いていたそうです。その後も動きを監視していると、男性は階段で移動、教会などを覗き、さらには従業員用のドアを開けたりしているとのことでした。ロビーに戻ってきたところから私が尾行を開始しました。男性はエスカレータで地下二階まで下り、直結している地下鉄の駅に向かったので、改札口を通過する直前で声をかけました」

職務質問をした、ということらしい。

「ホテルでの行動について質問したところ、一人娘がこのホテルでの結婚式を計画しているらしいが、母親にはいろいろと相談しているくせに自分には何ひとつ教えてくれない、だけどどうしても自分の目で一度見ておきたかった、ということでした。運転免許証を提示してもらえたので本名と住所は確認できています」

「父親の悲哀というわけか」稲垣が苦笑した。「問題なさそうだな」

「ただ、逆に質問されました」

「質問？　どんなことを？」

「コルテシア東京では常に警察官が見張っていて、怪しそうな人間には職質するのか、と」

稲垣の片眉が上がった。「何と答えた?」

「今日はたまたまです、と答えておきました」

「納得している様子だったか」

さあ、と渡部は首を捻る。

「まあいい、御苦労。——次」

渡部が着席し、本宮が立ち上がって報告を始めた。どうやら今日はいくつかの部屋のハウスキーピングに同行し、宿泊客の荷物をチェックしたらしい。

「元日まで滞在することになっている四組の家族連れですが、荷物を調べたかぎりでは、いずれも怪しいところはありません。鳥取から来ている家族のバッグから薬が見つかりましたが、血糖値を下げる薬でした。父親が糖尿病なのかもしれません」

「荷物を調べていることをハウスキーパーには気づかれてないだろうな」稲垣が確認した。

「大丈夫です。連中が目を離した隙を狙いましたから」

「それならいい。続けてくれ」

「関西弁のカップルですが、旅行バッグから不審なものは見つかりませんでした。とりあえず実際に男女関係にあるようです。昨夜、最低二回しています」本宮は淡々と話した。しているとは、無論セックスのことだろう。

「なぜ回数がわかるんだ」そう尋ねたのは渡部だ。

本宮は、にやりと笑った。「コンドームの袋が二つ、ゴミ箱に捨ててあった」

渡部が顔をしかめる。「そんなものまで調べたのか」

「当たり前だ。何のために部屋掃除に立ち会ってると思ってるんだ」

「そのコンドーム自体は回収できなかったのか」稲垣が訊いた。

「いや、さすがにそれはできませんでした。ハウスキーパーたちの目がありましたから」

「歯ブラシとひげ剃りは？」

「それも無理でした。ハウスキーパーたちの作業は速くて、あっという間に新品と取り替えられて、使用済みのほうは袋に入れられてしまいます」

本宮の回答に稲垣は渋面を作る。

歯ブラシとひげ剃りを入手したいのは、それらがＤＮＡ鑑定に最適な物品だからだ。今回の被害者である和泉春菜は妊娠していた。胎児との親子関係が確認できれば、大きな手がかりとなる。

しかしこの件に関しては、ホテル側の協力は一切得られていない。無断でお客様のＤ

ＮＡを調べるなど言語道断というわけだ。そこでハウスキーピングに立ち会った捜査員がこっそり回収するという手を目論んでいるわけだが、本宮の話を聞くかぎりでは、うまくはいっていないようだ。

「あの客はどうだ？」稲垣が訊いた。「ロイヤル・スイートに一人で泊まっている客は」

「日下部という客ですね。それが詳しいことはよくわかりません。でかい鞄を持ち込んでいるんですが、鍵をかけてましてね」

あのブリックスのバッグだな、と新田は思い出した。

「その客について何か摑んだか」稲垣が新田に顔を向けてきた。

「アメリカ在住のビジネスマンらしいです。帰国の目的は、どうやら好きな女性に求婚することだったようです」

新田の言葉に、全員の目が丸くなった。どういうことだ、と稲垣が尋ねてきたので、つい先程レストランで目撃したシーンについて説明した。

「そんなドラマチックな出来事があったのか。その日下部という客はショックだっただろうなあ」

「でも最後は清々しそうにしていましたよ。いけすかない人物だという印象でしたが、少し見直しました」

「だけど、この後どうする気なんだ」本宮がいった。「ロイヤル・スイートを元日まで予約してるんだろ。プロポーズを受け入れてもらった後、その女性と一緒に泊まるつもりだったんじゃないのか」

「そうかもしれませんが、現時点では部屋をキャンセルしていません」

「すると一人で寂しく年越しをする気か。物悲しいねえ」

「そういうことなら、その日下部という人物のことは、今後はあまりマークしなくてもよさそうだな。——上島」稲垣が端の席に座っている若手刑事に声をかけた。「その人物のデータは何か見つかっているか」

「犯歴のデータベースに、その名前は見つかりませんでした。運転免許証のデータベースには同一の名前がありました。東京都在住の男性です」そういって上島はノートパソコンをくるりと回転させた。

新田は画面を覗き込んだ。そこに表示されている免許証の写真を見て、首を振った。

「全く別の人物だ」

「そうでしょうね」上島はパソコンを元に戻した。「話を聞いていて、年齢が合わないと思いました。この人は今年、五十八歳ですから」

「ほかに同姓同名の人物はいないのか」新田は訊いた。

「全国の免許証を当たってみましたが、比較的珍しい氏名のせいか、ほかにはいませんでした」

「どういうことだろう。運転免許証を持っていないのか」稲垣が呟くように疑問を述べた。

「いや、それはないでしょう。車の運転ができなきゃ、アメリカじゃ生活できません」新田は断言した。

「アメリカ在住ということなら、向こうの免許証を持っているんじゃないですか」上島がいった。

どうだ、と稲垣が新田に訊いてきたので、大いにあり得ます、と答えた。

「日本人がアメリカの免許を取る場合、日本で取得した免許証を提示して試験を受けるのが一般的で、うちの父もそうしていました。ただ、日本で免許を取得せずに渡米して、向こうで免許を取ることは可能です。むしろ向こうは試験が簡単です」

「なるほど、そういうことか」稲垣は納得した様子だ。「次に移ろう。例のカウントダウン・パーティの参加者リストが入手できたそうだな。何か摑めたか」

「日下部氏と同様、犯歴や免許証のデータベースと照合しました」上島が答えた。「犯歴でヒットした人物が何人かいますが、同姓同名の可能性が高いです。免許証も、殆どの名前で複数見つかっていて、どの人物なのか特定できないでいます」

「構わんから、すべての顔写真のデータを揃えておいてくれ。チェックイン後、どの人物かを即座に特定できるように準備しておくんだ」稲垣がいった。「今日、チェックインした客についての資料は？」

「ここにあります」新田が書類を差し出した。「チェックインしたのは全部で百四十二組で、元日まで滞在するのは四十五組です」

稲垣が息を呑む顔になった。「一気に増えたな」

「明日はもっと増える予定です」

「気がかりな客はいるか」

「男性の一人客で元日の朝まで滞在するのは十九人で、日本人は十一人です。全員、カードでの支払いとなっていて、そのうちの七人はインターネットですでに決済を終えています。つまり本名を使っている可能性が高く、怪しい点はありません」

「ほかの客はどうだ？」

「現時点では特に不審な客はいません。ただ、一名だけ宿泊票に偽名を記入した人物がいます」

「偽名だと？」

稲垣が食いついてきたので、新田は仲根緑――マキムラミドリのことを話した。

「夫婦に見せかけようとしたのではないか、と推察しています。その後、予約者の仲根伸一郎という人物がホテルに到着したかどうかは未確認です」

上島が手を挙げた。

「その名前はカウントダウン・パーティの参加者リストにあったので、すでに免許証を確認しています。愛知県在住ではないでしょうか」

「ビンゴだ。宿泊票に書かれた住所は愛知県だった」新田が答えた。

上島はキーボードを叩いた後、先程と同じようにパソコンを回転させた。液晶画面に表示された免許証には、中年男性の写真が載っている。四角い顔で穏やかそうな表情をしていた。

「その男性は、おそらく到着していると思われます」そういったのはベルボーイの格好をしたままの関根だ。「ついさっき、ルームサービスでシャンパンが注文されたので、俺が持っていきました。グラスは二つ」

「この人物を見たのか」稲垣がパソコンの画面を指した。

「いえ、入り口で女性に渡したので、部屋には入れませんでした」

「美人だよな」

新田がいうと、「エキゾチックですよね」と関根も嬉しそうに表情を緩めた。

「話を聞いたかぎりでは問題ないと思うが、その女性の相手がこの免許証の人物かどうか確認してくれ」稲垣がいった。「防犯カメラの映像だけではよくわからんかもしれんから、新田か関根が何か理由をつけて、本人に直接会ってみろ」

新田は関根と顔を見合わせた後、やってみます、と答えた。

係長、と本宮が声をかけた。

「元日まで滞在するのが四十五組だとなると、ハウスキーピングに同行して部屋をチェックするのに、俺以外に最低でも三人は必要です」

「そうだな。よし、明日は見張り組にも回ってもらおう。ほかに何かあるか？　なければ俺から連絡だ。新たな映像が届いた。和泉春菜さんが出入りしていたペットサロンなどに備えられている防犯カメラの映像三点だ。いずれも一か月以内のもので、和泉さんが映っているのは最初の三日間程度だが、交際相手が店の客の中にいるとすれば、映っている可能性はある。これらも各自の端末に送っておくから、よく見ておいてくれ」

はい、と部下たちが答えるのを聞いてから、稲垣は立ち上がった。

「残すは後二日だが、本当の勝負はここからだ。犯人は必ずこのホテルに現れる、いや、すでに来ているかもしれないと思って、各自慎重に行動してくれ。決して警察が張り込んでいることを気づかれないようにしろ。以上だ」

例によってシャワーを浴びた後で新田がパソコンに向かっていると、スマートフォンに着信があった。能勢からだった。時計を見ると、すでに日付が変わっている。

「お疲れ様です。こんな時間まで仕事ですか」

「そういう新田さんだって、どうせパソコンの前でしょ？　目に浮かびますよ」

「御明察です。能勢さんはもしかして、例の女性研修医に会ってきたんですか」

「その通りです。事前に指導医の先生に、時間を作ってもらえるようお願いしたんです。菓子折を持参しましてね。それが奏功したらしく、研修医さん、嫌々ながらも会ってくれました」

「さすがですね。それで何か摑めましたか」

「興味深いことが」能勢が低い声でいった。「ただ、電話ではうまく説明できません。お疲れだと思うのですが、これからそちらに行っても構いませんか」

「大歓迎です。待ってますよ」

「三十分で着きます。ハイボールは二缶でいいですか」

「恐れ入ります。できれば柿の種も」

「了解です。では後ほど」

電話を切ってから三十五分後、遅くなって申し訳ありません、といって能勢が現れた。今夜もニット帽にダウンジャケットという出で立ちだ。

「年末だからでしょうな。タクシーが全然捕まりません。そのくせこんな時間だというのに街中を歩いている人は多くて、コンビニまで混んでました」レジ袋を机に載せると、ダウンジャケットを脱ぐ前にハイボールの缶と柿の種を新田の前に置いた。

「日本人というのは、年の瀬が押し迫ると、じっとしていられなくなるようです。アメリカ人なんか、バカンスに出かけちゃうか、家で家族とのんびり過ごすかのどちらかなんですけどね。――いただきます」新田はハイボールの缶に手を伸ばした。

「落ち着きのない民族なんでしょうね。師走、なんていう言葉があるぐらいだし」能勢はダウンジャケットを脱ぎ、ニット帽を取ってから椅子に腰を下ろした。レジ袋から缶ビールを取り出し、お疲れ様です、と掲げてきた。

「お疲れ様です」新田は応じ、缶のプルタブを引き上げた。「早速ですが、成果をお聞きしたいですね。女性研修医から聞いた興味深い話というのを」

能勢はビールを一口飲んでから缶を机に置いた。

「まどろっこしいので、その女性の名字をいっておきます。ハヤカワさんといいます。早退の早に、三本の川です」

「はい。その早川さんからどんな話を？」

能勢が、ぐいと顎を引いた。「極めてデリケートな内容でした」

「デリケート？　どんなふうに？」

「早川さんは私にこういいました。これから話すことはあくまでも自分の憶測なので、証言という扱いにはしないでほしい、記録にも残さないでほしい、と」

「なるほど」

新田はハイボールの缶を机に置き、姿勢を正した。心して聞くべき話だと思ったからだ。

「早川さんによれば、和泉春菜さんがボーイッシュな服装をするようになったのは、中学二年の夏からだそうです。そしてそのことと家庭の事情とは無関係ではないのではないか、と早川さんは考えておられるようです。ただしはっきりとした証拠があるわけではないし、和泉さん本人に確かめたこともないので、憶測、というわけです」

「家庭の事情が服装に影響？　それはたしかに興味深い話ですね」

「中学で親しくなって以来、早川さんは和泉さんから、しばしば母親の悪口を聞かされたそうです。どういう悪口だと思いますか」

さあ、と新田は首を捻った。

「両親の離婚の原因は父親の浮気でしたよね。母親を責めるのは筋違いだし……」

能勢は、にやりと笑って親指を立てた。「母親に男が出来たんです」

おっ、と新田は声を漏らした。独身に戻った母親が誰かと交際を始めた、というのは十分にあり得る話だ。

「母親が老舗（しにせ）和菓子屋の跡継ぎだということは話しましたよね。相手の男性は番頭で、実質的に店を取り仕切っていました。ずいぶんと近場で間に合わせたものだと思いますが、もしかするとお互い以前から憎からず思っていたのかもしれませんな」

「だったら和泉春菜さんも、以前からその男性のことはよく知っていたんじゃないですか」

「おっしゃる通りです。だからこそ抵抗があったみたいです。全く知らない男の人ならともかく、前から知ってるおじさんとお母さんが変なことをしてるなんて、考えるだけで気持ちが悪いとか」

新田は唸った。「その気持ちは何となくわかります」

「あのおじさんのことをお父さんだなんて絶対に呼べない、ともいっていたそうです」

「それで母親は、その男性と別れたんですか」

「いえ、別れていません。今も一緒に暮らしています」

「えっ、そうなんですか。でも入籍はしてないんですよね」

「していません」

「どうして？」

「できないからです」能勢は即答した。「男性には正式な奥さんがいるんです」

ははあ、と新田は口を開いて頷いた。よくある話だ。別居しているが、離婚はしていないという状況なのだろう。多くの場合、夫のほうは別れたがっているが、生活の保障を求める妻の側が離婚届に判を押さないのだ。

「和泉さんが中学二年になって間もなく、男性は彼女たちの家で暮らすようになったそうです。その頃には和泉さんも、あまり愚痴をこぼさなくなっていたとか。だからもう諦めたのかな、慣れたのかな、と早川さんなりに解釈していたみたいです」

「ところがそうではなかった?」

「そうではなかったのではないか――」能勢の細い目が、かすかに光った。「というのが早川さんの考えです。夏休みのある夜、突然和泉さんが家に訪ねてきたことがあったそうです。夜といっても、深夜です。窓ガラスを叩く音がして、早川さんの名前を呼ぶ声が聞こえてきた。和泉さんは泣いていて、今夜、泊めてもらえないか、という。事情を尋ねても首を振るばかりで、何も説明してくれない。ただ泣きながら、もういやだとか、家に帰りたくないとか呟いたそうです。それで早川さんがぴんときて、誰かに何かされたのかと訊いたところ、その後は貝のように押し黙ってしまったというんです」

「それで?」

「やがて早川さんはうとうととして、気がついたら朝になっていて、和泉さんの姿は消えていたというわけです。そして机の上には、ごめんね、と書かれたメモが」能勢は缶ビールを掴み、一口飲んだ。「その次に会った時には、和泉さんはけろりとしていて、あの夜のことは一言も話さなかったそうです。ただし、一つだけ大きく変わっていたことがあった」

「もしかして……髪を切っていた？」

「お見事。その通りです。髪を男の子のように短くし、服装もボーイッシュになっていた。早川さんが理由を尋ねたら、暑いから短くした、夏休みはイメージチェンジのチャンスだし、という答えが返ってきたとのことでした」

新田は指先で机を軽く叩いた。「そういうことか……」

「早川さんも、あの夜のことを口にしたことは一度もなかったそうです。だから実際に何があったのかはわからない。想像していることはあるけれど、あくまでも憶測にすぎない、というわけです」

「母親の男に悪戯(いたずら)されたんですね」

「ふつうに考えれば、そういう答えしか出ませんな。どの程度の悪戯か、頻度はどうだったのか、そもそも悪戯という呑気な言葉で済ませられるものなのか、それは誰にもわかりませんが」

「ボーイッシュにイメージチェンジしたのは、防御のためですね。そのほうが男が変な気を起こしにくくなると思ったんでしょう」

おそらく、と能勢は頷く。「高校卒業後は何としてでも上京したかった理由もはっきりしました。要するに男から離れたかったんです」

「母親は知っているんでしょうか」

「どうでしょうね。早川さんは、和泉さんが話したとは思えないとおっしゃってました。母親が聞いていたら、いくら何でも男を追い出すのではないかと。ただ、私が母親と会った時の印象を振り返りますと、あの後ろめたそうな雰囲気は、ただ事ではなかったように思います」

「娘から聞いたわけではないが、薄々感づいていたのでは……と？」

はい、と能勢は明瞭に答えた。「その可能性は大いにあると思います。しかし、娘に確かめはしなかった。その勇気がなかった、真相を知るのが怖かった、というところではないでしょうか」

新田は、ふうーっと息を吐き、ハイボールをごくりと喉に流し込んだ。「嫌な話だな」

「すみません。お疲れのところ、不愉快な土産話で」能勢は短い首をさらに縮めた。

「仕方がありません、そういうものを拾い集めるのが刑事の仕事ですから。問題は、そのことが今回の事件とどう繋がるか、ですね」

「おっしゃる通りです。今の話から判明したのは、和泉春菜さんのイメージチェンジと上京の理由だけです。で、とりあえずこの件は横に置いといて、一時期彼女の部屋に少女趣味の服がたくさんあったということを思い出していただけますか」

「といいますと？」

「例の資料班の同期から耳寄りな情報が入ったんです」

新田は目を見張った。

「過去に起きた未解決事件の中に、今回の事件と類似のものがないかどうか、キーワードで検索して調べてもらうんでしたよね。見つかったんですか」

「見つかった、かもしれません」能勢は慎重な物言いをした。「期間を一年以上前まで遡ったところ、感電死というキーワードで引っ掛かる事件が何件かあったそうです。その中にロリータというキーワードを含むものがありました」

「ロリータ？」

ここで能勢は、いつもの手帳を出してきた。

「状況が非常によく似ています。睡眠薬を飲まされて眠った後、感電死させられたんです。今回と違うのは、風呂の浴槽で眠っているところを通電された点です。発見当初は単なる心臓発作とみられていたそうですが、若いし、心臓に持病を抱えていたわけではない。おまけに部屋の至るところに指紋を拭き取った形跡があるということで、他殺が疑われたわけです。その場合、最も考えられるのが感電死なので、電気の使用状況を調べたところ、瞬間的に電気使用量が跳ね上がってブレーカーが落ちた時間があったらしいです。それがまさに死亡推定時刻と一致していました」

「たしかに状況は似ていますね。被害者は女性ですか」

「二十六歳の女性です。しかもなかなかの美人だそうです。地方出身だけれど、死亡した時には東京で独り暮らしをしていたという点も同じです。ふだんの服装はふつうですが、クロゼットの中にはロリータ趣味のものが何着もあったとか。その言葉が報告書に残っていたわけです」

「ビンゴ……ですかね」

ただ、と能勢は声のトーンを少し落とした。

「連続殺人というには、時期が少し、というよりかなり開いています。三年半前です」

「三年半か。たしかにそれはちょっと長い」

「でも気になります。明日、もう少し詳しいことを調べてみます」能勢は手帳を大事そうにしまった。

「あっちはどうですか。密告者は常日頃から被害者の部屋を覗いていたんじゃないか、という説ですが。それらしき建物は見つかりましたか」

「まだ探させているところですが、さすがに一キロぐらいまで範囲を広げると、いくつか考えられる建物があるようです。ただ厄介なことに、もしかすると一キロではきかない可能性もあるというんです」能勢が困ったように両方の眉尻を下げた。

「もっと遠くからかもしれないと？」

「天体望遠鏡のような大それたものでなく、市販の望遠レンズにも、三キロぐらい先の人影を確認できるものがあるそうです。そこまで広げるとなると、ちょっと特定は難しいかもしれないってことでした」

「三キロか……」

新田は東京の地図を頭に思い浮かべる。以前調べたことがあるのだが、このホテル・コルテシア東京から桜田門の警視庁本部までが、ほぼ三キロだ。その間にある建物の数を想像すると気が遠くなりそうだった。

「まあ、とりあえず探させてみますよ。それより新田さんのほうはどうですか。何か収穫はありましたか」

「残念ながら能勢さんに報告できるような話は一つもありません。ホテルという場所がいかにユニークで、いかにいろいろな人間が来るところか、ということを痛感させられる出来事はいくつか起きていますが」

「何ですか、それは。気になりますね」

「事件が一段落したら、お話しします」新田はいった。日下部篤哉のプロポーズ話は酒の肴には最高だが、話しだすと長くなりそうだった。「そういう日が来れば、ですが」

「その面白そうな話をゆっくりとお聞きするには、まずは事件を解決せねばならん、ということですね。これはまた一つ、気合いが入りました」能勢は軽口を叩いたが、心の底からの言葉であることは明白だった。

16

朝、コンシェルジュ・デスクについてから尚美が最初にすることは、脇に置いてある小さな日付表示パネルの確認だ。夜勤のフロントクラークが、フロントカウンターにあるパネルを替える際、一緒に替えてくれるのだ。今日のそれは間違いなく十二月三十日になっていた。

今年もいよいよ後二日か——。

一年間の出来事を振り返り、あっという間に過ぎ去ったように感じるのは、この時期にはよくあることだ。しかし今年に関していえば、そんな呑気な気分にはとてもなれない。

警視庁の潜入捜査が始まって、今日で三日目になる。これまでのところ、殺人事件に関わるような出来事も、これから何かが起きる兆候らしきことも確認されてはいない。だが安心する根拠などなかった。何かが起きるとすればカウントダウン・パーティの時なのだ。それまでに、まだ四十時間ほどある。

フロントカウンターに目をやると、すでに制服に着替えた新田が、ホテルマンにあるまじき鋭い視線で端末を睨んでいた。苦言を呈したいところだが、彼の気持ちも理解できた。大晦日を明日に控え、年越しをホテルで過ごそうとする人々のチェックインが、今日から本格的に始まるのだ。その数は百組をはるかに超える。それらの人々の宿泊に関するデータをすべてチェックしようとすれば、猟犬のような目になるのも仕方がないかなと思う。その目で不穏な気配を見抜き、よからぬことが起きる前に犯人を逮捕してほしい、と尚美自身が心の底から願っているのだ。

エレベータホールから現れた大柄な外国人が、フロントカウンターに近づいていくのが見えた。ジョージ・ホワイトだ。氏原がチェックアウトの手続きを行っている。特に問題はなさそうだ。

精算を済ませたホワイトが、コンシェルジュ・デスクに向かって歩いてきた。その顔に穏やかな笑みが浮かべられている。尚美は立ち上がり、彼を迎えた。

(ありがとう、ナオミ。今回も快適に過ごさせてもらったよ)握手を求めてきた。

尚美は彼の分厚い手を握った。(お発ちですか。これからどちらに?)

(京都に行く。友人が向こうにいてね、一緒に年を越そうと誘われているんだ)

(それは素晴らしい。良い年越しになることを祈っています)

(君もね、ナオミ。休みはないのかい?)

(残念ながら、一月三日まで勤務です)

(サンガニチ、というやつだね。それは大変だ。身体には気をつけてくれよ)

（ありがとうございます）

ホワイトは笑顔で頷いた後、振り返ってロビーを見回してから首を少し傾げた。

（何か気になることがございますか）尚美は訊いた。

ホワイトは迷いの表情を浮かべた後、唇を動かした。

（今回、ここへ来てからずっと感じていたことだけど、雰囲気がいつもと違うね）

尚美は、ぎくりとした。（どのように、でしょうか）

（何だか奇妙な緊迫感がある。誰か特殊なＶＩＰでも泊まっているのかな。いや、それが誰かを知りたいわけではないんだけど）

尚美は笑顔を保持し続けたが、頰が少し強張るのを自覚した。

（どうして、そのように思われるのでしょうか）

するとホワイトは尚美のほうを向いたまま、親指で後ろを示した。

（エスカレータのそばに立っている男性だが、さっきから何もせず、ずっと周りに目を光らせている。よく見るとインターカムを付けているじゃないか。単なる警備なら、ホテルの制服を着ているはずだ。そしてそういう人間が、至るところで目に付く。ただ事だとは思えないね）

どう返答すべきか尚美が考えていると、「ノー・プロブレム」とホワイトはいった。

（答えにくいなら、それでいいよ。ただ、違和感を抱いている客は僕だけだとは思えな

い。そのことを教えておきたかった）

（ありがとうございます。でも決して、このホテルに何らかのトラブルが発生したわけではありません。どうか、御安心を）

（わかっている。君たちのことは信用しているよ。余計なことをいったのかもしれない。忘れてくれていい）

（いいえ、貴重なアドバイスに感謝いたします。お気をつけて行ってらっしゃいませ。京都旅行が素敵な思い出となりますように）

ホワイトは屈託のない表情に戻り、アリガトウ、と日本語で答え、正面玄関に向かって歩いていった。その背中を見送りながら尚美はため息をつき、改めてロビーを見渡した。

指摘されるまでもないことかもしれなかった。一般人を装ってはいるが、どの人物が捜査員なのか、尚美にも何となくわかる。エスカレータのそばに立っている男性は明らかにそうだろうし、ソファに座って新聞を読むふりをしている人物も、たぶん刑事だ。ホワイトがいうように、ほかの客たちも異様な雰囲気を感じ取っているおそれは十分にあった。この状態で万一重大事件が発生したら大変だ。予期していながらなぜ客たちに知らせていなかったのか、と世間から叩かれるのは必至だろう。

一体どうすればいいのか——自分のような一従業員が悩んでも仕方のないことだとわ

かりつつ、考えてしまう。

それにしても殺人事件の犯人がカウントダウン・パーティに現れるとはどういうことなのか。何が目的なのか。全く迷惑な話だ。

尚美は端末を操作し、パーティの参加者リストを表示させた。ずらりと並んだ名前を眺め、この中に殺人犯がいるのかもしれないと考えてみても、実感は少しも湧かない。

ほっと吐息を漏らして端末から顔を上げた時、すぐ目の前に人が立っていることに気づき、どきりとした。しかも一人ではなく、カップルだった。どちらも三十歳より少し前か。

「あのう、ちょっといいですか」男のほうが遠慮がちに口を開いた。関西弁のイントネーションだ。隣にいる女性は不機嫌そうに俯いている。

はい、と尚美は立ち上がり、笑顔で快活に返事をした。「何でしょうか？　何かお困りのことでも？」

「困っているというか、確認したいことがあるんです。どういう部署で訊いたらいいのかようわからへんので、ここへ来たんですけど」

「どのようなことでしょうか」

それが、と男性は隣の女性をちらりと見てから視線を戻してきた。

「僕らは一昨日、チェックインしたんです。で、昨日は午前に出かけて、ホテルに戻ってきたのは夜の十時ぐらいなんですけど」もう一度女性のほうを一瞥してから続けた。「彼女が、バッグの中を誰かに漁られてるっていいだしたんです」

「えっ」尚美は思わず声のトーンを上げていた。「それはどういうことでしょうか。何か紛失しているとかですか」

「いえ、なくなっているものはないそうなんです。僕は、気のせいやないかというたんですけど……」

男性が歯切れ悪く言葉を継ごうとした時、不意に女性が顔を上げた。

「気のせいなんかと違います。絶対に誰かがバッグの中を触ってます。お化粧ポーチがバッグの一番下になってるなんてこと、あたしの場合、絶対にあり得へんから。ホテルの掃除係の人が触ったかどうか、確かめてくださいっ」関西弁で激しくまくしたてた声が、ロビーに響き渡った。

ノックが二回聞こえた。どうぞ、と答えたのは総支配人席に座っている藤木だ。

ドアが開き、警視庁捜査一課の稲垣が姿を見せた。彼に続いて入ってきたのは、たしか本宮という刑事だ。最初に会った時にはヤクザにしか見えず、客のふりをしてホテル内にいられるのでさえ迷惑に感じた。

二人の後から現れたのは新田だ。強面の本宮の後だからか、会釈する姿がいつも以上にホテルマンらしく見えた。

「急にお呼び立てして申し訳ありません」藤木が立ち上がっていった。

いいえ、と短く返事した稲垣の表情は硬い。

「まあ、座って話しましょう」藤木がソファのほうを指し示した。

総支配人室の応接セットは豪華だ。大きなセンターテーブルを囲み、全員が席についた。ホテル側の人間は、藤木と宿泊部長の田倉、エグゼクティブ・ハウスキーパーの浜島(はましま)、そして尚美だ。

「事情は御存じですね」藤木が稲垣に訊いた。

「田倉部長から聞きました」

「私がお話ししたのは、おおよそのことです」田倉がいった。「又聞きでは正確なことは伝わらないと思いますので、山岸から直接説明させます。――山岸君、頼む」

尚美は頷き、唾を呑み込んでから刑事たちに顔を向けた。

「私のところへ来られたのは、0923号室にお泊まりのカップルのお客様です。昨夜十時頃に部屋に戻ったところ、部屋に置いてあったバッグの中を誰かに触られた形跡があった、とのことです。バッグの持ち主の女性はとても几帳面(きちょうめん)な方で、自分が使いやすいように、中の配置をきちんと決めてあるんだそうです。ところがそれが違っていた、部屋を出る際、戻ったらすぐに出せるようにと化粧ポーチを一番上にしておいたはずなのに、なぜか下になっていた、誰かが触ったからに違いない、とおっしゃるのです。紛失しているものはないけれども、このままでは気持ちが悪いので調べてほしい、ということでコンシェルジュ・デスクにいらっしゃったのです」

稲垣は腕組みをして宙を見つめている。その顔に表情はない。対照的に隣の本宮はあからさまに仏頂面だ。たぶんこの男が張本人だろう、と尚美は見当をつけた。

「で、あなたはどうしたんですか」新田が質問してきた。

「すぐにエグゼクティブ・ハウスキーパーに連絡し、事情を説明しました」尚美は横にいる浜島に、ちらりと視線を走らせた。

「山岸から話を聞き、すぐに0923号室のハウスキーピングを担当した者たちに確認してみました。二人のハウスキーパーによれば、お客様の荷物を開けることなどあり得ない、ということでした」小太りの浜島が、少し緊張しているのかいつもより甲高い声でいった。「ただ、0923号室のハウスキーピングには、捜査員の方が立ち会われたそうです。その方が荷物に触れなかったとは断言できない、というのが担当者たちの答えです。それを山岸に伝えました」

「それで?」新田が再び尚美のほうを見た。

尚美は大きく息をついてから口を開いた。

「その時点ではまだ断定はできませんでしたけど、お客様をいつまでもお待たせするわけにもいきませんので、バッグの中身に触れたのは捜査員の方だったという前提で対応するのが合理的だと判断しました」

「どんなふうに対応を?」新田は目に好奇の光を宿らせている。

「ハウスキーピングの最中、客室係がバッグを移動させようとして落としてしまったそうで、その際にバッグの内部が乱れたかもしれないとのことです、とお客様に説明し、お詫びいたしました。担当者を呼んで直接説明させましょうかと伺ってみましたが、どうやら安心されたらしく、その必要はないといってくださいました」

「なるほど、さすがですね。素晴らしい」

「恐れ入ります」思わず頭を下げてしまってから、なぜ自分がここで礼をいわなきゃならないのかと尚美は後悔した。

「いかがですか、稲垣警部」藤木がいった。「話を聞いたかぎりでは、私も山岸と同様、バッグの中を触ったのは捜査員の方ではないかと思うのですが、何か反論はありますか」

稲垣は腕組みをしたまま、隣の本宮のほうに首を少し回した。「触ったってほどじゃないんだろ?」

ええ、と本宮は答える。「ちょっと中を覗いただけです」ぶっきらぼうな口調だった。

「バッグの中を覗いただけで、一番上に入れてあったものが一番下になるなんてこと、あるわけないでしょうっ」尚美は口を尖(とが)らせていった。

「バッグを開けようとした時に落としたんですよ。その拍子に中身がひっくり返ったんじゃないかな。山岸さんだっけ、あなたがお客さんに説明した通りのことが、実際に起きちまったんですよ」

「いい加減なことを……そもそも、お客様の荷物を勝手に開けること自体が反則なのに」

尚美は本宮の骸骨顔を睨みつけたが、相手は痛くも痒(かゆ)くもないといった様子だ。

稲垣警部、と藤木が低い声で呼びかけた。

「元来、お客様に無断で部屋に外部の人間を入れることなど、ホテルとして到底許されることではないのです。それでも一部の部屋にかぎって、ハウスキーピングに捜査員が立ち会うことを認めたのは、非常事態だと認識しているからです」

「賢明な御判断だと思います」

稲垣の言葉は、尚美には慇懃無礼にしか聞こえなかった。藤木も同じ思いらしく、煩わしいとばかりに小さく手を振った。

「しかしどんなに特殊な事情があろうとも、決して犯してはならないルールというものがあります。事件には無関係なお客様に迷惑がかかったり、不快な思いをさせるようなことは決してあってはならない、というのがそれです。そういうお客様には、いつも通りの、いえいつも以上のサービスを提供できるよう努めていかねばならないと思っています」

「よくわかっています」稲垣は組んでいた腕をようやくほどき、背筋を伸ばした。「今回は少し行き過ぎた点があったようですが、今後は気をつけるよう、部下たちによく注意しておきます」

「どのように気をつけるよう指示するおつもりですか？」

「だからそれは……お客さんたちに迷惑がかからないよう気をつけろ、と」

藤木が唇を緩めたが、冷めた笑みにしか見えなかった。

「失礼ながら警察の方には、どんなことがお客様の迷惑になるか、あるいはどんなことでお客様が不快な思いをされるかは、判断できないのではないでしょうか」

「そんなことはありません。警察官も、れっきとした社会人です。常識ぐらいは持ち合わせております」

「警察官の常識、ではないのですか」

稲垣が眉根を寄せた。「どういう意味ですか」

藤木が促すように田倉に目配せした。

「昨夜、ベルキャプテンから報告がありました」田倉が話し始めた。「ロビーにいたお客様に質問されたそうです。ホテルの従業員の中にインカムを付けている者とそうでない者がいるのはどうしてか、と。奇妙な質問だと思いつつ、まずは答えるのが先決と考え、動き回る仕事の者、具体的にはドアマンとベルボーイらがインカムを付けており、フロントクラークのように勤務場所が固定されている者は付けておりません、と答えたそうです。するとそのお客様は、ホテルの制服を着ていないのにインカムを付けている人間が目につくのだが、連中は何者かと質問してこられたそうです。中にはロビーのソファに座っている者もいるので気味が悪い、と。ベルキャプテンは、ホテルとは関係ないと思いますが調べておきます、と答えたらしいのですが、次に訊かれたらどう答えればいいかと私に尋ねてきました。また山岸によれば、今朝も同様の指摘があったそうです。外国の方ですが常連のお客様なので、ふだんとの違いに違和感を持たれたようです。それからもう一件」人差し指を立てて続けた。「これは総務部からの連絡です。昨日結婚披露宴会場の下見に訪れたお客様から電話があったそうです。ホテルを出て、地下鉄のホームに向かおうとした時、後ろから声をかけられ、警察官を名乗る男性から職務質問を受けたとのことです。理由を尋ねたら、ホテル内で不審な行動を取っていたから、といわれたとか。おたくのホテルでは客の行動を警察に監視させているのか、と問われたらしいです」

話し終えた後、警察官たちの反応を窺うように田倉は顔を巡らせた。

「おわかりいただけましたか」藤木が稲垣にいった。「あなた方が捜査に熱心なのはわかります。インカムを付けてホテルの内外を張り込むのも、不審者を尾行して職務質問を行うのも、警察官としては常識的な行動なのでしょう。しかしホテルを利用するお客様にとっては極めて非日常的、すなわち迷惑で不愉快だということを忘れないでいただきたいのです。お客様の中には、いろいろな方がいらっしゃいます。それを完全に理解することは、あなた方には無理ではないかと申し上げているのです。現に、バッグに物を詰めた順番まで正確に覚えている女性がいることなど想像できなかったわけですし」

皮肉をこめた目を本宮に向けてから、稲垣に顔を戻した。「いかがですか」

稲垣は咳払いを一つした。「我々にどうしろと？」

藤木は少し胸を反らせた。

「ホテル内の張り込みは認めますが、インカムの多用はお控えください。お客様への職務質問は、余程のことがないかぎりは自粛してください。また今後、ハウスキーピングに立ち会った捜査員がお客様の荷物を調べようとした場合、以後の立ち会いは一切拒否します。客室係には、決して捜査員から目を離さないよう指示しておきます。――浜島君、すべての担当者に伝えるように」

かしこまりました、と浜島が頭を下げた。

「総支配人、ちょっと待ってください」稲垣が焦りの色を浮かべた。「それでは無理です」

「何が無理なのですか」

「犯人を逮捕するのが、です。お客さんへのサービスを大切にしたいというお気持ちはよくわかります。我々も、それを軽視しているわけではありません。しかし殺人犯を逮捕するためには、少々踏み込んだことをしなければならない場合もあります。インカムの多用は控えますし、職質をかける場合にはホテルに迷惑がかからない形を取るように徹底させます。ただ、ハウスキーピングの際に荷物を調べない、というのは考え直してもらえませんか。捜査上、荷物の点検は極めて重要なんです」

「ならば点検前に、お客様の許可を取ってください。許可があれば文句はいいません」

稲垣は呆れたように両手を振った。

「そんなことできるわけがない。あなたにだってわかるでしょう」

「だったら諦めてください。日頃からハウスキーパーには、お客様の衣類や持ち物には極力触れないようにと指導しているのです。ましてや無断で荷物を調べることなど、到底認められるわけがありません」

「総支配人、よく考えてください」稲垣は身を乗り出した。「このホテルで犯罪が行われようとしているんですよ。それを阻止することが、最優先されるべきではありませんか」

藤木が眉を上げた。

「最初に伺ったお話と違いますね。カウントダウン・パーティに殺人犯が現れるかもしれないというだけで、犯罪の予告などはなかったはずですが」

「密告者の目的、殺人犯がこのホテルに現れる理由、双方とも不明です。密告内容が嘘だとか、単に殺人犯が年越しを楽しむためにやってくるだけだとか考えるのは、あまりに楽観的だと思いませんか」

「おっしゃる通りですが、そういう意味ではホテルという場所は常に危険を抱えております。お客様の中に犯罪者が一人もおらず、よからぬことが企(たくら)まれてもいない、という保証はどこにもないわけですから。だからといって、客室係に荷物をチェックさせるようなことは決していたしません」

　藤木の切り返しは、氏原がいっていたことに通じるものがある。ホテルという場所は決して優雅で華やかなだけでなく、剣呑(けんのん)なものも多く抱えた空間だと覚悟した者たちの共通の認識なのだろうと尚美は思った。

　稲垣は太いため息をついた。「どうしてもだめですか」

　どうやら反論の材料が尽きたらしい。

　御理解ください、と藤木は頭を下げた。

「わかりました。では総支配人、こうしませんか。犯罪防止に最も効果的な荷物の点検をしない以上、頼みの綱は個人情報だけになります。ホテル側が掴んだ利用客の情報は、すべてこちらに提出していただきたい。また、こちらからの問い合わせには必ず応じてくださるようお願いします」稲垣は毅然とした態度でいった。捜査の責任者だというプライドが感じられた。

「その点については協力しないわけにはいかないでしょうね」藤木が真剣な眼差しで答えた。「ただし、情報の取り扱いはくれぐれも慎重にお願いします」

「もちろん、外部に漏らすようなことは絶対にないとお約束しておきます。それからもう一つ、本日からチェックイン業務に当たるフロントの方々に、協力していただきたいことがあります」

「どういったことですか」

稲垣はスーツの内側から名刺を出した。

「チェックインするお客さんがカウントダウン・パーティに申し込んでいる場合、そのチケットをお客さんに渡す際――」名刺を顔の横に持っていった。「このぐらいの高さまで持ち上げてほしいのです」

藤木の顔に警戒の気配が浮かんだ。

「それはつまり、カウントダウン・パーティに参加するお客様かどうか、ロビーで張り込んでいる刑事さんが即座に確認できるように、ということでしょうか」

「まあ、そういうことです。フロントには新田がいますが、同時に複数のお客さんがチェックインすることも多いので、一人では把握しきれません」

藤木は稲垣を見つめながら、ゆっくりと息を吐いた。

「事件と無関係なお客様には決して迷惑をかけない、とお約束していただけますか」

「それはもちろん」

藤木は頷き、田倉のほうに顔を向けた。「フロントオフィスに指示を」

わかりました、と田倉が答えた。

「ほかには何か？」藤木が訊いた。

「今のところは以上です。御協力に感謝します」そういった後、稲垣は立ち上がり、二人の部下を見下ろした。「行くぞ」

本宮と新田が腰を上げるのを見て、失礼します、といって稲垣はドアに向かった。新田たちも彼に続いて部屋を出ていった。

藤木がソファにもたれかかった。

「あれだけいっておけば大丈夫だと思うが、万一ということがある。浜島君、捜査員が立ち会うハウスキーピングの担当者には、くれぐれもよくいっておいてくれ。決して連中から目を離さないように、と」

わかりました、と浜島が答えた。

「ほかに何もなければ解散としよう。――いや、山岸君、君は残ってくれ」

「えっ？　あ、はい」尚美は浮かしかけていた腰を再びソファに戻した。

田倉と浜島が出ていくと、藤木が尚美の向かい側に座り直した。

「前の事件に続いて、君には苦労をかけるな。申し訳ないと思っている」

「やめてください。総支配人に謝っていただく筋合いはありませんから」

「しかし前回、君に警察とのパイプ役を押しつけたのは私だ。あれがなければ、今回、君がこれほど巻き込まれることはなかっただろう。すまないと思っているよ」

「総支配人、その話はもうこのへんで……」

藤木は、ふうーっと息を吐いた。

「そうだな。じゃあ、ここまでにしよう。君に残ってもらったのは、事件とは何の関係もない。むしろ、君にとっては良い話かもしれない」

「何でしょうか」

「君も聞いているかもしれないが、コルテシア・ロサンゼルスがリニューアルする。それに際して日本人スタッフ、それもフロントオフィスを任せられるような優秀な人材を探しているようだ。私のところにも誰か推薦してくれないかと打診がきた。ここまで話せば、私が何をいいたいのかはわかるね？」藤木が尚美の顔を覗き込んできた。「君を推薦したいと思っているのだが、どうだろうか？」

思いがけない言葉に、一瞬尚美は頭の中が空白になった。

17

総支配人室を出て間もなく、すみません、と本宮が謝った。「ドジを踏んじまって」

「気にするな。どうってことない」稲垣は前を向いて歩きながら軽く応じた。

「だけど、おかげで客の荷物を調べられなくなりました」

「今日からチェックインする客の大半が、元日までこのホテルに滞在する。そういう客の荷物をすべて調べていたら、どうせいつかはホテル側にばれてただろう。そうしたらあの総支配人のことだ、今回と同様の態度を取ったに違いない」

「それはそうかもしれませんが……」

「構わん。荷物を調べられなくても、ハウスキーピングの時、部屋に入れるだけで十分参考になる」

「その点は俺も同感です。だから、総支配人が立ち会い自体を禁止にするんじゃないかと内心冷や冷やしていたんです」

本宮の言葉に稲垣は、ふふんと鼻を鳴らした。

「それはない。今回みたいに客からクレームが来るおそれがあるから、荷物に触れるのはやめろと強硬にいってきたが、怪しい客の部屋を我々がチェックすること自体は、総支配人だって希望しているはずなんだ。情報提供やパーティ参加者のチェックには協力するといってただろ？　今のやりとりのおかげで、あの人としては部下たちに対して、警察に譲歩する大義名分を示せたわけだ」

　新田は稲垣の横顔を見た。「藤木さんの抗議は、部下たちへのポーズだと？」

「それも兼ねている。あの人は見かけによらず策士なんだよ。仮面を被っているけどな」

　なるほど、と新田は納得した。同時に、そのことを見抜いている稲垣の慧眼に感心した。どうやら自分たちは、狸同士のやりとりに付き合わされたらしい。

「とはいえ」稲垣は足を止め、新田のほうに身体を向けた。「宿泊中の部屋を見たからといって、何かが摑めるとはかぎらない。犯人を見つけだすには、やはり客の一人一人と接するのが一番だ。つまり、おまえの役割が最重要だという点に変わりはない。カウントダウン・パーティの参加者を調べたところ、半分近くが今日からチェックインする客だ。かなりの数だが、少しでも怪しい点があれば、漏らさず報告してくれ」

「わかりました」

「忘れるなよ。化けているのはおまえだけじゃない。向こうだって化けている。決して騙されるな」

　上司の言葉が新田の腹に響いた。

その後、細かい打ち合わせをいくつか終えてから新田がロビーに戻ると、山岸尚美がコンシェルジュ・デスクの椅子に座ろうとしているところだった。何か気に掛かることでもあるのか、浮かない顔つきだ。新田はゆっくりと近づいていった。

彼に気づくと、山岸尚美は唇を真一文字に結んだ。肩が小さく上下したのは、深呼吸をしたせいだろう。

「御迷惑をかけました」新田は頭を下げた。

山岸尚美がじろりと見上げてきた。

「信じられない。お客様の荷物を勝手に調べるなんて」

新田は頭を掻いた。

「捜査に熱心なあまりつい、というやつです。あの本宮という刑事は統括警部補で、係長に次ぐ立場です。強面ですが、人一倍責任感が強くてね」

「行き過ぎにもほどがあります。まあ、今後は自粛するということですから、これ以上はいいませんけど」

「そういうことでお願いします。ところで、何だか元気がないように見えたのですが、気のせいですかね」

「元気がない？　私がですか？」

「今、この席につくまでの間です。悩み事でもあるような顔でした」

「そんな顔してました？」山岸尚美は自分の両頰を何度か軽く叩いた。「いけない。気をつけないと」

「どうかしたんですか？」

新田の問いかけに、ほんの一瞬だけ彼女が何かを答えようとする気配があった。しかしすぐに我に返ったように首を振った。

「新田さんには関係ないことです。事件にも」

「あなたの個人的な問題？」

「まあ、そういうことです」

「だったら、これ以上尋ねるのはやめましょう」

新田はフロントに戻ろうとして足を止めた。ティーラウンジから仲根緑――マキムラミドリが出てくるのが見えたからだ。濃紺のワンピースから細い脚が伸びている。店の前でダークブラウンのコートを羽織ると、再び歩きだした。荷物はハンドバッグだけだ。

彼女の背後に目を向けたが、連れが出てくる気配はなかった。すると彼女の『夫』である仲根伸一郎は、まだ店内にいるということか。

仲根緑は何か考え事でもしているのか、思い詰めたような顔をして正面玄関に向かっている。新田のそばを通り過ぎる際、「行ってらっしゃいませ」と声をかけたが、彼のほうに視線を向けてくることはなかった。

「奇麗な方ですね」いつの間にか山岸尚美が新田の横に来ていた。「あの女性が何か？」

「ほんの少しグレーな点がありましてね」

新田は、宿泊票に書かれた仲根緑というのは偽名で、おそらく本名はマキムラミドリであることを話した。

「そうなんですか。でも、よくあることではありますね」

「ラブ・アフェアの場合とか？」

新田の問いに山岸尚美は頬を緩めた。「まあ、そういうことです」

「ラウンジから一人で出てきたのも、それが理由かな。二人で一緒にいるところを人に見られたくないのかもしれない。となると、ラウンジではどうだったのかな」

「ふつうに考えれば、ラウンジでもお一人だったんじゃないですか」

「そうなのかな」

確かめようと思って新田がラウンジに向かいかけた時、前から一人の男性が大股で歩いてきた。昨夜、印象的なプロポーズを企画し、見事に散った日下部篤哉だ。

山岸さん、と日下部が呼びかけてきた。

「おはようございます、日下部様」山岸尚美が挨拶した。「昨夜は、よくお休みになれましたでしょうか」

「君のおかげで気持ちよく眠れたよ。今朝は気分がすっきりして、生まれ変わったようだ」日下部の口調は明るい。表情も生き生きとしている。

どうやら相当に打たれ強い性格らしい、と横で聞いていて新田は思った。あんなドラマチックな振られ方をしたら、ふつうの人間ならばしばらくは立ち直れない。

「それは何よりでございます」山岸尚美は微笑を返す。

「そこでだ、去ってしまった女性のことはすべて忘れて、一からやり直したいと思う。そのための協力を、是非あなたにお願いしたい」

「もちろん喜んでお手伝いさせていただきます。何なりとお申し付けくださいませ」

「それを聞いて安心した。まずは彼女のことを教えてほしい。ラウンジの支払いを部屋付けにしていたようだから、ここの宿泊客だってことはわかる。カフェオーレを飲んでいたけど、添えられたクッキーには手を出さなかったから、甘い物は好きではないかもしれないな」

日下部が早口でまくしたてるのを聞き、新田は混乱した。この男は一体何をしゃべっているのか。

「あの、日下部様」山岸尚美も同様らしく、微笑を浮かべてはいるが、その目には当惑の色しかない。「申し訳ございません。状況を把握しかねております。彼女というのは、どなたのことでしょうか」

日下部は怪訝そうに眉根を寄せた。

「彼女といったら、彼女だ。今、君たちが見送っていた女性だよ」

えっ、と山岸尚美が珍しく狼狽した声を出した。当然だった。傍で聞いている新田も愕然とした。

「今の女性とおっしゃいますと、あの焦げ茶色のコートを着た……」山岸尚美が、おそるおそる、といった様子で尋ねた。

そうそう、と日下部は嬉しそうに頷いた。

「どことなくアンジェリーナ・ジョリーに似ている女性だ。僕がラウンジでコーヒーを飲んでいたら、すぐそばの席に座ったんだ。彼女を見て、ショックを受けた。といってもネガティブな意味じゃない。ここに、ずどーんときたんだ」自分の胸を指差した。

「キューピッドの矢が刺さったわけだよ。あれほど僕にとって理想の女性がこの世にいるとは想像もしなかった。妙子も素晴らしい女性だと思ったけれど、彼女以上だ。ああいう劇的な別れを経験した翌日にこんな出会いがあるなんて、奇跡としかいいようがない。まさに運命の女性だ」

新田は、あんぐりと口が開きそうになるのを堪えた。大失恋の直後に一目惚れか。ここまで来ると打たれ強いを通り越して、ただのオッチョコチョイに思えてくる。

「あのう、日下部様」山岸尚美が焦った様子でいった。「日下部様は、あのお客様について何も御存じないわけですよね。それなのに、運命の女性と決めつけてもよろしいんでしょうか」

日下部が、むっとした表情で山岸尚美を見下ろした。

「何がいけないんだ？　この世には直感で決めたほうが結果的にはうまくいくということがたくさんある。結婚相手もおそらくそうだというのが、昨夜の経験から行き着いた結論なんだ。すると早速、あの女性が目の前に現れた。これを運命といわないなら、何といえばいい？」

山岸尚美は瞬きを繰り返し、言葉に詰まったように視線を揺らした。どう答えていいかわからないのだろう。

「君はコンシェルジュだろ？」日下部が山岸尚美を指差した。「だったら、客の要望に応える義務があるんじゃないか。僕は明日の大晦日の夜、あの女性を食事に誘おうと思う。彼女についての情報を集めてほしい。食事中に会話を弾ませるにはどんな話題が必要かも知りたい。どうだ？　無理です、できません、とでも答えるつもりか？」

18

無理です、できません、と答えたいところだった。しかしコンシェルジュとしては口が裂けてもいえない。とはいえ、安請け合いできる内容ではなかった。新田によれば、あの仲根緑という女性には連れがいるようだ。しかも道ならぬ仲である可能性が高いという。ホテルとしては、あまり刺激したくない客なのだ。

「日下部様の御要望は、よくわかりました」尚美はいった。「ただ、ほかのお客様の個人情報を、御本人に無断でお教えするわけには参りません。法律でも禁じられていることでございます。お教えしてよいかどうかを御本人に伺ってみて、御承諾いただけた場合にはお教えする、ということでいかがでしょうか」

日下部が苛立った様子で両手を腰に当てた。「まどろっこしいな」

「申し訳ございません」

「わかった。じゃあ、こうしよう。彼女に関する細かいことは、会った時に僕が直接訊こう。だから君は彼女との会食をセッティングしてくれ。明日の夜六時だ。店は任せる」

「あの……日下部様」尚美は懸命に笑顔を保ちながらいった。「その御意向を相手の方にお伝えすることはできますが、受けてくださるかどうかはわからない……といいますか、おそらく受けてはいただけないと思います。その場合はどういたしましょうか」

日下部が不満そうに唇を尖らせた。「どうして断られると決めつけるんだ?」

「いや、断るでしょう、ふつう」ホテルマンらしからぬ口調で横から言葉を挟んできたのは新田だ。「ほかのお客さんがあなたを食事に誘ってますけどどうしますかって尋ねられて、喜んでオーケーする女性なんていませんよ」

日下部が肩をいからせ、新田のほうを向いた。

「新田さん」尚美は口元に笑みを浮かべつつ、おまえは黙ってろ、と目で制した。

日下部が彼女に顔を戻した。「君も同じ意見か？」

「難しいだろうとは思います」尚美は慎重に言葉を選んだ。「大晦日はどなたにとっても大切な日です。ましてやホテルで過ごそうとする方ならば、何か御予定を立てておられる可能性が高いのではないでしょうか。そんな方に、あるお客様が是非お食事を御一緒したいといっておられるのですがいかがですかとお尋ねしても、色好(いろよ)いお返事はいただけないだろうと思います」

日下部は顎を上げ、冷めた目を尚美に向けてきた。「代替案は？」

「えっ？」

「君たちコンシェルジュは、できません、とは決していわないんだろ？　必ず代替案を提言しろといわれているはずだ。だからそれを聞こうといってるんだ。費用については気にしなくていい。いくらかかっても構わない」

「代替案、ですか……」尚美は急いで頭の中を整理した。代替案を出すには、客の要求の本質を理解しなければならない。今、この場で求められていることは何だろうか。

「いっておくけど、別の女性を誘うなんてのは論外だ。それなら一人で食事をしたほうがましだ。日を改めて、というのもなし。僕は元日には出発しなきゃいけないからな」

つまり制限時間があり、会食の相手はあの仲根緑という女性でなければならないわけだ。

いや——尚美は気づいた。日下部の目的は食事をすることではないはずだ。

日下部様、と相手の顔を見上げた。

「こういうのはいかがでしょうか。日下部様がこのホテルをお発ちになるまでの間に、あの女性と二人きりでお話ができる場を御用意する、というのでは」

新田が驚いたように顔を向けてきたのが目の端に入ったが、尚美は視線を動かさず、無理難題をふっかけてきた客の答えを待った。

日下部は腕を組み、考え込み始めた。彼女の提案を吟味しているようだ。やがて、ゆっくりと顔を上げた。

「それならやれるというんだな」

「何か方法を考えてみます」

「いや、そんなことをしても無駄ですよ」新田が、また口を出してきた。

「なぜだ」日下部が訊いた。

「だって、あの女性には連れが——」

「新田さんっ」尚美は声を荒らげた。

「彼女、連れがいるのか」日下部が訊いてきた。

「申し訳ございません。その御質問にもお答えできかねます」尚美は頭を下げていった。

日下部は黙って、また何か考え込み始めた。その顔には先程までの高揚感はなかった。

「構わない、と呟いてから彼は尚美を見つめてきた。

「彼女に連れがいるかどうか、いるとすればどういう関係か、それもまた本人に確かめればいいだけの話だ。ただし彼女の左手の薬指に指輪はなかった。それにラウンジでは、ずっと一人だった。つまり今後も一人になる可能性はあるわけで、僕が彼女と二人きりで話せるチャンスもゼロではないということだ」

尚美は頷いた。「おっしゃる通りかもしれません」

「方法を考えてみるといったな。それをいつ聞かせてくれる?」

「今すぐにはちょっと……。少々、お時間をいただいてもよろしいでしょうか」

「わかった。じゃあ、こうしよう。僕はこれから出かけるが、夕方には帰ってくる。それまでに何らかの方法を考えておいてくれ」

「かしこまりました。案を御用意しておきます」

「ようやく落としどころが見つかったな」日下部は腕時計を見た。「もうこんな時間だ。もっと簡単に話が済むと思ったんだけどね。じゃあ、よろしく頼むよ」足早に正面玄関に向かった。

尚美はため息をついた。軽く頭痛がする。こめかみを押さえた。

「大丈夫ですか」新田が近づいてきた。「あんな無理難題を引き受けて」

「仕方がありません、そういう仕事ですから」

「あの人、変わってるな。振られた翌日に一目惚れか。どれだけ前向きなんだ」

「お客様の中には、いろいろな方がいらっしゃいます。それより新田さん、おかしなところで口を挟んでこないでください。言葉遣いも雑だったし、日下部様の機嫌を余計に損ねてしまうところでした」

「俺はあなたが困ってる様子だったから、助太刀したつもりなんですが」

「全然助太刀になってません。そもそも新田さんはホテルの人間じゃないんですから、捜査に関係のないことには首を突っ込まないでください」

「さっきいったでしょ。あのマキムラという女性は我々の監視対象の一人なんです」

尚美は、こめかみから手を離し、かぶりを振った。

「御本人が仲根緑と名乗っておられるのなら、その呼び方はおやめください。少なくとも新田さんがフロントクラークの制服を着ている間は」

新田は下唇を突き出して小さく肩をすくめた。

「わかりました。で、どうするんですか? 仲根緑さんに、日下部というお客様が二人きりで会いたいといってるので、どうか会ってやってください、とでもいうんですか」

尚美は新田の顔を下から眺めた。「それでうまくいくと思いますか」

「百パーセント、気味悪がられるでしょうね」

「じゃあ、だめじゃないですか」

「だから、あなたがどんな方法を考えているのか、興味があるんです」

「はっきりいって、現時点ではノー・アイデアです。これから考えます。ただ、大晦日の会食は無理でも、会うだけなら可能性があるかもしれないとは思っています。新田さんの説が正しければ、ですけど」

「俺の説、それはつまり仲根さんたちの関係がラブ・アフェア――不倫だったら、という意味ですね」

新田の言葉に尚美は頷いた。

「お連れの方が本当に御主人なら、かなり難しいと思います。夫婦で旅行中に、妻がほかの男性と会うなんて、常識的にはあり得ませんから。でも不倫関係なら話が違ってきます。日下部様もおっしゃってましたけど、今後も一人になることが多いかもしれません。もしかすると男性の側に何か事情があるのでは、という気もしているんです」

「というと？」

「あの女性がラウンジで一人だったのは、男性にはほかに行くべきところがあったからではないでしょうか。たとえば、奥さんや家族のところとか」

ああ、と新田は納得顔で首を縦に動かした。

「東京か東京周辺にいるかもしれないってわけですか。それは考えられますね。で、昼間に家族サービスをそこそこなした後、何か理由をつけ、夜はこっちにやってくる。うん、ありそうだ」

「仮にそういうことなら、一人で待っている女性としては辛い話です。そんな時、気晴らしの相手でも見つかったら――」そこまでいって尚美は口をつぐんだ。

「新たなラブ・アフェアも悪くないと考える、ですか」新田がにやりと笑い、舌なめずりした。それでも顔が下品に見えないのは、育ちがいいせいだろう。

「そこまではいいませんけど、お茶ぐらいならオーケーしてくれるのではないか、と」

「なるほど、考えましたね」

「想像ばっかり働かせていても始まりません」尚美は頭を振り、コンシェルジュ・デスクに向かった。「まずはお客様の情報を摑んでおかないと」

「部屋は1701号室、コーナー・スイートです」新田が追いかけてきて、教えてくれた。

コンシェルジュ・デスクに戻り、端末を操作した。

予約名は仲根伸一郎になっている。今回が初めての利用らしい。カウントダウン・パーティに申し込んでいる以外、ホテル内の施設やレストランに予約は入れていないようだ。昨夜遅くにシャンパンを、今朝は朝食をルームサービスで注文している。朝食は二人前だ。

残念、と尚美は呟いた。

「何がですか」新田が尋ねてきた。

「今夜、仲根様がお一人でホテル内のレストランを予約されているようなら、日下部様の分も予約して、席が近くなるように調整してもらったらどうかと考えたんです。近ければ、話しかけることも難しくありません。その後の会話を弾ませられるかどうかは日下部様の腕次第ですけど」

新田は苦笑した。「二人で会う、というのとは、だいぶ状況が違いますね。これであの日下部氏が納得してくれるかな」

「仕方がありません。それこそ代替案です。でも仲根様が予約しておられないのだから、どのみち却下ですけど」

「大晦日はどうですか。どこか予約していますか」

「明日は……」尚美は端末を操作し、ため息をついた。「明日の夜はインルーム・ダイニングの予約が入っています。もちろん二名様分。大晦日は特別メニューなので予約が必要なんです」

「部屋で食事をする気なのか。ますます不倫の匂いが濃くなったな」

食事後は、二人でカウントダウン・パーティに参加する気なのだろう。つまり日下部が仲根緑と会えるよう取り計らうとしても、明日の夕食前がタイムリミットとなる。

尚美は端末を睨んでみたが、ほかに大した情報は記載されていない。

横に立っていた新田が、そうだ、と何か思いついた様子でスマートフォンを取り出し、どこかに電話をかけ始めた。口元を手で覆っているので会話はよく聞こえない。だがハウスキーピングという言葉は聞き取れた。

新田がスマートフォンを顔から離し、尚美のほうを見た。

「さっき総支配人室で話に出た、ハウスキーピングに捜査員が立ち会う件ですけど、じつは１７０１号室もその対象なんです。間もなく行うらしいのですが、俺が立ち会うことにしました。で、あなたも一緒にどうですか」

「お部屋に入るのですか……」

「そうです。何かヒントが摑めるかもしれません。いかがですか」

悪くない話かも、と尚美は思った。少なくとも、こうして端末を睨んでいるよりは意味がありそうだ。

じゃあ少しだけ、といって椅子から立ち上がった。

仲根緑たちが宿泊しているコーナー・スイートは、その名が示すように建物のコーナーに位置している。売りは無論、景観だ。二つの違った角度から東京の夜景を楽しめる。

二人の女性ハウスキーパーに続いて部屋に足を踏み入れた尚美は、リビングルームの入り口に立ち、室内を見渡した。

部屋は大変奇麗に使われている、というのが第一印象だった。尚美も研修でハウスキーピングを経験したが、行儀の悪い客の部屋に当たった時には、顔も知らない相手を呪いたくなったものだ。ゴミが散乱している程度ならいいのだが、布製品や壁紙を濡らされたり汚されたりしていたら最悪だ。手間暇が倍以上かかる。

しかし仲根伸一郎と仲根緑のカップルは、かなりマナーの良い人種らしい。濡れたタオルやバスローブが無造作に放りだしてあることもなければ、スナック菓子を食べ散らかした跡もない。

記録によれば、昨夜遅くにシャンパン、今朝は朝食のルームサービスの利用があった。空いた食器や瓶などが見当たらないのは、ワゴンに載せて廊下に出したからだろう。

ソファは二人用と一人用があり、L字形に配置されている。センターテーブルには、革製のカバーが掛けられたハードカバーの本と煙草の箱、そして銀色に光る四角いライターが載っていた。この部屋は禁煙ではない。テーブルには灰皿も置いてあった。

「フラットトップですね」横に並んだ新田がテーブルを指していった。

「何ですか？」尚美は訊いた。

「ライターです。ジッポーのビンテージだ。といっても復刻版だから、値段は数千円だと思いますけど」

「よく御存じですね。たしか、煙草は吸われませんよね」

「吸わないから、吸う人間の気持ちを理解しようと、いろいろと調べたことがあるんです」

尚美は彼の顔を見つめ返した。

「素晴らしい。私も先輩からよくいわれました。趣味や嗜好が違う人間の気持ちになって考えなさいって」

「それは面白いな。刑事とホテルマンの仕事というのは真逆なことばかりだと思っていたんですが、共通しているところもあったとは」

「違っているのは目的でしょうね。私たちの場合、おもてなしのために相手のことを理解しようとするんですけど……」

「我々は嘘を見抜くためだ。たしかにそこは全然違う」そういって新田はテーブルの上の本を、ひょいと手に取った。いつの間にか白い手袋を嵌めている。

「ちょっと新田さんっ、触っちゃだめです。さっき約束したばかりじゃないですか」

「総支配人は、荷物を調べるのは厳禁だといっただけです。触ることまでは禁じていない。たとえばこの本が床に落ちていたとします。拾ってテーブルに戻しておく程度のことは、ホテルのサービスとして当然じゃないかな。文句をいう客がいるとは思えないんですがね」

尚美はため息をつき、彼を軽く睨んだ。「相変わらず、口が達者ですね」

「正論を吐く、といってほしいな」新田は本を開いた。「ははあ、この本だったか」

「何ですか」尚美は訊いた。黒いブックカバーが掛かっているので、表紙が見えないのだ。

これです、といって新田はカバーを外した。「何年か前にベストセラーになった恋愛小説です」

読んではいなかったが、その小説のことは尚美も知っていた。百万人が泣いたと謳った広告を、どこかで目にした覚えがあった。映画化されたとも聞いていた。

本のページをぱらぱらとめくっていた新田が首を捻った。「おかしいな」

「どうかしましたか」

「いや、ちょっと……」

新田は本をテーブルに置くと、スマートフォンを取り出し、操作を始めた。何かを調べている様子だ。

「やっぱりそうだ」画面を見て、呟いた。

「どうしたんですか」

「この小説、今年の春に文庫が出ています。それなのに、どうしてハードカバーなんだろうと思いましてね」

「買った時には、まだ文庫は出てなかったんじゃないですか。ずっと読まずに置いてあったものを読み始めた――ただそれだけのことだと思いますけど」

「でも、わざわざ旅先に持っていきますかね、嵩張るハードカバーの本を」新田は再び本を手にした。

「さあ……もしかすると愛読書なのかも」

「それはないと思います」

「どうしてですか」

新田は本を開いてみせた。そこにはチラシやアンケート葉書が挟み込まれていた。

「一度読み終えているのなら、こんなものは捨てると思いませんか。それに旅先にまで持っていくほどの愛読書なら、尚のこと文庫を買い直すんじゃないかな」

刑事の指摘は鋭く、尚美には反論が思いつかなかった。「それは……そうかもしれませんけど」

「まあ、特に大きな理由はないのかもしれませんけどね。旅支度をしている時、たまたま目についた未読の本をバッグに放り込んだだけかも」そういって新田は、ブックカバーを元通りにして本をテーブルに戻し、代わりに煙草の箱を手に取った。ボックスタイプで、開封されている。蓋を開け、何か考え込む顔をした後、箱を置いて室内を見回した。

二人の女性ハウスキーパーは、てきぱきと作業を続けていた。タオル交換、消耗品の補充、ゴミ処理などだ。

新田は一方のハウスキーパーに近づいた。彼女はゴミ箱の中身をポリ袋に移しているところだった。

ちょっと失礼、といって彼は横から袋の中を覗いた。その後、釈然としない表情で立ち上がると、奥へと進んだ。

尚美が後をついていくと、新田はクロゼットの扉を開けていた。ハンガーには何も掛けられていない。

新田は扉を閉め、無言で隣の寝室に移動した。クイーンサイズのベッドは使用した形跡があるが、きちんと整えられていた。仲根緑がやったのだろう。

ベッドの脇にスーツケースが置かれていた。新田は近づき、凝視している。

「その荷物には触れないでください」尚美はいった。「何かの拍子に蓋が開いたら大変ですから」

新田は片頬で苦笑したが、すぐに真顔に戻った。次に彼が目を向けたのは隣接しているバスルームだ。ガラス張りなので洗面台までは透けて見える。ハウスキーパーが、奇麗に畳まれたバスタオルを棚に載せていた。

新田が中に入っていった。洗面台を指差しながら、ハウスキーパーに何か尋ねている。若いハウスキーパーは戸惑い顔で答えている。

新田がバスルームから出てきた。

「ちょっと用件を思い出したので、俺は失礼します。あなたはどうされますか」

「私は……せっかくだからもう少し見せてもらいます」

「そうですか。ではこれで」新田は大股で部屋を出ていった。

バスルームからハウスキーパーが出てきた。

「新田さんから何を訊かれてたの？」尚美は彼女に尋ねた。

「アメニティ用品についてです。何をどれだけ補充したかって」

「何と答えたの？」

「歯ブラシのセット、シャンプーとコンディショナー、ボディソープを二組ずつ。あとは石鹸（せっけん）を一つ……そう答えましたけど」

「新田さんは何かいってた？」

「どうもありがとう、と……それだけです」

「ほかに質問は？」

「ありませんでした」

尚美は小首を傾げ、思案した。なぜ新田はそんなことを確認したのか。ちょっと用件を思い出したなどといっていたが、何かが彼の脳細胞を刺激したに違いないのだ。

「刑事さんの仕事も大変ですよね」若きハウスキーパーはリビングルームの冷蔵庫の中をチェックしながらいった。「犯人逮捕のためにはゴミ箱まで漁ったりして。よっぽど正義感が強くないと務まらない職業ですよね」

「どうかな。新田さんの場合、正義感だけではないような気がする」

「そうなんですか」

「とても頭のいい人だから、それを生かすことを楽しんでいる部分もあると思う。いわばゲーム感覚。変わった事件ほど、燃えるわけ。こんな奇妙な事件を起こすのは一体どんな人間だろうって好奇心を刺激されたら、正体を知りたくてたまらなくなるのよ」

「好奇心ですか。ああ、それならわかるような気がします。あたしも掃除をしながら、この部屋を使ってたお客様ってどんな人だろうと思うことがありますから」

「そうなの？　部屋が汚かった時とか？」

「そんな時は、ただむかつくだけです。そうじゃなくて、ちょっと感激したような時。最近だとテーブルの上に、『大変快適でした　ありがとう』って書かれたメモが置いてあったことかな。じーんときちゃいました。急いでフロントへ行って、お客様に会いたいと思ったぐらいです」

「顔がわからないから、余計にいろいろと妄想を膨らませるんですよね。すごいかっこいい男性なんじゃないか、とか。馬鹿ですよね」

自虐的な言葉を発して笑った後、ハウスキーパーの彼女は、パートナーと作業の確認を始めた。

尚美は室内をもう一度見回してから出入口に向かった。だが途中で足を止めた。

顔がわからないから、余計にいろいろと妄想を膨らませる——。

それだ、と閃いた。日下部への回答が、ようやく見つかった。

19

ファイルに目を落としていた稲垣が、新田の報告を聞き、顔を上げた。「いない?」

「はい」新田は会議机の前に立ったままで答えた。「二人連れで泊まっているように見せかけていますが、相手の男はいないのではないかと思われます」

「根拠は?」

「煙草とライターが置いてありました。出かける時には持っていくものじゃありませんか」

「予備を持っているのかもしれんぞ」

「灰皿が奇麗なままでした。ゴミを調べましたが、吸い殻一本見つかりませんでした」

「昨夜は、たまたま吸わなかっただけじゃないのか」

「シャンプー類や歯ブラシは二つずつ使われていますが、シェービングクリームとカミソリは手つかずでした」

「男だからといって、必ず使うとはかぎらない」

「ルームサービスで朝食を注文しており、運んだのが関根らしいので確認したところ、昨夜と同様、男の姿は見ていないそうです。入り口で女性が受け取り、サインも女性が済ませたとか」

稲垣はファイルを置き、腕組みをした。「それだけでは、まだ決めつけられん」

「決定的なことがあります。防犯カメラの映像をチェックしてきました」

稲垣の右の眉が、ぴくりと動いた。

このホテルの館内には、通常の施設よりも多くの防犯カメラが取り付けられている。数年前の事件の際に警視庁が増設したカメラを、ホテルが買い取ってそのまま使用しているからだ。モニターは地下一階の警備員室に並べられている。客室フロアに関しては、エレベータ内、エレベータホール、廊下を監視できるようになっていて、死角はない。すべての部屋の入り口を映しているので、人の出入りは確実にわかる。

それで、と稲垣が低い声を出した。「どうだった?」

「昨夜からハウスキーピングが始まるまでの間で、1701号室に人の出入りがあったのは二度だけ。一度目は、昨夜自称仲根緑さんがチェックインした時。もう一度は、今朝十時過ぎに同じく仲根緑さんが部屋を出た時。彼女以外、誰もあの部屋には入っていません」

稲垣は、新田の顔を見据えながら胸が大きく上下するほどの深呼吸をし、すぐ横にいる本宮のほうに顔を向けた。今、この会議室には三人しかいない。ほかの捜査員たちは、ハウスキーピングに立ち会っているのだ。

「こいつの悪い癖です」本宮が顎でしゃくった。「勿体をつけて、一番肝心なことを最後に報告しやがる」

「順を追って説明しているだけです」

「それはいい。わかった」稲垣は苦い顔でいった。「どうやらおまえの勘が当たったようだな。たしかに怪しい。なぜそんなことをしてるんだと思う?」

「問題はそこです。単に予定が変わって相手の男が現れないだけなら、二人分のルームサービスを頼んだりしないでしょう。歯ブラシを二つ使う必要もない。明らかにホテル側に、自分には連れがいるとアピールしています。そのメリットは何か? ふつうに考えれば料金が余分にかかるだけで、いいことなんてないはずです」新田は顔の前で人差し指を立てた。「ただ、一つの可能性を除いては」

　本宮が大きな音を立てて舌打ちした。

「勿体をつけるなといってるだろ。さっさとしゃべりやがれ」

　新田は先輩刑事に薄い笑いを向けた後、稲垣に目を戻した。「アリバイ作りです」

「アリバイ？」稲垣が眉をひそめる。

「昨日から明日の夜にかけて、男女二人でこのホテルに滞在しているようにみせかけておけば、その間に男がどこかで犯罪行為に及んで、万一容疑がかかったとしても、言い逃れができるというわけです」

「なるほど、そういうことか」稲垣も合点したようだ。「連れの男が何らかの犯行を計画していて、仲根緑という女性はアリバイ工作の共犯者か」

「実際には各部屋の出入りが防犯カメラでモニターされていて、警察が確認すれば簡単に発覚するわけですが、そのことを本人たちが知らない可能性は十分にあります。これほど防犯カメラが充実しているホテルは、そうそうありませんからね」

　稲垣は軽く目を閉じ、指先で机をとんとんと叩いてから瞼を開いた。

「その推理が当たっていたとして、我々の事件に関わっている可能性はどうだ？」

「それは何ともいえません」新田は言下に答えた。「ただ、仮にその男が何らかの犯行を企んでいたとしても、場所はこのホテルから遠く離れたところだと思います。そうでなければアリバイ工作になりませんから」

「とはいえ、そこまで怪しい人間を放置しておくわけにはいかんな。よし、その女性……何といったかな」

「自称仲根緑、本名マキムラミドリです」

「紛らわしいな。とりあえず今のところは仲根緑で統一しよう。その女性の監視を強化する。ホテル側の協力を得られるとありがたいが」

「それについては一点、興味深いことが」

新田は、日下部が山岸尚美に命じた内容について報告した。案の定、稲垣も本宮も唖然とした表情を示した。

「何だ、そりゃあ。大失恋した翌日に、名前も素性も知らない女に一目惚れか。忙しい男だな。その日下部ってやつは、もう容疑の対象外なんだろ？　あまりうろちょろと目立つことはしてほしくねえんだけどな」本宮の感想は、しごくまっとうなものだった。

「山岸さんは、どうするつもりなんだ」稲垣が訊いた。

「まだこれといった方法は決めかねているようでした。でもあの人のことですから、きっと何か考え出すんじゃないかと思います」

「女性の連れが現れていないってことは、まだ山岸さんには話してないんだな」

「話してません」

「よし、それでいい。まずはそのことは伏せたまま、状況をさりげなく聞き出すんだ」

「わかりました」

新田は上司に向かって頷いた。山岸尚美に隠し事をするのは気が引けるが、捜査のためなら仕方がない。

20

新田は事務棟から本館に移動し、フロントカウンターに戻った。コンシェルジュ・デスクに目をやると、山岸尚美は電話をしながらメモを取っているところだった。例の日下部からの依頼を果たすべく、手配に追われているのかもしれない。

男性客のチェックインの手続きをしている氏原が、カウントダウン・パーティのチケットを顔の高さまで掲げてから説明を始めた。稲垣が藤木に要請した合図を早速実践しているようだ。

ロビーのソファに座ってスマートフォンをいじっていた中年男が立ち上がり、移動した。インカムは付けていないが、捜査員の一人だった。エレベータホールに向かう途中にある柱のそばで足を止め、フロントの様子を窺っている。

チェックインを済ませた男性客は、ソファに座っていた女性に近づき、何やら話しながら傍らの旅行バッグを手に取った。女性も立ち上がり、二人でにこやかにエレベータホールに向かって歩いていく。

柱の陰にいる捜査員がスマートフォンの操作を始めた。こっそりとカップルを撮影しているに違いなかった。本人たちが気づいている様子は全くない。

映像は、特捜本部を経由し、捜査員全員のスマートフォンなどに送られる。手の空いている捜査員は、映像の人物に似た顔がこれまでに集められた防犯カメラの映像の中になかったかどうかを確認する、という手筈だ。

「お客様にばれなきゃいいんですけどね」氏原が新田のほうをちらりと見てから、ため息交じりにいった。彼も捜査員の行動には気づいているらしい。

「大丈夫です。仮にばれたとしても、ホテルもグルだなんてことは、口が裂けてもいいませんから」

「当たり前です。お客様の隠し撮りをホテルが認めているなんてことを世間に知られたら、どんなことになるか」

「ネットで叩かれまくるでしょうね」

「それだけでは済みません。役員たちは全員クビ、私たちも大減俸、下手をしたら職を失います」

「それはまずいですね」

「まあ、あなたにとっては他人事でしょうけどね」氏原はもう一度新田を一瞥してから、前に向き直った。

正面玄関から、新たな客が入ってきた。紺色のダッフルコートを着た男性だ。ダッフルコートの下にはジャケットを着込んでいるらしい。年齢は四十代半ばと思われる。後からついてくるベルボーイが押しているカートには、ゴルフのキャディバッグと旅行バッグが載っている。

男性がフロントカウンターに近づいてきた。氏原の前で足を止めると、真一文字に結んでいた口を開いた。「ウラベです」

氏原の後ろで、新田は手元の端末を確認した。浦辺幹夫という名前で予約が入っている。スタンダード・ツインで二泊、カウントダウン・パーティには申し込んでいない。氏原が予約内容を本人に確認した後、宿泊票の記入を頼んだ。浦辺は、少しぎこちない手つきで書き込んでいく。

「これでいいですか」

「ありがとうございます。浦辺様、今回のお支払いはいかがなさいますか。クレジットカードでしょうか、それとも現金で？」

「あ……現金で」

「かしこまりました。そうしますと通常、デポジットとして宿泊料金の一・五倍ほどをお預かりすることになっております。今回のお部屋ですと六万円ほどになるのですが、それでよろしいでしょうか」

「えっ、何ですか。でぽ……？」

「わかりにくい表現で申し訳ございません。預かり金のことでございます。もちろん御精算の際、差額はお返しいたします」

「あ、そういうことか」

「いかがなさいますか。クレジットカードならプリントを取らせていただくだけなのですが」

「いや、現金でお願いします」浦辺はダッフルコートの内側に手を入れ、財布を出してきた。革製の使い込まれた財布だった。「これでいいですか」何枚かの札をカウンターに載せた。

　氏原が受け取り、数え始めた。一万円札が五枚と千円札が十枚だった。千円札は殆どがしわくちゃだ。

「たしかに六万円、お預かりいたしました。ただ今、預かり証を作らせていただきます」

　氏原が預かり証を作り、続いて部屋を選んだ。新田が端末に目を落とすと、部屋番号は０８０６となっていた。

氏原は預かり証と共にカードキーと朝食券を浦辺に渡した。カウントダウン・パーティの参加者ではないので、例の合図はない。ロビーの捜査員は、まるで関心がないといった様子でスマートフォンに目を落としている。

あの、と浦辺がカードキーを不安げに手にした。「これ、どうやって使うんですか」

「失礼いたしました」そういってから氏原は、カートのそばにいたベルボーイを手招きし、カードキーを渡した。

新田は一歩前に出て、カートに載ったキャディバッグに素早く視線を走らせた。確認したいことがあったからだ。

浦辺はベルボーイに案内されながらエレベータホールへと歩いていった。その後ろ姿はどことなく落ち着きがない。

新田はカウンターに置かれたままの宿泊票を手に取った。住所は群馬県前橋(まえばし)市で、番地に続けてアパート名まできっちりと記してあった。２０１号室らしい。電話番号は携帯電話のものだった。

「これからゴルフ旅行か。あるいは旅行から帰ってきたところなのか。いずれにせよ、大晦日の前夜から、なぜ東京のホテルで二泊もする必要があるんでしょう。しかも一人で」新田は疑問を口にした。

「明日、別の地方から来る誰かと待ち合わせているのかもしれませんよ。で、元旦に一緒に旅立つというわけです」氏原はここでも即座に回答した。

「相手は女性ですか」

「そうかもしれません」

「そんな洒落(しゃれ)たことを企んでいるのなら、もう少し物腰が洗練されてるんじゃないですか。ホテルを使い慣れてないみたいでしたよ」

「何事にも初めてというものがあります」氏原の答えは揺らがない。

「正月にゴルフ旅行へ行く身分の人間がクレジットカードを使わないのはいいとして、現金の持ち合わせが乏しすぎないですか。さっきの感じだと、現時点での残金ではたぶんタクシーにも乗れないと思うな」

「引き出すのを忘れてたんじゃないですか。よくあることです」

「今日は十二月三十日ですよ。明日からだと、使えないATMもあります」

氏原の回答が珍しく遅れた。一拍置いた後、「使えるATMもあります」といってから、新田のほうを見た。「あのお客様の何が気に食わないのですか」

ネームプレート、と新田はいった。「俺の見たところ、キャディバッグに名札が付いてませんでした。いちいち外したりはしないですよね、ふつう」

「見落としでは？」

「よく見ました。付いてませんでした」

氏原はしばらく考えていたが、最後には首を振った。「いちいち外す方も中にはいらっしゃる、そういうことではないですか。私は気になりません」そういうとカウンターのほうを向いた。

その後もチェックイン客がひっきりなしにやってきた。今夜から宿泊する客の多くが、二泊もしくは三泊の利用だった。大晦日と元日をホテルでゆっくり過ごそうということだろう。そういった客に合わせてホテル側も、初詣パック、特選お正月料理コース、日本橋七福神巡りツアーなど、いろいろなプランを用意している。もちろんその皮切りが、カウントダウン・パーティだ。

フロント業務には手を出すなと氏原から釘を刺されたのは面白くなかったが、おかげで新田が助かっているのも事実だった。通常のチェックイン手続きならこなせる自信があるが、宿泊プランごとに客への対応を変えなければならないとなれば、種類が多すぎてとても覚えきれない。

また一組、男女の客がカウンターに立った。氏原は客の相手をしている最中だ。ほかには吉岡という若いフロントクラークがいるが、彼もまた別の客のチェックイン手続きに追われている。男女の客は、新田が手透きとみて近づいてきたのだろう。事実、二人は新田に視線を注いでいる。

無視するわけにもいかず、新田は一歩前に出ると笑顔で話しかけた。「お泊まりでしょうか」

うん、と男性が頷いた。「ソノです」

年齢は五十歳前後か。やや太り気味で、スーツの上からベージュのコートを羽織っている。四角い顔で眉毛が太い。

新田は端末を操作した。曽野昌明(まさあき)という名前が見つかった。デラックス・ツインの部屋を予約している。エキストラ・ベッドを入れて、三名での利用だ。つまりこの二人のほかに、もう一人泊まるということらしい。年越し料理、正月料理、エステサロンの予約が入っている。カウントダウン・パーティには申し込んでいない。

備考欄に『R：GOLD　現金払い』とあるのが目に入った。『R』はリピーター、つまりホテルの利用歴があるという意味だ。その後に記されているのは利用頻度を表すコルテシア東京独自の表記で、『GOLD』というのは月一度以上を示している。それ以上だと『PLATINUM』となり、週一度以上は『DIAMOND』だ。『現金払い』はいうまでもなく、精算を現金で済ませているという意味だ。

「お待たせいたしました、曽野昌明様ですね」

うん、と曽野は頷いた。

新田は頭を下げた。「いつも御利用——」ありがとうございます、と続けようとしたところで足を踏まれた。驚いて横を見ると、すぐそばに氏原が来ていた。踏んでいるのは彼だった。さらに曽野のほうに笑顔を向けたまま、カウンターの下で新田の脇腹を押してくる。新田は戸惑いつつ、その場から身を引いた。

「曽野様、デラックス・ツインをトリプルの御利用ということでよろしいでしょうか」氏原が訊いた。

「ああ、間違いない」曽野が答えた。心なしか、表情が硬くなっている。

「ではこちらに御記入をお願いいたします」氏原は宿泊票を曽野の前に差し出した。

曽野が宿泊票を書き終えた。ありがとうございます、と氏原は礼をいった。

「ところで曽野様、お支払いはいかがなさいますか。現金でしょうか、それともクレジットカードをお使いになりますか」

氏原の問いかけに新田は内心首を傾げる。顧客情報としてわざわざリピーターで現金払いと明記されているのに、なぜ尋ねるのか。常連客に対しては、支払い方法などは確認しないのがふつうだ。もちろんデポジットを要求することもない。

「じゃあカードで」と曽野が答えた。新田は思わず眉をひそめていた。

「かしこまりました。曽野様、当ホテルの御利用は初めてでいらっしゃいますか」

「うん、初めてだ」

このやりとりを聞き、新田はさらに訝った。氏原も端末の情報は見ているはずなのに、なぜそんなことを訊くのか。曽野のほうも、なぜ嘘をつくのか。

「申し訳ございません、曽野様。初めてのお客様の場合、当ホテルではクレジットカードのプリントを取らせていただいております。カードをお借りしてもよろしいでしょうか」

「ああ、いいよ」曽野は財布からクレジットカードを抜き取り、カウンターに置いた。

新田の当惑をよそに、氏原は淡々と手続きをこなしていく。その様子は、初めて訪れた客に対するものと何ら変わらない。

新田は曽野のほうを窺った。あちらこちらに視線を向けたりして、何となく落ち着きがない。対照的に後ろにいる女性には殆ど動きがなかった。年齢は三十代後半といったところで髪はショート、化粧気の少ない地味な顔立ちの女性だった。

お待たせいたしました、といって氏原が曽野にカードキーやサービス券などを渡した。さらに説明を続けるが、曽野はまともには聞いていないようだ。

氏原の説明が終わると、曽野は部屋への案内を断り、カードキーなどを持ってカウンターから離れた。それとほぼ同時に、少し離れたソファに座っていた少年が曽野たちに近づいていった。中学生ぐらいだろうか。パーカーの上にダウンジャケットを着ている。手に持っているのはゲーム機のようだ。

曽野と女性がエレベータホールに向かって歩きだすと、少年も彼等の後をついていった。どうやら親子連れらしい。

新田さん、と氏原が声をかけてきた。

「困りますね。フロント業務には手を出さないでくださいとお願いしたじゃないですか」

「状況が状況だったもので、仕方がなかったんです。こっちを見ていたから、無視するのもまずいかなと思って」

「そういう場合は端末の操作に忙しいようなふりをして、少々お待ちください、とでもいえばいいじゃないですか。お客様だって馬鹿じゃないんだから、チェックイン業務をしないフロントクラークがいても変には思いませんよ」

「そうですね、すみません」

「以後、気をつけてください」

「わかりました。ところで今の客……お客様への対応は、何だかおかしかったですね。そもそも、なぜ俺の足を踏んだんですか」

氏原が新田のほうに身体を向けてきた。

「足を踏んだのは、あなたが余計なことをしゃべりそうだったからです」

「余計なこと？　あの人はリピーターでしょ。しかもゴールドクラス。いつも御利用ありがとうございますといって、何が悪いんですか。常連客にはそう挨拶するよう教わりましたけど」

氏原がゆっくりと瞼を閉じ、そして開いた。「時と場合によります」

「何かまずいことでも？」

「データをよく見てください」氏原は端末を指した。「利用履歴です。どのようになっていますか」

新田は画面を見直した。利用履歴は確認していなかった。

「デイユース……となっていますね」

「そうです。日帰り利用です。曽野様の場合、大抵午後五時半頃にチェックインで、チェックアウトは午後七時半頃です。そして決まって月曜日。これが何を意味するか、刑事さんならわかるんじゃないですか」

氏原のいわんとすることが新田にも呑み込めた。

「……そういうことか。あの旦那、浮気をしているんだ。このホテルにはデイユースで、浮気相手と来ているんですね」

「そう考えるのが妥当だと思います」

「氏原さんも対応したことがあるんですか」

「何度かあります」

「相手の女性を見ましたか」

新田の問いかけに、氏原は失笑を漏らした。

「何がおかしいんですか」新田は少しむっとした。

氏原は澄ました顔を向けてきた。

「不倫している男性が、相手の女性と二人でフロントに来ると思いますか」

「あ……それもそうですね」

いわれてみればその通りだ。悔しいが失笑されても仕方がないと新田は思った。

ただし、と氏原は顎を少し上げた。「どういう女性なのか、薄々気づいてはいますが」

「えっ」新田は氏原の平たい顔を見返した。「どうしてですか」

「曽野様がチェックアウトをされている間に、決まってエレベータホールから正面玄関に向かう女性がいらっしゃいます。何度かお見かけしましたので、おそらくその女性が相手ではないかと推測しているわけです。一緒のところを誰かに見られたらまずいので、曽野様より少し遅れて部屋をお出になっているのではないでしょうか」

「その女性は、先程曽野さんといた女性ではないわけですね」

「全く違います。別人です」氏原は断言した。「お子様が一緒ですから、今日の方が奥様だと思われます。奥様は当然、曽野様が頻繁にこのホテルを御利用になっていることを御存じないはずです。それなのにいつも御利用ありがとうございますなどといったら、まずいに決まっています」

「たしかに……」

足を踏まれたのも仕方がないか、と新田は思った。

「いつもは現金で精算されるのは、クレジットカードの利用明細を奥様に見られた場合のことを考えたからだと思われます。でも今回は事情が違いますので、支払い方法を確認しました」

「なるほど」

「とはいえ、こちらの誤解という可能性もゼロではありません。そこで念のため、利用するのは初めてかどうかを尋ねました。結果は新田さんがお聞きになった通りです」

新田は何度か頷き、能面のような氏原の顔を眺めた。「納得しました。瞬間的にそこまで判断できるとは、まさしくプロだ」

氏原がほんの少し目を伏せた。「長くホテルマンをしていれば、この程度の対応はできて当然です」

「さすがですね。それにしてもあの旦那、愛人と来る時に、どうして偽名を使わないんだろう」

「最初に利用した時、つい本名で予約してしまったのでしょう。偽名というのは、咄嗟にはなかなか出てこないものです。あるいはその時はクレジットカードを使う必要があったか。いずれにせよ、一旦本名で泊まってしまったからには、二回目以降は別の名前をいいづらくなってしまいます」

氏原の回答は明快で説得力があった。殆ど考えることなく答えられるのは、幾度となく似たようなケースを経験しているからだろう。

「勉強になります。ついでに教えていただきたいんですが、ふだんは愛人と利用しているホテルに、妻と息子を連れて年越しに泊まりにくるというのは、どういう事情からなんでしょうね。ホテルの人間に顔を覚えられている可能性もあるわけで、ふつうに考えれば、そんなことは避けたいはずだと思うのですが」

「それについては――」氏原は口籠もり、唇を舐めた。「率直にいって、私にもわかりかねます。おっしゃる通り、ふつうなら絶対にしないと思います。ただ先程の曽野様の御様子を見るかぎり、御本人も非常に居心地が悪そうでした。おそらく今回の滞在は曽野様の提案ではないのだろうな、というのが私の想像です」

「旦那の提案ではない、つまり奥さんが思いついたことだというわけですね」

「この時期に親子連れでシティホテルに泊まるというのは、大抵奥様のアイデアです。年末年始の準備をしなくていいし、正月ぐらいはのんびりしたいということでしょう。エステの予約が入っていることも、それを物語っています」

新田はカウンターの上に目をやった。曽野たちの宿泊票が載っている。それを手に取り、内容を確かめた。住所欄には東京の住所が記されていた。名前と同様、これもたぶん本当の住所だろう。妻の目があるから、嘘は書けないはずだ。

「このホテルを選んだのも奥さんということか。旦那はまずいと思ったけれど、変更させる理由が思いつかなかった」

「おそらく、そんなところでしょう。ともあれ、新田さんたちのお仕事には無関係だと思いますから、気に掛ける必要はないのでは？」

「まあ、それはそうかもしれませんね」

「これでおわかりになったと思いますが、お客様の中には複雑な事情を抱えている方も大勢いらっしゃいます。それらを忖度しながら応対するのがホテルマンという仕事です。多少手順を知っているからといって迂闊にお客様と接することは、今後は絶対におやめください。わかりましたね」氏原は目を糸のように細くしていった。

わかりました、と新田は改めて頭を下げた。

新たな女性客がカウンターの前に立ったので、氏原は即座に愛想のいいフロントクラークの顔になり、応対を始めた。その後ろ姿を眺めながら、新田は内心舌を巻いていた。

いうことはいちいち癇に障るが、客に対する眼力にはたしかなものがある。

あなた、たぶん刑事になっても優秀ですよ――氏原の背中に向かって、心の中で呟いた。もっとも、仮に口に出していったところで、本人は少しも喜ばないだろうが。

正面玄関から誰かが入ってくるのを新田は目の端で捉えた。日下部篤哉だった。ロビーに足を踏み入れるなり、一切の躊躇いを示さずコンシェルジュ・デスクに向かっていく。

山岸尚美が椅子から立ち上がり、近づいてくる彼に向かって丁寧に一礼した。

21

デスクの上に一枚の書類を置き、尚美は日下部に自分の考えを披露した。日下部は書類に目を落とし、彼女の話にじっと聞き入っている。説明が一通り終わるまで、彼が口を挟んでくることはなかった。

「いかがでしょうか」尚美は、やや緊張の思いを抱えたまま日下部に訊いた。

ふむ、と漏らして腕を組み、日下部は椅子の背もたれに体重を預けた。無言で尚美の顔を見つめてくる。その目には威圧感があった。

「お気に召しませんか」尚美は重ねて尋ねた。

日下部は黙ったままで瞼を閉じた。かすかに胸が上下している。

長い時間に感じられた。尚美は息苦しくなった。

やがて、ふっと彼の口元が緩んだ。それからゆっくりと目を開けた。

「面白い。じつに面白いことを考えついたものだ」

「ということは……」

日下部は机に置かれた書類を指先でぽんと叩いた。

「君の案を採用しよう。成功するかどうかはわからないが、結果がどうなるのか、僕自身が非常に楽しみだ」

「ありがとうございます」胸に滞留していた塊が、すっと消失する感覚があった。代わりに大きな安堵感が広がった。「では準備に入らせていただきますが、日下部様からは何かほかにリクエストはございますか」

「今ここでは思いつかないが、何か閃くことがあったなら、すぐに連絡しよう」

「かしこまりました。お待ちしております」

とはいえ、と日下部は顔を傾けた。

「ここに書かれたことがすべて可能なら、これで十分だとも思うけどね。しかし、本当にできるんだろうね」

「やりたいと思っています」

「思う……か」日下部の声のトーンが下がる。

「いえ、やります。何としてでも」尚美はあわてて言葉に覚悟を込めた。

ふむ、と値踏みするような目を日下部は向けてきて、頷いた。

「だったらよろしく頼むよ。最初にもいったけど、金に糸目はつけない」

「さようでございますか。事前に費用を御相談する必要は……」

「不要だ。事後報告でいい」日下部は払うように手を振った。「うん、じつに楽しみだ。うまくいけば明日の夜までには――」そこまでいってから無念そうに渋面を作った。「まだ彼女の名前は教えてもらえないわけか」

「申し訳ございません。それにつきましては……」

「わかっている。もういい。では我々の間ではレディーと呼ぶことにしよう」

「かしこまりました。レディー様ですね」

ひとつひとつが気取っているが、そろそろ慣れてきた。

「明日の夜までにはレディーと二人きりになれるかもしれないと思うと、わくわくする。成功することを祈るとしよう」日下部が腰を上げた。「状況については逐一報告を」

尚美も立ち上がった。「承知いたしました」

日下部が意気揚々とエレベータホールに向かって歩いていくのを尚美は見送った。胸の内には計画を受け入れてもらえたことでほっとする気持ちと、果たしてうまくいくのだろうかという不安感が交錯している。

「方針は決まったんですか」背後から声がした。

振り向くと新田がコンシェルジュ・デスクの書類を手にしていた。

「『あしながおじさん作戦』？　何ですか、これは」

尚美は彼の手から書類を取り返した。「勝手に見ないでください」

「日下部氏とマキムラ……じゃなかった仲根緑を二人きりにさせる計画ですね」

「日下部様と仲根様。呼び捨てなんて論外です」

「面白そうな作戦だ。ちらりと目に入りましたが、ひとつ目にサプライズ・フラワーというのがありましたね」新田が書類を指差した。

「新田さんには関係のないことです」

「そういうわけにはいかない。いったでしょ、あの女性は我々の監視対象だって。あなたが彼女に対して通常のサービスだけでなく、何か特別な計らいをするということであれば、その内容を把握しておく必要があります」

尚美は背筋をぴんと伸ばし、刑事のほうに向き直った。

「だったら新田さんのカードも見せてください」

「カード？」新田は怪訝そうな目をし、わずかに首を傾げた。「何のことです？」

「仲根様の部屋のハウスキーピングに立ち会った時、何かお気づきになった御様子でした。何かに気づいて、大急ぎで部屋を出ていかれました。一体何に気づいたのか、それを教えてくださいといってるんです」

「ああ、あれね」新田は頷きながら、ゆらゆらと身体を揺らした。「大したことじゃありません」

「それでもいいから教えてください」

き込んでくる。

「教えたら、『あしながおじさん』について話してもらえますか」新田が尚美の顔を覗
尚美は小さく頷いた。「まあ、いいでしょう」

新田は周囲をさっと見回してから、彼女に一歩近づいてきた。

「やっぱり夫婦連れっぽくないな、ということです。本当の夫婦が寝泊まりしたら、汚れた靴下や下着を入れたポリ袋が置いてあるとか、部屋着代わりのTシャツやスウェットが脱ぎ捨ててあるとか、所帯じみた痕跡がいろいろと残ってしまうものじゃありませんか。ところがあの部屋には、そういうものが一切なかった」

尚美は瞬きし、新田の顔を見返した。「ほかには？」

「それだけですが、見逃せない重要なことだとは思いませんか」

尚美は釈然としなかった。新田の指摘は彼女も感じたことではあった。だが本当にその程度のことだろうか。あの時に彼が示した反応を振り返れば、もっと大きなことに気づいたように思える。

「さあ、俺は話しましたよ。今度はあなたの番だ」新田が催促してきた。

悔しいが拒絶する理由が思いつかなかった。尚美は書類を彼に渡した。

「仲根様に特別サービスをしてさしあげよう、というのが私の作戦です。もちろん日下部様の名前など出さず、あくまでもホテルからという建前で」

「というと?」

「たとえば、お部屋にアレンジメントした花をお届けします。花を贈られて嬉しくない女性がいるとは思えませんから」

「それがサプライズ・フラワーですね。でも不審に思うんじゃないですか。なぜこんなことをしてくれるのか、と」

「サービスの理由など、何とでもこじつけられます」

「抽選に当たりました、とか?」

「それも悪くないですね」

あまり納得していない顔つきで新田は書類に目を落とした。「夕食時にシャンパンというのもありますね」

「仲根様たちが今日の御夕食をどこで召し上がるかは不明です。もしホテル内のレストラン、あるいはルームサービスを御利用になる場合には、これまた何か理由をつけてシャンパンをサービスしようと思っています。昨夜遅くにシャンパンを注文されていますから、お嫌いではないはずです」

「なるほどね」新田は頷いた。「ほかにもいろいろと作戦を用意しておられるようですが、特別サービスが自分たちにばかり続けば、気味悪がられませんか」

「おっしゃる通りだと思います。だから仲根様たちの反応を見ながら、と考えています。

御本人が何とも思わなくても、一緒にいる男性が変だと感じたらいけませんから」

「最終的にはどのように？」

「明日のなるべく早い時間に、仲根様……緑様がお一人でいる時を見計らい、本当のことを打ち明けるつもりです。昨夜からのサービスは、じつは緑様と二人きりで会いたいという方からの御依頼でした、もしその方に会ってもよいということでしたら機会を設けさせていただきますが、いかがいたしましょうか、と」

へえーと新田は少し身体をのけぞらせた。

「考えましたね。それならもし仲根緑さんが嫌だと断った場合には、お互いのことを全く知らないままに幕引きができるわけだ。日下部氏が恥をかく心配はない」

「そういうことです」

「ただ、その状況で、相手の男性の正体を知らないままでいられる女性がいるとは思えないな……」新田は指を鳴らした。「そうか、それで『あしながおじさん』か」

「『あしながおじさん』の正体を知りたがらない女性はいないと思いますから」

「グッドアイデアだ。かなり成功率は高いかもしれない」

「うまくいくといいんですけどね」

そういいながらも、尚美は五分五分より、もう少し成功率は高いのではないかと考えていた。もし仲根緑が本当に夫婦で泊まっているのなら難しいかもしれない。だが相手とは不倫関係で、昼間は一人きりでいるようなら、『あしながおじさん』と会うぐらいはいいと思うのではないかと踏んでいた。

「一つお願いがあるんですけどね」新田がいった。「その仕掛け、我々にも手伝わせていただけませんか」

「新田さんたちに？　どうしてですか」

「もちろん、あの女性をマークしているからです。彼女と接触できる機会があるのなら、逃したくない」

「申し訳ありませんけど、私は警察のために今回のことを計画したわけでは——」

「そんなことはわかっています。邪魔をする気はありません。でも何もかも、あなた一人ではできないでしょう？　手伝ってくれる人間が必要でしょう？　どうせ誰かに手伝わせるのなら、その役目を俺たちに負わせても問題ないはずです。違いますか？」

新田は尚美に口を挟む暇を与えず早口でまくしたて、射すくめるような鋭い眼光を放ってきた。まるで獲物に食いついた猟犬のようだ。こういう時は、やはり刑事だなと思う。

尚美は新田が手にしている書類に視線を向けた。たしかに、すべてを自分一人で行うのは不可能だ。もし新田たちに手伝ってもらうとすれば、どの役割がいいか。

考えを巡らせていると、「こちらの都合をいわせてもらってもいいですか」と尚美の内心を見抜いたように新田がいった。「何か御希望が？」

はい、といって新田が意味ありげな笑みを浮かべ、書類の一部を指差した。「この役目、是非とも俺にやらせてもらいたいですね」

その部分を覗き込み、尚美は上目遣いに刑事の顔を窺った。「どうしてですか？」

「ちょっとした理由がありまして。御心配なく。決してあなたの邪魔は――」そこまで話したところで新田は視線を移し、突然言葉を切った。

正面玄関から仲根緑が歩いてくるところだった。どこか物憂げで、足取りも軽いとはいえない。

新田が近づいていき、「お帰りなさいませ、仲根様」と挨拶した。仲根緑は驚いたように立ち止まって彼の顔を見返した後、小さく頷き、再びエレベータホールに向かって歩きだした。

「どうぞごゆっくり」去っていく仲根緑の背中に声をかけた後、新田は尚美のところに戻ってきた。「ヒロインの登場ですね」

「やっぱりお一人ですね。相手の男性は、いつ戻ってこられるんでしょうか」

さあ、と新田は首を傾げた。

「わけありなら、二人揃って堂々とホテルに戻ってくることはないんじゃないかな」

「ああ、たしかに」尚美は同意した。いわれてみればその通りだ。このホテルは地下鉄の駅と繋がっているし、駐車場も地下にある。地下フロアからでも客室へのエレベータに乗れるので、顔を見られたくない有名人などは、そちらを利用することが多い。

ますます不倫の疑いが濃くなった。となれば、『あしながおじさん作戦』が成功する可能性も高まる。

尚美はスマートフォンを取り出した。フラワーアレンジメントを発注するためだった。

1701号室のドアの前に立つと、深呼吸をしてからチャイムを鳴らした。事前に電話をして、ホテルからの贈り物を届けたいと伝えてあるので、室内にいる仲根緑たちがあわてているおそれはない。ちなみに電話に出たのは仲根緑だった。

ドアが開き、エキゾチックな顔が現れた。少し当惑している様子だったが、尚美が抱えているものに目を向けた途端、表情が輝いた。

「お休み中、申し訳ございません。電話で御説明させていただきましたが、ハウスキーピングを担当した者が、仲根様に是非プレゼントしたいとのことでしたので、お持ちいたしました」そういって尚美はフラワーアレンジメントを差し出した。ピンクユリとピンク薔薇を中心にあつらえたものだ。

「本当にいいんですか、いただいても」仲根緑が訊いてきた。

「もちろんです。部屋を奇麗に使ってくださっているお客様を一組選び、客室係から花をプレゼントするというのは、当ホテルの年末の恒例行事となっております。どうか、御遠慮なく」

「そんな行事があるんですね。ありがとうございます。すごい素敵な花……」

「よろしければ、どこか御希望の場所まで運ばせていただきますが」

「ああ、それは結構です。自分で運びます」仲根緑は笑顔で花を受け取った。「どうもありがとう」

「お邪魔いたしました。どうぞ、ごゆっくりお寛ぎくださいませ」尚美は頭を下げ、ドアが閉まるのを待ってから、その場を離れた。

まずは第一段階完了。胸を撫で下ろした。

22

ベルボーイの制服に身を包んだ関根が、ワゴンを押しながら廊下を進んでいく。その後ろ姿を、新田は角から見送った。１７０１号室は角部屋なので一番奥だ。突き当たりの左側にドアがある。

関根がドアの前で止まり、チャイムのボタンを押した。

程なくしてドアが開いた。関根は一言二言話した後、ワゴンと共に部屋に入っていく。ワゴンに載っているのはルームサービスで注文された夕食だ。スペシャル・ディナー二人分とシャンパンだ。注文されたのはグラス・シャンパンが二つだったが、ボトルが載っているのは、例の『あしながおじさん作戦』の一環だ。それについては関根がうまく説明することになっている。

部屋から関根が出てきた。一礼した後、廊下を戻ってくる。

「どうだった？」新田は訊いた。「部屋には入れたようだけど」

関根は無念そうな顔つきで首を振った。

「リビングの手前までです。テレビの音が聞こえてきましたけど、中の様子はさっぱりわかりません」

「やっぱりそうか」

二人でエレベータに乗り、一階のボタンを押した。

「シャンパンについては何と？」

「間違いだといわれました。頼んだのはグラスのシャンパンだって。だから山岸さんにいわれた通り、謝ったうえで、こちらの手違いなのでサービスさせていただきますといって置いてきました」

「怪しんでいる様子はなかったか」

「どうでしょうか。恐縮はしていましたけど」

「実際のところは、さほど喜んではいないかもしれないな。あの女性が大酒飲みならともかく、そうでないのなら、一人でシャンパンのボトル一本を空けるのは大変だぞ」

「たしかに」

仲根緑からルームサービスで二人分の料理の注文があったと聞き、新田は警備員室に行って防犯カメラの映像を確認した。その結果、やはり1701号室には仲根緑以外の人間は入っていないことが判明した。

もはや彼女が夫婦連れを装っていることは確実だった。その目的は何なのか。新田たちが追っている事件と関係しているのかどうか、どうにかして突き止めたかった。

一階に下りてコンシェルジュ・デスクに行くと、待ちかねたように山岸尚美が立ち上がった。「どうでしたか?」関根に訊いた。

「うまくいったと思います。シャンパンのボトルは受け取ってもらえました」

「料理のほうは?　きちんとセットできましたか」

「それが、部屋に入ってすぐのところにワゴンを置いてきただけなので、料理をテーブルに並べてはいないんです」

関根の説明に、「そうでしたか。それならよかった」と山岸尚美は安堵の表情を浮かべた。スペシャル・ディナーとなれば料理の数が多い。仲根緑にシャンパンをプレゼントするというミッションは重要だが、それ以前に、素人同然の関根が料理をうまくテーブルに並べられるかどうかを、彼女はずっと心配していたのだった。

「フラワーアレンジメントをプレゼントし、ボトルのシャンパンをサービスした。さて、次はいよいよメインイベントですね」新田がいった。

山岸尚美が不安げな目を向けてきた。「やっぱり新田さんが行くおつもりですか」

「そうです。いけませんか？　山岸さんは花を届けに行ってるし、コンシェルジュが何度も訪ねたら怪しまれますよ」

「それはそうかもしれませんけど……」

「大丈夫、うまくやりますよ」そういって新田が自分の胸を軽く叩いた時、上着の内側が震えた。スマートフォンを取り出すと本宮からの電話だった。はい、と応じる。

「仲根緑について耳に入れておきたいことがある。手が空いてたら、こっちに来てくれ」

「わかりました」

電話を切った後、「では後ほど」と山岸尚美にいい、新田は事務棟に向かった。

会議室には稲垣と本宮がいた。新田は関根が仲根緑の部屋にルームサービスを届けた時の模様を報告した。

「一人っきりなのにスペシャル・ディナーを二人分か。ますます臭いますね」本宮が稲垣にいった。

「伊達や酔狂でやっていることとは思えないな。こちらの事件との関わりは不明だが、理由が知りたい。何とかならないか」

稲垣に問われ、新田は首を傾げた。

「本人に尋ねるわけにもいきませんしね。とりあえず山岸さんのプランに乗っかって、様子を見ようと思っています」

稲垣は、げんなりしたような顔でため息をついた。

「前の事件でも感じたことだが、ホテルってところは変な客が多いな。プロポーズをしたかと思えば、翌日にはほかの女に一目惚れ。ところがその女も秘密を抱えている、か。一体、どうなってるんだ」

「仮面を被っているんですよ。お客様という仮面をね」かつて山岸尚美から聞かされた台詞を新田は口にした。「ところで、俺の耳に入れておきたいことというのは？」

「こいつだ」本宮が取り上げたのは、仲根伸一郎の運転免許証の写しだ。「愛知県警に協力を要請して、この住所のマンションに当たってもらったが、本人は住んでいなかった」

「引っ越したんですか」

「どうやらそうらしいが、現在の住人は今年の夏から住み始めていて、何も知らないそうだ。今、もう少し詳しいことを調べてもらっている。それからもう一つ、ホテルの予約情報に仲根伸一郎の携帯電話の番号が残っていたが、かけてみたところ繋がらなかった」

新田は鼻先を親指で弾いた。「何もかも怪しいですね」

「仲根緑が要注意人物であることに変わりはない。ただ、そこだけに目を奪われていると大事なことを見逃すおそれがある」稲垣が低い声で重々しくいった。「むしろ本命はこれからやってくるのかもしれん」

「今日は俺が把握しているだけでも、チェックインが百を超えました」

「ホテルも明日のカウントダウンに向けて本格的な準備に入るそうだ。動き回る人間が増えれば、犯人が目的を果たしやすくなるかもしれん。心してかかってくれ」

「わかりました」頭を下げて答えながら、今回の事件ではっぱをかけられたのはこれで何度目だろうと新田は思った。

腕時計の針が八時五十分を過ぎたのを見て、「ちょっと外します」と新田は氏原にいった。チェックインをする客の波は落ち着いており、フロントには彼等二人しかいない。どちらへ、と氏原に訊かれたので、ちょっと、とだけ答えた。いちいち説明する義理はない。

コンシェルジュ・デスクでは山岸尚美が気の張った顔つきで電話をかけているところ

だった。

「はい……では予定通りということで。……はい。このたびは急に難しいことをお願いしてしまい、本当に申し訳ございませんでした。……はい、ではお支払いにつきましては、そのようにさせていただきます。……はい、ありがとうございます。よろしくお願いいたします」流れるように詫びと感謝の言葉を繰り返した後、彼女は電話を切った。新田を見上げ、吐息を漏らした。「先方の準備は整っているそうです。合図をくれれば、いつでもスタートできるとか。いよいよです」

「では行ってきます」

山岸尚美は真剣な眼差しで見上げてきた。「新田さん、本当に大丈夫ですね？」

「大丈夫です。しつこいな」

「忘れないでください。これから行うことは、あくまでも当ホテルのサービスの一環です。くれぐれも失礼のないようにお願いします。いいですね？　捜査ではなく、サービスを優先してください」

「わかっています。任せてください」

本当にわかっているのか、といいたそうな顔で山岸尚美は受話器を取り上げた。形のいい指が、1701号室の呼び出し番号を押していく。

受話器を耳に押し当てている山岸尚美の顔が引き締まった。相手が出たらしい。

「仲根様、お寛ぎ中、たびたび申し訳ございません。コンシェルジュ・デスクの山岸でございます。……はい、先程は失礼いたしました。今、少しお話をさせていただいても構いませんか。……ありがとうございます。じつはホテルよりお伝えしたいことがあり、係の者がお部屋を訪ねたいと申しております。今からそちらに伺わせていただいてもよろしいでしょうか。……それは係の者に直接尋ねていただければと。……さようでございますか。ではこれから向かわせますので、よろしくお願いいたします。どうも失礼いたしました」山岸尚美は受話器を置いた。

「了解を得られたみたいですね」新田は訊いた。

ええ、と彼女は頷いてから彼を見返してきた。「手順はわかっていますね」

「しっかりと頭に叩き込んであります」新田は自分のこめかみを指で突いた後、エレベータホールに向かった。

十七階に上がり、廊下を進んだ。突き当たりの左側が1701号室だ。ボタンを押し、チャイムを鳴らした。

ドアが開き、隙間から仲根緑が姿を覗かせた。光沢のあるグレーのワンピースを着ている。生地は高級そうで、室内着にはとても見えない。

「お休み中、突然申し訳ございません」新田は頭を下げた。「ホテルから特別イベントについてのお知らせがあり、伺った次第です」

「特別イベント？」仲根緑が長い睫(まつげ)で瞬きした。弱いルームライトの下だと、妖艶さに磨きがかかるようだ。

「今夜だけのイベントです。もし今お取り込み中でなければ御説明させていただきますが、よろしいでしょうか」

「ええ、構いませんけど」

できましたら、と新田は相手の表情を窺った。

「お部屋に入れていただけますと御説明しやすいのですが、いかがいたしましょうか」

「部屋に……ですか」戸惑いの色が仲根緑の顔に浮かんだ。

「もちろん、お連れ様と相談されてからで結構です」

「彼……主人は今、ちょっと外に出ているので」

語尾が震えたのを新田は聞き逃さなかった。

「そうですか。では御主人がお戻りになってから、改めて御説明に伺いましょうか」

「あ……いえ、それは結構です。いつ戻ってくるか聞いておりませんので」仲根緑は少し考える表情を見せてから、意を決したように頷いた。「わかりました。じゃあ、どうぞ」

「中に入っても構いませんか」

「ええ」

「では失礼いたします」新田は一礼してから部屋に足を踏み入れた。ドアガードを立て、ドアが閉まりきらないようにしておくのは常識だ。

仲根緑に続いてリビングルームに入った。昼間、ハウスキーピングで見た時とは印象が違っている。コートが無造作にソファの上に脱ぎ捨てられ、バッグもそばに放り出されていた。とても男女二人がソファで寛いでいたようには思えない。そしてテーブルの本と煙草とライターは、あの時に見たままの位置にあった。

「あの、どうすれば?」仲根緑が振り返った。

「窓のほうにお進みください」

この部屋は角部屋で、窓は南と西に向いている。新田は南側の窓に近づいた。すぐそばにテーブルがあり、脇にワゴンが置かれていた。テーブルの上にはディナーを終えた二人分の食器が並んでいるはずだが、今は上から白い布がかけられ、見えなくなっていた。ワゴンの上にはシャンパンのボトルが置かれているが、半分以上が残っているようだ。やはり一人では飲みきれなかったのだろう。

新田はカーテンを開けた。窓の外には東京の夜景が広がっている。次にスマートフォンを取り出し、電話をかけた。すぐに、はい、と山岸尚美が出た。

「こちら、オーケーです」新田はいった。

「わかりました。始めてもらいます」

新田は電話を切り、仲根緑を見た。

「部屋の明かりを消してもらってもいいですか」

「あ、はい」

仲根緑が壁のスイッチを押すと窓の外の夜景が一層際立った。

だが無論、見せたいのはこれだけではない。

次の瞬間、目の前にあるビルの壁面に、『Welcome to HOTEL CORTESIA TOKYO!』の文字が映し出された。

「えっ、何これ……」仲根緑が目を見張った。

文字が消えると、今度は一面がピンクになった。満開の桜の映像だ。やがてそれは青空になり、そこに虹がかかった。その空が次第に暗くなったかと思うと、打ち上げ花火が次々と開く映像へと変わった。

「どういうこと？」仲根緑が驚いた様子で尋ねてきた。

「当ホテルの特別サービスでございます」新田は丁寧に頭を下げた。

23

スマートフォンの画面に次々と映し出される映像を、尚美は息を詰めて見つめていた。

これと同じものを、今、仲根緑は部屋から見ているはずなのだ。

『あしながおじさん作戦』の最大の目玉が、この特別映像ショーだった。イルミネーションなどを手がけるイベント会社に急遽手配したのだ。通常は二週間ほど前に発注しておかねばならず、当日の実施など論外だといわれたが、ありあわせの映像でもいいからと頼み込み、何とか引き受けてもらえたのだった。

後は根回しだ。近くのビルの壁面にプロジェクターで投影するわけだから、当然ビル側の許可も取らねばならないのだが、誰に連絡していいかわからず、ずいぶんとてこずった。

しかし苦労した分、達成感も大きい。これで仲根緑の心をどれだけ摑めたかは不明だが、やれるだけのことはやったという思いはある。

尚美が画面に見入っていると、山岸君、と頭上から呼びかけられた。顔を上げると氏原が立っていた。

「新田さんは、どこに行ったんだ。エレベータホールに向かうのが見えたけど、まさかお客様の部屋に行ったのではないだろうね」

「いえ、その通りです。お客様のお部屋に行っておられます。こちらの仕事の絡みで。新田さんが手伝わせてほしいとおっしゃるものですから」

氏原は呆れたような顔で小さく首を振った。「何号室?」

「1701号室ですけど、何か問題が？」

だが氏原は答えず、足早に歩きだした。エレベータホールに向かっている。尚美は後を追った。「一体どうしたんですか」

エレベータホールに着くと、氏原はボタンを押してから尚美を見た。

「フロントオフィス以外でならどこで何をしようと自由だ、と新田刑事にはいった。しかし刑事が一人でお客様の部屋に行くなど言語道断だ。君だって、それぐらいのことはわかるでしょう？」

「それはわかっていますけど、新田さんはふつうの刑事さんとは違います。それに部屋の入り口で用件を伝えるだけですし」

「だったら、どうしてすぐに戻ってこないんだ。おかしいと思わないか」

尚美は言葉に詰まった。そういわれれば、たしかにそうだ。

エレベータの扉が開いた。氏原に続いて、尚美も乗り込んだ。

「あの男を信用しすぎるのは考えものだ。所詮は刑事、ホテルに迷惑がかかることなんて何とも思っちゃいない」

「そんなことはないと思いますけど」

「君は甘すぎるんだ。総支配人に気に入られてるからって、あまり調子に乗らないほうがいい」

尚美は氏原の平たい顔を睨んだ。「私がいつ調子に乗ったというんですか」

エレベータが十七階に到着した。尚美の質問に答えることなく、氏原が降りた。小走りに1701号室に向かっていく。

部屋の前まで行くと、入り口にドアガードが挟まっていた。氏原が振り返った。「いわんこっちゃない」そしてチャイムを鳴らした。

間もなくドアが開けられた。現れたのは新田だった。「あれ、どうしたんですか」意外そうな顔で尚美と氏原を交互に見た。

「新田さん、どうして部屋に入ってるんですか」尚美は訊いた。

「いや、それはちょっとした行き掛かりで……」新田の答えは歯切れが悪い。

「どうかしました？」彼の背後から仲根緑の声が聞こえた。

「失礼いたしました、仲根様」新田がいった。「この特別イベントを担当しているコンシェルジュの山岸が、御感想を伺いたいそうです。中に入れてもよろしいでしょうか」

「ああ、どうぞ入ってもらってください」

新田が尚美に目配せしてきた。尚美は氏原を見た。

「後で説明してください」氏原がどちらにともなく吐き捨てるようにいってから立ち去った。

失礼します、といって尚美は部屋に入った。

リビングルームに入ると、仲根緑が窓際に立ち、まだ続いている映像ショーに見入っているところだった。彼女は一人で、男性の姿はない。

尚美は彼女に近づきながら、「いかがでしょうか」と尋ねた。

仲根緑がちらりと振り向いた後、すぐにまた窓の外に目をやった。

「素晴らしいです。こんな素敵なものを見せていただけるなんて、全く予想してなかった」

「大晦日イブの特別イベントです」尚美はいった。

「大晦日イブ?」

「はい、クリスマス・イブがあるのですから、大晦日イブがあってもいいのではないかと思いまして。もちろんほかのお部屋からも見えるのですが、こちらのお部屋からの景観が一番素晴らしいはずなので、こうして御感想を伺いに来た次第です」

「そうですか。本当に奇麗。おかげでいい年越しになりそうです。ありがとうございます」

「そういっていただけますと何よりです。ではこれで失礼させていただきます。お邪魔いたしました」

尚美が一礼してその場を離れようとした時、そばのテーブルが目に入った。白い布が被せてあるが、覆いきれていない部分がある。そこを見て、はっとした。

いるようだった。

新田と目が合った。彼の真剣な顔は、今は黙って立ち去りましょう、と尚美に告げて

失礼しますともう一度いい、尚美は出入口に向かった。新田も後からついてきた。

部屋を出た後も、エレベータホールまでは無言で進んだ。口を開いたのはエレベータに乗り込み、ほかに誰もいないことを確かめてからだ。

「新田さん、知ってたんでしょう？」

「何をですか？」

「とぼけないでください。テーブルの上を見たでしょう？　フォークとナイフが一組、全くの手つかずでした。つまりディナーを二人分注文しておきながら、食べたのは一人だけ。仲根緑様に連れの男性はいないんですね」

新田はにやりと笑い、指先で鼻を掻いた。「さすがですね。あなたなら、きっと見逃さないと思った」

「ハウスキーピングの時に気づいたんですね。どうして教えてくださらなかったんですか」冷静さを保とうと思いつつ、声が尖った。

「あの時点では確証がなかったからです。あの後で防犯カメラの映像を見て、あの部屋に出入りしているのは彼女だけだと確認したんです」対照的に新田の口調は落ち着いている。

「だったら、その時点で教えてくれてもいいじゃないですか」

新田は、ばつが悪そうに鼻の上に皺を寄せた。

「とりあえず黙ってろ、と上から指示されたんです。でもあなたを見ていると、それも心苦しくてね。だから先程、少々細工を」

「細工？」

「俺があの部屋に入った時点では、テーブルには白い布がきっちりと被せられていて、何も見えませんでした。手つかずのフォークとナイフも」

エレベータが一階に到着した。新田が『開』ボタンを押したので、尚美が先に降りた。

「私が気づくように布をずらした、ということですか」

「まあ、そうです。感謝しろとまではいいませんが、あなたに隠していたことを責めるのは、ここまでにしていただきたいですね」

「別に責めてはいませんけど」尚美は足を止め、新田を見た。「それにしても仲根様は、なぜそんな嘘を……」

「問題はそこです」新田は人差し指を立てた。「一人きりで宿泊しているのに、なぜ夫婦連れだと思わせたいのか。料理を二人分頼むなんて、度が過ぎている。お金がかかるだけだし、メリットなど何もないように思えます。我々が監視を続けざるをえない理由です」

「そういうことでしたか」

「いずれにせよ、あなたにとってもなかなか役に立つ情報ではありませんか。連れの男性がいないとなれば、日下部氏との約束を果たすためのハードルが、かなり低くなったと思うんですがね」

「仲根様の目的がわからない以上、それは何ともいえません。同様に――」尚美は新田の顔を見つめた。「警察の方々が仲根様のことを気にする理由はわかりましたが、強引な方法で真意を暴こうとするのは、どうかおやめください。お客様にはお客様の事情というものがあるのです。今回、仲根様は夫婦連れという仮面を被って訪れておられます。ならばその仮面を尊重するのがホテルマンの務めです」

新田は、にやりと笑った。「あなたらしい意見だ」

尚美は彼を睨む目に力を込めた。「皮肉ですか」

「とんでもない」新田は手を振ってから真顔に戻った。「でもあの人……仲根緑さんの仮面は、さっき一瞬だけ外れたかもしれない」

「何かあったのですか」

「例の映像ショーを見ている時ですが、ちらりと横顔を窺ったら」新田は指先で自分の右目の下に触れた。「頰に涙が一筋。単に映像に感動しただけだとは思えませんでした」そういってから尚美に頷きかけてきた。「御参考までに」

「たしかに、心に留めておいたほうがよさそうなお話です。でもね、新田さん」刑事の顔を見返して続けた。「お客様の仮面が外れたとしても、それに気づかないふりをするのもホテルマンの仕事です」

新田は再び表情を和ませた。

「よくわかっていますよ。その点は俺たち刑事も同じです。仮面が外れていることに気づかないふりをして、さらに素顔に近づくというわけだ」

「その思いが強すぎて、お客様との距離を見誤る、なんてことのないようお気をつけください。近づきすぎたら、相手を傷つけてしまうこともあります」

「その点は大丈夫。こう見えても、そういう距離感には自信があります」新田は自分の胸をぽんと叩いた。

「そうですか。では一つだけ興味深いエピソードをお話ししていいですか」

「何ですか」

「ここ数十年で、時計は飛躍的に正確に時を刻むようになりました。少々の安物でも一日に一秒も狂いません。でもその結果、約束の時間に遅れる人が増えた、という説があるのを御存じですか」

「いや、知らないな。そうなんですか」

「下手に正確な時刻がわかるものだから、ぎりぎりまで時間を自分のために使おうとしてしまうんです。結果、遅刻をする。そういう人には、あまり信頼の置けない時計を持たせるといいそうです。遅れているかもしれないと思うから、常に余裕を持って行動しなければなりません」

「ははあ、なるほど」新田は頷いてから、首を傾けた。「今の話とどういう関係が？」

「時計に頼りすぎてはいけないのと同様、御自分の感覚だけを頼りにするのは危険です。時間と同様、心の距離感にも余裕が必要だ、といいたいのです」尚美は刑事の目を見つめていった。「過信は禁物です」

新田は大きく胸が上下するほどの呼吸をし、首を縦に振った。「よく覚えておきます」

「生意気な女だとお思いでしょうけど」

「いや、勉強になります」そういうなり新田は踵を返し、大股で歩きだした。

24

「というわけで、仲根緑という女性の行動が極めて不自然なのはたしかなんです。何か事情があるのでしょうが、それが今回の事件と無関係だと判明するまでは、我々は多少強引なことをしてでも、監視し続ける必要があるわけです」

新田から事の顛末を聞き終えた氏原は、相変わらず能面のような顔を保っていたが、不満と不信の色だけはしっかりと浮かべていた。むしろ無表情なだけに、強く訴えてくるものがある。

二人はフロントの裏にある事務所で向き合っていた。新田が戻ると、氏原が説明を求めてきたのだ。ほかのフロントクラークたちは気を利かせたのか、あるいは気まずい雰囲気を察知したのか、席を外している。

「おっしゃりたいことはわかりました」氏原は平坦(へいたん)な口調でいった。「それでもやはり、やっていいことと悪いことがあります。我々でさえ、お客様の部屋に入る際には細心の注意を払うのです」

「入る前に許可を得ました」

氏原は細い眉をかすかにひそめた。

「女性の部屋に入っていいですかと訊くこと自体、論外です。先方にとっては、あなたのこともホテルの人間に見えているわけです。無礼なホテルだ、教育がなってない、といわれても仕方のないケースです。監視の必要性はわかりましたが、もっと別の方法を採っていただきたかったですね」

「でも彼女は不快感を示すどころか、映像ショーを見て、感激していました」

「それは結果論です。それから、お客様のことを『彼女』などといわないように」

「おっと失礼」新田は口元を手で覆った。

氏原は腕時計を見た。

「私があなたの補佐役をするのも、あと二十四時間だ。どうか、おとなしくしてくれていることを望みますよ」

「おとなしくしていますよ、ホテルマンとしてはね。でも刑事がおとなしくしていたんじゃ、犯人を捕まえられない」

新田がいい返すと、氏原の頰がぴくりと動いた。まだ何か文句をいう気かと新田は身構えたが、氏原の肩からふっと力が抜けるのがわかった。

「どうして山岸君は、あんなにあなたのことを高く評価しているんだろう」独り言の口調だった。

「そうなんですか。光栄だな」

でも、と氏原は新田の顔を見つめた。「私はごまかされませんからね」

ははは、と新田は軽く笑った。「どうごまかすんですか」

「私は自分の仕事に誇りを持っています。失礼ながら警察官がホテルマン以上に人間の本質を見抜けるとは思えない――それが私のいいたいことです」氏原は、くるりと背中を向けた。「お疲れ様でした。ではまた明日、午前八時にここで」

「刑事でも」歩きだした後ろ姿に向かって新田はいった。「そこそこ、いい勝負をする自信はありますよ」

氏原は足を止めたが、振り返ることなく、そのまま去っていった。

その直後、スマートフォンに着信があった。本宮からだ。夜の十時を回っているが、新田たちの捜査会議はこれからだった。


会議室には新田と同じ係の捜査員が、ほぼ全員揃っていた。持ち込まれた二台の液晶モニターの前に陣取り、映像を睨んでいる。新田は彼等の後ろに立った。一方のモニターに映し出されているのは、楽しそうに歩いているカップルの姿だ。場所は、このホテルのロビーだった。

「次、行きます」上島がモニターに繋がっているパソコンを操作した。

モニターに次の映像が表示された。中年の女性二人だった。何やら熱心に話しながら歩いている。やはり背景にはロビーが映っている。

先程のカップルにも、この女性たちにも、新田は見覚えがあった。今日、チェックインした宿泊客だ。しかもカウントダウン・パーティへの参加を申し込んでいる。例のフロントからの合図を受けた捜査員が隠し撮りした動画なのだ。フロントにも防犯カメラは設置されていて、チェックインする客たちの姿を捉えているが、角度が固定されている上に画質があまり鮮明ではない。また当然のことながら、カウンターから離れた場所で手続きが終わるのを待っている連れの客の姿は撮影できないという難点があった。

誰も言葉を発しないことを確認し、「次、行きまーす」と上島がキーを叩いた。

映ったのは若い男だった。サングラスをかけ、レザーのロングコートを羽織っている。この男性客には見覚えがなかった。新田がフロントから離れている間にチェックインしたのだろう。

「ちょっとストップ」声を発したのはベテラン刑事の渡部だ。「こいつ、どこかで見たぞ。たぶんマンションの防犯カメラだ。前半のほう」

上島が別のパソコンのキーを素早く叩いた。隣のモニターに別の映像が表示された。和泉春菜のマンションの共同玄関に設置されている防犯カメラの映像だ。

「もう少し先だ。……そうそう、このグループが出ていって、もうちょっとしたら出てくる。おっと、こいつだ。止めてくれ」

渡部の指示に従い、上島が動画を一時停止させた。モニターに映っているのは、革のジャンパーを着た、短髪の若い男だった。

「どうよ、こいつ。顔つきとか体つきが似てると思わないか。服装の傾向も同じだ」渡部が皆の同意を求めた。

全員が二つの画面を見比べた。新田も交互に眺める。サングラスをかけた男と、短髪の革ジャン男。たしかに、いわれればよく似ている。

何人かが同意しかけた時だ。「悪いな、ワタさん。だめだ」本宮がいった。

「違うのか」渡部が訊く。階級は本宮が上だが、年齢は渡部が一つ上だ。

「残念ながら別人だ。その男については、特捜本部に映像が送られた時に同様の指摘があって、すぐに確認作業が行われたらしい。その結果、耳の形が全く違うことが判明している。しかも身長も十センチ以上違っていた。惜しかったな、ワタさん」本宮が手にしているのはタブレットだ。特捜本部からの情報を見ているのだろう。

捜査員が隠し撮りした映像は、特捜本部にも送られている。そこには防犯カメラの映像をはじめ、犯人が映っている可能性のある画像や映像と比較する専任の捜査員が待機していて、その場でチェックする態勢が取られているのだ。だから今ここで行われていることは、その作業のさらなる確認ということになる。

上島が次の客をモニターに映した。全員が目を凝らす。すでに特捜本部がチェックしているとはいえ、安心はできない。それどころか、本部が見逃した人間を自分たちが見つけられたら痛快だ、という思いが皆の胸にはあるはずだった。

しかしそんな思いも空しく、映像は終了した。今日チェックインした客の中に、これまでに回収した防犯カメラに映っている人間はいないようだった。

「よし、いいだろう。御苦労」端の席で皆の様子を見ていた稲垣が手を叩いた。「通常の報告に移ってくれ」

モニターの前に集まっていた捜査員たちは、それぞれの席に戻った。本宮の仕切りの下、各担当者が報告を始めた。まずは問題のハウスキーピングへの立ち会いの結果からだ。渡部が代表して報告したが、特に不審なものを持ち込んでいる客はいないらしい。もちろんバッグの中などは調べられないので、目視した範囲での話だ。

続いて上島が、今日チェックインした客の身元確認や犯歴チェックの状況を報告した。名前と住所から運転免許証を割り出せた人物は、全員フロントに設置された防犯カメラの映像と一致しているらしい。また特に犯歴も見つかっていない。ただし、連れの人間などは名前がわからないし、名前から運転免許証を割り出せない者も二割ほどいるようだ。偽名を使っているのか、元々免許を取得していないのかはわからない。

「次、潜入班はどうだ。何か報告することはあるか」本宮が新田のほうに顔を向けてきた。

「仲根緑を名乗っている女性ですが、依然として連れの男性は姿を見せていません。しかし本人はあたかも二人で宿泊しているように装っています」

新田は、山岸尚美が仕掛けた企画に乗じて仲根緑の部屋に入ったこと、その際、二人分のディナーの片方には手がつけられていないのを確認したことを報告した。ただし、仲根緑が涙を見せたことには触れなかった。情緒的な内容は会議ではタブーだ。

「目的は何でしょうか。やっぱり男のアリバイ作りですかね」本宮が稲垣に訊いた。

「そうかもしれん。こっちの事件に関係があるかどうかはわからんが、明日、もし外出するようなことがあれば尾行を付けよう」

わかりました、と本宮は返事をしてから、新田に目を戻した。「ほかにあるか？」

「何名か、気になった人物はいます」

新田は手帳を開いた。ほんの少しでも不審な点を感じた客がいたら、すぐに情報を集めることにしている。

まずはチェックインしたのは女性だが、同宿者の男性は身なりや態度などから暴力団関係者と思われるカップルについて。

「ベルボーイが男のアタッシェケースを持とうとしたところ、強い態度で拒否していました。中身は現金か、余程大切なものなのでしょう。それ以外には大した荷物がなく、元旦の成田行きリムジンバスを予約しています。カウントダウン・パーティには申し込んでいません」

「愛人を連れて、海外旅行か。優雅だね」ベテラン刑事の渡部が茶化した。

「アタッシェケースの中が気になりますね。組対に連絡しておきますか」本宮が稲垣に訊いた。組対とは、組織犯罪対策部のことだ。

「元日の朝、おとなしくここを出ていくなら俺たちには関係ない。ほうっておけ」稲垣が面倒臭そうに答えた。

本宮が新田のほうを見て、続けろ、とばかりに顎を動かした。

新田は手帳を見ながら報告を再開した。次は明らかに未成年と思われる少女を連れた中年男性が、ウォークイン、つまり予約なしで宿泊しようとした件だ。空き室がないということでフロントクラークが断ったところ、男性と少女は何やら口論しながらホテルを出ていった。

渡部が舌打ちした。「今度は年の暮れに援助交際かよ。どうなってるんだ、この国は」

次、と本宮が先を促した。

その後も新田は、気になった客のことをいくつか報告した。しかし特筆すべきと捉えられた内容はなかった。

最後に新田は浦辺幹夫のことを話した。群馬県の人間がゴルフ旅行の前後に、一人で東京のホテルで二泊するのは不自然であること、クレジットカードを使わないこと、そのわりに現金の持ち合わせが少ないこと、ホテルを使い慣れていないこと、さらにはキャディバッグに名札を付けておらず偽名を使っている可能性があることなどを挙げた。

「たしかに怪しいな。上島、チェックイン時の映像を出してみてくれ」

本宮の指示を受け、上島がパソコンを操作した。モニターに映し出されたのは、フロントの防犯カメラの映像だ。

上島が映像を早送りした。浦辺の姿が現れたところで、そいつだ、と新田は声をかけた。上島は画面を静止させた後、顔が最もわかりやすい角度までコマ送りした。あまり鮮明な画像ではないが、顔は確認できる。

「この男の免許証は？」本宮が上島に尋ねる。

「ええと、浦辺幹夫でしたね。いや、該当する運転免許証は見つかっていません」上島は答えた。

ただ、と新田はいった。「カウントダウン・パーティには申し込んでいません」

「そうなのか」本宮は少し考えた後、稲垣のほうに顔を向けた。「どうします？　一応この映像を特捜本部に送っておきますか」

「そうしてくれ。念のためだ」

本宮は頷き、上島のほうを指差した。特捜本部とのデータのやりとりは上島の仕事だ。

「俺からは以上です」

新田がいった直後、どこかで電話の着信音が鳴った。懐からスマートフォンを取り出したのは稲垣だった。この時間に指揮官への電話とは何事か。室内の空気が一気に緊張した。

「稲垣です。……お疲れ様です。……えっ、本当ですか。どういう内容ですか。……はい……はい。……以上ですか。……わかりました。捜査員たちに伝えます。……はい、失礼いたします」電話を切った後、ふうっと息を吐き出してから稲垣は部下を見渡した。「管理官からだ。匿名通報ダイヤルに密告があったらしい」

全員が息を呑む気配があった。

「どんな内容ですか」皆を代表して本宮が訊いた。

稲垣は、すうーっと息を吸い込んでからいった。

「和泉春菜さんを殺した犯人は、コルテシア東京のカウントダウン・パーティに仮装して現れる。どんな仮装かを教えるので、刑事たちを待機させて、絶対に逮捕してほしい。そういう内容だったそうだ」

25

会議後、新田以外の者は久松警察署内の仮眠所へと引き上げていった。彼等がそこで眠るのは今夜が最後になるはずだ。

そして新田が今年最後の睡眠をとるのは、例によって宿泊部のオフィスに隣接している仮眠室だった。オフィスに行ってみると、ぽつんと一人でパソコンに向かっている山岸尚美の姿があった。

「まだ仕事ですか」声をかけ、彼女に近づいていった。

「明日のことを考えたら、じっとしていられなくて」山岸尚美は両手で自分のこめかみを回すように揉んだ。

「我々と同じですね。もっとも、あなたの場合、頭の中を占めているのは事件のことではないでしょうけど」

「事件については新田さんたちにお任せします。もちろん私にできることがあれば、どんなことでもお手伝いさせていただきますけど」

新田は彼女のそばの椅子に腰を下ろした。「祈っててくださいよ、俺たちが無事に犯人を逮捕できるように」

「そんなことでいいなら、お安い御用です」

「お願いします。で、頭を悩ませているのは、やはりあの謎の女性のことですか」

新田はパソコンを覗き込もうとしたが、その前に山岸尚美がぱたんと閉じた。「その通りです」

「どうしてですか？　例の『あしながおじさん作戦』は、着々と進んでいるじゃないですか。あとはあの女性に、これまでホテルの特別サービスだといっていたのは、すべてある男性の要望でやったことで、その男性があなたと二人だけで会いたがっている――そういえばいいだけじゃないんですか。向こうには、じつは連れなんていない。かなり成功する確率は高いと思いますよ」

でいるんです」

だが山岸尚美は新田を見て、ゆっくりと首を横に振った。「そうは思えないから悩ん

「わからないな。なぜですか」

「もし仲根様たちの御関係が、新田さんが最初におっしゃったようなラブ・アフェアであるなら……要するに仲根様のお相手が妻帯者で、昼間は仲根様がホテルに一人でいなければならないような状況なら、私もうまくいくように思います。でもそうではなく、たった一人で夫婦連れを演じておられるのだとしたら、難しいような気がするんです。だって、二人分のディナーを注文しておられるんですよ。何としてでも夫が一緒にいると見せかけねば、という強い意思を感じます」

「夫との旅行を楽しんでいる幸せな妻、という仮面を被っているわけだ」

「そうです。そしてその仮面を決して外そうとはしておられないのです」

「つまりそんな女性が、たとえ『あしながおじさん作戦』を仕掛けた男性に興味を持ったとしても、果たして二人だけで会おうとするだろうか、ということですか」

山岸尚美は深刻そうな顔つきで頷いた。「夫と旅行中の女性の行動としては、ふさわしくありませんから」

新田は椅子の背もたれに体重を預け、足を組んだ。「そういわれると、たしかに難しいかもしれないな」

「でしょう？　だからといって、もう後戻りはできないし、何かうまい手はないかと考えているんですけど――」そこまで話したところで山岸尚美は新田の後方に目をやり、言葉を止めた。それから、あらぁ、と驚いたような声を発した。

新田が振り返ると、能勢が申し訳なさそうな顔つきで立っていた。「お邪魔でしたか」

「いや、そんなことは」新田は山岸尚美を見た。「構いませんよね」

「ええ、どうぞ」彼女は能勢に笑いかけた。「お久しぶりですね。出世されたと新田さんから伺いました」

能勢は顔をしかめ、手を頭の上で振りながらやってきた。

「出世だなんて、とんでもない。一層、こき使われる身分になっただけです。山岸さんこそ、コンシェルジュでしたか、何やら華やかなお立場になられたそうで」

「華やか？」心外な、とばかりに山岸尚美は目を見開く。「どなたからお聞きになったのでしょうか。それこそ、こき使われています」

「いやいや御謙遜を。一度お姿を拝見したいと思っていたんですが、なかなか機会に恵まれなくて。何しろここへ来るのは、いつも深夜ですから」

「深夜？　いつも？」山岸尚美は何度か瞬きをした後、新田と能勢の顔を見比べた。

「もしかして、お二人は毎晩ここで会っておられるんですか」どちらにともなく訊いた。

「同じ捜査一課といっても、係が違えば何かと面倒でしてね」新田が説明した。「それぞれの上司に気を遣う必要があるわけです。仕方なく、密かにここで情報交換を」

「リフレッシュも兼ねまして」能勢がレジ袋を机に置いた。缶ビール、ハイボール、スナック菓子が透けて見える。

山岸尚美は呆れたような苦笑を浮かべた。

能勢がハイボールの缶をレジ袋から出し、新田の前に置いた。

「山岸さんもハイボールでいいですか？　あとはビールしかないのですが」

「いえ、私は結構です」

「いいじゃないですか。たまには付き合ってくださいよ」新田がいった。「お酒、お好きなんでしょ？」

前回の事件後、彼女と食事をしたことがある。その時にはシャンパンを飲んだ後、二人で赤白のワインを一本ずつ空にした。かなり飲みっぷりがよかったことを新田は覚えている。

「じゃあ、ハイボールをいただいていいですか」山岸尚美は遠慮がちにいった。

「どうぞ、どうぞ。最後の夜ですからね、ちょっと多めに買ってきたんです。ちょうどよかった」能勢は彼女にもハイボールの缶を渡した。

いつも通りに能勢が缶ビールを手に取ってから、お疲れ様っ、と三人で声を掛け合い、それぞれのプルタブを引いた。夜中のオフィスに、炭酸の弾ける音が響いた。

「で、本日の成果はいかがでしたか」

新田が訊くと、能勢は答えずにビールを立て続けに何口か飲んだ。それから缶を置き、徐に懐に手を入れた。その間、新田のほうを見ようとしない。

「その勿体をつけた様子から察すると、何か摑んだんですね」新田は曲者刑事の顔を覗き込んだ。

無表情だった能勢の口元が、ゴムボールの空気が抜けるように緩んだ。「まだ何ともいえませんがね」

「聞かせてください。例の三年半前のロリータ殺人ですか」

「まさにその通り」

あの、と山岸尚美が声を発した。「お仕事の話をされるのでしたら、私はこれで……」

いやいや、と新田は真顔でかぶりを振った。

「もし時間があるのなら、あなたも一緒に聞いてください。構いませんよね、能勢さん」

「ええ、そりゃあもう」能勢は大きく頷いた。「この件には女性の観点というものが非常に重要なんです。しかも上司には相談しておらず、私と新田さんだけの独自捜査でして。だから是非、山岸さんの意見を聞かせてもらいたいですな」

「そういうことなら……」山岸尚美は浮かしかけていた腰を戻した。

「これまでの経緯をざっと説明しておきましょう」

新田は彼女のほうを向き、今回の事件は連続殺人の一つではないかという推理に基づき、過去の未解決事件の中に類似したものがないかどうかを能勢に調べてもらったこと、その結果、感電死とロリータというキーワードで引っ掛かった三年半前の殺人事件が、被害者の特徴や事件の状況が酷似していたことを話した。

「三年半前の被害者も今回の被害者も、自宅に大量のロリータ衣装を持っていた。どうです？　興味を惹かれませんか？」

「それは……ええ、たしかに」山岸尚美は戸惑いつつも好奇心を刺激されている顔だった。

新田は能勢のほうに顔を巡らせた。「それで、どんなことがわかったんですか」

能勢は手帳を開き、人差し指を立てた。

「被害者が独り暮らしの女性だったということは前にいいましたね。もう少し詳しいプロフィールがわかりました」

能勢によれば被害者の名前は室瀬亜実（むろせあみ）、当時二十六歳。岐阜県の出身で、税理士事務所で働きながら、絵本作家を目指して修業中だったという。

「風呂場で感電死させられていて、血液から睡眠薬が検出されたということも前回お話しした通りです。遺体を発見したのは、連絡がなく、無断欠勤が続いていることを不審に思い、部屋を訪ねていった職場の人間です。部屋には鍵がかかっていたそうです」

「捜査が難航している原因は何ですか」

「それはずばり、被害者の人間関係が十分に掴めていないことにあります。税理士事務所での仕事内容は、パソコン相手の事務作業ばかりで、殆ど誰とも話すことなく、職場に親しい人間はいなかったようです。では誰とも繋がっていなかったのかというとそうではなく、一部の人間とは頻繁に連絡を取り合っていました。ただし、ネットを通じてですが」

「例によってSNSですか」新田は声に諦めの気持ちを込めた。捜査に役立つことの少ない、空虚な人間関係だ。

「それよりは、もう少し内容の濃いものでした。被害者は絵本作家志望だといったでしょう？　作品を公開して、批評し合うサイトがあるんです。被害者はそこの常連でした。そこで知り合った仲間たちとは、いろいろとやりとりをしていたようです」

「オフ会とかは？　つまり実際に顔を合わせることはあったんですか」

「そこまでは確認できていません。ただ、捜査記録を調べたかぎりでは、そこで知り合った人間が容疑の対象となったことはないようです」

「ふうん……まあ、そうでしょうね」

出会い系サイトで知り合った人間が実際に会うようになり、殺人事件にまで発展するということはしばしばある。しかし知り合った場が絵本の創作サイトでは、そういう流れは想像しにくかった。

「ただ、メールなどの記録から一人だけ重要な人物が見つかりました。被害者には交際を始めたばかりの男性がいたんです」

えっ、と新田は目を剝いた。意外な話だった。「身元はわかっているんですか」

「わかっています。被害者がよく行く画材店の店員でした」

野上陽太という名前で、被害者よりも一歳上だと能勢はいった。

「当然、捜査陣は野上青年からも話を聞いています。その記録は残っているんですが、当人に会ったほうが話が早いと思い、その画材店に問い合わせてみたところ、まだそこで働いていました」

「もしや、会ってきたんですか」

「会ってきました。今日の夕方に。善は急げといいますからね。あっ、もう日付が変わってるから昨日か」

大事なことをさらりというのは、能勢らしいところだ。

新田は指を鳴らした後、その指を能勢に向けた。「さすがに仕事が速い。で、どんな話が聞けました?」

「野上青年によれば、室瀬さんとの交際期間は二か月ほどで、一緒に映画に行ったり、食事をしたりする仲だったとか」

「肉体関係は？」

　山岸尚美がほんの少し身体を揺らせるのが新田の目の端に入った。あけすけな質問だからだろうが、気にしてはいられない。大事なことなのだ。

「野上青年は明言を避けましたが、被害者の室瀬亜実さんが二度ほど彼の部屋に来たことは認めています。あった、と考えてよさそうです」

「事件について、野上君は何と？」

「ただただ驚いたし、ショックだったといっていました。心当たりなど何もないと。室瀬さんと会っている時は、お互いの夢を語り合うばかりで、じつは彼女については知らないことのほうが多かった、とも。ちなみに野上青年は画家志望です」

「知らないことのほうが多かった……それは、どんなことをいってるのかな」

「たとえば、ですね」能勢は手帳に目を落とす。「まず、住んでいるところを知らなかったそうです」

　まさかっ、と声をあげながら新田は背筋を伸ばした。隣では山岸尚美も驚いた様子だ。

「最寄り駅は聞いていたけれど、正確な位置は教えてもらえなかったらしいです。当然、部屋に行ったこともありません。遊びに行きたいといったところ、散らかっているから見せたくない、と断られたとかで。この点は捜査記録にも裏付けが残っておりまして、マンションの防犯カメラの映像を一か月前まで遡って調べてみても、野上青年らしき姿は映っていなかったらしいです」

「それじゃあ……シロですね」

「その通り、シロです」能勢は真顔で答えた。「その時点で捜査陣も、野上青年を容疑の対象から外しています」

「野上君は被害者の部屋に行ったことがない……。となれば、部屋にロリータ服がたくさんあったということも、彼は知らなかったんでしょうか」

「その点、本人に確かめてみました。知らなかったみたいです。私にいわれて初めて知ったといってましたから、警察からも聞かされてなかったんですな。本当に彼女がそんな服を持ってたんですか、と何度も訊かれましたよ。最後まで信じられない様子でしたね。絵本を描いていたし、メルヘンチックなことを考えるのが好きだったけれど、本人のファッションはそんなふうではなかったといっています。むしろ正反対で大抵はパンツルック、化粧も薄めで髪も短かったと」

「和泉春菜さんのボーイッシュ・ファッションに通じるものがありますね」

「同感です」能勢は手帳を閉じた。「野上青年から聞き出した情報は以上です。さて、どう思います？　三年半前に起きたこの事件、今回の事件と犯人が同一でしょうか」

うーむ、と新田は唸り声を漏らした。

「判断が難しいですね。和泉春菜さんの場合、男が部屋に出入りしていたのが確認されています。お腹の子の父親は、おそらくその男でしょう。今のところ、最も怪しい人物です。その男が三年半前の事件でも犯人だとしたら動機は何か？　男と被害者の関係は？　室瀬亜実さんには野上君という恋人がいたわけだし……」

「二股をかけてたんじゃないですか」山岸尚美が、あっさりとした口調でいった。

新田は彼女の顔を見返した。「二股？」

「その野上っていう人は、彼女の部屋に招いてもらえなかったんでしょう？　散らかっているからというのは口実で、実際にはほかの男性の痕跡を見られたくなかったんじゃないですか。つまり女性が二股をかけていた」

新田は能勢と顔を見合わせた。二人同時に首を縦に動かした。

「考えられますな」能勢がいった。「野上青年の存在により、捜査陣の目が、被害者の男性関係という方向からそれてしまった可能性はあります。実際には、もっと深い関係にある男性がいたのかもしれない」

「それが今回の犯人だと？」

「あり得ませんか？」

いや、と新田は一回だけ首を振った。「大いにあり得ることです」そのまま山岸尚美に視線を移した。「ありがとうございます。参考になりました。さすがですね」

「大したことではないと思いますけど」彼女は微笑んだ。「男の人って、どうして女性の浮気にはあまり考えが及ばないんでしょうね。前から不思議に思っていることですけど」

「それはね山岸さん、男というのはおめでたい動物だからです」能勢がいった。「自分のことを棚に上げて、女房や恋人が浮気することなど想像できんのですよ」

「ある意味、幸せなんですね」

そうそう、と能勢は目を細めてビールを飲んだ後、真剣な顔を新田に向けてきた。

「室瀬亜実さんのマンションに取り付けられていた防犯カメラの映像を取り寄せます。同一犯なら、今回各所から集められた防犯カメラの映像のどこかに、同じ人物が映っているはずです」

よろしくお願いします、と新田は能勢の鋭い視線を受け止めた。

ところで、と能勢は少し声のトーンを落とした。「密告のこと、お聞きになりましたか」

「聞きました。またあったそうですね。匿名通報ダイヤルに」

「犯人がどんな仮装でパーティに現れるかを教えるから、刑事たちを待機させておけという内容です。またしても勿体ぶった密告だ。どんな仮装をするのか知っているなら、さっさと教えてくれればいいものを」

「密告者にも、その時にならないとわからない、ということですかね。いや、そうなると今度は、仮装しているのになぜそれが犯人だとわかるのか、という疑問が出てくるか」

「全く奇妙です。密告者の意図がさっぱり摑めない」能勢は缶ビールを飲み干し、腕時計を見た。「おっと、もうこんな時間だ。さすがに遅すぎます。私はこれで失礼させていただきます。いや、お二人はそのまま、そのまま。どうぞ、ごゆっくり。勝手に退散いたしますので」ニット帽を被り、ダウンジャケットを羽織った。「では新田さん、いよいよ勝負の大晦日です。お互い、がんばりましょう」

新田は答える代わりにハイボールの缶を掲げ持った。

山岸尚美には、良いお年を、と挨拶して能勢は部屋を出ていった。

「刑事になるために生まれてきたような人ですね」山岸尚美が感心したようにいった。

「でしょう？　俺なんか、とても敵(かな)いませんよ」

「そんなことはないと思いますけど。ただ——」意味ありげに言葉を止めた。

「何ですか？」

「新田さんは刑事でなくても成功したと思います。現にホテルマンの仕事だって、そつなくこなしておられる」

新田は身体を揺すって笑った。「氏原さんに怒られてばっかりなのに？」

「でもお客様に叱られたわけではないでしょう？　それどころか仲根様を見事に感激させたりしている。人に不快感を与えないというのは、持って生まれた才能だと思うんです」

「そんなことをいったら、あなたにだって刑事の才能がある。先程の指摘は見事だった」

「だからあれは、新田さんたちが女性のことを知らなすぎるんです」

「だったらついでに、もう一つ教えてもらっていいですか。被害者の女性がロリータ・ファッションの服を集めていたことです。男の影響だと思いますか」

敏腕ホテルウーマンはハイボールの缶を机に置き、首を傾げた。

「何ともいえませんね。人はそれぞれですから。相手の男性を愛しているなら、望み通りのファッションに身を包むことに抵抗はないと思います。そもそも女性というのは、いつもの自分とは違う格好をしたいという願望を常に持っているものですからね」

なるほど、と相槌を打ちながら、あなたもそうですかと尋ねたい欲求を新田は抑えた。

ただし、と彼女は続けた。「ロリータとなると、もう少し後押しがほしいですね」

「後押しというと？」

「ふつうの大人の女性なら、やっぱり抵抗があると思います。それを克服するだけの理由がほしいです。一番いいのは、儀式です」

「儀式？」

「何かの儀式となれば、ハードルはうんと低くなるのではないでしょうか。その好例が、ハロウィンとかうちのカウントダウン・パーティです。御覧になったらわかると思いますけど、皆さん、本当に大胆ですよ。人間というのは変身願望があるんだなあ、とつくづく思います」

儀式――その言葉は新田の脳内にある何かを刺激した。被害者たちが少女趣味の服に身を包む姿を想像し、そばにどんな男がいるのかと考えを巡らせてみても、これまではどうしてもイメージを掴めなかった。だが儀式だと割り切れば話は別だ。

「ありがとうございます。またヒントを貰(もら)えたのかもしれない」

「お役に立てたのなら何よりです」

新田はハイボールを飲み、何気なく壁に目をやった。そこにはカウントダウン・パーティを宣伝するポスターが貼られていた。

「それにしても日本人も変わりましたよね。年越しで仮装パーティとは。アメリカ人がやってるのを見ても、ハロウィンがあるから特に何とも思わなかったけど」

山岸尚美は、缶を口元に運びかけていた手を止めた。

「新田さん、ロサンゼルスにいらっしゃったんですよね」

「覚えていてくださったんですか。それは光栄だな」

「どんなところですか」

「俺にとってはいいところでした。気候はいいし、景色は奇麗だし。といっても中学生だったから、そんなに広く知ってるわけじゃないですけどね」遠い過去を思い浮かべてから、新田はふと我に返った。「どうしてそんなことを？」

するど山岸尚美は目を伏せ、少し迷うような表情を見せた後、改めて新田に顔を向けた。

「転勤を打診されているんです。しかもアメリカ。コルテシア・ロサンゼルスがリニューアルオープンするに当たり、日本人スタッフを増やしたいとかで」

「わざわざ日本から？　現地にだって、日本人はいっぱいいるのに」

「コルテシアの伝統なんです。現地の人間と、よそから来た人間とをシェイクするのが好きみたいです」

「そうなんですか。だったら、キャリアアップのチャンスだ。良い話だと思うけど、違うんですか」

山岸尚美は即答せず、唇を軽く噛んでいる。それだけで気持ちは明白だった。

「迷っている？」

彼女は、はい、と今度ははっきりと答えた。

「コンシェルジュ・デスクの仕事が面白くなり始めたところだし、まだまだやり残したことがいっぱいあるように思えてならないんです。でも、逃げてるだけなのかもって気もして……」

「逃げる？　怖いもの知らずのあなたが？　まさか」

だが山岸尚美は、新田の挑発に乗ってこなかった。

「新田さん、ジャンプする夢って最近見ました？」

「ジャンプ？」

「子供の頃によく見ませんでした？　ぴょんとジャンプしたら、ものすごく高くまで跳び上がって、なかなか落ちないんです。手足をばたばたさせたら、そのまま鳥みたいに飛べたりもする。そういう夢」

ああ、と新田は頷いた。「そういえば、よく見ましたね。でも最近は見ないな」

「私もです。大人になってから、すっかり見なくなりました。でもそれって、いいことなんでしょうか。あの夢は、もっと高いところへ行きたい、という気持ちが反映されていたような気がするんです。現状に甘んじているから、もう見なくなった――考えすぎでしょうか」

「もしそうだとしたら、俺も現状に甘んじていることになりますね」

「あっ……新田さんは違うかもしれませんけど」

新田はハイボールを飲み干した。空になった缶を握りつぶし、スキーのジャンプ、と呟いた。

「えっ？」

「スキーのジャンプは、高く舞い上がっているように見えるけど、じつは下に向かってジャンプしているんだそうですよ。踏切地点の角度はマイナスだとか」

「聞いたことがあります」

「高さを求めるのだけがジャンプではないと思いますよ」

「あっ……」

山岸尚美の顔が一瞬さっと険しくなった。だが不快になったのではなく、彼女の中にある何かのスイッチが入ったように新田には見えた。

すみません、と新田は謝った。「プロフェッショナルを相手に、ど素人が偉そうなことをいいました」

「いいえ、参考にします」彼女は壁の時計を見て、腰を上げた。「私もそろそろ行きます。ごめんなさい、長居しちゃって」

「気にしないで、ここはあなた方の職場です。それからもう一つ――」新田はいった。「もしロサンゼルスに行くのならば、その前に連絡をください。あなたがこのホテルにいる間に、一度泊まりに来たいので」

山岸尚美は一瞬驚きの表情を見せたが、すぐにそれを絶妙な笑みへ移行させた。腰の前で両手を揃え、「それはそれは、是非どうぞ。お待ちしております」と頭を下げてきた。

「必ず来ます。今日はお疲れ様でした。おやすみなさい」

「おやすみなさいませ」姿勢を戻した山岸尚美は軽やかに身体を反転させ、ドアに向かって歩きだした。

26

コンシェルジュ・デスクの日付表示パネルを見て、尚美は大きく深呼吸をした。十二月三十一日——いよいよ勝負の一日が始まった。しかし今年にかぎっては、単なる大晦日ではない。

フロントに目を向けると、すでに新田の姿があった。睡眠十分とはいえないはずだが、鋭い眼光からは疲れなど微塵(みじん)も感じられない。今夜、彼等が追う殺人犯が現れるかもしれないのだ。上品なホテルマンの制服の下で、荒々しく闘志を漲(みなぎ)らせているに違いなかった。

果たして犯人は、本当にカウントダウン・パーティにやってくるのか。現れるとして、その目的は何だろうか。新田たちによれば、今回もまた特殊な連続殺人事件の可能性があるらしい。それならば犯人の狙いが第三の犯行ということも考えられる。

新田のそばでは氏原が、チェックアウトをする客の対応をしている。優しい笑顔を作り、淡々と業務をこなす彼の姿は、後ろに控えている刑事とは対照的だ。

しかしそんな氏原も決して楽観的なのではない。むしろ、誰よりも危機感と覚悟を持って仕事をしているのかもしれなかった。ホテルには毎日いろいろな人間が訪れる、その中に殺人犯が含まれていないと断言できる日など一日たりとも存在しない、というのが彼の考えらしい。つまり尚美と違って、今日を特別な日とは捉えていないのだ。そしてそれは藤木の考えとも一致しているようだ。

彼等の言い分は尚美にも理解できた。現実的といえるのかもしれない。お客様の仮面を守るのがホテルマンの仕事だという信念はあるが、仮面の下にあるのが善人の顔とはかぎらないのだ。ここは決して華やかなだけの空間ではない――つくづくそう思う。

ただ、そんなことばかりを考えていても仕方がない。事件のことは新田たちに任せるしかないのだ。自分たちは自分たちのすべきことに全力を傾注すべきだ。

そう、尚美には難問が一つ残っていた。どうすれば仲根緑を日下部と二人きりの場に誘い出せるか、まだ明確な解答が見つかっていなかった。

俯いて考え込んでいると、机に影が落ちた。尚美は顔を上げた。目の前に立っているのは、彼女に難問を与えた人物にほかならなかった。

「あっ、日下部様っ」あわてて立ち上がった。「おはようございます」

「おはよう。ずいぶんと深刻な顔をしていたね」日下部は、にやりと唇の片端を上げた。目の奥には企みに満ちた光が宿っている。「もしかすると僕が投げたミッションが君を苦しめているのかな」

「苦しむだなんて、そんな」尚美は懸命に笑顔を作った。「私共も楽しませていただいておりますから、どうかお気になさらず」心にもないことをいうのも、ホテルマンの仕事だ。

「それを聞いて安心したよ。つまり、期待していいということだね」

「御期待に応えられるよう努力いたします」こう答えるのが精一杯だった。

「昨夜の映像ショーはよかった。僕の部屋からも見えたよ。さっき、エレベータホールでほかの客たちも話していたが、驚いたし、奇麗だったと褒めていた。短時間で、よくあれだけのものを仕上げたものだ。レディーも感激したんじゃないかな」

仲根緑をレディーと呼ぶのは、尚美と日下部との間で決めたことだ。

「どうやら満足していただけたようです」

「『あしながおじさん』からのサービスをたっぷりと提供して、さていよいよ種明かしだね。レディーには、どうアプローチするつもりなのかな？」

「いくつか案があります。どれが一番いいか、考えているところです」

「ふうん。たとえばどんな案がある？」

「それは……今ここではお聞きにならないほうがいいと思います」

日下部は腰を屈め、尚美の顔を下から覗き込んできた。

「大丈夫なのかな。もうそれほど時間は残されていない。僕がチェックアウトするまでに、本当に彼女と二人きりになれるんだろうね」

「何とかいたします」この台詞をいっちゃまずいんだよなあと思いつつ、口に出していた。

わかった、と日下部は声を低く響かせた。

「今日、僕はホテルから出ない。一日中、部屋で仕事をしているつもりだ。レディーと二人きりになれるチャンスを作ってくれるなら、いつでも対応できるようにしておく。連絡を待っているよ」

「かしこまりました」

日下部は黙って大きく頷くと、颯爽とエレベータホールへと歩いていった。その後ろ姿を見送りながら、尚美は吐息を漏らした。口の中がからからに渇いている。

何とかするなどといったが、未だに妙案は浮かばない。いざとなれば仲根緑に真相をぶちまけるしかないが、それでうまくいくだろうか。あなたが旦那さんと一緒でないことはわかっていますといえばあるいは――いや、やはりそれはできない。

力なく椅子に腰を下ろし、あれこれと考えを巡らせていると、二人の男女がやってきた。昨日、外出中に荷物を触られた形跡があるといってきた、関西弁のカップルだ。尚美は立ち上がり、口角を上げた。

「おはようございます。お荷物の件では、大変失礼いたしました。その後、何か御不快なことはございませんか」

「ああ、別に大丈夫です」男性のほうがそういい、なあ、と隣の女性に同意を求めた。はい、と彼女も笑顔で頷く。「騒いで、すいませんでした」

「とんでもない。本当に申し訳ありませんでした」尚美は頭を下げてから、改めて二人の顔を見た。「それで、本日は何か？」

「はい、ええと……」男性がジャケットのポケットからチケットを出してきた。カウントダウン・パーティのチケットだ。「僕ら、今夜、これに行くつもりなんですけど」

「ありがとうございます。ごゆっくり、お楽しみくださいませ」

「でも僕ら、服がないんです」

「はっ？」尚美は思わず男性のジャケットに目を向けた。

「違います。ふつうの服はあるんです」隣から女性がいった。「でもこの『マスカレード・ナイト』って仮装パーティですよね。あたしら、そういう服は持ってきてないんです。どういうパーティか、知らんまま申し込んでしもたんです」

「さようでございますか。でも大丈夫です。ふつうの服で参加される方も、たくさんいらっしゃいます。そういう方には仮装の雰囲気だけでも味わっていただくために、仮面を無料で貸し出しいたしております」

しかしこの説明に、カップルは納得できないようだ。特に女性のほうが、うーんと不満そうに唸り声を漏らした。

「せっかくやから、派手な仮装をしたいなあと思ってるんです。思い出になるし」

「いや、そんなに派手でなくてもいいんですけど」

男性が横から口を挟んだが、「なんで？　どうせやったら、目立ったほうがええやん」と女性に一喝され、黙り込んだ。

「かしこまりました」尚美は机の抽斗(ひきだし)を開け、一枚のチラシを取り出した。こういう時のために用意したものだ。「じつはカウントダウン・パーティ開催に当たり、提携しているお店が近くにございます。パーティ用のコスプレ衣装を多数取り揃えているカラオケ店で、特別料金でのレンタルが可能です。簡易なものから、かなり凝った衣装まであるようです。お気に召すものがあるかどうかはわかりかねますが、一度検討されてはいかがでしょうか」

「あっ、そういうのがあるんや」女性はチラシを手にし、顔を輝かせた。

「御利用は予約制になっております。サイズに限りがございますので、早い時間に衣装を決めておいて、夕食の後などに改めて着替えに行かれるのがよろしいかと」

「わあ、なんか楽しそう。ねえ、行ってみよ」女性ははしゃいだ様子で、男性の袖を引っ張った。

「行ってもええけど、俺はやめとこうかな。仮面だけでええし」男性は怖じ気づいているようだ。

「何をいうてんの。あたしだけ仮装してたらおかしいでしょ。夫婦は一心同体、何をするのも、どこへ行くのも二人でセット」

「あっ、御夫婦だったんですか」尚美は思わず訊いていた。そうは見えなかったからだ。

うふふ、と女性が相好を崩した。「先月、結婚したんです」

「それはおめでとうございます。では本当に、今夜のパーティは良い思い出になりそうですね」

「はい、ありがとうございます。これ、いただいていきまーす」女性がチラシをひらひらさせた。

男性は、ぺこりと頭を下げた。二人が睦まじく去っていくのを尚美は温かい気持ちで見送った。彼等のためにも、カウントダウン・パーティでは何もアクシデントが起きないでほしいと心底願った。

それにしても自分には人を見る目がない、と情けなくなった。あの二人を、少し若いというだけで夫婦と思わなかったとは。

何をするのも、どこへ行くのも二人でセット——女性の言葉が尚美の頭でリピートされた。その瞬間、はっとした。そうか、その手があった。

なぜこんな簡単なことを思いつけなかったのか。自分で自分を罵りたくなった。

27

正午を過ぎ、賑わっていたフロントカウンターの前が落ち着いてきた。チェックアウト業務も一段落だ。とはいえ、例によって新田は氏原の後ろに立って、手続きに訪れる客たちを眺めているだけだったが。

端末を操作し、現在宿泊している客たちの情報をチェックしていると、新田さん、と呼ぶ声が耳に入った。顔を上げると、カウンターの端からベルボーイ姿の関根が身を乗り出している。

氏原がちらりと目を向けてきたが、すぐに興味をなくしたようで、作業に戻った。

新田は関根に近づいた。「どうした?」

「宿泊客に宅配便が届いています」

「宅配便？　それがどうかしたか」

「受取人は、昨日新田さんが要注意と指摘した浦辺という客です。現金の持ち合わせが少ないとか、キャディバッグに名札を付けてないとか」

「あの客か」すぐに思い出した。「どこにある？」

「ベルデスクに置いてあります」

よし、と新田はカウンターから出た。「見てみよう」

ベルデスクはエレベータホールに向かう途中にある。床にバッグやスーツケースが並んでいた。そばにベルキャプテンの杉下（すぎした）の姿があった。

「どの荷物だ？」新田は関根に訊いた。

「壁際の段ボール箱です」

新田は箱に近づいた。ミカン箱より一回り大きい。伝票を見ると、依頼主も届け先も浦辺幹夫となっていた。依頼主の住所は東京都千代田（ちよだ）区だ。宿泊票に書いてあったのは群馬県の住所だった。どちらが本当なのか。あるいはどちらもでたらめなのか。新田はスマートフォンを取り出し、伝票を撮影した。

品名は書籍とある。新田は持ち上げてみた。かなり重たい。書籍といわれれば納得する。

「本人に連絡は?」

「まだですよね」関根が杉下に確認した。

「ちょっと待ってくれと関根さんにいわれたので」杉下は答えた。彼は前回の事件でも新田たちと関わったからか、今回の潜入捜査でも協力的だ。

「連絡してください。これから荷物を部屋まで持っていってもいいかと」

杉下は手元の受話器を取り上げた。

二言三言話した後、ベルキャプテンは電話を切った。「持ってきてください、とのことです」

「部屋は何号室でしたっけ?」

「0806です」

「よし、じゃあ俺が持っていきます。関根、台車を取ってきてくれ」

「新田さんが?」関根は瞬きした。

「ゴルフ旅行の前後で東京に一人で二泊。しかも偽名を使っている可能性がある。そこへ宅配便。どうにも臭う。本人に接触すれば、何か摑めるかもしれない」

「わかりました」

すでに本物の従業員並みにバックヤードに慣れた関根は、ものの一分としないうちに小型の台車を取ってきた。それに段ボール箱を載せ、新田はエレベータホールに向かった。

　八階に上がり、０８０６号室の前まで台車を押していった。チャイムを鳴らすと間もなくドアが開き、浦辺幹夫の顔が現れた。上下共に、薄いベージュのスウェットという出で立ちだった。

「お待たせいたしました、浦辺様。宅配便のお荷物をお持ちいたしました」

「ああ、ありがとう」

「結構、重量がございますので、このまま室内までお運びいたします」そういうと新田は相手の答えを待たず、ゆっくりと台車を押し始めた。浦辺はホテルを使い慣れていないだろうと見越した上での強引な行動だ。

「あっ、はい……」狙い通り、浦辺は拒絶することなく、慌てた様子で後ろに下がった。

　０８０６号室はスタンダード・ツインだ。バスルームのドアの前を通るとベッドが二つ並んでいる。新田は素早く視線を走らせた。キャディバッグはベッドの脇に置いてあった。旅行バッグは、使っていないほうのベッドに載っている。部屋の隅に荷物を置くためのバゲージ・ベンチがあるが、そこには何もなかった。

「お荷物は、どこに置きましょうか？　こちらでよろしいですか」バゲージ・ベンチを示しながら訊いた。

「ああ、お願いします」

新田は段ボール箱を抱えようと腰を屈めた。その時、そばに立っている浦辺の足に目がいった。ベージュのスウェットは年季が入っている。ふだんから愛用しているものをそのまま持ってきたと思われた。

段ボール箱をバゲージ・ベンチに置き、新田は台車の取っ手を摑んだ。「では、失礼いたします」

「御苦労様でした。あっ、あの……」浦辺が躊躇いがちにいった。「今夜、こちらでパーティが開かれるんですよね」

「カウントダウン・パーティですね。はい、午後十一時より三階の宴会場にて行われます」

「それは、何人ぐらい集まるんですか」

「そうですね。例年ですと、四百人前後といったところです」

「へえ、そんなに」浦辺は視線を彷徨わせた。

「パーティにお申し込みになられますか。今からでも間に合いますが」

「いえ、結構です」浦辺は焦った様子で手を振った。「ちょっと訊いてみただけです」

「さようでございますか。気が向かれましたら、いつでもどうぞ」

失礼します、と改めていって新田は部屋を出た。

一階に下りるとベルデスクへ台車を返しにいった。関根が待っていて、どうでしたか、と小声で訊いてきた。新田は、パーティについて尋ねられたことを話した。

「自分が出るわけでもないパーティのことを訊いてくるなんて、ちょっとおかしいですね」関根も警戒する顔つきになった。

それともう一つ、と新田は指を立てた。

「あの男、スウェット姿だったんだけど、気になることがあった。足首のところに毛がついてた。犬か猫の毛じゃないかと思う」

しかし関根はぴんときていないらしく、それがどうしたのか、という顔をしている。

「忘れたのか。練馬のマンションで殺された被害者はトリマー、ペットの美容師だった」

あっ、関根が大きく口を開いた時、新田のスマートフォンが震えた。取り出してみると本宮からの電話だった。

「はい、新田です」

「本宮だ。今すぐこっちに来てくれ」声は真剣で、いつものくだけた口調がなかった。

すぐに行きます、といって新田は電話を切った。

会議室へ行くと、奥の席で本宮と上島が液晶モニターを睨んでいるところだった。少し離れた席で稲垣が腕組みをしている。画面に流れているのは、どこかの防犯カメラの映像らしいが、新田が見たことのないものだった。

「その映像は？」新田は訊いた。

稲垣がちらりと見上げてから、本宮を呼んだ。本宮は、続けてくれ、と上島にいい、新田たちのところへやってきた。立ったままで机の上から書類を取り上げる。

「ついさっき、特捜本部から新たな映像が送られてきた。といっても、今回の事件に関するものじゃない。添付資料によれば――」本宮は書類に目を落として続けた。「三年半前の六月十三日、税理士事務所勤務の室瀬亜実という女性が殺害された。事件は未解決で、継続捜査の対象になっている。今回送られてきたのは、当時被害者が住んでいたマンションに設置されていた防犯カメラの映像らしい。なぜそんな映像を送ったのかということについては、新田警部補が詳しいので確認してもらいたい、とある」そこまで話し終えた後、本宮は書類を机に戻して座った。

稲垣が新田を見据えてきた。

「どういうことだ？　その様子だと、まるで心当たりがない、ということではなさそうだな」

新田は、ほっと息をつき、肩の力を抜いた。

「おっしゃる通りです。矢口係長の下の能勢刑事と相談して、進めたことです。報告しなかったのは、ほんの思いつきが発端であり、確信がなかったからです」

「よし、では今、報告しろ」稲垣が野太い声で命じてきた。

はい、と返事し、新田は能勢と話し合ってきたことを稲垣たちに説明した。即ち、犯行の手口から連続犯の可能性を疑い、能勢に類似の事件を探してもらったところ、感電死とロリータというキーワードで三年半前の事件に辿り着いたという経緯だ。

「二つの事件に共通点は多いです。ただし双方の犯人が同一人物だという確証はありません。そこで三年半前の事件で回収されているはずの防犯カメラの映像を取り寄せ、今回の映像と比較してみようということになったのです。もっとも、そのことを提案したのは能勢刑事ですが」

以上です、と新田は締めくくった。

稲垣は組んでいた足を小刻みに揺らした後、どう思う、といつものように本宮に意見を求めた。

「着眼点は悪くないですね。こういう大事なことをさっさと報告しないのは、この野郎の悪い癖ですが」

「最初にいいましたように、きっかけは俺と能勢刑事の雑談から生まれた、ほんの思いつきだったんです。会議で報告するようなものではありませんでした」

「それにしてもだな」

まあまあ、と稲垣は本宮を宥める手つきをした。

「実際に動いたのは能勢刑事のようだから、あまり新田を責めるな。前回と同様、またしてもホテルマンの格好をさせられて、警察バッジを使った仕事をろくにさせてもらえないでいる。その鬱憤を、こういう形で晴らそうとした——そうだろ？」嫌味を込めた視線を新田に向けてきた。

「別に鬱憤が溜まってるわけではないですが……」新田は言葉を濁す。稲垣の指摘も、あながち的外れではなかった。

「無理するな。それにしても、あの能勢という刑事、やっぱり切れるな。一時はうちでも引っ張ることを検討したんだが、矢口さんに先を越されちまったんだよな」

「こいつとトレードしますか？」本宮が新田のほうに顎先を向けた。

「考えておこう」稲垣は真顔で受け流した後、再び新田を見上げた。「ほかに何か報告することはあるか？」

「一点あります。昨夜お話しした浦辺という客に怪しい動きがありました」

新田は、不審な宅配便が届いたこと、カウントダウン・パーティについて質問を受けたこと、さらには着ているスウェットに動物の毛が付着していたことを報告した。

「依頼主の住所も変です。千代田区になっています」そういってスマートフォンで撮影した、宅配便の伝票を示した。

「ちょっと貸せ」本宮が手を伸ばしてスマートフォンを受け取ると、上島、と若手刑事を呼んだ。「ここに書いてある依頼主の住所に何があるか調べてみろ」

上島はスマートフォンの画面を覗き込み、ノートパソコンの操作を始めた。

「犬か猫を飼っているとなれば、被害者と接点があった可能性はあるな」稲垣が本宮のほうに顔を向けた。「その客の映像は特捜本部に送ったんだろ？　何かいってきてるか」

「いいえ、今のところはまだ何も」答えながら本宮はスマートフォンを新田に返した。

見つかりました、と上島がいった。「その住所にあるのは、オフィスビルですね。少なくともマンションとかではないです」

「臭いますね」本宮がいう。

稲垣は猟犬が獲物を狙うような目を、ゆっくりと新田に向けてきた。

「引き続き、その浦辺とかいう客の動向に注意してくれ。警備員室のモニターを監視している連中にも、その客の部屋は特に頻繁にチェックするようにいっておく」

わかりました、と答えて新田は足先をドアに向けた。

28

時計の針が午後一時を過ぎているのを見て、尚美は唇を舐めた。仲根緑に電話をすべきかどうか、迷っているのだった。

昨日、彼女はティーラウンジを利用した。だから今日もそうするのではないかと思い、今まで待っていた。彼女が現れたら声をかけ、例の作戦を実行するつもりだった。

夫婦連れを装っている仲根緑に何といえば日下部と二人きりにさせられるか。ずいぶんと頭を悩ませたが、関西弁のカップルのおかげで閃いた。夫婦は二人でセット、というのがヒントになった。

妻のほうだけを誘う必要はないのだ。昨日のいくつかのサービスはホテルからのものではございません、日下部というお客様からの御依頼で、その方が仲根様御夫妻に折り入ってお話があるとおっしゃっているので、会ってもらえないでしょうか——このようにいえばいいのだ。

おそらく仲根緑は困るだろう。主人はちょっと出かけている、とでもいうかもしれない。その場合は、先方は御主人がお帰りになるのを待ってもいいが、奥様だけでも構わないとおっしゃっています、と返すつもりだった。それなら少しだけ、となるのではないか。仲根緑だって、相手の正体や用件が気にならないわけがない。

我ながら名案だと思い、待ち構えていたのだが、ランチタイムを過ぎても仲根緑は姿を見せないのだった。尚美としては、できれば直接顔を見て話をしたかった。電話で済ませられる用件ではないと思うからだ。

もう一度腕時計に目をやった。さっきよりもさらに針が進んでいるのを見て、焦燥感を募らせた。この針がどこまで進んだら決断しようか。

あれこれ考えていると、一人の男性が近づいてきて、尚美の前で立ち止まった。「ちょっといいですか」

「はい、何でしょうか」尚美は立ち上がりながら相手を見た。

年齢は五十歳前後か。貫禄(かんろく)のある体形で、顔も大きい。尚美は、このホテル内で何度か見かけたことがあった。いつも午後七時半頃にチェックアウトをしていたから、たぶんデイユースだろう。不倫に使っていると考えて、まず間違いない。相手の女性も見当がついている。

「この近くに、何というか、一人で時間を潰せる場所はないかな」

「あ……お一人で？」

「妻はエステに行くとかでね」男性は苦笑を浮かべた。

「御夫婦でお泊まりなんですね」

「中学生の息子も一緒だけど、部屋でゲームをしていたら満足らしい」

「それは寂しいですね」

ふだん自分が不倫に使っているホテルで家族サービスとはどういう神経かと思うが、人の考え方はそれぞれだ。使い慣れた場所がいいと思ったのかもしれない。いずれにせよ客は客、偏見を捨て、平等に扱わねばならない。

「映画などはいかがでしょうか。日本橋室町(むろまち)にシネコンがございます。どんなものが上映されているか、お調べいたしましょうか」優しい口調でいってみる。

「映画か……」男性は首を傾げている。乗り気ではなさそうだ。

「観光ということでしたら、日本橋七福神巡りがお薦めです。二時間ほどで、すべて歩いて回れますが」

「うーん、そういうのには興味ないからなあ」

それなら、と尚美は机の上からファイルを取り上げた。手持ちのネタは、まだまだある。

名物グルメ、話題のショッピングスポットなどを紹介してみるが、男性は食いついてこない。尚美は少し焦ってきた。

「日本橋三越(みつこし)本店の本館七階にイベントコーナーを兼ねたカフェがございます」

「カフェねえ」男性は煮え切らない。

「現在開催中のイベントは、世界の野鳥展ですが」

えっ、と突然男性の目が輝いた。「ヤチョウって、鳥のこと?」

「はい。今年は酉年(とりどし)だったので、その締めくくりということで開催されているようです」

「それ、どこだって?　三越?」

「日本橋三越本店です。ここからですと――」

「いや、大丈夫。行き方はわかっている。そうか、そうか。そんなのを三越で。へええ、そうかあ」

ありがとう、と手を上げ、男性は正面玄関に向かった。その足取りは軽い。どうやら格好の時間潰しが見つかったらしい。

ほっとしてファイルを机に置きながら何気なくエレベータホールに目を向け、どきりとした。仲根緑がエレベータから降りてくるところだった。

尚美は息を整えた。何といって声をかけようか。いくつかのパターンを素早く模索した。このチャンスを生かさない手はない。

だがその必要はなかった。仲根緑のほうから、コンシェルジュ・デスクに向かって真っ直ぐに歩いてきたからだ。予想外のことに、尚美は狼狽(うろた)えた。しかしもちろん、それを顔には出せない。唇に笑みを浮かべ、待ち構えた。

仲根緑が、すぐ前までやってきた。

「昨日はありがとうございました。お花を貰ったり、素敵な映像ショーを見せていただいたり、とてもいい一日でした」

「喜んでいただけたのなら何よりです、仲根様」

格好の話題で切りだしやすくなった。じつは昨日のサービスは、と種明かしをしようとした。ところがその前に仲根緑が口火を切ってきた。

「あんなことまでしてもらって、この上まだ何かを望むのは贅沢だと思うんですけど、どうしてもお願いしたいことがあるんです」

「……えっ？」

不意打ちを食った気分で、尚美は反応するのが少し遅れた。

「聞いていただけますか」仲根緑が、思い詰めたような顔を向けてきた。

尚美は態勢を整えた。予想外の展開だが、狼狽えてはいられない。

「はい、もちろんでございます。仲根様、どうぞお掛けになってください」

仲根緑が座るのを見て、尚美も腰を下ろした。

「どういった御要望でしょうか」

「じつは、至急作ってもらいたいものがあるんです。できれば、今夜の食事までに」

「どのようなものでしょうか」

仲根緑はハンドバッグの中から一枚の写真を出してきて、机に置いた。「これなんですけど」

拝見します、と尚美は写真を手に取った。

そこに写っているのはケーキだった。かなり凝ったもので、イチゴやチェリー、ラズベリーのほか、お菓子で作られた薔薇やリボンなどが載っている。特に見事なのはチョコレート製の龍（りゅう）の飾りで、身体をくねらせ、口を大きく開いた様子は躍動感たっぷりだ。

その横に、『Happy Birthday』と記されたプレートが添えられていた。

「お誕生日ケーキですか。これを御夕食までに用意してほしい、ということですね」尋ねながら尚美は、すでに頭の中で段取りを考え始めていた。

誕生日ケーキを用意してほしい、という要望はよくある。そのための材料などは、常に各レストランや料飲部の貯蔵室に備えてあり、大抵の要望には応えられるようになっている。夕食までには、まだ時間はある。料飲部に相談すれば、何とかなるだろう。

「そうなんですけど、作っていただきたいのは、ふつうのケーキではないんです」仲根緑がいった。

尚美は写真を持ったまま、彼女を見返した。「どのようなケーキでしょうか」

「模型がいいんです」

「模型？」

「食品サンプルというのがあるでしょう？　食堂のショーケースに置いてある。ああいう、本物そっくりに作った模型のケーキがほしいんです。しかもその写真通りに」

「あ……そういうことでございますか」

尚美は当惑した。思いがけない話だった。こんな依頼は初めてだ。

「今からではとても間に合わない、ということなら諦めますけど」仲根緑が、窺うような目を向けてくる。

間に合わないだろうな、というのが尚美の正直な思いだった。しかしそれをあっさりと認めていては、プロのコンシェルジュとはいえない。

かしこまりました、と尚美は相手の目を見ていった。

「ただ、少々お時間をいただいてもよろしいでしょうか。何とか御要望にお応えできるよう考えますので」やや苦しいが、この場ではこう返すのが精一杯だ。

「わかりました。ではもし目途がつきましたら、部屋に連絡をいただけますか」

「承知いたしました」

仲根緑が立ち上がった。尚美は焦り、迷った。日下部との件について、今ここで切りだすべきだろうか。いや、まずはこの依頼を解決してからだ。

仲根様、と呼びかけた。「今日、どなたかのお誕生日なのでしょうか」

ええ、と仲根緑は頷いた。「夫の誕生日です。龍が載ってるでしょ？　夫、辰年だから、それにちなんで龍の飾りを集めてるんです」

「……さようでございましたか。それは、あの、おめでとうございます」

「ありがとうございます。ケーキ、楽しみにしていますね」そういってにっこりと微笑み、仲根緑はエレベータホールへと歩いていった。

尚美は改めて写真を見つめ、パソコンを開いた。ネットに繋ぐと、食品サンプルという言葉で検索を始めた。

29

山岸尚美が受話器を置いた後、考え込むように俯（うつむ）いているのを見て、「ちょっと外します」と新田は氏原にいった。

どうぞ、とベテランのフロントクラークは手元に目を落としたまま、素っ気なく答えた。

新田はフロントを離れ、山岸尚美に近づいていった。気配に気づいたらしく、彼女は顔を上げた。

「さっき、仲根緑さんが来ていましたね。日下部氏とは会ってくれることになりましたか」

「それどころじゃありません。頼まれ事をしたんです」

「どんな？」

「少々、厄介なことを」山岸尚美は抽斗から一枚の写真を出してきた。

それは誕生日ケーキを撮影した写真だった。彼女によれば、これとそっくりの模型を今夜までに作ってほしいと仲根緑に依頼されたらしい。しかも今日は、彼女の夫の誕生日なのだという。

「ちょっと失礼」新田はスマートフォンを取り出し、電話をかけた。

間もなく繋がった。「はい、上島です」

「新田だ。仲根伸一郎名義の運転免許証は確認できていたな」

「はい、一件見つかっています」

「誕生日はいつになってる？」

「ええと……あっ、十二月三十一日だ。今日ですね」上島も、今気づいた様子だ。

「仲根緑と一緒に泊まっていることになっている仲根伸一郎も、今日が誕生日らしい。その免許証の人物とみて間違いないだろう。係長たちに伝えてくれ」

「わかりました」

電話を切った後、新田はスマートフォンをしまいながら山岸尚美を見下ろした。「仲根伸一郎というのは偽名ではないようです。免許証が確認できました」

「それはよかったです」山岸尚美の答えには明らかに気持ちが籠もっていない。今はそれどころではない、という感じだ。

「そんなに大変なんですか。この依頼」新田は写真を指差した。

「ふだんなら、それほどでもないです。食品サンプルを作ってくれる工房は、この近くにもいくつかありますから。でも何しろ今日は大晦日……」

「そうか、どこも休みなんだ」

山岸尚美は力なく頷いた。「電話さえ繋がりません」

なるほど、と新田は納得した。仲根緑が立ち去った後、山岸尚美が何度も電話をかけ続けていたのは見ている。業者に片っ端から当たっていたのだろう。

「日下部氏の件は、どうするんですか」

「とりあえず、後回しです。これが片付いてからでないと」

「厄介なことをいいだしたものですね」新田は再び写真を手にした。「どうして食品サンプルなのかな。本物だと何がいけないのか。そもそも、誕生日の主役が、実際にはこのホテルに泊まっていないのに」

だがこの疑問も今の山岸尚美にはどうでもいいことらしく、無言で写真を彼の手から奪うと、それを机の上に置き、自分のスマートフォンで接写を始めた。

「どうする気ですか」

「工房はお休みですけど、商品を売っている店は今日も営業しています。既製品の中に、このケーキと似たものがないか、問い合わせてみるんです」

「代替案、というわけですか」

この言葉にも答えず、山岸尚美はやや険しい顔を向けてきた。「新田さん、申し訳ないのですが、ほかに用がなければ……」

「ああ、すみません。邪魔でしたね。もう退散します」

新田のこの台詞にも、彼女からの反応はなかった。大変な仕事だな——改めて思った。

フロントに戻って再び氏原の背後に立ち、ロビーを行き来する人々の動向を密かに目で追ったりしながら、端末で宿泊客の情報を確認した。それによれば浦辺幹夫がルームサービスでサンドウィッチとコーヒーを注文していた。部屋で昼食を済ませたらしい。

スマートフォンを取り出し、電話をかけた。今度は本宮への電話だ。

繋がるなり、何かあったか、と本宮は訊いてきた。

「浦辺幹夫の部屋に人の出入りはありますか」

「いや、ないはずだ。警備員室で防犯カメラを睨んでる連中からは何もいってきていない。どうした？」

新田は浦辺がルームサービスを頼んだことを話した。

「ずっと部屋に籠もりきりというのが引っ掛かります。例の宅配便のこともありますしね。誰かが訪ねてくるのを待っているのかと思ったのですが」

「わかった。引き続き警備員室の奴らには、よく注意しているようにいっておく」

よろしくお願いします、といって新田は電話を終えた。顔を上げると氏原が冷めた目を向けていた。

「たまにはホテルで一日、ゆっくりしたいと考える人は多いですよ。どこへも出かけずにね。家族や仕事から完全に解放されることって、めったにないですから」

どうやら今のやりとりを聞いていたらしい。

「不審な宅配便を受け取っているんです。送り主は本人です。しかも住所は千代田区になっていて、そこにはオフィスビルしかない。宿泊票を確認しましたが、筆跡も違っているようです。おかしいと思いませんか」

「荷物の大きさはどれぐらいですか」

「これぐらいかな」新田は両手で六十センチほどの幅を表現した。

「重さは？」

「ずしりと重かったです。中身は書籍とありましたけど」

氏原は得心がいったように頷いた。

「不審でも何でもありません。住所は千代田区だとおっしゃいましたよね。正確には？」

新田はスマートフォンを出し、操作して伝票の画像を確認した。「猿楽町(さるがくちょう)です」

ふふん、と氏原は薄く笑った。「やっぱりね」

「何が、やっぱり、なんですか」

「千代田区猿楽町といえば、神田神保町(じんぼうちょう)と同様、古書店の多い街です。そこで大量に本を買い、自分では運びきれないので宅配便でホテルに送った、伝票は店員が記入した——おそらく、そういうことでしょう。一年最後の一日を、趣味の読書で締めくくろうということではないですか。何ら、おかしいことはありません」

すらすらと淀みなく話す氏原の説明に、新田はすぐには言葉が出なかった。

「あの重さだと一冊や二冊じゃないですよ。一日では読みきれないんじゃないかな」思いついた疑問を口にしたが、「別に一日で読みきる必要はないでしょ。読み終わった本も含めて、ここから全部自宅へ送るつもりだと思いますよ」と簡単に返されてしまった。

新田は洟を啜り、眉の横を掻いた。「もしかして氏原さんは性善説派ですか」

氏原の頰がぴくりと動いた。「そういうあなたは性悪説派ですか」

「どんな人間でも悪事に走るおそれがあるとは思っています。すべての人間を疑うのが刑事の仕事ですから」

「その点はホテルマンも同じです」氏原は言下にいった。「すべてのお客様のことを、満遍なく信じ、満遍なく疑っています。あなた方と違うのは、特定のお客様だけを信じることも、また疑うこともないということです」

「残念ながら刑事の仕事は、それではだめなんです。そこから少しずつ篩に掛けていって、本当の悪党を見つけださなきゃならない。ところがその篩というのが、いつも効果的とはかぎらなくてね。むしろ、地味で非効率的なものが殆どだ。的外れってことも多い」新田はスマートフォンに映っている伝票の画像を示して続けた。「特定の人間を無駄に疑うのも、仕事の一つなんです」

氏原は、げんなりしたように小さく肩を上下させた。「辛いお仕事ですね。御苦労様、といっておきます」

「それはどうも。同情に感謝します」新田はスマートフォンを懐に戻した。

それからしばらくして、チェックインタイムとなった。さすがに大晦日だけあって、次から次へと客がフロントにやってくる。手続きを待つ客の列が出来始めた。

「氏原さん、大丈夫ですか。俺、少しぐらいなら手伝っても構いませんけど」新田は氏原の耳元で囁いた。

「御心配なく、この程度、混んでるうちに入りません。それより、注意していただきたいことがあります」宿泊客のカードキーを用意しながら氏原は小声でいった。

「何ですか」

「今、三番目に並んでいる女性です。――ああ、露骨に見ないでください」

氏原にいわれ、新田は周囲を見回すようなふりをしながら視線を走らせた。三番目に並んでいるのは、毛皮のコートを羽織った派手な雰囲気の女性だった。髪は明るい茶色で、大胆にカールさせている。目の縁はメイクで黒っぽく、眉毛は細い。頬紅は赤く、唇はもっと赤い。年齢は三十代だと思われるが、正確なところはまるでわからない。

「あの女性が何か？」新田は声を落として訊いた。

「曽野様のことを覚えておられますか。昨日、私が新田さんの足を踏んだ時のお客様です」

新田は、はっとした。「ふだんはデイユースで使っているという？」

氏原は眉間に皺を寄せ、首を振った。「小さな声でお願いします」

「あっ、すみません」新田は口元を手で覆った。「あの女性が、曽野というお客さんと何か関係が？」

「申し上げたはずです。曽野様がデイユースで御利用になる際、どういう女性と御一緒なのか、私は薄々わかっていると」

「たしかにそんなふうに……。えっ、ということはつまり」思わず、もう一度女性のほうを見てしまった。目が合いそうになったので、慌ててそらした。「まさか、あの女性なんですか」

氏原は顎を引いた。「間違いありません。驚きました」いつもの能面のような顔から、さらに表情が消えている。それがこの人物の驚いた顔なのかもしれない。

「どうしたらいいですか」

「後で、お話しします」

氏原はカウンターに戻り、手続き中の客の応対を再開した。その間に列の先頭にいた客が、隣のフロントクラークの前に立った。

　やがて二番目の客も、ほかのフロントクラークのところへ行き、例の派手な女性は氏原が応対することになった。もちろん、そうなるように氏原が調整したというのは、後ろで見ている新田には明らかだった。

「カイヅカですけど」女性がいった。鼻に掛かった声は、やけに気取って聞こえた。

　新田は端末を素早く操作する。貝塚由里という名前が見つかった。デラックス・ダブル、二名、一泊、禁煙、そしてカウントダウン・パーティへの申し込みがある。

　氏原は、ほかの客の時と同様、丁寧に、愛想良く対応している。貝塚由里はクレジットカードで支払うらしい。二名となっているのだから、連れがいるはずだ。部屋はダブルだから、当然男だろう。それらしき人物がいないかどうか、新田はさりげなくロビーを見渡したが、すぐに探すのをやめた。旦那にせよ恋人にせよ、堂々としていられる仲ならば、女性がチェックインすることはないだろう。つまりこれまたラブ・アフェアというわけだ。

　氏原は彼女に、１２０６号室を用意していた。曽野一家が泊まっているのは１００８号室。たったの二階しか違わないが、宿泊客が階段を使うことはまずない。フロアが別ならば廊下で顔を合わせる心配はないだろう。

　最後に氏原は、カウントダウン・パーティのチケット二枚を顔の高さまで掲げ、説明を始めた。ロビーでこちらの様子を窺っていた捜査員が、早速移動する。貝塚由里の姿を盗み撮りするつもりなのだろう。

手続きを終えた貝塚由里がコートの裾を翻し、颯爽と歩いていく。その先にある柱のそばで週刊誌を立ち読みしているのは捜査員だ。週刊誌の向こうで隠し撮りのためのスマートフォンを構えているのは、いうまでもない。

チェックインの波が一段落したので、新田は氏原に、曽野一家と貝塚由里への対応をどうすべきか尋ねた。

「何らかの配慮が必要だと思いますが、それぞれの方の思惑がわかるまでは、とりあえず様子を見るしかないでしょう」

「思惑というと?」

「まず大事なのは、たまたまなのか、そうではないのか、ということです。たまたまだとすれば、こちらが気をつけることは一つです。レストランやラウンジ、ジム、プール等で貝塚様と曽野様たちが鉢合わせしないよう、極力配慮しなければなりません。もしそれが避けられない場合には、御本人たちが早めに気づくよう、手を打つべきです。もちろん、我々が差配していることは、どちらにも気づかれてはなりません。自分たちの関係がホテル側にばれているとわかれば、今後二度と利用していただけないでしょうから。デイユースとはいえ、ゴールドクラスの常連客を、易々と手放すわけにはいきません」氏原は細い目に、商売人特有の狡猾(こうかつ)な光を宿らせた。

新田は口元を曲げた。「面倒臭い話ですね」

「たしかにそうですが、それはさほど難しくありません。厄介なのは、たまたまではない場合、つまり計画的な場合です」

「わざと同じホテルに泊まることにしたというんですか。そんなこと、あり得ますか」

「二つの可能性が考えられます」氏原は指を二本立てた。「一つは、曽野様と貝塚様の双方が示し合わせていることです。その場合、貝塚様の部屋がデラックス・ダブルだということを考えれば、目的は容易に察しがつきます」

彼のいいたいことが新田にもわかった。

「曽野さんが家族から抜けて、貝塚さんの部屋でこっそり密会するという計画ですか」

「家族で泊まっているからといって、二十四時間一緒にいるわけではありませんからね。ひとときの逢瀬(おうせ)を楽しむ程度のことは可能ではないかと」

ひとときの逢瀬――ずいぶんと洒落たことをいうものだなと思い、新田は氏原の顔を見返したが、ベテランのホテルマンは特段気の利いた台詞を口にした自覚はなさそうだ。何か、と不思議そうに尋ねてきた。

「いえ、ずいぶん大胆な計画だなと思いまして」

氏原は右側の頬を微妙に上げた。「ラブ・アフェアは大胆なほうが発覚しにくいのです」

その言葉には重みと説得力があった。

「可能性は二つあるとおっしゃいましたよね。もう一つは、どういうものですか」

氏原は小さな吐息を漏らした。

「一番問題があるのはそちらです。同じホテルに泊まることになったのは、たまたまではなく、双方で示し合わせたわけでもないとすれば、残るは一つです。どちらかが、相手の予定を知り、一方的に合わせたということです」

「何のためにそんなことを?」

さあ、と氏原は首を傾げる。「理由はわかりません。ある程度の想像はつきますが」

「奥さんや子供と一緒の曽野さんが、そんなことをするわけがない。わざと合わせたとしたら、貝塚さんのほうだ」

おそらく、と氏原もいった。

「貝塚さんは独身なんでしょうね。で、妻子持ちの曽野さんと不倫関係にある。その曽野さんが年末に、あろうことか自分たちが不倫で多用しているホテルに、家族と泊まることになった。それを知った貝塚さんは、曽野さんを困らせてやろうと思い、自分も泊まることにした。昔から嫉妬というのは怖いですから」

再び氏原が息を吐いた。今度は先程より、少し深い。

「困らせる程度ならいいんですがね」

「どういう意味です？」

「さっさと決心してくれないとこちらにも相応の覚悟がある、というプレッシャーをかけるために乗り込んできた可能性もあります」

「決心？　何ですか、決心って？」

氏原は、がくっと膝を折るしぐさをした。そんなこともわからないのか、といいたいようだ。

「不倫をしている男が愛人から何かの決断を迫られるとしたら、一つしかないでしょう」

そこまでいわれれば、さすがに新田にもわかる。

「今の奥さんと別れる決心ということですか」

「妻とは離婚するつもり――相手の女性の気を惹くため、そういう台詞を軽々しく口にしてしまう男性は多いですからね。その台詞を信じてしまう女性も」

「貝塚さんが独身なら、そういうことは大いに考えられますね。へええ、そいつは面白いや」新田は、つい口元を緩めてしまった。

新田さん、と氏原がかすかに眉根を寄せた。

「何を面白がってるんですか。これが一番問題があるといったはずです」

「どこが問題なんですか。当人が自分の意思でやっていることなんだから、どうなろうとホテルに責任はないでしょう」

氏原は、わかってないな、というように首を何度も左右に振った。

「煮え切らない男性の態度に苛立った女性が、とんでもない行動に出た時のことを考えてみてください。たとえば曽野様たちが食事をしている場に貝塚様が押しかけて、自分と曽野様の関係を奥様にばらしてしまう、なんてことになったらどうなると思いますか」

「それは……かなりの修羅場になりそうですね」

想像しただけでも面倒臭そうだった。

「周りには、今年最後の晩餐を穏やかに楽しもうとしているお客様が、たくさんいらっしゃいます。その方々の貴重な時間を台無しにされてもいいというのですか」

「それはたしかにまずいですね」

「そこまで極端な行動には出ないとしても、貝塚様が意図的に乗り込んでこられたのだとしたら、何かを企んでいるおそれはあります。それがほかのお客様の迷惑になることを心配しているのです」

新田はため息をつき、肩をすくめた。「ホテルマンって、ほんといろいろなことを考えなきゃいけないんですね」

「何を今さら」氏原は呆れたようにいった後、くるりと背を向けた。

その直後だった。コンシェルジュ・デスクを離れた山岸尚美がロビーを横切り、隣の事務棟へと続く通用口に向かうのが新田の目の端に入った。

30

ホテルは営業しているが、事務職の多くは休みに入っている。尚美が宿泊部のオフィスに行ってみると、ごくわずかな社員たちが今年最後の業務に就いていた。

さっと見渡すと隅の会議机に土屋麻穂(つちやまほ)がいた。制服ではなく、私服姿だった。尚美を見て、麻穂は椅子から立ち上がった。

「ごめんね、休みなのに用をいいつけて」尚美は近づいていき、謝った。

とんでもない、とばかりに麻穂は首を振った。

「全然、構わないです。あたしのほうこそ、山岸さんに申し訳ないです。ただでさえこの時期はいろいろと大変なのに、何もかも任せちゃって……。身体、大丈夫ですか？疲れてません？」

「平気、平気。三が日が終わったら、たっぷり休ませてもらうから気にしないで。それより、どうだった？」

「はい、一応、ケーキと名の付くものは全部買ってきました」麻穂は隣の椅子に置いていた紙袋を、会議机の上に載せた。

彼女は宿泊部の後輩だった。若手フロントクラークの一人だったが、去年からコンシエルジュ・デスクの所属となっている。コンシェルジュはほかにもう一人いて、本来は尚美を含めた三人でシフトを組んでいるのだ。潜入捜査の関係で、今は尚美一人で仕事をこなしているが、今夜のカウントダウン・パーティが無事に終わり、新年を迎えられたなら、通常のシフトに戻すことになっている。

麻穂が紙袋から出したものを机に並べていった。それらを見て尚美は、わおっ、と思わず声を漏らした。本物のケーキにしか見えなかったからだ。

「すごいね」

「でしょう？　あたしもびっくりしちゃいました。これなんて、イチゴの匂いがしそうじゃないですか」麻穂がショートケーキの模型を鼻に近づけた。

いずれも食品サンプルだった。今日営業しているいくつかの店舗に問い合わせたところ、ケーキならあるということなので、自宅待機をしていた土屋麻穂に電話して、買ってきてもらったのだ。

尚美は仲根緑から預かっている写真を取り出し、机に並べられたサンプルと見比べた。

「これが一番、雰囲気が近いかな」そういって尚美が指差したのは、直径二十センチほどのホールケーキだ。白いクリームの上に、イチゴ、チェリー、ラズベリーが載っている。

「あたしもそう思いました」麻穂がいう。

「問題は飾りだな。薔薇とリボン、それから龍か……」

　写真を見つめ、尚美は呟く。薔薇の素材はホワイトチョコレートだと思われた。薄く削り、花びらに見えるように重ねてあるのだ。リボンはクッキーだろうか。焼き目が、良い柄になっている。そして龍は、色から察するとビターチョコレートのようだ。

「薔薇もリボンも龍も、本来は食べ物じゃないですよねえ。それをお菓子で作って、食べられるようにしてある。で、今度はそれを食べ物じゃないもので作れってことで」麻穂は両手で頭を掻きむしった。「だめだ。自分で何をいってるのかわかんなくなってきた」

　尚美は時計を見た。すでに四時近い。あれこれ考えている余裕はなくなっていた。

「薔薇は造花を、リボンはビニール紐を使ったらどうだろう？　それに色を塗って、お菓子っぽく見せるっていうのは」

「いいかもしれませんね。施設部にはいろんな塗料があるし、絵が上手い人も多いから、お願いすれば何とかなるんじゃないですか。あたし、これから行って、頼んでみます」

「本当？　そうしてくれると助かる」尚美は後輩に向かって手を合わせた。

に出ていった。

「大丈夫、任せてください」麻穂は椅子の背もたれに掛けてあったコートを取り、足早

　麻穂を見送った後、椅子に腰を下ろし、改めて写真を眺めた。ケーキの土台は手に入った。薔薇とリボンも目途が立ちそうだ。残るは龍だが、これが一番難問だった。似たような彫刻品があるのではと期待してインターネットで探したが、辛うじて見つかったものの、形や大きさがまるで違っていた。それならと木彫りの注文制作を行っている会社に当たってみたが、予想通り、どこも連絡がつかなかった。電話をかけても、「本年の営業は終了いたしました。新年の営業は——」といったアナウンスが聞こえてくるだけだ。もっとも、仮に営業していたとしても、今夜までに、などという無理な注文に応えてくれるとは思えなかったが。

　どうしたものか——尚美は腕を組んだ。

「何を唸ってるんだ」後ろから声をかけられ、はっとした。振り返ると田倉が立っていた。

「あっ、部長」あわてて立ち上がった。

「立たなくていい、座ってなさい。君が大変なのはわかっている。——おっ、おいしそうだな」田倉は机の上を見て、目を大きく開いた。「もしかして、全部作り物なのか？」

「そうです。食品サンプルです」

尚美はショートケーキの模型を手渡した。

「ふうん、よくできてるものだなあ。昔は蠟細工丸出しのものが多かったが」田倉は模型をじっくりと眺めた後、机に戻した。「どうしてこんなものを？　お客様に何か頼まれたのか？」

「ええ、じつは――」尚美はケーキの写真を見せ、事情を説明した。

田倉は渋面を作った。

「本物のケーキではなく、そっくりの模型か。よりによって大晦日に、難しい依頼を持ち込まれたものだな」

「龍の彫刻で困っています。部長、お知り合いに彫刻が得意な人とかいませんよね」ダメ元で訊いてみる。

田倉は苦笑を浮かべた。

「悪いけど、心当たりはないな。専門家には相談したのか」

尚美はお手上げのポーズを取った。「当たってみたんですけど、木彫りの専門店は、どこも休みなんです」

すると田倉は腑に落ちないといった表情を彼女に向けてきた。「なぜ木彫りの専門店に当たるんだ？」

「だってこの写真の龍は――」

「たしかに木彫りのように見える。でも実際には違うだろ？　素材はチョコレートだ。つまり作ったのは、木彫りの専門家なんかじゃない」

あっ、と尚美は声を上げ、それを恥じるように口元を手で覆った。

田倉は、にやりと笑った。「灯台もと暗し、というやつかな」

「ありがとうございます。失礼します」

尚美は田倉に向かって頭を下げ、駆け足でオフィスを出た。自分の迂闊さに改めて腹が立った。

事務棟を出ると、本館の裏口に向かった。そこからのほうが、一階のダイニング・レストランの厨房に近いからだ。

ホテル・コルテシア東京のレストランは、どの店もオリジナルのデザートを出している。中でも最も多くのスイーツを作っているのは、一階のダイニング・レストランだった。そこの厨房に駆け込むと、料理長の金子を目で探した。ただし金子の正式な肩書きは、調理課長だ。

さすがに大晦日だけあって、厨房は活気に溢れている、というより殆ど殺気立っていた。怒号が飛び交い、どの調理人たちも駆け足で移動している。

金子の大きな身体はメインの調理台のそばにあった。若手の調理人に何やら指示しているところだった。それが終わるのを待って、尚美は声をかけた。

「何だ、山岸君。今日は、かなり忙しいんだけどね」金子は予防線を張ってくる。コンシェルジュがわざわざ来たということは、何か頼み事があるに違いないと察したらしい。

「ごめんなさい。どうしても作っていただきたいものがあるんです」

尚美はケーキの写真を見せて詳しい事情を話し、チョコレートで龍を作れる調理人が金子の部下にいるかどうか尋ねた。

老眼鏡をかけて写真を見た金子は、表情を険しくした。「ちょっと待っててくれ」

写真を手に、金子は一人の調理人に近づいていった。林田(はやしだ)という背の高いシェフに、写真を見せ、何やら話し合っている。やがて二人で尚美のところへやってきた。

「林田のことは知ってるな。こういう細工をやらせたら、こいつの右に出る者はいない」金子がいった。「こいつによれば、素材がチョコレートなら、作れないことはないそうだ」

「そうなんですか」尚美は期待を込めた目を林田に向けた。

「チョコレートなら、ですよ」林田がいう。「でも素材が違えば、何ともいえません。実際にはチョコレートを使うわけではないんですよね」

「木材ならどうですか」

林田は首を傾げた。「それはちょっと自信がないな。硬すぎる」

「だったら……」尚美は木材以外の素材を考えるが、思いつかなかった。

もし、と林田がいった。

「素材は何でもいいということなら、僕なんかより、もっと適任者がいますよ」

「えっ、どこに？」

「この下に」そういって林田は床を指差した。

約五分後、尚美は地下一階にある中国料理レストランの厨房にいた。対峙しているのは、副調理課長の藤沢だ。

「ふうん、林田君がそういってたのか」痩軀で姿勢がいいので白の調理服がよく似合う藤沢は、写真を眺めながらいった。

「何かのイベントの時、氷の彫刻作りで林田さんと競われたことがあるそうですね。藤沢さんには敵わないと林田さんが……」

はっはっと藤沢は満足そうに笑った。「一日の長があるからね。彼だって、なかなかのものだが」

「それで……いかがでしょうか」

「龍か」藤沢は改めて写真に目を落とす。「素材は何でもいいんだね」

「はい」

藤沢は近くにいた若い調理人に声をかけ、二言三言囁いた。若者は頷き、足早に去っていった。

「この写真は預からせてもらっていいんだね」藤沢が尚美に尋ねてきた。

「もちろんです。作れますか?」

「作らなきゃしょうがないだろう。時間はどれぐらいある?」

尚美は時計を見た。祖母の形見の腕時計は、午後四時過ぎを指していた。

「できれば二時間ぐらいで作っていただけると助かります」

「二時間? このクソ忙しい時に、こんなことにそれほど時間をかけちゃいられない」

「……というと?」

「三十分後に取りに来てくれ。それまでに何とかしておこう」

「たった三十分で……」

尚美が唖然としていると、先程の若い調理人が戻ってきた。これでいいですか、と藤沢にあるものを差し出した。

「おう、ちょうどいい」藤沢が満足げにいって受け取った。

それは二十センチほどの発泡スチロールの欠片(かけら)だった。

31

フロントの前が、また賑やかになりつつあった。時計に目をやれば、すでに四時半を過ぎていた。

今日チェックインをする客たちの大半が、カウントダウン・パーティに申し込んでいる。部屋で寛いだ後、レストランで食事をし、部屋でじっくりと仮装をしてからパーティ会場に向かう、という手順が定番らしい。そのせいか、どの客も大きな荷物を提げていた。中身は仮装のための衣装なのだろう。

ロビーに潜入している捜査員たちも、フロントクラークに負けず劣らず忙しい。やってくる客たちほぼ全員の姿をカメラに収める必要があるからだ。ほかの客に気づかれてもいけないわけで、シャッターを押す手元を隠すのに苦労しているのが、離れた場所からでもわかった。

新田も気を抜けなかった。次々に訪れる客たちの顔を凝視しては、頭の中で様々な映像を再生させた。マンションの防犯カメラに似た顔はなかったか、被害者の勤務先のカメラはどうだったか。時にはスマートフォンを操作し、そこに収められている映像と比較した。

じつは、それらの合間に気にしていることがあった。この三十分ほど、ある人物から目を離せないでいるのだった。

ロビーのソファに腰掛けている女性客だ。貝塚由里だった。エレベータホールからふらりと現れた後、ずっとそこでスマートフォンをいじっている。チェックイン時に羽織っていたコートは着ていないから、外出するつもりはなさそうだ。

警備員室に詰めている刑事に確認したところ、現時点で彼女の部屋に出入りしている男性はいないらしい。つまり彼女も仲根緑と同様、一人なのに連れがいるふりをしている可能性がある。

そんなことを考えながら新田が貝塚由里の様子を窺っていると、突然彼女が立ち上がった。その視線は正面玄関に向けられている。新田もその方向に目をやり、はっとした。玄関から入ってきたのは、曽野昌明にほかならなかった。機嫌がいいらしく、にこやかな表情でコンシェルジュ・デスクに近づいていくと、パソコンに向かっていた山岸尚美に何やら話しかけている。

そんな曽野のもとへ、貝塚由里は小走りで向かっていく。その様子から、彼女は彼が帰ってくるのを待っていたらしいと新田は思った。

コンシェルジュ・デスクを離れ、エレベータホールに向かいかけていた曽野の足が止まった。貝塚由里に呼びかけられたらしい。彼女を見て、驚きの表情を浮かべている。どうやら彼のほうは、彼女がいることを知らなかったようだ。焦ったように周りをきょろきょろと見回し始めたのは、誰かに見られていないかどうかを気にしたからだと思われた。

二人が話しながらエレベータホールに移動したのを見て、新田はフロントを出た。コンシェルジュ・デスクの前まで行き、山岸さん、と呼びかけた。

山岸尚美が顔を上げた。「何でしょうか？」

「今ここに、男性が来ましたよね。五十歳ぐらいの人で、正面玄関から入ってくるなり、やってきたはずです」

「それが何か？」

「何を話してたんですか」

「大したことではありません。お礼をいわれただけです」

「お礼？」

「あのお客様は、お昼過ぎに一度、ここへお見えになっているのです。この近くで時間潰しのできるところはないかと尋ねられました。それでいくつか御紹介したところ、日本橋三越で行われている野鳥展に御興味を持たれたようでした。実際に行ってみたところ、とても楽しめたとお礼をいってくださったのです」

たしかにそれだけなら大した話ではない。

「その後、女性が駆け寄ってきたでしょう？　二人がどんな話をしていたか、聞いてはいませんか」

山岸尚美は怪訝そうに眉をひそめた。「なぜあのお二人のことを気にされるのですか」

「氏原さんから、ちょっと気になることを聞いたからです。山岸さんは御存じないかもしれないけど」

「あのお二人がデイユースで頻繁にこのホテルを利用してくださっている、ということでしょうか」

さらりと述べた彼女の顔を、新田は意外な思いで眺めた。「知ってたんですか」

「お客様の顔を覚えるのは、コンシェルジュとして当然のことですから。あの男性がいらっしゃるのは、決まって月曜日の夕方です。そして午後七時半頃にチェックアウトされるのですが、その間にいつもあの女性がエレベータホールからやってきて、私の前を通ってホテルを出ていかれます。余程鈍感でないかぎり、察しがつきます」

新田は頭を揺らした。

「あなたといい氏原さんといい、さすがはプロフェッショナルだ。この話を聞いたら、世の中の不倫カップルは同じホテルは使わなくなるだろうなあ」

「だから気づいていないふりをするのも大事なんです」

「ラブ・アフェアのお客様はホテルにとって上客らしいですからね。で、あの二人はどんな話を？」

「聞き耳を立てていたわけではないので、詳しいことはわかりません。ただ、お互いに驚いておられる様子でした。まさか今日のような日にここで遭遇するとは思っておられなかったのでしょう」

「お互いに驚いていた？」新田は眉根を寄せた。「そんなことはないでしょう。男性はともかく、女性のほうは驚いてはいなかったんじゃないですか」

「いえ、先に女性がおっしゃったんです。どうしてこんなところにいるの、と。すると男性が、君こそなんでここに、と問い返しておられました。その後の会話は聞いていません」

「本当ですか。じゃあ、たまたま一緒になったってことか……」

釈然としなかった。では何のために貝塚由里はロビーのソファに居座り続けたのか。曽野昌明が戻ってくるのを待ち伏せしていたのではなかったのか。

「何が気になるんですか。あの方々が事件に関係しているとは思えないんですけど」山岸尚美が苛立ちを含んだ口調で訊いてきた。

「何度もいうように、不審な動きを見せる客の動向には注意しろといわれているんです」新田は山岸尚美の手元に目を落とした。開いた手帳には、何やら細かいメモがたくさん書き込まれている。「ところであなたのほうはどうですか。例のケーキ、できましたか」

「何とか目途が立ちそうです」

「すごいな。本当にあなたには不可能なことはないんですね。まるでドラえもんのポケットだ」そういった時、スマートフォンが着信を告げた。本宮からだった。

「俺だ。おまえに確認してもらいたいことがある。特捜本部から情報が入った」緊迫感の漂う声だった。

「どんな内容ですか」

「来てから説明する」ぷつん、と電話は切れた。

新田が事務棟の会議室に行ってみると、稲垣や本宮ら数名で二台のモニターを睨んでいるところだった。稲垣が振り返った。「おう、来たか」

「新情報が入ったと聞きましたけど」

「そうだ。おまえに見てもらいたいものがある」

新田は二台のモニターに近づいていった。左のモニターに映っているのは、浦辺幹夫がチェックインした時のものだ。右のモニターのものはどこかの防犯カメラの映像らしいが、新田は見覚えがなかった。今は静止画になっている。

「右は和泉春菜さんが働いていたペットサロンの防犯カメラの映像だ。カメラは入り口付近に設置されていて、入ってくる客だけでなく、ガラス越しに中の様子を覗く人間も映っている。このカメラの十二月五日の映像に、このホテルの宿泊客らしき人物が映っているので本人かどうか確認してほしい、と特捜本部からいってきたんだ。その宿泊客の顔を直に見たのはおまえだけだから来てもらった」

「どういう客ですか」

「見ればわかるはずだ。——上島、映像を見せてやれ」稲垣が命じた。

上島がキーを操作すると、映像が動きだした。店の前を、次々に人が通りかかってい
く。足を止める人はいない。

やがて一人の男性が右側から現れ、立ち止まった。店内を覗くように頭を上下左右に
動かしている。それからその場でしばらく佇(たたず)んだ後、男性は不満げな表情で画面から消
えていった。

映像はそこで止められた。

「どうだ」稲垣が訊いてきた。

新田は何度か首を縦に揺らし、上司を見た。「間違いないです」

「やっぱりそうか」

「はい、浦辺幹夫です」新田は断言した。

本宮がスマートフォンを出し、立ち上がりながらどこかに電話をかけ始めた。

ワタさんっ、と稲垣が渡部を呼んだ。

「警備員室の連中にこのことを伝えて、浦辺の部屋から絶対に目を離さないようにいっ
てくれ」

了解です、と渡部が気合いの籠もった声で答えた。

稲垣は新田の肩をぽんと叩いた。「御苦労だった」

「まずはフロントに戻り、これまで同様、ほかの怪しい客の動向を見張っていてくれ。浦辺に関しては、こちらの方針が固まり次第、追って指示する」

「わかりました」

力強く返事をしながら、新田は胸の奥に引っ掛かりを感じていた。浦辺が犯人で、密告者の指示に従えば逮捕にこぎつけられるのか、これはそんな簡単な事件なのか――。もしもそうならつまらない、というのが本音だった。

32

目当ての品は調理台の隅に置かれたトレイの上に載っていた。

「ほらコンシェルジュ、それでどうだ」少し離れたところから包丁を手にした藤沢がいった。彼はすでに調理の仕事に入っている。本物の料理を作っているのだ。

尚美は目を凝らして作品を見つめ、言葉を失った。そばに置かれた写真と見比べてみる。

見事にあの龍が再現されていた。迫力も躍動感も遜色がない。違っているのは色だけだ。発泡スチロールだから真っ白なのだ。しかし着色すれば、本物そっくりになるだろう。

「素晴らしい……です」陳腐ではあったが、とりあえずその言葉しか出なかった。「すごいです。ありがとうございます。助かりました。失礼ですけど、ここまでのものができるとは正直期待していなかったです。驚きました」賛辞の言葉をいくら並べても足りない気分だった。

「種を明かすとさ」藤沢が包丁を持つ手を止めずにいった。「龍は得意なんだよ。中国じゃ、縁起がいいものの代表格だからね。ニンジンや大根で龍を作ることもある。発泡スチロールなんて楽勝だ」

「そうだったんですか」

「満足してもらえたんならよかった」

「大満足です。このお礼は必ず」

藤沢は苦笑した。「そんなのはいいよ。早く持っていきな。急いでるんだろ」

その通りだった。はい、と答えてトレイごと持ち上げた。せっかく作ってもらった力作を手荒には扱えない。

龍を施設部に持ち込み、茶色の塗料を吹きつけてもらったら、狙い通りに仕上がった。すでに薔薇とリボンは、土屋麻穂の尽力のおかげでほぼ完璧なものができている。食品サンプルのケーキの上に、薔薇、リボン、龍を飾り付け、『Happy Birthday』と書かれたプレートを載せたら完成だ。

「やったあ。とうとうできましたね」麻穂が小さく手を叩いた。

「あとは仲根様が満足してくださるかどうか……」

「絶対に大丈夫ですよ。こんなに素敵なんだから」

「だといいんだけど」尚美はケーキを見下ろした。言葉とは裏腹に、もちろん自信はあった。何しろ、みんなの力を借りて完成させた力作なのだ。

料飲部でサイズの合う箱を調達し、そこにケーキを入れたら、一層リアリティが増した。満足感に胸を膨らませ、いよいよ尚美は仲根緑に電話をかけた。

電話に出た彼女に、ケーキが完成したことを告げた。

「どういたしましょうか。これからお部屋にお持ちしてもいいですし、どこか別の場所で御覧いただくことも可能ですが」

「それなら私が行きます。どちらへ伺えばいいでしょうか」

尚美は二階のブライダルコーナーを提案した。

電話を切った後、ケーキの入った箱を抱え、二階に移動した。ブライダルコーナーは薄暗かった。さすがに大晦日は相談者が来る予定もなく、クローズになっているのだ。

電気を点け、仲根緑を待った。

待ち人は間もなく現れた。彼女を奥の個室に案内してから、尚美は箱の中身を披露した。

　仲根緑が息を呑む気配があった。目を見張り、手で口元を覆った。そのまましばらく動かない。尚美は問いかけなかった。十分に手応えを感じたからだ。

　口に当てていた手を下ろし、仲根緑は虹彩の色が薄い目を尚美に向けてきた。すごい、と囁くように声を漏らした。

「御満足いただけましたでしょうか」

　仲根緑はゆっくりと瞬きした後、深く頷いた。

「大満足です。これほどのものを作ってもらえるとは思っていなかったので、驚きました」

「そういっていただけますと少々苦労した甲斐がございます」

「やっぱりかなり苦労されたんですね」仲根緑は眉尻を下げた。

「いえ、どうかお気遣いなく。ところで、このケーキはどのタイミングでお部屋にお持ちすればよろしいでしょうか。たしか仲根様は、今夜もインルーム・ダイニングを予約しておられますよね。デザートを召し上がる頃を見計らってということなら、大体の時間を指定していただけると助かるのですが」

　本当に夫と二人で食事をするなら、それがふつうだ。

　仲根緑はしばし考えた後、いいえ、と答えた。

「食事と一緒に運んできてくださって結構です」

「では係の者に、そのように伝えておきます」

「よろしくお願いします」そういってから仲根緑は、しげしげとケーキを見つめ、その目を尚美に向けてきた。「このたびは無理なことをいって本当に申し訳ありませんでした。でもおかげで素敵な大晦日になりそうです。昨日は花をプレゼントしてもらったし、映像ショーも見られたし、運が良すぎて何だか夢のようです」

尚美は密かに息を整えた。ようやくこの時が来た。

「そのことですが、折り入ってお話ししたいことがございます。お詫びもしなければなりません」

「お詫び？　どういうことですか」

「じつは花のプレゼントや映像ショーは、当ホテルからのサービスではございません。あるお客様からの御依頼だったのです。御夕食のルームサービスで、オーダーミスということでシャンパンのボトルを無料サービスさせていただきましたが、あれもそうです。1701号室の御夫妻に最高のもてなしをするよう、指示を受けました。隠していて、大変申し訳ございませんでした」ゆっくりと深く頭を下げた。

あまりに唐突な話だったからだろう、仲根緑は当惑の顔つきで口を動かした。「あるお客様というのは？」

「ロイヤル・スイートにお泊まりの日下部様という方です」

くさかべ、と呟いてから仲根緑は首を振った。「心当たりがありません」

「さようでございますか。私共は、詳しい事情については何も伺っておりません。ただ、指示された通りのことをしたまでなのです」

日下部がラウンジであなたに一目惚れしたのだ、とはいえなかった。

「その人は、どうしてそんなことを……」

「今も申し上げた通り、理由については伺っておりません。でも、もう一つ依頼されていることがございます。是非一度、お二人とお話をしたいとおっしゃっているのです」

「私たちと？」

「なぜ仲根様たちに特別サービスをするよう私共に命じたのかも、その際に説明したいとのことでございます。いかがでしょうか。もし仲根様たちに、その方と会ってもよいというお気持ちがあるのならば、これからすぐにでも場を設けたいと思いますが。といいますのは、日下部様はアメリカ在住で、明日早くに旅立たれてしまうのです」

ここが勝負どころだった。これで断られてしまったら、もう打つ手がない。じっと相手の目を見つめた。

仲根緑はしばらく考え込んだ後、「その方は、どういう人なのでしょうか」と訊いてきた。「私たち夫婦のことを以前から知っているような感じでしたか」

「さあ、それは――」ここでも言葉を濁すしかなかった。「何しろ、詳しいことは聞いておりませんので。ただ、私の個人的な感想を申し上げるならば、ごくふつうの男性です。紳士的で、言葉遣いも丁寧です。反社会的な事柄に関わっておられるようには見えません」

だがこれだけの説明で警戒心を解くほど楽観的な人間がいるわけもなく、仲根緑の顔から不審の色は消えない。

「そうなんですか。でも、不思議な話ですね。その方には、本当に心当たりがないんですけど」

尚美は迷った。いくらコンシェルジュとして日下部の要望を叶(かな)える必要があるとはいえ、これ以上の強い説得行為は、さすがに行き過ぎだと思われた。

「いかがいたしましょうか。もちろん、まずは御主人に御相談されるべきだと思いますが」

「あ……ええ、そうですね。では私、部屋に戻って主人に話してみます」

「さようでございますか。無理なことをお願いして、申し訳ございません」

「いえ、こちらこそいろいろとしてもらっているし……。主人の意見を聞いて、また連絡します」

「お手数ですが、よろしくお願いいたします」

ブライダルコーナーを二人で出ると、二階のエレベータホールに向かって仲根緑は歩いていった。その後ろ姿は、複雑なオーラに包まれているように尚美には見えた。夫婦連れを装い続けている彼女は、どんな決定を下すだろうか。

仲根緑からコンシェルジュ・デスクに電話があったのは、それから約十分後のことだった。主人と相談しました、と彼女はいった。

「日下部さんがどういう方かは知りませんけど、あれだけのサービスをプレゼントしてくださったのだから、まずはお礼をいおうということになりました」

「では、お会いになっていただけるんですね」

「はい、そして場所は私たちの部屋にしてください」

「仲根様たちの……」

「御存じの通り、午後七時頃から部屋で食事をすることになっています。その少し前に訪ねてきていただけたらと思います」

「かしこまりました。では七時少し前に、私が日下部様をお部屋までお連れいたします」

「わかりました。お待ちしています」

「では後ほど」

電話を切った後、尚美は固めた拳を小さく振った。

33

吹き抜けになっているロビーの天井付近で、施設部のスタッフたちが何やら作業を始めた。新年を迎えるにあたり、飾り付けを一新する準備だろう。いよいよ今年も終わりという雰囲気が迫ってくる。

午後六時を過ぎて、フロントカウンターを訪れる人の数は減ったが、ロビーは一層賑わい始めていた。これから一緒に食事をしようと待ち合わせていた人々が、あちらこちらで挨拶を交わしている。その顔は一様に明るい。それぞれにとって今年がどんなふうであったにせよ、今夜ぐらいは笑顔で締めくくりたいと思っているのかもしれない。

ベルボーイに扮した関根が、小走りでやってきた。新田はカウンターの隅に移動した。

「どうかしたのか?」小声で尋ねた。

周囲をさっと見渡してから、関根が顔を寄せてきた。

「浦辺幹夫がカレーライスを注文しました」

新田は後輩刑事を見返した。

「またしてもルームサービスか。昼食と同様、夕食も部屋で済ませようってことだな。しかも大晦日の夜にカレーライスとはね。手っ取り早く腹ごしらえができれば何でもいいという感じだな」

「ますます怪しいですね。で、俺が料理を持っていくことになりました。部屋の様子をチェックしてきますよ」

「例の宅配便を確認してくれ。開封されているかどうか。開封されていたら、中身はどんなものか。あと、デスクやテーブルの上だ。本が積まれているかどうか、読書中かどうか」

「読書？」

「宅配便の伝票に、品名は書籍となっていただろ。よろしく頼む」

わかりましたと頷いて、関根は軽快な足取りで去っていった。

新田は元の場所に戻った。氏原は端末を操作している。

「どういう状況なのかはわかりませんが、その不穏な気配から察しますと、あなた方のお仕事もいよいよ佳境に入った感じですね」画面に目を落としたまま、氏原がいった。

新田は苦笑し、肩をすくませた。

「佳境？　とんでもない。勝負はこれからです。まだゲームは始まってもいない」

「そうなんですか。早く済ませていただければ、こちらとしては非常に助かるのですが」

「御心配なく。新年までには片付けます」

「是非、そのようにお願いします」氏原が冷めた声でいった。

新田はコンシェルジュ・デスクを見た。山岸尚美はパソコンを操作したり、どこかに電話をかけたりしている。だがその合間に頻繁に時計を確認していた。日下部から命じられたミッションのタイムリミットが迫っているのだろうと察せられた。模型のケーキを作ったり、男女の出会いをセッティングしたり、本当に大変そうだ。自分には真似できないと新田は思った。

しばらくして、再び関根がやってきた。さっきと同じようにカウンターの隅に移動し、向き合った。

「どうだった?」

「段ボール箱は開封されていました。でも中身はわかりません。室内を見渡したかぎりでは、特にこれといったものは見当たらなかったです」

「本はどうだった?」

いやあ、と関根は首を捻った。「デスクにはスマートフォンが置いてあるだけでした」

「あいつは何をしている様子だった?」

「わかりませんが、テレビはついていました。新田さんが行った時と同様、スウェット姿でした」

「わかった。係長に報告しておいてくれ」

関根が事務棟に向かうのを見送りながら、新田は氏原のところに戻った。

「残念ながら、氏原さんの説は外れていました。例の怪しげな客は、本など読んでないみたいです」

「そうですか。でも別に残念ではありません。可能性をいったまでですから」氏原は表情をぴくりとも動かさずにいった。「あの男性が、あなた方が追っている犯人なのですか」

「それはまだ何とも。しかし要注意人物であることはたしかです」

「そうですか。犯人かどうか、確認する方法はないのですか」

「そんな便利なものがあれば苦労しませんよ。あいつの名前が本名かどうかもわかってないんですから」

氏原が不快そうに眉根を寄せた。「現時点では、まだお客様の一人です。あいつ呼ばわりはやめてください」

「あ……すみません」

「捜査のことはよくわかりませんが、あなた方はずいぶんと防犯カメラの映像を気にしているみたいじゃないですか。犯人なら、どこかに映ってるんじゃないですか」

「それは……そういうことも検討中です」

新田は言葉を濁したが、氏原の指摘は的確だった。浦辺の姿はペットサロンの防犯カメラには映っていたが、被害者のマンションの防犯カメラには映っていないのだ。

「まあ、素人の意見ですから、無視してくださって結構です」そういってロビーのほうを向いた氏原の頬が、ぴくりと動いた。

新田も彼の視線の先を見た。曽野昌明が妻と息子を連れ、ロビーに隣接しているダイニング・レストランに入っていくところだった。

やれやれ、と氏原が呟いた。

「食事をする場所なんて、ほかにいくらでもあるのに、どうしてホテル内の、しかもよりによってオープンスペースのレストランなんかに入るんでしょうね。気が知れない」

「例の愛人と鉢合わせするかもしれないってことですか」

氏原は下唇を突き出し、顎を引いた。「あのレストランは一人客の利用が多いんです」

「きっと、愛人とは打ち合わせ済みなんですよ。さっき、ロビーの隅で二人が顔を合わせてたのを見ませんでしたか」

「もちろん見ていましたよ。その後であなたが山岸君に何やら尋ねていたのもね」

「あの二人がどんな様子だったかを訊いたんです。彼女によれば、二人とも驚いていたそうです。だから、今夜ここで顔を合わせてしまったのはたまたまらしいです。その後、二人であれこれと相談しただろうから、鉢合わせする心配はないと思います」

氏原は白けたような顔を向けてきた。「だったらいいんですけどね」

「二人とも驚いていた――それは山岸君の単なる感想でしょ。本当のことは当人たちにしかわからない。心の中までは見えません」

「驚いたふりをした、そういいたいんですか」

「可能性はゼロではないはずです」

淡泊な口調でいった氏原の顔を新田は眺めた。「なるほど……さっきおっしゃった通りですね」

「何がですか」

「すべてのお客様を満遍なく信じ、満遍なく疑う、それがホテルマンだと。特定のお客様だけを信じることもなければ疑うこともない」

「そうでなければ、この仕事はやっていけませんから」

たしかに氏原の意見は鋭かった。貝塚由里が曽野のもとへ駆け寄っていくのを見た時には、彼が外から帰ってくることを知っていて、待っていたのだろうと新田も思ったのだ。山岸尚美の話を聞いて、そうではなかったのかと考え直したが、貝塚由里が演技をした可能性はある。

もしそうだとしたら、その目的は何か――。

新田が視線を落とし、そんなふうに考えを巡らせていると、「ヤマシタですが」と男性の声が耳に入ってきた。チェックインの客らしい。

「あ……はい」いつもは即座に反応するはずの氏原の返事が珍しく遅れた。おかしいなと思って新田は顔を上げ、ぎょっとした。

カウンターの向こうに立っていたのは、バットマンとキャットウーマンだった。

「何だって、もう一度いってみろ」本宮の苛立った声が新田の耳奥で響いた。だから、とスマートフォンに近づけた口元を片手で覆って続けた。

「バットマンとキャットウーマンの覆面を被った二人組がフロントに現れたんです。チェックインをしに。キャットウーマンのほうは女だと思います」

「何だ、そりゃあ」

「バットマンを知らないんですか」

「それぐらい知ってる。馬鹿にするな。どうしてそんな奴らが来たんだ」

「たぶん今夜のパーティ参加者だと思います。早くも仮装しているわけです」

本宮の舌打ちが聞こえた。

「世の中には変な人間がいるもんだな。で、ホテル側の対応は？」

「それが――」

新田はカウンターのほうを振り返った。氏原は端末を操作し、淡々と手続きを進めている。その後ろ姿は、ふつうの客を相手にしている時と何ら変わるところがない。

「いつも通りです」新田はスマートフォンにいった。「そのまま手続きが行われています」

「素顔を見ないままか」

「そうです」

「ちょっと待て。それだと防犯カメラの意味がないじゃねえか。どうなってるんだ」

「訊いてみます。後でまた連絡します」

電話を切り、新田は氏原の対応を見守った。しかしその後も特に異例なことはなく、氏原はカードキーをバットマンの扮装をした男性客に渡している。

新田は客たちの様子を改めて眺めた。バットマンとキャットウーマンの覆面は手作りのようだが、とてもよくできている。二人ともフード付きの黒いロングコートを羽織っているが、その下はコスチュームのようだ。男性の足元に置かれているキャリーバッグの中に、着替えが入っているのだろう。

氏原がカウントダウン・パーティのチケットを顔の高さまで掲げ、説明を始めた。そんなことをしなくても、この男女がパーティに出ることは明らかだった。ロビーで待機している捜査員たちは複雑な表情を浮かべている。彼等の姿を撮影する意味があるのかどうか、迷っているからだろう。

「どうぞごゆっくり」すべての手続きを終えた後、そういって氏原は客たちを見送った。

バットマンとキャットウーマンの二人は、楽しそうに腕を組んで去っていく。

氏原さん、と新田は声をかけた。「あれでいいんですか？」

「何がですか」

「客の顔を確認しなかったじゃないですか」

「仕方がありません。お客様のファッションに口出しするわけにはいきませんし」

「でも、スキッパーだったとしても手がかりがない」

スキッパーとは無銭飲食及び無銭宿泊者のことだ。

「その心配はありません。今のお客様はインターネット決済を御利用になっておられます。そうでない場合は、デポジットをお預かりするか、クレジットカードのプリントを取らせていただくことになっています。ずいぶんと驚かれたようですが、想定内です」

「想定内、とは？」

「カウントダウン・パーティを仮装パーティにしたのは数年前ですが、認知されるに従い、チェックイン時から仮装をしていたいという要望が増えました。そこで対応策を練り、お支払いに問題のないお客様の場合は認める、ということになったのです」

「金さえ払ってくれれば、どこの誰であろうと構わないってわけですか。何のための防犯カメラですか」

「では伺いますが」氏原が右の眉を上げた。「風邪をひいてマスクを付けたお客様がチェックインに来られた時、それを外せと命じたほうがいいのでしょうか。あるいは目の不自由な方がサングラスをかけていた場合、取ってくれと頼むのですか。時にはその両方を付けた方もいらっしゃいます。それらとバットマンの覆面と何が違うのですか」

新田は一瞬返答に詰まったが、「時と場合によります」と答えた。「今夜は特別です。殺人犯が現れるかもしれないんです。ホテルに来る人間全員の顔を確認しておく必要があります。捜査のためです」

「そう、あなたがいうように今夜は特別です。お客様に大胆に楽しんでいただく夜です。そんな幸せな時間を、捜査などという、お客様に全く関係のない理由で奪うわけにはいきません」そういって氏原は新田の後方に目をやった。

新田は振り返った。正面玄関から、ゲームキャラクターのマスクを被った五人組が入ってくるところだった。

34

チャイムを鳴らした後、尚美はドアを見つめて深呼吸をした。ようやくここまでこぎ着けたという実感が湧き上がりつつある。

ドアが開き、ブラックスーツを着こなした日下部篤哉が現れた。シャワーを浴びたのか、さわやかな香りが仄(ほの)かに漂ってくる。

お待たせ、と彼は笑顔でいった。

「では、御案内いたします」

うん、と彼は頷いた。「フロアはどこ？」

「十七階でございます。どうぞ、エレベータで」

「電話でもいったけど、先方の部屋で、とは驚いた」尚美と並んで歩きながら、日下部がいった。「どういう理由だと思う？」

「わかりかねますが、向こうのお客様はインルーム・ダイニングを予約しておられるので、食事前には部屋を出たくない、ということではないかと」

「なるほど、そういうことか」

エレベータホールに着くと、尚美は乗り場ボタンを押した。

「ところで改めて尋ねるのだけど、先方は一人なのかな。大晦日の夜に、たった一人でインルーム・ダイニングとは、やや不自然な気がするんだがね」

尚美は微笑み、頭を下げた。「それは、どうか御自分の目でお確かめくださいませ」

日下部は、ふんと鼻を鳴らした。「わかった、そうしよう」

エレベータの扉が開いた。日下部に続いて尚美も乗り込み、十七階のボタンを押した。

じつのところ尚美も、仲根緑が本当に一人なのかどうか、自信がなかった。昨日からの一連の出来事を振り返れば、この段階で彼女の夫が突然現れるというのは考えにくい。しかしそれならば、なぜ日下部を部屋に招いたのか。部屋の外で会うことにすれば、夫は手が離せないから自分が一人で来た、と言い訳できるのにだ。

エレベータが十七階に着いた。日下部が降りるのを待って、尚美も外に出た。こちらでございます、と先に歩きだした。

1701号室が近づくにつれ、心臓の鼓動が速くなってきた。ドアが開いた時、もしも男性が姿を見せたらどうしよう。最後の最後になって、仲根緑の夫が合流する可能性だってあるのだ。

部屋の前に到着した。尚美は足を止めた。ここか、と日下部が呟いた。

息を整え、尚美はチャイムを鳴らした。祈るような気持ちだった。

かちゃり、と軽い音がしてドアが開いた。隙間から覗いたのは、仲根緑のエキゾチックな顔だった。

「日下部様をお連れいたしました」そういって尚美は、背後に立っている日下部を手のひらで示した。

仲根緑は瞬きして彼を見て、口元を少し緩めた。「想像していた方と全然違いました」

「もっと若くて二枚目だと思ってましたか」日下部がおどけた口調で訊く。

「いえ、逆です。もっと年配の方だとばかり……」

「若輩者で申し訳ございません。またこのたびは、不躾なお願いを聞き入れてくださり、誠にありがとうございます」打って変わった丁寧な物言いだった。

「山岸さんから伺ったんですけど、昨日の素敵なサービスは、すべてあなたの依頼だったそうですね。とても驚きました。でもどうしてそんなことをしてくださるのか、私共にはまるで心当たりがないんですけど」

「そうだろうと思います。それについても、これからゆっくりと説明させていただきたいのですが」

「わかりました。では、どうぞ」仲根緑がドアを大きく開いた。

お邪魔します、といって日下部が室内に足を踏み入れた。ドアを閉じる直前、彼は尚美に向かって一つ大きく頷きかけてきた。

ごゆっくり、といっていいものかどうか尚美は迷い、結局無言で会釈を返した。

一階に下り、コンシェルジュ・デスクに戻っても、尚美は落ち着かなかった。日下部は仲根緑に、どんな話をしているのだろう。まさかいきなり、「一目惚れしました」と告白はしないだろうと思うが、あの人物の場合、行動が予測不能だ。

「ミッションは無事に完遂できましたか」頭の上から声が降ってきた。顔を上げると新田が立っていた。

「とりあえず、日下部様を仲根様のお部屋まで御案内しました」

新田は小さくのけぞった。「それはすごい。とうとうやりましたね」

「まだ安心はできません。どちらかが不愉快な思いをされないか、心配です」

「そこまであなたが気遣う必要はないと思うけどなあ」

「そんなわけにはいきません。最後まで責任を取らないと」尚美は腕時計を見た。間もなく七時になろうとしている。「そろそろ仲根様の部屋に食事が運ばれる頃です。一体、どうなっているのか……」

「その仲根様ですがね、何か新事実が判明したらしいです」

「どんなことでしょう」

「わかりません。たった今電話をもらったばかりで、詳しいことは何も聞いていません。いよいよこれからって時に、現場が混乱しているものだから、ゆっくりと電話で話すこともできないんです」

「どうして混乱するんですか」

「そりゃあ、ほら」新田がロビーのほうを指した。そこでは早くも仮装をしたグループが集まり、楽しそうに談笑している。「パーティまで四時間もあるっていうのに、もうあんな格好をした連中が現れた。宿泊客が部屋で仮装してくるなら話はわかるけど、コスプレした状態でチェックインする奴がいるとは思わなかった」

「一昨年あたりから、ちらほらとそういうお客様がお見えになるようになりました。でも、今年は俄然（がぜん）増えたみたいですね」

「そんな他人事（ひとごと）みたいにいわないでください。防犯カメラが全く役に立たない。これまでに集めた映像や画像と見比べることもできないし、困ってるんです」

「抗議でしたら、総支配人に……」

「今、係長が交渉しに行ってるはずです。でも、期待は持てないな。藤木総支配人、頑固だからな」

たぶん無理だろう、と尚美も思った。カウントダウン・パーティを仮装パーティにしたらどうだ、といいだしたのが藤木なのだ。

その時、卓上の電話が鳴った。液晶表示が１７０１号室からの着信であることを告げている。急いで取り上げ、「お待たせいたしました、仲根様。コンシェルジュ・デスクでございます」といった。

「ああ、山岸さんだね」男性の声だったので驚いた。一瞬、仲根緑の夫かと思ったのだ。

「あ……さようでございます」

「今、もし手が空いているなら、こっちに来てもらえないだろうか」

声の主は日下部だった。口調は落ち着いている。トラブルがあったわけではなさそうだ。

「お部屋に、でございますか」

「そう。1701号室に。君に尋ねたいことがあるんだ。食事の時間は少し遅らせてもらった」

「かしこまりました。すぐに伺います」

電話を切り、尚美は立ち上がった。新田の背中はすでに遠ざかっている。事務棟に行くのだろう。仲根緑に関する新事実というのが気になるが、彼が戻ってくるのを待っている余裕はなかった。

日下部が尋ねたいこととは一体何なのか。二人の話し合いは、どんなふうに展開したのか。不安と好奇心を抱きながらエレベータに乗り込んだ。

1701号室に行くと、息を整えてからチャイムを鳴らした。間もなくドアが開き、日下部が現れた。

「わざわざすまなかった」彼はいった。その穏やかな表情を見て、尚美は安堵した。気まずい雰囲気になっているわけではなさそうだ。

「お尋ねになりたいことというのは何でしょうか」

「うん、まあ、入ってくれ。といっても、僕の部屋ではないんだけどね」

失礼します、といって尚美は足を踏み出した。昨日から、この部屋に入るのは三度目だ。

日下部の後に続いてリビングルームに行くと、仲根緑が二人掛けのソファに座っていた。彼女も微笑みを浮かべている。テーブルの上には茶碗が二つ載っていた。ティーバッグで日本茶を淹れた形跡が見られる。

日下部はダイニングチェアを運んできて腰を下ろし、「君も掛けたらどうだ」といって一人掛けのソファを指した。

「ありがとうございます。私はこのままで結構です」

そうか、と日下部は頷いた。

「君のおかげで仲根さんと二人きりで話をすることができた。感謝するよ」

「御満足いただけたのならいいのですが……」

「仲根さんへの特別サービスの理由については、すでに説明させてもらった。僕が一目惚れしたことから、何とか二人きりで会いたいという無茶な要望に対し、君が発案した『あしながおじさん作戦』だったのだ、とね。幸いなことに、仲根さんからは叱られなかったよ。それどころか感謝された。とても楽しかった、とね」

それは、と尚美は仲根緑に視線を移した。「何よりでございます。本当のことを隠していて、大変失礼いたしました」

仲根緑は微笑んだままでかぶりを振った。

「お礼をいいたいのはこっち。これは皮肉じゃありません」

「そういっていただけるとほっとします」

「しかしね、山岸さん、僕はまたしても振られたよ」日下部がいった。「仲根さんには旦那さんがいらっしゃるようだ。今回も、御夫婦で泊まっておられるらしい」

尚美は彼に向かって頭を下げた。「存じておりました」

「だろうね。でも君としては、それすらも僕に明かすわけにはいかなかった。いろいろと辛かっただろうなあ」

「辛いというより、心苦しかったです」

「心苦しいか。それはそうかもしれないな」日下部は破顔した後、真剣な眼差しを尚美に向けてきた。「仲根さんから聞いたんだけど、君は僕のことを、御夫妻に会いたがっている人物と説明したそうだね。彼女と二人きりではなく」

「……はい」

「仲根さんによれば、急用があって御主人は出かけておられるらしい。だからこうして二人きりで会えたわけだが、もしそうならなかったら、どうする気だったんだ。二人きりで、という僕との約束は果たせなかったわけだが」

それは、と口籠もってから尚美は日下部の顔を見返した。

「日下部様、もしかすると私に尋ねたいことというのは……」

「そう、このことだ。僕を御夫妻に会わせてお茶を濁す、なんてことを君がするとは思えなかったから、不思議でしょうがないんだ。それとも、そうするしかないと諦めていたんだろうか。それが君の代替案だったのかな」

尚美は返答に詰まった。説明するには、仲根緑の秘密に触れねばならなかった。同時に、夫など泊まっていないことをホテル側は知っていた、と彼女に打ち明けるしかない。それでいいのだろうか。

「どうしたんだ？　なぜ答えないんだ」日下部が促してくる。

代替案でした、といおうかと思った。御夫妻と会っていただくつもりだった、と。それでこの場が丸く収まるのならば、何も問題はない。

だが口を開こうとした直前、「いいのよ、山岸さん」と仲根緑がいった。「本当のことをいってちょうだい。あなた、気づいてたのよねえ」

「仲根様……」

「私の夫なんて、仲根伸一郎という男性なんて、ここには泊まっていないことに」そういった仲根緑の瞳には、諦念の色が浮かんでいた。

35

「死んでいる？」本宮の話を聞き、新田は立ったまま、身体を硬直させた。「マジですか」

「このクソ忙しい時に、嘘や冗談で呼びつけるわけねえだろ」本宮は眉間に皺を寄せ、手元の書類を指で弾いた。「愛知県警からの追加情報だ。仲根伸一郎が借りてた部屋の賃貸契約担当者が、ようやく見つかったらしい。退去の理由は本人の死亡ってことで間違いないそうだ」

「死因は？」

「肺癌だってよ。昨年の暮れに入院し、そのまま今年の三月に亡くなったってことだ。さらに詳しいことを調べてもらっているが、事件性はなさそうだ」

「結婚歴は？」

「不明だが、亡くなった時点では独り暮らしだったようだ。部屋の退去手続きは家族が済ませている」

新田は低く唸った。「道理でホテルに旦那が現れないわけだ」

「まさか、死んでいたとはな。さて、どう考える？」本宮が睨めつけてきた。「死んだ男の名前を使い、夫婦者と偽ってホテルに宿泊し続ける謎の女。その狙いは何だと思う？　どこかで犯罪を計画している男のアリバイ作り、という説は消えたぜ」

新田は首を捻り、考えを巡らせてみた。だがこの場で即座に閃くことは何もない。

わかりません、と答えようとした時、スマートフォンに着信があった。表示を確認すると山岸尚美からだった。ちょっと失礼します、と本宮に断り、電話に出た。

「新田です。どうかしましたか」

「山岸です。新田さん、お忙しいところを申し訳ないんですけど、今から少しだけお時間をいただいても構いませんか。十分ほどでいいそうです」

口ぶりから察すると、誰かに頼まれて電話をかけてきたらしい。

「何でしょうか」

「じつは今、１７０１号室にいます。仲根様のお部屋です。仲根様が私共に説明したいことがあるそうなんです。御主人についてです」

新田はスマートフォンを握る手に力を込めた。「それで？」

「仲根様がおっしゃるには、昨夜の映像ショーを教えに来てくれた方の手が空いていたら、その方にも声をかけてもらえないか、とのことなんです。みっともない姿を見せてしまったので言い訳したい、と」

「みっともない姿？　ああ……」

涙だな、と合点した。新田に見られたことに気づいていたらしい。

「わかりました。すぐに行きます」

電話を切り、本宮に事情を説明した。

「本人の告白が聞けるなら、それが一番確実だ。行ってこい」

はい、と答えてから新田は部屋を見回した。「ところで係長は？」

「仮装の件で総支配人のところへ行ったきりだ。長引いてるところをみると、説得にてこずってるのかもしれん」

「まあ、あの藤木さんですからね」

「望みは薄いだろうな」本宮は諦めた口調だった。

新田は会議室を出て、本館に戻った。1701号室に行くと、仲根緑と山岸尚美のほか、日下部篤哉の姿もあった。

「わざわざごめんなさい」仲根緑は新田の顔を見て、謝った。「あなたにも話を聞いてもらいたかったので」

ありがとうございます、と新田は礼をいった。どんな話の流れから、こういう事態になったのかは後で山岸尚美から聞くことにして、まずは黙って状況を見守ろうと思った。

私の夫が、といってから仲根緑は首を振った。

「正確に話さなくちゃいけませんね。夫ではなく、私の夫になるはずだった人が亡くなったのは、今年の三月です。肺癌でした。判明したのは昨年の暮れで、それからあっという間に帰らぬ人となったのです」この内容は、ついさっき本宮から聞いた話と完全に一致していた。「入院前、私たちにはささやかな楽しみがありました。彼の誕生日である大晦日を、私たちが出会った東京で過ごそうというものでした。ホテルは、ここコルテシア東京。彼が名物の『マスカレード・ナイト』を知っていて、一度泊まりたいといっていたからです。でも残念ながら、その計画は実現しませんでした。大晦日を二人で過ごすことになったのは、ホテルではなく病室でした」

彼女がそこまで話したところで、部屋のチャイムが鳴った。

「ディナーが届いたみたいね。山岸さん、出てくださる？」

仲根緑の言葉に、はい、と答えて山岸尚美はリビングルームから出ていった。

間もなく戻ってきた彼女に続いて、男性のルームサービス係に押されたワゴンが現れた。色とりどりの料理が載っている。

「仲根様、お料理はいかがいたしますか。テーブルにセッティングいたしましょうか」

山岸尚美が訊いた。

「いえ、それは後で自分でやります。それより先にケーキを出していただけますか。このテーブルに置いてもらいたいんですけど」

はい、とルームサービス係が答え、ワゴンの下段から四角い箱を出してきた。

「蓋はそのままで結構です」

ルームサービス係は箱をテーブルに置き、失礼します、といって部屋を出ていった。

「彼が入院中に二人で約束したんです」仲根緑が話を再開した。「次の彼の誕生日は、必ずコルテシア東京で祝おうって。彼が亡くなった後も、そのことが頭から離れませんでした。実際に彼の誕生日が近づいてくると、じっとしていられなくなって、気がついたら三泊も予約してたんです。昨年の計画がそうだったから。もちろん彼の名前で」

「御本名は」新田が口を開いた。「マキムラミドリ様、ですね」

彼女は口元を緩めた。

「そうです。仲根緑と名乗ってしまったのは、クレジットカードを見せなきゃいけないなんてこと全然頭になかったからです」

失礼いたしました、と新田は詫びた。

「ばれちゃったかなと思ったけど、正直どうでもよかったんです。私は何としてでも、去年彼とできなかったことをやり遂げたかった。部屋に入ったら夜景を見ながらシャンパンで乾杯。朝はルームサービスを頼んで、熱いコーヒーを飲む。当然、頼むのはいつも二人分。テーブルの上には、彼が読みかけだった本を置きました。それから、癌が見つかって以来、一本も吸っていなかった煙草。彼が最後の一本を吸った時の箱を、今も取ってあるんです」

「ジッポーのライターも」

新田の言葉に、そう、と彼女は頷いた。「愛用の品です。オイルは入れてないけど」

そういうことだったのか、と新田は何もかもが腑に落ちた。シャンプーや歯ブラシをだ。

二人分使ったのも、何かのカムフラージュなどではなく、愛した男性への供養だったの

「昨夜の映像ショー、素晴らしかったです。あれを眺めながら思いました。ああ、これを彼にも見せてやりたかったなって。そんなことを考えてたら急に何かがこみ上げてきて――」仲根緑は少し表情を強張らせた後、大きく息を吸って懸命に笑顔を作り、新田にいった。「あなたに恥ずかしいところを見せてしまった、というわけです」

何とも答えようがなく、新田はただ首を縦に動かした。

仲根緑が傍らのバッグから一枚の写真を出し、箱の横に置いた。あのケーキの写真だ。

「昨年の今日、病室で彼の誕生日を祝いました。知り合いのケーキ屋さんに特製の誕生日ケーキを作ってもらって」

彼女は山岸尚美のほうを見た。

「今朝になってこの写真を眺めていたら、今年も何とかして同じケーキで祝ってあげたくなったんです。でもこんなケーキ、とても一人じゃ食べきれない。それにできれば、毎年飾れるものがほしかった」

ああそれで、と山岸尚美は納得したように顔をゆっくりと上下させた。

「無理なことをお願いしてごめんなさい」

「いいえ、とんでもない」

仲根緑が両手で白い箱の蓋を取った。現れたものを見て、おっと声を上げたのは日下部だった。新田も思わず目を剝いていた。写真のケーキとそっくりだったからだ。とても作り物には見えない。さすがは山岸尚美だ、と改めて感心した。

「こんなに素敵なものを作ってもらえて、きっと彼も天国で感激していると思います」

「ありがとうございます。最高の褒め言葉です」山岸尚美は頭を垂れた。

さて、と仲根緑は胸の前で両手を合わせた。

「私が告白すべきことは以上です。何かまだ御質問はあるでしょうか」

山岸尚美が新田のほうに、何かありますか、と尋ねるような目を向けてきた。新田は黙って首を横に振った。

「こちらからはございません」山岸尚美が答えた。

「僕には尋ねたいことが山ほどあるな」日下部がいった。「ただしこの件ではなく、あなたに関することだけど。趣味とか、好きな音楽とか」

うふふ、と仲根緑は自然な笑みを浮かべた。

「では提案ですけど、もし日下部さんの今夜の食事の予定が決まってないのなら、この部屋でいかがですか。「ディナーは二人分、揃っていますし」

えっ、と日下部が腰を浮かせた。「御馳走になってもいいんですか」

「私もそろそろ、一人きりの食事が寂しくなってきているんです。それに食べきれない分をトイレに流すのは、やっぱり気が引けます」

そういうことだったのか、と新田は納得した。余程の大食漢でないかぎり、スペシャル・ディナー二人分を平らげるのは無理だ。

「そういうことなら是非」日下部は相好を崩し、新田たちのほうに顔を向けた。「では、シャンパンを一本、持ってきてもらえるかな」

かしこまりました、と新田は山岸尚美と同時に答えていた。

36

「またしても驚かされました」部屋を出て、エレベータホールに向かう途中で新田がいった。「本当にホテルってところは、いろいろな人が来る。世にも不思議な物語のオンパレードだ」

「でも迂闊(うかつ)でした。誕生日なのに、実際には食べられないケーキを用意するなんておかしいです。あの依頼を聞いた時、故人への供え物じゃないかと気づくべきだったんです」尚美の声は沈んでしまう。

エレベータホールに着くと新田が乗り場ボタンを押した。

「気づいたからといって、あなたがすることは変わらなかったんじゃないですか」

尚美は薄く目を閉じ、首を振った。

「気配りできることはたくさんありました。そもそも、仲根様があんなふうに告白しなければならなくなったのも、私の判断ミスが原因です。本当は最後まで、誰にも知られたくなかったと思いますから」

エレベータが到着した。二人で乗り込んでから、新田は呆れたように苦笑した。

「相変わらず、責任感の塊ですね。あまり気を遣いすぎると、肌に良くないですよ」

尚美は刑事を睨んだ。「大きなお世話です」

エレベータが十二階で止まった。扉が開き、乗ってきた女性を見て、尚美は少し緊張した。

例の女性だった。デイユースで頻繁に利用しているカップル――たぶん不倫カップルの女性のほうだ。

ちらりと新田の様子を窺った。彼は素知らぬ顔をしていたが、無論、気づいていないわけがなかった。

エレベータが一階に到着した。女性客は足早に降りていく。その後から尚美たちも外に出た。

女性がロビーの奥へと進んでいく。どうやらダイニング・レストランに入るつもりらしい。それを見て新田が、あららら、と妙な声を発した。

「どうしたんですか」

「いや、じつは——」

新田によれば、一時間ほど前に、彼女の不倫相手が家族と共にあのレストランに入っていったらしい。

「どういうことかな。鉢合わせしないよう、二人で相談したんじゃなかったのか」

「男性は相談を持ちかけたかもしれませんね。でも女性が同意してくれるとはかぎらないのではないでしょうか」

「なぜですか」

だって、と尚美は新田の顔を見た。

「お店で一緒になったって、女性の側は痛くも痒くもないですから。むしろ、不倫相手の男性がどぎまぎするのを見るのは楽しいんじゃないですか。男性がふだんどんなふうに家族サービスをしているのか、じっくりと観察できる機会でもあるし」

新田は、しげしげと尚美を見返してきた。

「昨夜の、女性の浮気についてもそうだったけど、あなたはいつも澄ました顔で怖いことを教えてくれますね」

「怖いですか。女性なら、ごくふつうのことだと思いますよ」

「もしそうなら、あの男性に同情するな。今頃は針の筵に座らされている気分だろうな。

愛人の目が気になって、家族サービスどころじゃなくなる」

「仕方がないんじゃないですか。自業自得です」

二人でコンシェルジュ・デスクの近くまで来た時、若いカップルが近づいてくるのが目の端に入った。そちらを見て、尚美は顔をほころばせた。あの関西弁の新婚夫婦だった。

「こんばんは。お出かけでしょうか」

「食事が終わったから、ちょっと早いけど、店へ仮装しに行こかということになりまして」男性がいった。

「いいですね。衣装はもうお決めになったんですか」

はい、と女性が元気よく答えた。

「いろいろと迷ったんですけど、今の自分らに一番ふさわしいものにしました」

「そうですか。どんなものかは、今ここで聞かないほうがよさそうですね」

「はい、もしお見せできる機会があったら、その時に」

「では楽しみにさせていただきます。行ってらっしゃいませ」

若い二人が楽しそうに出ていくのを見送った後、「彼等も仮装パーティに出るようですね」と新田がいった。「店に行くといってたけど、何の店だろう」

「カラオケ店です。仮装用の衣装を貸してくれるんです」

ああ、と頷いてから新田はため息をついた。

「そういえばレンタルの衣装もあるという話でしたね。これからどんどん、おかしな格好をした人間が増えてくるわけか」

「それが当ホテルの名物ですから」

参ったな、と顔をしかめながら新田が上着の内ポケットに手を入れた。スマートフォンに着信があったらしい。耳に当て、はい、と応えている。

「……えっ、マジですか。今度はどんな内容です？……はあ？　何ですか、仮面人形って。……はい、山岸さんならそばにいます。……わかりました。相談してみます」新田は電話を切った後、「ちょっと、これから俺に付き合ってもらえますか」と尚美に訊いてきた。

「何でしょうか」

「パーティは三階の宴会場で行われるってことでしたね。もうすでに準備が整えられているそうなんですが、俺と一緒に見に行ってもらいたいんです」

「それは構いませんけど、どうして？」

「事情は歩きながら話します。行きましょう」

新田が足早に歩きだしたので、尚美もあわてて後についていった。

「密告者から新たな連絡があったそうです」エレベータに乗ってから新田がいった。

「今度は、警察が本当にこのホテルに来ているかどうかを確認するためのものらしいです。刑事が現場で待機しているなら、指示通りに行動せよ、という内容だったとか」

「指示通りって？」

尚美が訊いた時、エレベータが三階に着いた。

このフロアには宴会場が二つある。広いほうが奥にあるダイヤモンド・ホールと呼ばれる大宴会場で、立食ならば千名以上、正餐でも七百名での利用が可能だ。通常の祝賀パーティは無論のこと、ファッションショーに使われることもある。『マスカレード・ナイト』が行われるのが、その宴会場だった。

二人で行ってみると、廊下の途中に立て看板があり、『これより先、関係者以外立ち入り禁止』と記されていた。その先に目をやると、黒いロングドレスに真っ赤な仮面という出で立ちの女性のマネキンが、円形の台の上に飾られている。その左手には金色のワイングラスがあった。

「ははあ、あれが仮面人形だな」新田が呟いた。

「名前はマダム・マスカレードです。このパーティの主催者ということになっていて、お客様方を出迎えているわけです」

「例年、飾られるのですか」

「そうです。そのために作られた人形です」

新田は腕組みをし、頷いた。「なるほどね。そういうことか」

「ひとりで納得しておられるみたいですけど、さっきの話、まだ終わってませんよ。密告者からは、どんな指示が出されてるんですか」

尚美がいうと、彼は人形を指差した。

「彼女が手にしている黄金のワイングラスに花を挿しておくように、というのが指示内容です。午後十時までにそれが為されない場合、警察は動いていないと判断し、今後は一切連絡しない、殺人犯がどんな仮装をしているかも教えない、といってきたそうです」

「ワイングラスに花を……」

「花、あなたに頼んでもいいですか」

「わかりました。午後十時ですね」尚美は腕時計で時刻を確認した。間もなく午後八時になろうとしている。「何かおしゃれな花を探しておきます」

「お願いします。それにしても……」新田は顎に手を当てた。「密告者の狙いは一体何だろう？」

「単に犯人が逮捕されるよう画策している、というわけではなさそうですね」

それが目的ならば、こんな回りくどいことはしないだろう。

「防犯カメラの映像を確認したところ、人形がここに飾られたのはついさっきで、その後はホテル関係者以外誰もこのフロアには足を踏み入れていないらしいです。人形が黄金のワイングラスを持っていると知っているのだから、密告者はホテル関係者か、もしくはかつてパーティに参加したことがあって、必ず人形が飾られると知っている人間ってことになる」

「考えられません。ホテル関係者だなんて」

尚美は強い口調で訴えたが、新田は無言で何事か考えている。身内びいきの意見に貸す耳などないとでもいわんばかりだ。

新田の胸元から振動音が聞こえてきた。またしても着信らしい。彼はスマートフォンを取り出し、耳に当てた。

「はい、新田です。……ええ、人形を確認して、花は山岸さんにお願いしました。……わかりました。すぐに向かいます」新田は電話を切り、スマートフォンを内ポケットに戻した。「対策本部から呼ばれました。俺は事務棟に行きます。花のこと、よろしくお願いします」

「どうかしたんですか」

「対策会議です。いよいよ勝負の時が近づいてきたようです」そういいながら新田はエレベータホールに向かって駆けだした。

37

会議室は慌ただしい雰囲気に包まれていた。

ホワイトボードの前には上島たち若手捜査員の姿があった。彼等は写真に書類を添付し、ホワイトボードに並べて貼っていた。その写真を見て、新田は目を剝いた。一枚目の写真は、さっきチェックインしたバットマンだった。添えられている書類は山下和之（かずゆき）という人物の運転免許証のコピーで、電話番号とメールアドレスも横に記されていた。あのバットマンがヤマシタという名でチェックインしていたことを新田は思い出した。バットマンの写真の隣にはキャットウーマンの写真が並べられているが、こちらには参考資料は何もない。素顔も名前も不明ということだろう。

写真はほかにもたくさんある。いずれも仮装した客の姿だった。

「仮装してチェックインした客の情報か」新田は訊いた。

「そうですけど、こんなことをして果たして意味があるかどうか」上島がいった。「このバットマンにしたって、インターネット決済を使っているといっても、本物の山下和之なる人物かどうかは確認できてないですから。覆面の下にあるのが、免許証の写真の人物とはかぎりません」

「たしかにそうだな」

「そうはいっても、ほうっておくわけにはいかねえだろ」本宮が新田の後ろから近づいてきた。「とりあえず仮装した客の格好と名前を照合しておこうってことだ」

「だけど、中にはこんなふざけた奴もいますよ。名前を見てください」上島が写真とメモを差し出した。写っているのは顔を包帯でぐるぐる巻きにした人物だった。

「何だ、こりゃあ。ええと、キノヨシオか。ちょっと変わった名前だけど、これがどうかしたのか」本宮がメモを見ていった。

「えっ、何とも思いませんか」上島が目を丸くした。

「ちょっと見せてください」新田は本宮から受け取ったメモを見て、思わず噴き出した。名前が『木乃伊男』となっていたからだ。ただしフリガナ欄には本宮がいったように、キノヨシオとある。

「何だ、何がおかしいんだ」本宮がむっとした。

「本宮さん、この最初の三文字はミイラと読むんです。ミイラ男と書いてあるんです」

「ミイラ？　そんな名前で泊まってもいいのか」

「予約した時には、キノヨシオと名乗ったんでしょうね。オペレーターは漢字を確認したはずですけど、本宮さんと同様、ミイラと読むとは知らなかったのかもしれない。一旦この名前で受け付けた以上、ホテル側としては断れません。メモによれば現金払いで、デポジットを七万円も払っていますし」

「つまりこいつは完全な偽名ってわけか」本宮は包帯男の写真を上島に返した。

「だから、ふざけてるといったんです」そういいながらも上島は、ミイラ男の写真とメモをホワイトボードに貼り付けた。

本宮が苛立ったように頭を掻いた。

「全く、仮装パーティだなんて、くだらねえことをやってくれるもんだ」

「ホテル側との話し合いは物別れですか」新田は稲垣を見た。係長は電話で誰かと話しているところだった。

本宮は口元を歪めて頷いた。

「わざわざ仮装を楽しみに来ているお客様に、素顔を見せるよう要求するなんて論外だと総支配人に断られたらしい」

「やっぱりね」

木で鼻をくくったような藤木の顔が目に浮かぶようだった。

「警備員室からの話だと、ふつうの宿泊客たちも、そろそろ仮装を終えて部屋を出始めているらしい」

「そういえばロビーにも、そんな連中が集まっていました」

「パーティまで二時間以上あるっていうのに、気の早い奴らだ」

「せっかくコスプレをするんだから、長い時間楽しみたいってことじゃないですか。こっちとしては迷惑な話ですけど」

「どの部屋から、どんな格好をした奴が出ていったかは、防犯カメラで確認するように警備員室の連中にはいってある。だけど何しろ最終的には数百人だ。全部を完全にチェックするのは、おそらく無理だろう」

「怪しそうな人間に、ある程度的を絞るしかないでしょうね。そういえば浦辺の動きはどうですか」

「部屋の近くを見張っている刑事からの報告では動きはなしだ。ルームサービスのカレーライスを関根が運んで行ったそうだが、それ以後、ドアが開くこともないってさ」

「浦辺はカウントダウン・パーティには申し込んでいませんから、仮にこのまま部屋から出なくてもおかしくはないのですが」

「だけど、あの映像があるからな。ペットサロンを覗いていた男は、間違いなく浦辺なんだろ？」

「たしかです。だから浦辺は必ず何らかの動きをみせると思います」

「何をする気かは知らねえが、その浦辺が犯人ってことなら話が簡単なんだけどな」

本宮が険しい顔で呟いた時、外からざわめきが聞こえてきた。直後にドアが開けられ、渡部が顔を覗かせた。「矢口係長たちが到着しました」

「入ってもらってくれ」稲垣がいった。すぐに長身の矢口が入ってきて、稲垣に向かって手を上げた。「お互いに」稲垣が返す。

渡部が大きくドアを開けた。すぐに長身の矢口が入ってきて、稲垣に向かって手を上げた。「どうも、お疲れさん」


矢口に続き、彼の部下たちがぞろぞろと入ってきた。そのうちの何人かは段ボール箱を抱えている。それを床の上に置いた。

能勢の姿もあった。彼は新田を見つけると、人をかきわけるようにして寄ってきた。

「防犯カメラの映像、御覧になりましたか」能勢が小声で訊いた。「三年半前に殺された、室瀬亜実さんが住んでいたマンションの映像です」

「ざっと見ました。でも事件当日の映像を確認したかぎりでは、今回の事件と共通している人間は映っていないようですね」

能勢は無念そうな顔で頷いた。「残念ながら、その通りです。私の見込み違いだったかもしれません」

「いや、結論を出すのはまだ早いです。犯行後、防犯カメラに映らずにマンションから立ち去る方法があるかもしれない」

「しかし今回の現場であるネオルーム練馬に関しては、正面玄関以外で出入りできるとすれば非常用出入口しかありません。そこは二十四時間警備会社に管理されていて、事件が起きた前後に利用された記録は残っていないんです」

「では、三年半前の事件ではどうですか。マンションに別の出入口はなかったんですか」

「それはまだわかりません。確認する必要があるでしょうな」

「お願いします。二つの事件はあまりに共通点が多い。きっと何か――」そこまでしゃべったところで新田は言葉を切った。自分の声がやけに響いていると感じたからだ。気づくと周囲が静かになっている。おそるおそる横を見れば、稲垣や矢口たちが冷めた目を二人に向けていた。

「熱心に語り合っているようだが、密談は終わったか」稲垣が訊いてきた。「もしそっちが済んだのなら、対策会議を始めたいんだが」

「あっ……すみません」新田は首をすくめた。

稲垣は苦々しい顔でため息をつくと、見取り図を、と本宮に指示した。

本宮は上島らと共に、机の上に大きな紙を広げた。そこには図面が描かれていた。広いスペースを四角く仕切った壁に、両開きのドアがいくつも付いている。カウントダウン・パーティが行われる大宴会場のものだとすぐにわかった。ホテルの宴会部から入手したのだろう。ところどころ赤いペンで、マジック、大道芸、ダンスエリアなどと記されている。飲み物や軽食を置いたテーブルの配置もわかるようになっていた。

「パーティ参加者は、現在判明しているだけで四百五十名以上。少しでも気を許したら目標を見失うおそれがある」よく響く声で皆にいってから稲垣が矢口に顔を向けた。「さて、会場には何人配置しますか」

矢口は机の脇に立ち、図面を見下ろした。

「四百五十人というのは、かなりの数ですね。とはいえ、捜査員をたくさん置いたからといって効率がよくなるとはかぎらない。三方の壁沿いに二名ずつで六名、入り口付近に二名、問題は中央部に何人置くか、だな」

「そこも二名にしておきませんか。合計で十名。じつはホテル側から、客に扮して会場内に入る捜査員は、最大で十人程度にしてほしいという要望が出ているんです」

「そうなんですか。どうして？」

「飲食せず、会話もしないで、ただ周りを見張っているだけの人間があまりにたくさんいたら、それだけで場内の雰囲気が変わってしまうというんです。そういわれれば、たしかにそうかもしれません」

「では、一部の捜査員たちにはホテルマンの格好をさせたらどうだろう」矢口は新田の服装を見ながらいった。

「いや、それも拒否されました。仕事をしない従業員がいたら、ホテルの評判を損なうと」

矢口は顔をしかめ、後頭部を掻いた。「そういうことか」

「十名でいきましょう。入り口に近いほうと遠いほうで二チームに分けるというのでどうですか」

「いいでしょう。ほかの捜査員は遊軍にして、会場の外で待機ということでいいですか」

「それがいいと思います。賛成です」

百戦錬磨の警部同士だけに話が早かった。配置される捜査員たちの顔ぶれも、どんどん決められていった。

新田は遊軍に回されることになった。

「おまえはその格好だから、犯人から怪しまれることなくどこへでも行ける。問題はほかの者だ」稲垣が全員を見回した後、矢口のほうを向いた。「パーティの参加者は、全員が何らかの仮装をしています。ふつうの服を着て、仮面を付けるだけでも構わないとのことですが、ホテル側の説明によればそういう参加者は年々減ってきているらしいです。つまり、捜査員たちの今の服装では、すぐに目立ってしまうというわけです。場に溶け込むため、何らかの仮装をする必要があります。電話で御相談したものは用意していただけたでしょうか」

「ええ、持ってきています。若い奴らが、いろいろと揃えてくれたみたいでね」矢口がにやりと笑った後、部下たちに目配せした。

二人の若い刑事がそばに置いた段ボール箱を開き、中から何やら布製のものを取り出すと、皆に広げて見せた。

おおっ、とどよめきが起きた。

それはスパイダーマンと仮面ライダーの衣装だった。

38

対策会議は一旦解散となり、新田は本館に戻るために会議室を出た。だが階段を下りているると、新田さん、と呼ぶ声が後ろから聞こえた。振り向くと能勢が追ってくるところだった。紙袋を提げている。その中身は仮装用の衣装だろう。ただし彼は会場内には配置されておらず、周辺で待機する遊軍に加えられている。

「ちょっとお話があるんです。少しいいですか」

「だったら一緒に本館に行きましょう。密談にもってこいの場所があります」

道路を渡り、通用口から本館に移動した。ロビーに戻り、ぎょっとした。人の数が増えている。しかも仮装だらけだ。ダース・ベイダーとアンパンマンが立ったままで話している。これから何が行われるかを知らなければ、かなりシュールな光景だ。

「ははあ、皆さん、本格的ですなあ」能勢が周りを見て、感嘆の声を漏らした。

「刑事が背広姿のままでは目立ってしまうという話も、オーバーではないでしょ？」

「たしかに」

新田は二階に向かうエスカレータに乗った。ブライダルコーナーを使うつもりだった。大晦日の夜、あそこに用のある人間はいない。

エスカレータから降り、何気なく一階のロビーを見渡し、はっとした。ダイニング・レストランから曽野昌明たちが出てくる。新田が驚いたのは、曽野と息子の後に二人の女性が続いていたからだ。一人は曽野の妻。そして彼女と楽しそうに話しているのは、ほかでもない、あの貝塚由里だった。

「あの二人、知り合いだったのか……」

「えっ、どうかしたんですか」能勢も下を覗き込んだ。

新田は、ロビーを横切ってエレベータホールに向かっている曽野たちを指しながら、彼と貝塚由里の関係を手短に説明した。

「へえ、ふだん不倫に使っているホテルで愛人とばったり、ですか。しかも家族と一緒にいる時に。あの男性の日頃の行いが余程悪いんでしょうかねえ。あるいは――」能勢は意味ありげに言葉を切った。

「何ですか？」

能勢は振り返り、嬉しそうに目を細めた。

「愛人がわざと乗り込んできたか、です。妻子持ちと付き合っている女性にとって、クリスマスとか正月っていうのは、じつに忌々しいイベントらしいですからね。自分はひとりぼっちなのに、男のほうは家族と浮き浮きタイムを楽しんでいる。ちょっとばかり嫌がらせをしてやろうという気になっても不思議じゃありません」

「山岸さんも同じようなことをいってましたよ。だとしたら、女ってのは本当に怖い。だけど、あの曽野という男も最低だな。選りに選って女房の知り合いと浮気するとは」

「世間にはよくある話です。いい歳をした男の殆どは、新たな女性と出会うチャンスなんて持ち合わせちゃいません。その点、女性のネットワークは多岐にわたっています。いい例が幼稚園や小学校のママ友というやつです。そんな妻のネットワークのおこぼれに与って、不倫してしまう男が少なくないそうです」

　どこからそんな情報を仕入れてくるのかわからないが、能勢の口調は自信満々だ。最近、そんな不倫絡みの事件を扱ったのかもしれない。

「最低な上に情けない男ということか。そう考えれば、少しはお灸をすえられたほうがいいかもしれない」

　ブライダルコーナーは予想通り無人だった。明かりさえも点いていなかったので、壁のスイッチを押した。

「それにしても参りましたなあ。この歳になって仮装とは」椅子に腰を下ろし、能勢は大きなため息をついた。

「どんな格好をするんですか」新田は紙袋を指差した。

いやあそれが、といって能勢が紙袋から真っ白の衣装を取り出した。ターバンとサングラスもあるようだ。「今時、これが何なのか、わかる人いますかねえ」

「ええと、懐かしのテレビ番組とかで見たことがあります。それはもしかして、何とか仮面ってやつですか」

「月光仮面です。新田さんが知らないのも無理はない。私の親たちが子供だった頃のヒーローです」能勢は、げんなりした顔で衣装を紙袋に戻した。「どうせなら、もっと格好いいのがよかったなあ」

「話というのは仮装のことですか」

「違います、違います」能勢は手を横に振った。「例の不審人物についてです。名前はたしか、浦辺、でしたか」

「浦辺幹夫です。あの男が何か」

「ペットサロンを覗いているところが防犯カメラに映っていたでしょう？　それでね、夕方にネオルーム練馬に行ってきたんですよ」

「和泉春菜さんが住んでいたマンションですね」

「そうです。和泉さんの部屋に男が時々出入りしていた、と証言した人たちがいること
は御存じですよね。その人たちに浦辺の映像を見てもらったんです。するとですね、皆
さん口を揃えて、全然違うというんです。出入りしていた男の顔をはっきりと覚えてい
る人はいないんですが、体形が違うそうです。もっと痩せていたし、顔も小さかった
と」

「ははあ、なるほど」
新田は浦辺の外見を思い浮かべた。肥満というほどではないが、どちらかというと小
太り体形だ。顔も大きいほうだろう。

「たしかに浦辺はマンションの防犯カメラにも映っていないし、奴を犯人と考えるのは
無理があるかなとは思っているんです」新田はいった。「とはいえペットサロンの映像
がありますからね、気にしないわけにはいきません」

「そこなんですよ、新田さん。浦辺がペットサロンを覗いていたのは十二月五日です。
すでに和泉春菜さんは殺害されていました。浦辺が犯人なら、何のために覗いていたの
でしょう？　いつものトリマーが来ないということで店が困っている様子でも見に行っ
たのでしょうか。私は、そういう可能性は低いと思います」

能勢のいわんとすることが新田にもわかった。

「逆ですね。浦辺は和泉さんがいるのではないかと思って覗いていた。つまり、奴は和

泉さんを捜していたんだ。殺されているとは知らず」

我が意を得たりとばかりに能勢は手を叩き、新田のほうを指差してきた。

「それです。ではなぜ捜していたのか。何か用があるのなら、職場に訪ねていくよりも先にすべきことがあります」

「電話かメール、あるいはSNSなどのメッセージですね。実際、浦辺はそういう方法で和泉さんに連絡を取ろうとしたのかもしれない。ところが電話は繋がらないし、メールやメッセージにも応答がない。そこで心配になってペットサロンへ捜しに行った――」

「そうではないか、と私も思うんです」能勢は慎重な口ぶりになった。「もちろん、浦辺は和泉さんの電話番号やメールアドレスを知らず、単に憧れの君を見に行っただけという可能性もあるわけですが。それどころか、浦辺がペットサロンを覗いていたのは、単に動物が好きだったからで、事件や和泉さんとは何の関係もないのかもしれません」

「いや、いくら何でも、ペットサロンの防犯カメラに映っていた男が、たまたまこのホテルに、しかもこのタイミングで現れたというのは考えにくいです。そもそもあの男には、不審な点が多い。偽名を使っている可能性も高い。ペットサロンに現れたタイミングからも、まずは電話やメールで和泉さんに連絡を取ろうとして叶わなかったので、勤務先に様子を見に行った、と考えるのが妥当です」

「新田さんに、そういっていただけると心強い。では、浦辺と和泉さんはどういう関係だったと思いますか」

「関係……ですか」

「単なる知り合いでしょうか」

「いや、それは……」

新田は考えを巡らせた。電話番号やメールアドレスを交換しており、それらで連絡を取れなくなったら心配して職場まで様子を見に行くような関係、とはどういうものか。浦辺は和泉春菜の職場は知っていた。だが自宅は知らない。知っていれば、訪ねて行ったはずだ。訪ねて行き、防犯カメラに姿が捉えられていたはずだ。

自宅は知らない――そう考えた瞬間、頭の中の靄が切れ、光が差し込んできた。

「あれと同じだ」新田はいった。「三年半前に殺された被害者には、付き合っていた男性がいましたよね。名前は何といったかな。たしか画家志望という話でした」

能勢が素早く手帳を開いた。「野上陽太。画材店の店員です」

「その彼も、被害者からは自宅を教えてもらってなかった。浦辺も同じだ。和泉さんと付き合っていながら、どこに住んでいるかは知らなかった」

能勢がにやりと笑い、舌なめずりをした。「どうやら新田さんも、私と同じ結論に達したみたいですな」

新田は曲者(くせもの)刑事の丸い顔を軽く睨んだ。

「能勢さんも人が悪いな。とうに推理を組み立てておきながら、俺が気づくかどうか試してたんですね」

「試すだなんてとんでもない。自分の推理が単なる思い込みじゃないかどうかを確かめたかったんです。でもおかげで確信が持てました」

「我々の推理が正しければ、今回の事件はますます三年半前の事件と酷似していることになりますね。画家志望の青年が恋人の自宅を教えてもらえなかったのは、山岸さんの説によれば、二股をかけられていたからだろうってことだった。そして今回、被害者の和泉さんの部屋に出入りしていたのは、浦辺とは別の男性だ」

「どちらの被害者も二股をかけていた、という共通点が新たに見つかったわけですな。しかし新田さん、これはどう考えるべきですかね。犯人は嫉妬深い男で、交際していた女性の浮気に腹を立てて殺した、と考えていいんでしょうか」

新田は能勢の鼻を指差した。

「敏腕刑事の顔には、そんな単純な事件のはずがない、と書いてありますよ。ロリータのこともありますし、もっと深い何かが隠されているような気がします。とはいえ、浦辺の正体に見当がついたのは大きい。まだ推測の段階ではありますが」

「問題は、このネタを捜査にどう生かすか、ですね」

「まさにその通り」

二人の刑事は目を合わせた後、同時に頷いた。

稲垣は腕組みをして瞼を閉じ、矢口は逆に見開いた目を天井に向けていた。本宮は話を聞く前と変わらず、仏頂面で俯いたままだった。

いつもの会議室だが、ほかの者はいない。折り入って話があると新田と能勢が稲垣たちにいったところ、何かを察したらしく、人払いをしてくれたのだった。

「いかがですか、俺たちの推理は」新田は、おそるおそる上司たちに尋ねた。

稲垣が目を開け、矢口のほうを向いた。どうぞ御意見を、とばかりに手のひらで示した。

矢口は思案顔で顎を擦った後、「それなりに説得力はある」といった。「浦辺が被害者の恋人、とまではいかなくても、ある程度の関係にあった可能性は高いかもしれんな」

「だが問題は」稲垣が後を継いだ。「浦辺が、何のためにこのホテルに来たかだ」

「まさにその通りです。もし今の推理が正しければ、浦辺は犯人ではないし、犯人が誰かも知らない。つまり密告者でもない、ということになります。それなのに、なぜ今夜、ここにいるのか。考えられることは一つしかありません。呼び出されたからです」

矢口がぎょろりと目を剥き、稲垣は低い声で、誰に、と訊いてきた。

「その問いにお答えする前に、もう一つ、俺たちの推理を聞いてください。密告者の狙いについてです。仮面人形のワイングラスに花を入れろという指示は、警察が本当に配置されているかどうかを確認するためです。当然、密告者はこのホテルに来ています。その目的は何だと思いますか。単に犯人が捕まるところを見るためでしょうか」

新田の問いに、二人の警部は黙り込んだ。仏頂面に近かった。部下たちに推理力を試されているように感じたのかもしれない。

「勿体つけてねえで、何か推理していることがあるなら、さっさと話せよ」横から本宮が焦れたようにいった。「もう時間がねえんだ」

新田は頷き、口を開いた。「ずばり、犯人との取引だと思います」

とりひき、という形に矢口の唇が動いた。

「そもそも密告者は、なぜ犯人がこのホテルに現れることを知ったか。たまたま知ったのではなく、自分が犯人にそう指示したから、と考えるのが最も妥当ではないでしょうか。つまり密告者は、今夜ここで犯人と待ち合わせをしているのです。その目的は取引以外には考えられません」

「取引の内容は？」矢口が訊いてきた。

「断定はできませんが、金銭の授受である可能性が高いと思います。密告者は犯人に対し、警察に通報しないことを条件に金銭を要求しているのではないでしょうか」

「それなら取引というより脅迫だな」
「そういう言い方もできます」
「しかし密告者は、犯人が現れることを警察に知らせてきた」横から稲垣がいった。
「それはどういうことだ。最終的には犯人を裏切る気なのか。取引するふりをしておび
き寄せ、警察に逮捕させようという魂胆か」
「それならこちらとしてはありがたいのですが、そんな殊勝な気持ちがあるなら、とっ
くに犯人に関する詳しい情報を寄越してきたでしょう。密告者の狙いは、あくまでも金
銭だけだと思います。犯人が逮捕されるかどうかなんて、どうでもいいはずです。にも
かかわらず、なぜ警察に密告したのか。俺が思うに、犯人側からも条件が出されたので
はないでしょうか」
「どんな条件だ」稲垣がさらに訊く。
「犯人の立場になってみてください。おまえが犯人だという証拠を摑んでいる、警察に
通報されたくなければ金を出せ、といわれておとなしくいう通りにするでしょうか」
しないな、と答えたのは矢口だ。
「私が犯人なら、何らかの保証を要求する。今後も絶対に警察には知らせないという保
証だ。でないと、何度でも強請られるおそれがある」
「そういうことです」新田は大きく頷いた。「どのようにして取引を成立させるか、密

告者と犯人の間で話し合いがあったことが想像できます。その結果、双方が納得する方法で決着がついた。ところが実際には、密告者のほうに約束を守る気はなく、裏切ることを考えた。それが警察への密告だったのだと思います。自分が犯人から金銭を受け取った後、犯人の身柄は警察に確保されるよう画策したのです。そうすることで、本来は負うはずだったリスクを回避できるのかもしれません」

稲垣が顔を歪ませ、うーんと唸った。「本当に、そんな面倒臭い事情が絡んでるのか」

「係長、考えてもみてください。仮装パーティなんかを取引の場に選んでるんですよ。余程の事情があるとみるべきじゃないですか。密告者と犯人は、かなり手の込んだ取引方法を計画しているんです」

しかし、と矢口は新田から能勢に視線を移した。

「その方法については、さすがの君たちにも思いつかないというわけか」

はい、と能勢が答えた。

「だったら、対応のしようがないじゃないか。予定通り、密告者からの連絡を待つしかないわけだ」

いえそれが、と能勢はいいかけて、新田のほうに顔を向けた。事前の打ち合わせで、上司たちへの説明は新田さんにお任せします、と彼はいっていた。

「取引内容を知る方法があります」新田は二人の係長を交互に見ながらいった。「浦辺に当たってはどうでしょうか」

稲垣と矢口は、ここでその名前が出てくるのか、とばかりに虚をつかれた顔をした。

「さっき、浦辺は誰かに呼び出されてこのホテルにやってきたと考えられるといいました。では何のために呼び出されたか、もうおわかりですよね」

「取引絡みか」稲垣が訊いた。

おそらく、と新田は答えた。

「呼び出したのが犯人なのか密告者なのかはわかりません。取引を有利に進めようとしている側が、浦辺を利用しているのではないでしょうか」

「なぜ浦辺はいいなりになっているんだ」矢口が訊いた。「ふつうなら、警察に知らせるはずじゃないか」

「わかりません。だから本人に直接当たるんです。俺たちの推理通りだとしたら、密告者と犯人がどんな取引をするのかを把握できます。被害者は浦辺の恋人だったと思われます。犯人逮捕のためだといえば、協力しないわけがありません」

稲垣と矢口は顔を見合わせた。相手の意見を待っているようだが、どちらもはっきりとした意思を示しかねていた。

稲垣が新田を見上げた。

「浦辺を利用しようとしている者がいるとしよう。我々が浦辺に接触したことをその者が知ったら、取引を中止してしまうかもしれんぞ」

「もちろん、その点は厳重に注意しなければなりません。でも、今のままでは密告者の連絡頼みです。警察が密告者に利用されるだけです」

「たしかに、相手の手の内がわかれば、こちらが先手を打つことも可能だ」そういって矢口は稲垣のほうを見た。

稲垣は二度三度と首を縦に揺らした。「そうですね」

「尾崎管理官に電話しよう」矢口が上着の内側に手を入れた。

39

人形を見上げ、尚美は吐息を漏らした。遠目からだと、マダム・マスカレードが左手に持った黄金のワイングラスからは、赤い液体が溢れそうになっているように見える。じつは液体ではなく、南天(なんてん)の実だった。新田からワイングラスに何か花を飾ってくれといわれ、急遽ホテル内を探し回って調達した。ロビーの正月向けの飾り付けに使われる予定のものを、一枝わけてもらったのだ。

時刻は、間もなく十時になろうとしていた。会場の入り口は閉ざされたままだが、準備はほぼ整っているに違いなかった。

尚美の周りには、気の早い客たちが集まり始めていた。アメリカンコミックスのヒーローもいれば、ディズニーのキャラクターもいる。本格的な着ぐるみを用意してきた者もいれば、タキシードにプラスチックのお面を付けただけの人もいる。マダム・マスカレードの横には、彼女と記念写真を撮ろうとする人たちの列が出来ていた。それぞれが仮装を楽しんでいるようで、眺めているだけで幸せな気持ちになれそうだ。

しかし実際の事態は、そんな呑気なものではない。

パーティが始まれば、殺人犯が現れるはずなのだ。いや、もしかすると目の前で能天気に騒いでいるようにしか見えない客の中に、その人物はいるのかもしれない。

尚美は新田から聞いた、密告者からの指示を思い出していた。午後十時までに黄金のワイングラスに花を飾れ、という内容だった。つまり殺人犯はともかく密告者は、もうこの近くにいて、グラスに入った赤い南天を確認しているはずだった。

尚美は周りを見回した。そんなふうに思うと、誰もが怪しく見えてくる。素顔がわからないから、不気味さに拍車がかかった。

会場の入り口が薄く開けられ、中から一人の男性が出てきた。制服姿なので、ホテルの人間だということはわかる。しかし誰なのか、尚美の位置からはわからなかった。仮面を付けているからだ。雰囲気を高めるため、『マスカレード・ナイト』では、飲み物や軽食をサービスする従業員たちも目の周りを隠す仮面を付けることになっている。

仮面の男性が尚美に近づいてきた。胸の名札に『大木』とあるのを見て、思わず微笑んだ。日下部のプロポーズ作戦ではすっかり世話になった、フレンチレストランのマネージャーだった。パーティには彼も駆り出されているらしい。

尚美の前に来ると、大木は仮面を外した。「どうも前が見えにくい。顔に合ってないんだよなあ」

「でも、よくお似合いです」

「知ってると思うけど、午後十一時を過ぎたら、君だってこのフロアでは仮面を付けなきゃいけないんだからね」

「わかっています。念のために、用意してあります」尚美は上着のポケットを叩いた。

大木は会場の入り口を振り返り、浮かない顔つきをした。

「何とか無事にパーティが終わってくれることを祈るのみだ。正直いうと、殺人犯なんて現れなきゃいいのにと思っている」

「お気持ちはわかります」

じつのところ、尚美自身も同感だった。一刻も早く日常に戻りたい。ただ、何も起こらずに終わったら、それはそれで気になるようにも思うのだった。

「ところで、その後あのお客様はどうされてるのかな。プロポーズをして、大逆転負けを食らってしまった男性は」

「日下部様でしたら、すっかり立ち直っておられます。今は、別の女性とお食事中ではないかと」腕時計を見て、首を傾げた。「ああ、もう食事は終わられたかもしれませんね」

「別の女性？　それはすごいな。ということは、あれはやっぱり関係ないのかな」大木は独り言を呟くようにいった。

「どうかしたんですか」

「いやじつはね、うちのスタッフが、あの二人を見かけたというんだ」

「二人、というと？」

だから、と大木は苦笑した。

「一昨日の夜の主役だよ。一人は日下部様で、もう一人は日下部様のプロポーズに対して、スイートピーで応えた女性だ」

「狩野妙子様……ですか」

「いや、僕は名前は聞いてなかったけど」

「あのお二人を、どこで見かけたと？」

「汐留(しおどめ)だよ。仕事であっちに行った時、二人がカフェにいるのを見たって」

「いつですか」

「昨日だ。だからもしかしたら、あの女性の気が変わって、やっぱりプロポーズを受けますってことになったんじゃないかと皆で話してたんだ。でも君の今の話を聞いたかぎりでは、その可能性は薄そうだな」

「その二人、たしかに日下部様たちだったんですか」

「たしかか、と訊かれたら何ともいえない。僕が見たわけじゃないからね。そういう話があったというだけのことだ」大木は腕時計を見た。「そろそろ行かなきゃいけない。君は今夜、どうするの？　帰るの？」

「いえ、朝まで残るつもりです。警察との連絡もありますし」

「大変だな。もしパーティを覗く気があるなら、こいつを忘れないように」大木は笑いながら仮面を付けると、じゃあ、と片手を上げて立ち去った。

尚美は小首を傾げた。今の話が引っ掛かっていた。

昨日、日下部が外出したのは事実だ。ホテルから出ていくのを新田と共に見送った。だがその前に尚美は日下部から、大きな課題を与えられていた。ラウンジで一目惚れした女性——仲根緑と二人きりになれる機会を作ってくれ、というものだった。大木の話が本当なら、あの後で日下部は狩野妙子と会ったことになる。しかしあの時日下部は、もう彼女のことはきれいさっぱり諦めたような口ぶりだった。それともあれから狩野妙子から連絡があり、会うことになったのか。だがホテルに戻ってきた日下部は、そんな気配は微塵も感じさせなかった。一目惚れした女性のことで頭がいっぱいの様子で、尚美が語る『あしながおじさん作戦』に熱心に耳を傾けていたではないか。

もやもやとした疑問を抱いたまま、尚美はその場を離れた。

コンシェルジュ・デスクに戻ると、ファイルを取り出した。客から渡された名刺を整理したものだ。狩野妙子の名刺は、一番新しいページにあった。

名刺を見つめているうちに、ふと気になった。『教員　狩野妙子』とあることについてだ。彼女の口ぶりでは、子供たちの世話をしたり、勉強を教えたりする仕事のようだった。それならば、教諭、とするのが一般的ではないか。

それとも学校によって、呼び名が違ったりするのか。

尚美はパソコンを操作し、名刺に印刷されている特別支援学校の名前を検索した。今ではどんな学校でも公式サイトが存在する。

ところが――。

見つからなかった。公式サイトだけでなく、その学校に関する情報が何ひとつ出てこないのだ。尚美は途方に暮れる思いで名刺を見つめた。

40

午後十一時まで、残り二十分を切っていた。相変わらず正面玄関からは、様々な仮装をした連中が入ってくる。だが彼等は立ち止まることなく、エレベータホールに向かっていく。会場はまだ開かないが、入り口前のスペースで、前哨戦を始めようということだろう。

ロビーにたむろしていた仮装集団も、今は一人もいなくなっている。張り込んでいた捜査員たちの姿もない。今頃は仮装を終え、パーティを楽しもうとする客たちに紛れ込んでいるはずだった。

だがおそらく彼等の気持ちは、ほんの一時間前とは違っている。仮装して張り込み、本当かどうかもわからない密告者の情報を当てにし、正体不明の犯人が現れるのをただじっと待っているだけというのは、精神的に辛いものだ。悪戯ではないか、ただ翻弄されているだけではないか、という疑念が常に頭の隅にある。

だが現在の状況は全然違う。監視すべき対象が一人見つかっており、茶番に付き合わされているわけではないという確証がある。

新田が能勢や本宮と共に0806号室、つまり浦辺幹夫の部屋を訪ねていったのは、今から約三十分前だ。稲垣と矢口の提案に、管理官の尾崎がゴーサインを出したのだ。新田をホテルマンだと信じていた浦辺は、全く警戒していなかった。それに乗じて三人で、強引に部屋に押し入った。

何が起きたのか理解できない様子で呆然としていた浦辺だったが、本宮が示した警察のバッジを目にした瞬間、顔面が蒼白になった。

さらに本宮は身分証明書の提示を求めた。理由を尋ねた浦辺に、ある殺人事件の捜査の一環だ、といった。

「やましいことがないなら、見せられるでしょう？　それとも身分を明かせない事情でもあるんですか」

ヤクザ顔負けの強面でいわれ、浦辺はすっかり縮み上がっていた。震える手で、財布から運転免許証を出してきた。

彼の本名は内山幹夫といった。東京都在住だった。しかも練馬区だから、今回の事件現場にも近い。

なぜ偽名を使っているのかという本宮の問いに、内山は答えなかった。深く項垂れたままで、きつく目を閉じていた。嵐が去るのを待とうとしているように見えた。

このままでは埒が明かないと判断したのか、本宮はいきなり核心に切り込んだ。自分たちが捜査している殺人事件の被害者は和泉春菜という女性だ、と明かしたのだ。

その瞬間、内山の身体がぴくりと痙攣したのを新田は見逃さなかった。無論、本宮や能勢もそうだっただろう。

「あんた、和泉春菜さんを知ってるね？　知らないとはいわせない。十二月五日、あんたがペットサロンを覗いてるところが防犯カメラの映像にしっかりと残っているんだ。

和泉さんが働いていたペットサロンだ」
本宮の追及に、内山は懸命に身体を小さくして耐えようとしていた。椅子に座ったま
ま、背中を丸くした。
「浦辺さん……いや、内山さんか。どっちでもいいや。あんたと和泉春菜さんの関係を
話してもらえますか。いやまあ、薄々察しはついているんだけど、とりあえず本人の口
から聞かないとね」
それでも口を開こうとしない内山に、ここで話せないなら場所を変えましょうか、と
本宮は凄(すご)んだ。取調室での顔になっていた。
ようやく内山が弱々しく語り始めた。
「和泉春菜さんとは……時々会っていました」
本宮は、ふふんと鼻を鳴らした。
「内山さん、お互い大人なんだから、そんなまどろっこしい言い方はやめましょうよ。
男と女の関係があったのかなかったのか、そいつを教えてください」
内山は下を向いたまま、ありました、と小声で答えた。
新田は能勢と顔を見合わせた。やはり自分たちの睨んだ通りだったのだ。
「でも、そういう関係になったのは、つい最近です。最初のうちはそんな気はなくて
――」

内山が言い訳じみたことを話そうとするのを本宮は遮った。

「今日は時間がないから、そのあたりの詳しいことは後日ゆっくりと聞かせてもらいます。それより今こっちが知りたいのは、あんたは一体何をしにここへ来たかってことです。そいつを話してください」

内山は目を泳がせ、黙っていた。黙秘しているわけではなく、どう対応していいのかわからないのだ、と新田は判断した。

内山さん、と横から声をかけた。

「刑事の俺がこんな格好をしていることからわかると思いますが、現在このホテルは完全に警察の監視下にあります。これから何をするつもりかは知りませんが、あなたの行動は逐一防犯カメラで追われるし、潜入している捜査員もあなたから目を離しません。今、ここで隠したって無駄なんです。もしあなたが和泉さんを殺した犯人の逮捕を望むなら、どうか我々に協力してもらえないでしょうか」

内山は苦しげに肩を揺すり始めた。息が荒くなっていた。しばらくして、脅されているんです、と呻くようにいった。

「誰に？」本宮が訊いた。

「わかりません。ある日、メールが届いたんです。和泉春菜との関係を世間に公表されたくなかったら、指示に従えって」

この言葉から、どうやら内山と和泉春菜とは複雑な関係にあったらしいと察せられた。詳しく知りたいが、今はそんなことに拘(こだわ)っている場合ではなかった。

指示の内容を本宮が問うた。

「コルテシア東京に泊まれ、というものでした。浦辺幹夫の名前で予約してあるから、三十日にチェックインして二泊しろ、後のことは追って指示する、と」

「なぜゴルフのキャディバッグを持ってきたんですか？」これは新田が投げた質問だ。ずっと気になっていたのだ。

家族への言い訳、というのが内山の答えだった。

「大晦日の前夜から泊まりに出るなんて、どう考えても不自然でしょう？　仕事で世話になっている人に誘われて、九州へゴルフ旅行に行くことになったといいました。予定していた人が急に来られなくなったそうで、ピンチヒッターを頼み込まれたと」

なかなか考えたな、と新田は感心した。しかし偽名を使う以上、キャディバッグにネームプレートを付けたままにはしておけなかったわけだ。

「で、次の指示はあったんですか」本宮が先を促した。

「ありました。御存じでしょうけど、今日、荷物が届いたんです」そういって内山は床に置かれた段ボール箱に目を向けた。

新田と能勢が箱の中を確認した。入っていたのはカウントダウン・パーティのチケット、ペンギンの被り物と燕尾服、そして大きなバッグだった。添えられていたメモには、『午後十一時までに着替えて部屋で待機のこと　電話で指示する』とだけあった。バッグはずっしりと重く、鍵がかかっていた。

新田は、もう一度時計を見た。午後十時四十五分。今頃は内山も仮装を終え、脅迫者からの連絡を待っているはずだ。

脅迫者の正体は、おそらく犯人だ。バッグの中身は現金だと思われた。ただし本物の札が入っているかどうかはわからない。いずれにせよ、密告者に渡すためのものだろう。脅迫者が内山に何をさせようとしているのか、具体的なことはわからない。しかし密告者との間で交わされると予想される取引に、何らかの形で関与させようとしていることは間違いなかった。だから現場で張り込んでいる捜査員たち、防犯カメラを睨んでいる担当者たちは、まずは内山の動きを追うことになる。

十一時になれば、新田もここを離れ、パーティ会場に向かうよう指示されていた。ここでは使用していないが、すでにインカムはポケットの中にある。

こほん、と横から空咳が聞こえた。氏原が端末に向かい、何やら操作している。遅番から夜勤への引き継ぎ事項の確認のようだ。

「申し訳ないですね」新田は隣にいる氏原に謝った。「せっかくの大晦日なのに残ってもらっちゃって」

「別に、構いません」手元に目を落としたまま、相変わらずの淡泊な口調でいう。「大晦日だろうが何だろうが、夜勤に当たっていたら帰れませんからね。ホテルマンという仕事を選んだからには、クリスマスや正月をふつうの人と同じように楽しめるとは思っちゃいません。その点は刑事さんも同じなんじゃないですか」

「ああ、それはそうですね」

フロントカウンターにいるのは新田と氏原だけだ。今夜の予約客は全員がチェックインしているので、本来ならここを無人にしても問題はない。しかし、午後十一時ぎりぎりまで正面玄関から入ってくる人間をチェックしろ、と稲垣から命じられているので、新田はここに留まっている。すると必然的に氏原もいなければならない、というわけだった。

「さっきあなたがいない間に、あの女性がチェックアウトしに来られました」氏原が振り向いていった。「あなたが気にしていた女性です。夫婦連れを装っているが、じつは一人ではないか、と」

「えっ、仲根さんが？」

氏原は端末を一瞥し、「チェックアウトの際のサインは、マキムラミドリさん、でしたがね」と訂正した。

「あの人、明日まで滞在だったはずですが」

「予定を早めることにしたそうです。目的を果たせたし、十分に堪能できたからって。で、あなたにも一言お礼をいいたいとおっしゃってました。あなたがここにいないと知って、大層残念がっておられましたよ」

「俺は大したことはしてないですけどね。強引に部屋に入ったことで、氏原さんには叱られちゃったし」

「話を聞いてもらえただけでもありがたかった、といっておられましたよ。寂しい大晦日になるはずが素敵な思い出ができました、と」

「礼をいうなら――」新田はコンシェルジュ・デスクに目を向けたが、山岸尚美の姿はなかった。

「生憎、山岸君も席を外していたものですから、私にそんな話をされたんです。くれぐれもお二人によろしくと何度も頭を下げた後、正面玄関に向かわれました。じつに清々しい表情で」

「そうですか」

複雑な心境だった。新田が仲根緑に向けていたのは、刑事としての目にほかならなかった。彼女の秘密を探ろうとしたのも、捜査の一環だったのだ。

「あの女性、やはり連れの男性はいなかったのですね」氏原が沈んだ声でいった。「あなたや山岸君が聞いた話というのは、それにまつわるものなのでしょうね」

「ええまあ、じつは相手の男性というのは――」

ストップ、と氏原が右の手のひらを出した。

「お客様が秘密を打ち明けてくださったというのは、ホテルマンとして大きな勲章です。大切にしまっておいたほうがいい。たとえ本物のホテルマンでなくても」

氏原の口調は、どこか寂しげだった。新田は小さく頷いた。「そうします」

その時、目の左端に人の動きが入った。見ると、一人の男性がエレベータホールからやってくるところだった。もはや彼の名前は新田の頭に刻み込まれている。曽野昌明だ。スーツの上からベージュのコートを羽織っている。どこかへ出かけるつもりなのか。

曽野がフロントカウンターの前に立った。「ちょっとすみません」

「はい、いかがいたしましたか」即座に氏原が対応する。

「1008号室の曽野という者です。家族と三人で泊まっているんだけど、急遽、私だけ帰宅しなきゃいけなくなっちゃってね。妻と息子は今夜もこちらで泊まるんだけど、現時点で確定している分だけ、今ここで精算してもらえるかな。冷蔵庫の利用分とかは、明日、妻が鍵を返す時に現金で支払わせるから」

「かしこまりました。少々お待ちください」

氏原が端末を操作し、精算の手続きをした。間もなく近くにあるプリンターが利用明細書を吐き出し始めた。

　新田は曽野の様子を窺った。あと一時間ちょっとで年が明けるという時に、家族と離れて自宅に帰らねばならない用とはどんなものか。何かあったんですかと尋ねたいところだったが、氏原がいるので黙っているしかなかった。

　すると曽野と目が合ってしまった。新田はあわててそらした。

　氏原が明細書を曽野の前に出した。「御確認をお願いできますか。間違いがなければ、サインをいただきたいのですが」

　曽野は書面を一瞥し、「ああ、大丈夫だ」といってボールペンでサインをした。それから財布からクレジットカードを出し、カウンターに置いた。

　氏原は受け取ったカードをＩＣ端末にセットし、曽野に暗証番号の入力を求めた。曽野は少しの躊躇(ためら)いもなくキーを操作した。ＩＣ端末は、彼のクレジットカードには何の問題もないことを示した。

「全くもう、参っちゃったよ」氏原からカードの利用控えを受け取りながら、曽野は愚痴るようにいった。「大晦日で、紅白歌合戦も終盤って時にね」

「何かございましたか」氏原が訊いたのは、客が事情を話したがっていると察したからだろう。

「マンションの管理会社から連絡があって、駐車場に駐(と)めてある私の車に、かなり悪質な悪戯がされているというんだ。それでなるべく早く状況を確認して、被害届を出すかどうか決めてほしいと」

「ははあ」氏原は身体を反らせるように息を吸った後、「それは大変でございますねえ」と気の毒がる言葉を絞り出した。「ついてない上に正月早々面倒臭いことになりそうだ。こんなことじゃあ来年にも期待できそうにない」

「どうか、そんなことはおっしゃらずに。曽野様にとって良い年になることを心よりお祈りいたします」氏原が深々と頭を下げたので、その横で新田も倣った。

「ありがとう、君たちも良いお年を」曽野がいうのが聞こえた。お気をつけて、と氏原が返す。新田が顔を上げた時には、彼の背中は正面玄関に向かっていた。

「間もなく年越しって時に、ついてない人だな」そういってから新田は氏原のほうを向いた。「あの話が本当なら、ですけど」

「仮に本当だとしても、口でいうほど御本人はついてないとは思ってないかもしれませんね。むしろ、助かったと思っているんじゃないでしょうか」

「家族と泊まっているホテルに愛人が現れて、本人としては一刻も早く逃げだしたかったでしょうからね。そういえば奥さんと愛人の女性、どうやら知り合いみたいですよ」

新田は先程二階から見た光景を氏原に話した。氏原は特段驚いた様子でもなく、よく聞く話ですね、と能勢と同様の感想を口にした。

「さっき見た印象では、あの女性たち、かなり親しい様子でした。もしかすると、あの後も一緒にいるのかもしれない。浮気亭主にとっては極めて居心地の悪い状況だ。そう考えると、車が悪戯されたって話は、やっぱり眉唾ものだな」そういって自分の眉を指先でなぞっていると、スマートフォンに着信があった。本宮からだった。

「係長の指示が出た。インカムを装着して、いつでも会場に移動できる用意をしておけ」

了解、といって新田は電話を切った。

41

午後十一時ちょうど、『マスカレード・ナイト』が始まった。入り口が開けられ、列を作って待っていた参加者たちが次々に宴会場に入っていく。バットマンが、ゴリラが、アンパンマンが入っていく。鬼太郎も目玉おやじもダース・ベイダーも、顔は全く見えないが、歓びのオーラを溢れさせながら入場していく。

入り口のすぐ先では、仮面を被ったスタッフたちが飲み物を用意して待ち受けていた。入場チケットを提示すれば、どれも飲み放題だ。

少し離れたところからそんな様子を見守っている尚美も、ここでは赤い仮面を付けている。コンシェルジュの制服はほかのスタッフとは全く違うので、じつはあまり意味がないのだが、雰囲気作りには協力しなければならない。

何とか無事にパーティが終わりますように——尚美が念じるのは、ただそれだけだった。今こうしてここに立っているのも、参加者全員が幸せな気持ちのまま、ここを去っていくところを見届けたいという思いからだ。

しかし一方で、こんなことをしていていいのだろうか、という不安が頭の片隅にあるのも事実だった。もっとほかにすべきことがあるのではないか。

引っ掛かっているのは、日下部篤哉のことだった。いや、正確には彼を失恋させたはずの狩野妙子を加えた二人だ。大木の話では、昨日彼等が会っていたのを見た者がいるらしい。大木は特に気に掛けていなかったようだが、尚美としては容易には聞き逃せなかった。

しかも狩野妙子の職場がおかしい。あれからどう調べても、名刺に印刷されていた学校など見つからないのだ。住所の地点をインターネットで調べたところ、そこにあるのはショッピングセンターだった。そのショッピングセンターの公式サイトによれば、二十年以上も前からそこにあるらしいので、最近になって学校が引っ越したわけではなさそうだ。

あの名刺は偽物、つまり狩野妙子は嘘をついていたとしか考えられない。もし嘘ならば、何が問題か。通常ならば、別に構わない。いつも尚美自身がいっているように、お客様は仮面を被っているものなのだ。身分を偽りたくなることだってあるだろうし、その理由を詮索する必要などない。

だが今は通常とは違う。非常事態なのだ。

重要なのは、狩野妙子の嘘を日下部は知っているのか、ということだった。知らないのであれば、さほど深刻に考えなくてもいいのかもしれない。日下部も騙されていて、彼女の正体を知らないまま振られたのであれば、それはそれで彼にとってもいいように思える。

しかしもし日下部が知っていたとしたら、話は別だ。彼もまた嘘をついていることになる。彼のいっていることのどれが本当で、どれが嘘なのか、なぜ嘘をつくのかを明らかにしなければならない。なぜなら非常事態の真っ只中(ただなか)だからだ。

じつは先程、1701号室に内線電話をかけてみようかと考えた。日下部との会食がどうであったかを仲根緑に尋ねてみようと思ったのだ。ところが端末を確認し、落胆した。仲根緑はすでにチェックアウトを済ませていた。すべてを告白してしまったことで、もうこのホテルに留まっている必要はなくなったのかもしれない。満足してこのホテルを後にしたのならいいのだが、と思うばかりだ。

日下部に電話をかけることは考えなかったし、今も考えていない。万一彼が事件に関わっていたなら、捜査に大きな影響を与えてしまうかもしれないからだ。

「ずいぶん緊迫したオーラを発してますね」横から声をかけられ、はっとした。新田が首を傾げ、顔を覗き込んでくる。インカムを付けているが素顔のままだった。

「新田さん、これ」尚美は自分の仮面を指した。

「あっと、そうだった」彼はポケットから青い仮面を取り出し、装着した。「これでどうですか」

「いいと思います。何か動きがあったんですか」

「もうすぐありそうなので、こちらに移動しました」新田は、仮面を付けた顔を会場に向けた。「それにしても、すごい盛り上がりですね。リピーターが増えるはずだ。しかも、まだ続々と参加者がやってきている」

彼のいう通りだった。エレベータが到着するたびに、様々な仮装に身を包んだ人々が現れる。会場の入り口付近を待ち合わせ場所にしている者も多いようだ。尚美のすぐそばではミイラ男がスマートフォンを操作し、サングラスをかけたマイケル・ジャクソンが人待ち顔で立っていた。といってもマイケルの顔もゴム製のマスクなので、実際の表情はわからない。

「今のところ特に変わったことはありませんか」新田が訊いてきた。

「はい、別に……」

「そうですか。何か気づいたら、どんな些細なことでも結構ですから、いってくださ い」

「あ、はい……」

どうしようか、と思った。狩野妙子のことを話すなら今しかない。何か動きがあれば新田は上からの指示を優先せざるをえず、尚美の話に耳を傾ける余裕などなくなるだろう。

じつは、といいかけた時、彼女のスマートフォンが震えた。ポケットから取り出し、息を呑んだ。日下部からだった。

壁のほうを向き、反対側の耳を指で塞いで電話に出た。「はい、山岸です、日下部様」

「ああ、繋がった。年越し前だから、出てもらえないかと思ったよ」

「大丈夫です」スマートフォンを握る手が汗ばんできた。

「何だか騒がしいね。そこはもしかするとパーティ会場かな」

「申し訳ございません。さようでございます。聞こえにくいようでしたら、場所を変えて、私のほうから改めて――」

「いや、このままで構わない。ちょっと訊きたいんだが、カウントダウン・パーティの後、君は何か予定があるのかな。誰かと会うとか、仕事が残ってるとか」

「いえ、今のところそういうことはございませんが」胸騒ぎを自覚しつつ答えた。

「だったら、そのままホテルに残っていてもらえないだろうか。君に話しておきたいことがある」

「それは、あの……」狩野妙子様についてですか、と訊きたいのを懸命に堪えた。

「改めて連絡する。では後ほど」日下部はそういって一方的に電話を切った。

尚美は困惑し、混乱した。もちろん動揺もしていた。このタイミングで、何を話すというのか。

やはり新田に相談しようと思い、後ろを振り返ったが、すでに彼の姿はなかった。どこに行ったのだろう。周囲をきょろきょろと見回したが、人が多くて捜せない。

その時だった。山岸さん、と声を掛けられた。女性の声だった。

駆け寄ってきたのは、ウェディングドレスに白い仮面という出で立ちの女性だった。

「あたしです、あたし。わかります？」

その声には聞き覚えがあった。何より、関西弁のイントネーションが特徴的だ。ああ、と尚美は大きく頷いた。

「わかりますとも。新婚さんカップルですね。へええ、ウェディングドレスですか」

「どういうのにしようかって彼と話してたら、お店の人からこういうのもありますよって薦められたんです。それで二人とも即決、これでいこうってことになりました。というのも、あたしら、きちんとした結婚式をしてないんです。当然、あたしもウェディングドレスを着たことがなくて」

「あっ、そうだったんですか」

昨今、結婚式をしないカップルは多い。お金がかかるからだろう。

「まあはっきりいうて、このホテルで借りる衣装とかに比べたら、相当安っぽいとは思うんですけど、値段を考えると、まあこれで上等ちゃうんということになって。どう思います？」そういって女性は軽く両手を広げた。

「良いと思います。とても素敵ですよ」

お世辞でも気休めでもなかった。仮装用の衣装にしては大したものだ。料金はせいぜい千円ちょっとだろう。ホテルで借りたら、どんなにグレードを落としても二十万円はかかる。

「そうですか、よかったあ」

「あの……御主人様は？」

「今、トイレに行ってます。あっちの衣装も、まあまあと思います。それでね、山岸さん。折り入って、お願いがあるんです。一生のお願いなんですけど」そういって仮面を付けた花嫁は、白い手袋を嵌めた手を合わせた。

42

（マルタイ、０８０６号室を出ました）インカムから聞こえてきたのは、警備員室に詰めている刑事の声だった。マルタイは隠語で、捜査や護衛の対象者を指す。被疑者でも被害者でもない。今回は、内山幹夫のことだ。つい数分前、内山のスマートフォンに脅迫者から電話があり、カウントダウン・パーティの会場に向かうよう指示が出されたのだ。

新田はパーティ会場の入り口から離れ、エレベータホールの付近まで移動していた。まずはほかの捜査員と同様、内山の動きを見守るしかない。

インカムから着信音が聞こえてきた。内山幹夫が持っているスマートフォンのものだ。脅迫者との会話を傍受できるよう、機器をセッティングしてある。

はい、と内山が電話に出た。

（エレベータに乗ったら、二階で降りろ）脅迫者がいった。ボイスチェンジャーを使った甲高い声で、男なのか女なのかもわからない。

（えっ、二階ですか？　会場は三階ですけど）内山が訊いている。

（いわれた通りにしろ。二階で降りて、ブライダルコーナーへ行け）

（ブライダル？）内山が問い直したところで電話は切れた。

インカムの音源が切り替わった。

（稲垣だ。警備員室、マルタイの現在位置は？）

（こちら警備員室です。マルタイは八階のエレベータホールで待機中。今、エレベータに乗りました。エレベータ内を確認します。先に乗っていたのは三名。全員仮装していて顔はわかりません）

（了解。C班、新田。聞こえていたら応答せよ）

新田はあわててインカムの応答スイッチを入れた。（新田です。聞こえています）

（目立たないように二階に移動し、状況を報告しろ）

（了解です）

稲垣の指示の意味は明白だった。二階の様子もある程度は防犯カメラで確認できるが、細かいところまでは無理だ。やはり誰かに見張らせたい。とはいえこの時間帯、おそらく二階は無人に違いない。そんなところにいても不自然でないのは、ホテルマンの格好をしている新田だけだ。

階段で下りていくと、やはり二階のフロアは閑散としていた。必要最低限の照明しかついていないので、薄暗くもある。

（新田です。二階に来ました。見渡すかぎり、不審物、不審人物なし）

（稲垣だ。了解）

新田がブライダルコーナーのそばで待機していると、ペンギンのマスクを被り、燕尾服を着た男がやってきた。手に提げているのはドクターバッグだ。ペンギンの医者、という設定だろうか。もう一方の手にスマートフォンを持っているが、マスク越しでも会話に支障はないらしい。

ペンギンはブライダルコーナーに入っていく。新田のほうをちらりと見たように思えたが、気のせいかもしれない。

しばらくして、また着信音がインカムから聞こえてきた。はい、と内山が答える。

（ブライダルコーナーに着いたか）脅迫者が訊いた。

（はい）

（奥に部屋がある。ソファの上にバッグを置いたら、そこを出ろ。三階のパーティ会場に入り、次の指示を待て）

（わかりました）

電話が切れた。

ペンギンがブライダルコーナーから出てきた。提げていたバッグはなくなっている。エレベータホールに向かうのを見届けた後、そのことを新田はインカムで報告した。

（わかった。おまえも三階に上がり、マルタイの動きを見張れ）

（新田、了解です）

新田は駆け足で階段を上がった。ちょうどエレベータホールからペンギンが歩いてくるところだった。ほかの仮装した人々と共にパーティ会場に向かっている。その中には月光仮面の姿もあった。

会場の入り口近くに山岸尚美がいた。向こうも新田に気づいたらしく、不安そうな顔で見ている。だが今は話している余裕はない。

内山たちから少し遅れて新田も会場に足を踏み入れた。場内を一望した途端、気が遠くなりそうになった。きらびやかな装飾や派手なオブジェに目を眩まされたわけではなかった。何百人という仮装集団の熱気に圧倒されてしまったのだ。

ここでは完全に客たちが主役だった。ショーを演じているマジシャンもジャグラーも、彼等の引き立て役に過ぎなかった。周りで観ている客たちのほうが、はるかに華やかで目立っている。だがおそらくそれでいいのだろう。ふだんは常識という殻に閉じ込められている人々が、今夜この場でだけは、自分ではない何かに変身していられるのだ。そんな空間を提供するのが、ホテル・コルテシア東京のサービスなのだ。

インカムから着信音が耳に飛び込んできた。脅迫者から内山への電話だ。雰囲気に呑まれかけていた新田は、気持ちを引き締めた。

（会場の右端に除夜の鐘がある。わかるか？）脅迫者が訊いた。

新田は視線を移動させた。右の壁際に、大きな鐘が吊るされていた。もちろん本物ではなく、発泡スチロールなどで作られた模型だ。

（わかります）内山が答えている。

（鐘の前まで移動して、右手を上げろ。電話は切るな）

新田はペンギンの動きを目で追った。ペンギンはゆっくりと釣り鐘のほうへ歩いているところだった。ほんの少し距離を置き、月光仮面もついていく。

ペンギンは釣り鐘の前で立ち止まり、右手を上げた。

よし、という脅迫者の声が聞こえた。

（会場の奥にシャンパングラス・タワーがある。そちらを向いて、今度は左手を上げろ）

シャンパングラス・タワーは、十数段に積み上げられた見事なものだった。テーブルの上に飾られているので、一番上のグラスは三メートルほどの高さにあった。その周りでは仮装した人々が代わる代わる写真を撮っている。

ペンギンが、そちらを向き左手を上げた。

何らかの合図らしい、と新田は解釈した。犯人と密告者が取引を交わしつつあるのだ。

よし、と脅迫者がいった。（スマートフォンを耳に当てたまま待機しろ。追って指示する）

そこで電話が切れた。

43

尚美はスマートフォンで正確な時刻を確認した。新しい年を迎えるまで、残り二十分少々というところだった。

新田が険しい雰囲気を漂わせて会場に入っていったのは、数分前だ。あの時、何か動きがあったに違いない。あれからどうなったのだろうか。犯人は現れたのか。

日下部からの電話も気になっている。話したいこととは何か。新田に相談したいが、今の彼はそれどころではないだろう。

尚美は会場の入り口に立ち、場内を見渡した。パーティの雰囲気は最高潮に達していた。会場の一画にはダンススペースが設けられているのだが、パーティが始まった当初は、気後れしていたのか誰も踊ろうとしなかった。だが今は、あちらこちらで客同士がぶつかるほどに賑わっている。社交ダンスをまともに踊れる者などあまりいないから、殆どの客はペアになって適当に動いているだけだが、それでも楽しそうだ。

その中にあのカップルもいた。関西弁の若い新婚夫婦だ。女性は白いウェディングドレス姿で、男性はタキシードに身を包んでいる。どちらも仮面を付けているが、笑ったままの口元が彼等の今の気持ちを示していた。

先程、女性から頼まれたことを思い出した。彼女は、こっそりと結婚式の写真を撮りたい、といいだしたのだ。

「五分でいいんです。それが無理やったら三分でもいいです。チャペルを使わせてもらえませんか。使うというても、何かに触ったりはしません。記念写真を何枚か撮らせてもらえたらそれでいいんです。お願いします」

彼女の気持ちはよくわかった。仮装とはいえ、せっかくウェディングドレスを着ているのだから、写真に残したいだろう。しかもホテルの中にはチャペルがある。どうせならそこで撮りたいと思って当然だ。

問題は規約だった。そんな使用方法はホテルでは認められていない。一旦認めたら、よそで衣装を借りてきて勝手に撮りたがるカップルが後を絶たなくなるだろう。

とはいえ、彼女たちの希望を無視するのは辛かった。おそらく、こんなチャンスは二度とない。それに尚美は彼女たちに負い目があった。外出中に刑事が荷物を勝手に調べたことを知っていて、そのことを黙っている。いや、嘘をついてごまかしたのだ。

自分はコンシェルジュだという自負もあった。無理だとは口が裂けてもいえない。何か方法を考えてみます、とウェディングドレスの彼女には答えた。

カウントダウン・パーティが終わって、客たちが引き上げた後なら可能ではないか、と尚美は思っていた。まだ客がいる段階では、目立つ格好でチャペルに移動などできない。野次馬たちに見られるおそれがあるからだ。従業員に見つかる分には構わない。上司たちには黙っていてくれと頼めばいいだけのことだ。

しかし――。

現在、肝心のチャペルがどうなっているのかわからないことに気づいた。年末年始には使用予定がない。クリスマス後に保守点検をする、という話を聞いたような気もする。二人をチャペルに案内したはいいが、祭壇がブルーシートに包まれていた、というのでは格好がつかない。

今のうちに確認しておこう、と思いついた。自分がここにいたところで、新田たちの手伝いができるわけでもない。

尚美は会場を出て、広い廊下を歩いた。人影は少ない。カウントダウンが近づいているので、殆どの客は会場にいるのだろう。

階段を使い、四階に上がった。このフロアに、チャペル、神殿、フォト・スタジオ、控え室などがあるのだ。当然のことながら、ひっそりと静まり返っている。廊下の照明は抑えられ、美術館の中にいるような感覚がある。

チャペルのエントランスも暗かった。スイッチを入れると、両開きの荘厳な扉が浮かび上がった。すぐ脇にある小部屋は、新郎新婦と新婦の父親が待機する部屋だ。列席者をすべて招き入れた後、まずはここから新郎が出ていき、祭壇の前まで進む。その後、新婦が父親と共にバージンロードを歩くのだ。この部屋の存在も、あの関西弁のカップルに教えてやれば喜ぶかもしれない。

尚美はチャペルの左側の扉を開いた。予想通り、中は真っ暗だった。扉を開けたままにし、スイッチがあるはずの位置まで移動した。

薄闇の中、スイッチを確認した。それを入れようと指を近づけた時、突然背後に気配を感じた。

振り返ろうとしたが、できなかった。次の瞬間、とてつもない衝撃が全身を貫き、身体中の力が抜けてしまったからだ。立っていられず、声も出せなかった。気づいた時には、床に倒れていた。

口に何かを貼られた。ガムテープだとわかった時には、頭から何かを被せられていた。手足を動かそうとした時、もう一度衝撃が襲ってきた。

44

新田のインカムに声が飛び込んできたのは、脅迫者と内山の最後のやりとりがあってから五分ほどが経った頃だった。

（こちら警備員室。二階フロアの防犯カメラ映像に不審者発見。どうぞ）

（稲垣だ。詳細を報告しろ）

（エレベータホールからブライダルコーナーに向かっている人物がいます。服はふつうのスーツですが、頭に何か白いものを被っています。パーティの参加者だと思われます）

（白いものとは何だ。覆面か）

（エレベータ内の映像で確認しました。包帯です。ミイラの格好をしています。どうぞ）

あいつか、と新田は思い出した。木乃伊男と書き、キノヨシオと名乗っている客だ。

（矢口だ。D班とE班、持ち場で待機。追尾できる準備をしておけ）

矢口が指揮を執っているD班とE班は、ホテルの出入口付近を固めている捜査員たちだ。犯人の逃走を阻止するのは無論のこと、怪しい人物がホテルから出た場合には、尾行し、頃合いを見て職質をかけることになっている。

（警備員室、不審者の動きを報告してくれ。どうぞ）稲垣がいった。

（たった今、ブライダルコーナーに入っていきました。どうぞ）

（ミイラの格好をしたままか）

（そうです。あっ、今出てきました。バッグを提げています）

（どこへ向かっている？）

（エレベータホールのようです）

（D班とE班、エレベータホールに注意。ホテルから出る気かもしれんぞ）矢口がいった。

ところが次に聞こえてきたのは、予想外の報告だった。

（警備員室です。不審者は上に向かいました。九階のボタンを押しています。どうぞ）

自分の部屋に戻るのか。ミイラ男の部屋はどこだ、と新田が考え始めた時、それに答えるように稲垣の声が入ってきた。

（ミイラ男は０９０５号室に宿泊している。警備員室、動きを逐一報告してくれ。どうぞ）

（警備員室、了解しました。どうぞ）

その後、稲垣の命令に従い、ミイラ男の行動が警備員室から細かく報告された。エレベータを九階で降りた後、０９０５号室に入り、間もなく出てきた。その手からバッグは消えていたそうで、部屋に置いてきたものと思われる。その後エレベータで三階に移動すると、再びパーティ会場に戻ったというわけだった。

ミイラ男は今、新田から五メートルほど離れたところにいる。チーズをクラッカーに載せて食べ、赤ワインを飲んだりしているのだ。表情はわからないが、ひとつ大きな仕事をやり遂げ、ほっとしているように見えなくもない。

だがなぜ次の行動に移らないのか、それが不思議だった。

ブライダルコーナーのバッグを持ち去ったということは、ミイラ男は密告者側の人間だろう。バッグには鍵がかかっていたが、何らかの方法で中身は確認したに違いない。中に入っていたのが何にせよ、次のアクションを起こすはずだった。

新田は時計を睨んだ。カウントダウンまで、あと何分もない。焦燥感がじわじわと押し寄せてくる。内山を脅迫している人間からの連絡も途絶えたままだ。ミイラ男やペンギンがここに留まっているかぎり、捜査員たちも動きようがない。

待てよ――不吉な考えが脳裏に浮かんだ。

俺たちは操られているんじゃないか――。

45

恐怖と困惑が尚美の頭の中で渦巻いていた。自分の身に何が起きているのかがわからない。だが尋常な事態ではなく、このままでは取り返しのつかないことになるというのは明らかだった。

ガムテープで口を塞がれ、声を発することは不可能だった。頭から何か袋のようなものを被せられ、視界も遮られている。両手と両足も、たぶんガムテープで拘束されたらしく、動かせない。そんな状態で床に転がされている。

下手に抵抗しても無駄だと思い、じっとしていると、物音がした。チャペルのドアが開き、誰かが入ってきたようなのだ。その直後、人の動く気配がし、うっと呻き声が聞こえた。女性の声のようだった。続いてガムテープを引き裂く音。何かを引きずるような音。

尚美は、自分と同じような目に遭っている人物がもう一人いるのだと察した。もしかするとチャペルに潜んでいた襲撃者の本来の狙いは、そちらのほうだったのかもしれない。そこへ尚美が予定外に飛び込んでしまったということか。

再び静寂が訪れると、襲撃者は、さらに奇妙なことを始めた。尚美のブラウスのボタンを外し始めたのだ。この局面で乱暴されるのかと身体を硬くしたが、そうではなかった。胸の中心に何かが貼り付けられた感覚があった。次に背中に手を入れられた。やはり何かを貼られたようだ。素肌を触られた屈辱感より、何をされたのかがわからない不気味さのほうが大きく、一層深い混乱に陥ることとなった。

その後も襲撃者は何やら作業をしている様子だった。途中、尚美の左手を摑んできた。腕時計の時刻を確認している感じだった。

頭から被せられている袋を、不意に外された。明かりは点いていなかったが、闇に目が慣れていたせいか、ぼんやりと見えた。目の前にあるのは、仮面を付けた顔だった。顎が細く、口元は上品だ。

「カウントダウン」仮面の人物はいい、尚美の前に時計を置いた。その針はあと十分少々で午前零時を指そうとしている。

よく見ると時計はタイマーだった。そこから電気コードが延び、尚美の胸に繋がっている。はっとして周囲に視線を走らせた。すぐそばにもう一人倒れていて、その身体からもコードが延びているようだ。それが自分の背中と繋がっているらしいことに尚美は気づいた。新田から聞いた話を思い出した。彼等が捜査している事件の被害者は、電気コードを使って感電死させられたのではなかったか。

仮面の人物が立ち上がり、扉に向かって歩きだした。その服装を見て、尚美は愕然とした。

このホテルの制服だった。

46

呼び出し音の三回目で電話が繋がった。「何だよ、こんな時に」本宮のぶっきらぼうな声が聞こえてきた。

「本宮さん、何か変だと思いませんか」新田はスマートフォンを耳に当て、視線を走らせながらいった。ミイラ男の動きに変化はない。

「何がだよ」

「ミイラ男はバッグを回収しました。それなのに密告者から何の連絡もない」

「これからあるのかもしれないだろ」

「本宮さん、俺たちは引っ掛けられてるのかもしれません」

「どういうことだ？」

「ミイラ男が現れてから、俺たちの目は奴に釘付けになっています。逆にいうと、別の場所で何かが起きても俺たちは気づけない」

「別の場所って？」

「わかりません。ホテル内のどこかです」

「おまえなあ」

「係長にいってください。すべての防犯カメラの録画映像をチェックするんです。ミイラ男が動いている間、どこで何が起きていたか、確認する必要があります」

「無茶いうな。どれだけの数があると思ってるんだ。この状況でそんなことをしてる余裕があるわけねえだろ」

「でも――」

「とりあえず、カウントダウンまで待て。それが終わったら、客たちは素顔をさらす。勝負はそれからだ。もう切るぞ」新田が返事をする前に電話は切れた。唇を噛み、スマートフォンをしまった。

ミイラ男を見ると、相変わらず飲み食いしているだけだ。その様子はほかの客たちと何ら変わらない。

もし新田の推理が正しければ、ミイラ男は単なる囮だ。首謀者は、警察が内山に目をつけていることまで見抜いていたのかもしれない。

新田は急ぎ足で会場を出た。エレベータホールに向かいながら、インカムで聞いたやりとりを頭の中で反芻した。ミイラ男はエレベータで二階に下り、ブライダルコーナーに置いてあったバッグを回収し、再びエレベータに乗って自分の部屋に戻った。その様子は警備員室に詰めている刑事たちがモニターで監視していた。

ミイラ男が囮なら、実際に何かが起きたのは正反対の場所だろう。ここは三階。ミイラ男がエレベータで二階に下りたということは、その反対は四階よりも上——。

新田は足の向きを変えた。エレベータホールではなく、階段に向かった。

その時、階段のほうから一人の男性従業員が現れた。宴会部の制服だ。仮面を付けているので顔はわからない。新田と目が合うと、無言で会釈してきた。手にはバッグを提げている。

すれ違い、数歩歩いたところで新田は足を止め、振り返った。男性従業員が、そばのトイレに入っていくのが見えた。

新田はゆっくりと近づいていき、トイレの中を覗いた。並んだ小便器の前は無人だった。個室の扉が一つだけ閉じられている。そこからかすかに物音が聞こえてきた。

新田はトイレから出た。インカムのスイッチを操作する。

(新田です。不審者発見。防犯カメラの映像確認をお願いします。どうぞ)

(稲垣だ。場所はどこだ?)

(三階フロア、東側階段近くのトイレの前にいます。どうぞ)

(警備員室、新田の姿を確認しろ)

十秒ほどして、確認しました、と警備員室から連絡してきた。

(新田、不審者はどこにいる?)稲垣が訊いてきた。

(トイレの中です。たぶん着替えています。その前は従業員に化けていて、階段から現れました。それまでどこにいたか確認してください。どうぞ)

(化けていたというのは確実か)

(確実です)

(わかった。根拠は後で聞く。そのまま見張りを続けろ)

(了解)

新田はその場から離れ、今夜は使用されていない宴会場の扉の内側に身を隠した。間もなくトイレから一人の人物が出てきた。新田が予想した通り、先程とは格好が全く違っていた。

サングラスをかけたマイケル・ジャクソンだった。

壁に据えられた巨大スクリーンに、今年の主な出来事が映し出されている。明るい話題に暗いニュース、スポーツで活躍した人々や結婚したアイドル、一年はあっという間だと思わせる内容だった。

ダンススペースでは、若者たちに人気の曲がタンゴ風にアレンジされて流されていた。仮装した男女が、好き勝手な振り付けで踊っている。

マイケル・ジャクソンに扮した不審者は、何をするでもなく立っていた。足元にバッグを置いているが、その中身はおそらくホテルマンの制服だろう。

やがてそのバッグを持ち上げた。立ち去る準備だ、と新田は直感した。もうすぐカウントダウンが始まる。会場が最高に盛り上がったタイミングで出ていこうとしているのだ。

(新田です。まだ確認できませんか。どうぞ）インカムに問いかけた。

(こちら警備員室。もう少し待ってください。どうぞ）

どうやらてこずっているようだ。無理もない。ホテルマンの制服を着た男など、そこら中の防犯カメラに映っているに違いなかった。

新田は意を決し、マイケル・ジャクソンに近づいていき、サングラスをかけた顔を覗き込んだ。「お一人ですか?」

マイケル・ジャクソンは驚いたようにぴんと背筋を伸ばした後、小さく頷いた。

「せっかくですから、踊りませんか。お付き合いしますよ」

少し間をおいてから、マイケル・ジャクソンはバッグを置き、両手を軽く広げた。どうやら同意してくれたようだ。

新田は左手で、相手の右手を軽く握った。向こうが彼の右肩に手を置いてきたので、背中に手を回した。曲に合わせ、ステップを踏んでみる。驚いたことに、相手も経験者のようだった。

「アルゼンチン・タンゴは男同士で踊ってもいいそうです」新田はサングラスを見つめながらいった。「もっとも、俺はタンゴは苦手なんですけどね」

マイケル・ジャクソンは無言だ。ゴム製のマスクだから、どんな表情をしているかもわからない。だが何となく想像はついた。感情のない冷めた顔だろう。

曲が不意に止まった。代わりにファンファーレが会場に鳴り響いた。巨大スクリーンに『10』という数字が出て、それが『9』になり『8』になった。打ち合わせたわけでもないのに、客たちが声を合わせて数字を読み上げる。

ゼロッ、という掛け声と共に拍手が起こり、音楽が流れ、あちらこちらでシャンパンが抜かれた。

そしてここからがお約束らしい。仮装で顔を隠していた客たちが、一斉にマスクや仮面を外し始めた。その下から出てくるのは笑顔ばかりだ。

新田は目の前にいる人物を見つめ、マイケル・ジャクソンのマスクを摑んだ。相手が抵抗する気配がないので、そのまま引き上げた。

「驚いたな」相手の素顔を見て、新田は呟いた。全く知らない男の顔があった。

「何が？」相手が訊いてきた。予想通りの冷めた表情をしている。

新田は自分も仮面を外した。

「人間の目というのは不思議ですね。もしその素顔のままだったら、たぶん俺は気がつかなかった。でもこうして仮面を付けると」新田は自分の仮面を相手の顔に当てた。「あなたの目と口元しか見えなくなる。すると不思議なことに、あの化粧が頭に浮かんでくるんです。目元に施された派手なメイクが」仮面を外し、続けた。「仲根緑さんの顔が」

相手が、ようやく表情を変えた。冷笑と呼べるものを浮かべたのだ。

「カウントダウンはゼロになった。私の勝ちだ」仲根緑は中性的な声でいった。「新田刑事、おまえたちの負けだ」

新田は、ぎくりとした。その直後、インカムから声が聞こえた。

（わかりました。あの男は四階のチャペルから出てきましたっ）

新田は仲根緑を残し、駆けだした。走りながらインカムを操作した。

（応援頼む。さっきの者を確保っ）

その後もインカムから誰かの声が聞こえたが、新田の頭には入ってこなかった。仲根緑のいった、カウントダウンの意味が気になって仕方がない。

階段を駆け上がり、廊下を走り抜けた。チャペルの扉を開けたが、中は真っ暗だった。壁のスイッチを見つけると、急いで入れた。

床に誰かが倒れていた。しかも二人いる。どちらにもコードが繋がれ、その先は壁のコンセントに延びていた。新田はコンセントに飛びつき、プラグを抜いた。

よく見ると一人は山岸尚美だった。なぜ彼女がここにいるのかわからなかった。だがその顔を見て、心の底から安心した。彼女は瞬きしていた。無事だったのだ。

近づいていき、口のガムテープを丁寧に剝がした。「大丈夫ですか」

「はい……ああ、よかった」深いため息が漏れた。

後ろ手に巻かれていたガムテープも剝がしてやると、「後は自分でできます」と山岸尚美はいった。胸から電気コードを外す際には、新田に背中を向けた。

倒れているもう一人は気絶しているようだった。ピエロのマスクを被っている。外した顔に見覚えがあった。貝塚由里――曽野昌明の不倫相手だ。

なぜこの女性がここにいるのか。全く見当がつかなかったが、本人から話を聞くのが一番手っ取り早いだろう。

新田がプラグを抜いたので、タイマーは止まっていた。その針を見て、おやと思った。午前零時になっていなかった。あと十秒ほど残っている。それで二人は無事だったのだ。

「どうしてこのタイマー、遅れているんだろう」新田は呟いた。

「ああ、もしかすると」山岸尚美が左手を出してきた。「私の時計で時間を合わせたのかもしれません」

新田は自分の腕時計と比べた。彼女の時計は四分近く遅れている。

「祖母の形見で、よく狂うんです」

「どうしてそんな時計を？」そういってから新田は気づいた。はっとして彼女の顔を見返した。「時計が正確すぎると余裕を持とうとしない……」

はい、と山岸尚美は頷き、にっこりと微笑んだ。

新田は天を仰ぎ、はあーっと息を吐き出した。

「あなたがプロフェッショナルで本当によかった」

47

［曽野英太の供述］

父さんのカメラを初めて持ち出したのは、去年の夏です。バードウォッチングを趣味にしている父さんが、一昨年買った超望遠のカメラです。すごい画像が撮れるらしいので、一度は使ってみたいと思っていました。

超望遠というだけあって、倍率はすごいです。はるか遠くにある建物の窓や、中にいる人の姿が見えました。

僕は何だか楽しくなって、あちらこちらの窓を覗いていきました。オフィスで働いている人や、お店で食事をしている人たちが、すぐそばにいるようによく見えました。

そんなことをしているうちに、あのマンションの窓に焦点を合わせてしまったんです。

いいえ、違います。たまたまです。あの窓に焦点を合わせたのは、カーテンが開いていて、中の様子がよく見えたからです。ほかの窓はレースのカーテンが閉まってたり、ブラインドが下りていたりしました。

……はい、部屋にいるのが若い女の人だったから、興味を持ったのはたしかです。

その日から毎日のように、あの部屋を覗くようになりました。カーテンが開いていることが多いからです。

何のために覗いていたのかと訊かれると、自分でもよくわからないです。変な目的は、なかったです。誰かの生活を相手に見つかる心配なしに覗けるというのが楽しくて、続けていたような気がします。

もしあの女の人じゃなく、おばさんとか男の人だったら、やめていたと思います。あの人だったから、覗き続けてたってのはあります。若くて奇麗な人でしたから。

男の人を見たのは、八月の半ば頃だったと思います。いつものようにカメラで覗いていたら、部屋に男の人がいたんです。黒っぽい服を着た人でした。そんなことは初めてだったので、シャッターを何回か切りました。なぜって訊かれたら困るんですけど、何となくそうしたくなったんです。めったにないことが起きたら、とりあえず写真を撮っておこうと思うじゃないですか。

それからも男の人は時々、やってくるようでした。二人が何をしていたのかはわかりません。見える範囲は限られていますから。そりゃ、僕も中学生なので想像はつきますけど。

男の人の身元を知ったのは、ほんの偶然からです。

あのマンションは通学路の近くにあるので、時々見に行くようになりました。あの女の人がどういう人なのか、詳しいことを知りたくて。

じつをいうとマンションの中に入ったこともあります。たまたま入れたんです。それで中を歩き回ってみて、あの部屋が６０４号室らしいってことがわかりました。でも表札は出てなかったので、名前はわかりませんでした。

ある日、いつものようにマンションの近くまで行ったら、すぐそばのコインパーキングに駐められた車から、あの二人が出てきました。僕は建物の陰に隠れて、スマートフォンで撮影しました。なぜって……だからそういう時には写真を撮りたくなっちゃうんです。

二人がマンションに入っていくのを見届けた後、コインパーキングに戻りました。二人が降りた車の助手席を覗いてみたら、大きな封筒が置いてあって、『礼信会（れいしんかい）』と印刷されていました。で、家に帰ってからネットで調べたら、医療法人というものでした。何なのかよくわからなかったので、その時はそこまでにしておきました。十月の中頃のことだったと思います。

それからは特に変わったことはありませんでした。ていうか、僕もさすがに飽きてきて、そんなには覗かなくなりました。でも十二月になって、暇つぶしにちょっと覗いてみたら、その日もカーテンが開いていました。あの女の人は横になっているらしく、足先だけが見えていました。しばらく待ってみましたけど、動く感じがしなかったので、眠っているのだろうと思って、そこまでにしました。

それから二日後ぐらいに気になって覗いたら、女の人の姿勢はずっと同じままでした。何かあったんじゃないかと嫌な予感がしました。

どうしようと思ってカメラを片手にベランダでぼんやりしていたら、母さんに見つかってしまいました。何をしているのかと訊かれて答えに困っていたら、カメラを取り上げられました。そして画像をチェックされてしまったんです。じつは横たわっている女の人のことが気になり、一枚だけ写真を撮ったのでした。それを見つけて母さんは、これは何かと訊いてきました。盗撮しているのかといわれ、違う、もしかすると死んでいるのかもしれないから確認していたんだと言い訳しました。母さんは僕の話を聞いて、自分でもカメラで女の人の様子を見て、考え込みました。そうして、警察に通報したほうがいいのかもしれないけど、息子が盗撮してたなんてこと、いえるわけがないといいました。盗撮なんかしてないと何度いっても、信用してくれません。

母さんは僕に、こちらの身元を隠したままで通報する方法がないかどうか調べろといいました。そこでインターネットで調べ、匿名通報ダイヤルというものがあることを知りました。僕がパソコンを使って、通報しました。

父さんには内緒にしておくようにいわれました。息子がカメラを盗撮に使っていたと知ったら、ものすごく怒るに違いないからというのでした。

それから間もなく、遺体が見つかったというニュースを見ました。場所は詳しく書かれていなかったけれど、あのマンションだということはわかりました。自分の通報で事件が明らかになったのを見て、何だか不思議な感じがしました。

その後も事件の結果がどうなったのか気にしていたんですけど、殺人事件の疑いが濃いというだけで、犯人が捕まったというニュースは流れませんでした。

母さんも事件のことは気になっていたみたいで、父さんがいない時など、あの後どうなったんだろう、ということを二人で話しました。それで僕は、ついあの男の人のことをしゃべってしまいました。あの部屋に時々来ていた男の人のことです。

母さんはびっくりした様子で、あれこれと僕に質問してきました。それで僕は、マンションのそばで二人を見かけたことや、何枚か写真を撮ったこと、『礼信会』と印刷された封筒のことなどを話しました。

ちょっと調べてみようと母さんがいうので、インターネットで検索を始めました。『礼信会』というのはいろいろな病院や施設と繋がっていて、たくさんのサイトにアクセスできました。それらの多くには、担当医師たちの顔写真が載っていました。そうして見つけたのが、『モリサワ・クリニック』です。院長の写真を見て、驚きました。あの男の人に間違いなかったからです。

母さんは、ずいぶんと長い間考え込んでいました。その横顔は怖いほどに真剣で、声をかけられませんでした。ようやく口を開いた母さんは、このことは誰にもいわないように、と僕にいいました。警察に知らせなくてもいいんだろうかと思ったんですけど、そのことは母さんが考えるから、英太は何も知らなかったことにしろ、今後も誰にもしゃべってはだめだ、父さんにも黙っているようにといわれました。そうすれば、何でも好きなものを買ってあげるからね、とその時だけ急に優しい声で母さんはいいました。それから母さんが何をしたのか、僕は全然知りません。以来、このことについて話したことは一度もありません。

年末に家族でホテルに泊まりに行くと聞いたのは、もう少ししてからです。父さんと母さんが話し合って決まったみたいですけど、いつ決まったのかは知りません。父さんからは、年末年始ぐらいは母さんを休ませてやろうといわれました。僕はそんなところに行きたくはなかったし、中学生にもなって親子三人での泊まりなんて気が重かったけど、おいしいものが食べられるという話だったし、部屋ではテレビを観たりゲームをしたりしていればいいといわれ、まあいいかなと思いました。

大晦日の夜のことは、はっきりいって何が何だかさっぱりわからないです。晩御飯を食べてしばらくしてから、車に悪戯(いたずら)されたらしいといって父さんは家に帰ってしまうし、母さんはホテルで偶然会った友達とパーティに行くといって出かけてしまいました。僕は部屋でゲームをしていて、そのまま眠っちゃったんです。だから何があったのか、全然知りません。目が覚めたのは、チャイムの音が何度も鳴っていたからです。頭がぼんやりしたままでドアを開けたら、知らない男の人がいっぱい立っていました。先頭の男の人が警察のバッジを見せて、何かいいました。何と答えたか、よく覚えていないんですけど、その後すぐに男の人たちは部屋に入ってきました。

何が起きているのか、さっぱりわかりませんでした。男の人たちが部屋で動き回っているのを見ながら思ったのは、お正月料理はどうなるんだろうということと、いつも通りにお年玉は貰えるんだろうか、ということでした。

［貝塚由里の供述］

曽野万智子さん、旧姓木村万智子さんとは地元の公立高校からの知り合いです。同じクラスになったのが縁です。ウマが合うっていうのとは少し違ったかもしれません。どちらかというと性格は正反対ではないかと思います。あたしは身体を動かすのが好きでアウトドア派、木村さんは読書や芸術を好むインドア派でした。でも話していると楽しかったし、あたしが全然知らないことを教えてもらったり、逆にあたしが教えてやったりして、新しい世界に触れられるのが刺激的でした。よく、貝塚さんは派手で気が強く、木村さんは地味で引っ込み思案だねっていわれましたけど、実際には全然違います。彼女のほうがあたしなんかより、断然気が強いです。表には出さないけど、一旦恨みを持ったら絶対に忘れないし、目的を果たすためなら少々思い切ったこともやってしまいます。

高校三年の時、こんなことがありました。あたしたちの共通の友達が妊娠しちゃったんです。相手はバイト先の先輩で、大学生でした。その彼は堕ろすための費用として五万円をくれたらしいんですけど、それを聞いた万智子が……いえ木村さんが激怒したんです。

すみません、ふだんは名字では呼んでいないので、万智子と呼び捨てにしてもいいですか。ええ、彼女もあたしのことは由里と呼んでいます。

妊娠した友達の話に戻りますと、怒った万智子は彼氏に抗議しにいこうといったんです。女子の身体を傷つけといて、こんな端金で済ませようなんて許せないって。それで彼氏を呼び出して、万智子と友達とあたしの三人で会いました。

万智子は彼氏に、親や大学に知らせるといったんです。それが嫌なら百万円払えって。横で聞いているあたしたちがびっくりしました。

その彼氏は青くなって、何とかもう少し安くしてほしいと頼み込んできました。三十万円ぐらいなら何とかなるといったんじゃなかったかな。妊娠させられた友達は、それでいいといったんですけど、万智子が納得しませんでした。彼氏が車を持っていると知って、それを売れといったんです。結局その彼氏、車を売りました。それで最終的に五十万円ぐらいを払わせたんですけど、万智子のすごいところはここからで、その中から十万円を手数料として取ったんです。あたし、この子を敵に回したら怖いなって思いました。

高校を卒業後、あたしは上京して、バイトをしながら専門学校に通いました。万智子は短大に進んで、そこを卒業した後は地元の会社に就職しました。

彼女とはあたしが地元に帰るたびに会いました。会えば高校時代に戻ったみたいに楽しくて、朝まで飲み明かすこともしょっちゅうでした。

やがて万智子が職場の先輩と結婚しました。たしか二十六の時だったと思います。結婚式にはあたしも出席しました。彼女は妊娠していて、要するに出来ちゃった婚でした。

あたしのほうは結婚には縁がなかったです。居酒屋のバイトをしている時にスカウトされて、クラブで働くようになっていました。それでお金には不自由しなくなった代わりに、男性と付き合う余裕がなくなってしまったんです。

あたしがそんなふうだし、万智子は子育てで忙しかったせいもあり、それからしばらくは疎遠になりました。十年近くブランクがあったかもしれません。ただ、電話やメールのやりとりは続いていました。

再び会うようになったきっかけは、万智子の旦那さんが東京に転勤になったことです。息子さんは小学生になっていました。久しぶりに会ってみて、ああすっかりお母さんだな、主婦だなと思いました。こういっては失礼ですけれど、生活の疲れが全身から滲み出てて、女性らしい丸みがなくなっているように感じました。もっとも、こちらも人のことはいえません。三十四歳の時に独立して六本木に小さな店を構えたんですけど、経営はうまくいかないし、人間関係は煩わしいし、いろいろと悩みを抱えていましたから。万智子たちが東京に来てからは、昔ほどではありませんけど、時々会うようになりました。二年前に彼女たちがマンションを買った時には、お祝いを持っていきました。万智子から連絡があったのは十二月半ばです。とても大事な話があるから至急会いたいとのことだったので、その日の夕方に会いに行きました。

彼女から切りだされた話は、全く思いがけないものでした。近所のマンションで起きた殺人事件に関することだったのです。事件を通報した経緯にまずびっくりしましたが、もっと驚いたのは、彼女が犯人と思われる男性の身元を摑んでいると聞いた時です。詳しく聞くと、犯人だという証拠はないようですが、その男性が殺された女性と深い関係にあったのはたしかなようです。女性の室内にいるところや、女性と一緒にいるところを撮影した写真があるとのことでした。

どうしたらいいか迷っているところだ、と万智子はいいました。ふつうならば警察に知らせるべきところです。でもそんなことをしても自分たちに得は何もない、殺された女性は気の毒だと思うが、犯人が捕まったところで生き返るわけでもない、それよりこういう情報を有効に生かすことを考えたほうがいいのではないだろうか、というのです。

彼女の狙いがわかりました。写真の男性に取引を持ちかけようとしているのです。被害者宅に出入りしていたことを警察に黙っている代わりに、金銭を要求しようというわけです。あたしが真意を質すと、そういうことだと万智子は認めました。さらにあたしに、力を貸してくれないか、つまり共犯者にならないかと誘ってきたのです。自分一人ではうまくやる自信がないから、というのでした。

何という大それたことをと思いながらも心が揺れました。このところ店の経営がうまくいかず、お金に困っていたからです。借金の返済も滞っていて、従業員への給料の支払いにも苦労する有様です。何とかまとまったお金が手に入らないだろうかと頭を悩ませていたところでした。

万智子によれば、件の男性は医療法人を経営する一族の御曹司で森沢光留といい、神経科のクリニックを経営しているとのことでした。おそらくお金には困っていないと思われるので、やり方次第では一億や二億のお金は取れるのではないか、と彼女はいいます。

さらに、だめで元々、その時には警察に通報すればいいのだといわれ、あたしは心を決めました。わかった、協力する、と答えました。

それから二人で作戦を練りました。どちらが主導権を握っていたかと訊かれると困ります。何もかも二人で決めたのです。

まずはどうやって森沢光留に接触するかでした。彼が経営するクリニックの連絡先はわかっています。問い合わせ先としてメールアドレスも記されていますが、いろいろな記録が残ってしまうインターネットを利用するのは危険だと判断しました。

あれこれ考えて、やはり直接電話でやりとりするのが一番確実ではないかという結論に落ち着きました。電話の発信記録は残りますが、着信の場合、非通知にしておけばどこからかかってきたのかは後から調べてもわからないと聞いたことがあるからです。

電話をかけたのは十二月十五日です。あたしがかけました。万智子が、自分には臨機応変の受け答えをする自信がないと尻込みしたからです。

電話には受付の女性が出ました。あたしが院長先生と直接話したいというと、しばらくしてから男性に替わりました。あたしはまず森沢本人かどうかを確かめた後、和泉春菜さんのことで大事な話がある、といいました。森沢はとぼけようとしたので、では和泉春菜さんの名前で郵便物を送るから、それを見てから判断してほしい、といって電話を切りました。そしてすぐに彼が和泉さんの部屋にいるところを撮影した画像のプリントを、クリニック宛てに郵送しました。

次に電話をかけたのは十七日です。森沢の態度は少し変わっていて、携帯電話の番号を教えてくれました。携帯電話にかけ直し、取引を持ちかけました。森沢が和泉さんと一緒にいる写真はほかにもあるし、中には犯行を裏付けるものもある、という意味のことを仄めかした上で、一億円を要求しました。

それに対して森沢は、金を払う代わりにそちらの正体を教えてほしいといってきました。対等の立場にならなければ安心できないというのです。あたしが、お金を貰えば裏切らないといっても、口約束だけでは信用できないといいます。

森沢の言い分を万智子に話し、二人で方策を練りました。取引を進めるためには相手の条件をのむしかありません。

そこで思いついたのが、ホテル・コルテシア東京の『マスカレード・ナイト』です。あたしは三年前の大晦日に、別の友人と二人でホテルに泊まり、あのカウントダウン・パーティに初めて参加しました。とても楽しく、素晴らしい体験で、また行こうかなと思っていたのですが、あのパーティを利用できるのではないかと考えました。

森沢に提案する方法はこうです。お互いに仮装してパーティに参加する。その際、彼はお金を入れたバッグをホテルのどこかに隠しておく。またバッグには鍵をかけておく。一方こちらは二人組で参加します。まずあたしが森沢に電話をかけ、指定の場所に立って合図を送るよう指示します。それによって仮装した彼を判別するわけです。彼の姿を確認したら、今度はこちらの居場所と格好を伝えます。気づいたら合図を送るよう、これも電話で指示します。

その後、あたしたちは森沢に近づき、バッグの鍵を渡すよういいます。声を掛けるのは、こちらが電話の主と同一人物であることを示すためでもあります。鍵を受け取ったら、あたしは会場を出て、バッグの隠し場所に移動します。あたしの仲間、つまり万智子は森沢のそばに残ります。

バッグに一億円が入っていることを確認したら、あたしは会場に戻ります。カウントダウンを待って、お互いに仮面を取り、あたしたち二人が森沢に運転免許証を示したら取引完了というわけです。

こちらの提案を森沢は受け入れました。交渉は成立です。あとは取引の時を待つだけとなりました。

じつはこの計画には裏がありました。それが警察を利用するというものです。まず、取引前に警察宛てに密告状を出し、パーティ会場に刑事を張り込ませておきます。そしてあたしはお金を確認したら警察に連絡し、犯人がどんな仮装をしてどこにいるかを知らせた後、万智子に合図を送ります。合図を受けたら万智子は逃走の準備に入る。間もなく刑事が森沢の身柄を押さえようとするでしょうから、その隙に万智子は速やかに立ち去るという計画です。これならばこちらの身元を森沢に知られることはありません。

十二月三十一日の午後、あたしはコルテシア東京にチェックインしました。宿泊者を二名としたのは、パーティ券を万智子の分と合わせて二枚確保するためです。

万智子たちは前日から家族三人で泊まっていました。年末年始ぐらいは家事から解放されたいと御主人を説得したようです。彼女たちとは、夕食時にダイニング・レストランで偶然を装って会いました。また御主人や息子さんの前で、彼女を強引にパーティに誘うふりをしました。

あたしが万智子にホテルの様子を尋ねると、刑事が張り込んでいるかどうかはわからない、という答えが返ってきました。そこで警察に探りを入れることにしました。警備が整ったら仮面人形が持つワイングラスに花を飾っておくように、と指示したのです。無事に花が飾られたので、あたしたちは作戦を実行することにしました。

パーティが始まってしばらくしてから、森沢に連絡を入れました。会場にいるとのことだったので、除夜の鐘の前に立って右手を上げるようにいいました。やがてペンギンの被り物をした人物が右手を上げるのが見えました。そこで今度は、あたしたちの居場所を伝えました。あたしたちはシャンパングラス・タワーの前にいました。二人の格好を教え、確認できたなら左手を上げろといいました。少し間を置いてからペンギンは左手を上げました。応答が遅いのはマスクをしているせいかなと思いました。

あたしは森沢に、これからそばに行くので、バッグの鍵を渡すようにいいました。すると森沢から予想外の答えが返ってきました。

バッグには鍵をかけていない、四階のチャペルに隠してあるから確かめろ、とのことでした。

そこであたしは会場を出て、チャペルに向かいました。

その後のことはよくわかりません。チャペルに入った瞬間、誰かに襲われて、痛いとも熱いとも違う、何とも表現のしようのない衝撃を受けました。それから意識をなくしていたようです。気がついた時には、知らない人々に取り囲まれていました。警察の者です、といわれても何が何だかわかりませんでした。

あたしは万智子に騙されたのでしょうか。刑事さんたちの話を聞いていると、どうやらそういうことのようなのですが、一体なぜ彼女がそんなことをしたのですか。

心当たりですか。特に思いつくことはありません。だってずっと友達だったのですから。

曽野昌明さん？　万智子の御主人がどうかしましたか。

ああ……そのことですか。

たしかに何度か二人で会いました。新居にお邪魔した時に昌明さんが中小企業診断士の資格を持っておられると聞いたので、店の経営について相談に乗ってもらうようになったのがきっかけです。

男と女の関係……ええ、何もなかったといえば嘘になりますね。

どちらから誘ったか、ですか。あたしは昌明さんから誘われたように思っているのですが、あちらの言い分は違うのでしょうか。あたしは自分から誘った覚えはないのですが、そんなふうに受け取られる言動があったといわれたら、ごめんなさい、軽率でした、というしかないです。

あたしは一度きりのつもりでした。大人同士のちょっとした悪戯、出来心というやつです。でも昌明さんはそうではなかったみたいで、何度もしつこく迫ってきました。そうすると何かとお世話になっていることもあり、無下に断れませんでした。とはいっても、そんなに頻繁ではないです。二人だけで会ったのは、この一年で五、六回……いえ、もっと少なかったかもしれません。

もちろん万智子には申し訳ないと思っています。彼女を大切な親友だと思う気持ちに変わりはなかっただけに、心苦しかったです。こんな関係は早く終わらせなければと思っていましたし、実際、このところは彼とは全く会っていません。

もしかして、それが動機なのですか？　それで万智子はあたしを殺そうとしたのでしょうか。

だとしたら、納得がいきません。だって彼女はふだんから、夫への愛情なんて残ってないといってたんです。セックスだって何年もしていないし、これからだってしなくていいといってました。外で処理するならお好きにどうぞって感じだとか。

それでどうしてあたしが殺されなくちゃいけないんですか。

［曽野万智子の供述］

由里とは高校一年の時、同じクラスになりました。中学は別です。最初の一週間、私はクラスメートたちを観察してみて、貝塚由里には用心しなければいけないと思いました。このクラスのキーパーソンだと気づいたからです。

中学時代、私のクラスでひどいいじめがあったんです。いじめられていたのは私ではありませんでしたけど、ちょっと油断するとこちらに飛び火してきそうなぐらい蔓延していました。でもよく見ると、いじめグループにもヒエラルキーがあります。どの人物が頂点にいて皆を操っているか、見極めることが大切だということを、その時に悟ったのです。

ここでは貝塚由里だ、と思いました。根拠の一つは容姿です。彼女は顔立ちが華やかで、スタイルもよく、制服の着こなしも洒落ていました。行動の一つ一つが派手で、自信に溢れているように見えました。

もう一つの根拠は臭いです。実際に臭うわけではありません。雰囲気とか気配といったものです。うまく説明できないんですけど、中学時代にいじめを主導していた女子と同じ臭いが、由里から感じられたんです。

そういう嗅覚を持っているのは私だけではありません。女子ならば、大なり小なり、その能力を備えているのではないでしょうか。由里と友達になろうとする女子は多かったのですが、皆、意識的に、あるいは無意識に、そんな勘を働かせたんじゃないかと思います。男の人にはわからないかもしれませんけど。

由里と友達になってみて、やはり正解でした。いじめとまではいかなくても、確執というものはどこにでもあります。対立するグループが現れたり、陰口を叩かれたりなんてことはしょっちゅうです。でも由里と一緒だと、最終的にはいつも勝ち組になれました。木村万智子は貝塚由里の腰巾着だとか小判鮫だとかいわれましたけど、全然気にしませんでした。由里のような美貌を持たず、何の取り柄もない者が快適な学校生活を送るには、力のある者に寄り添うのが一番の早道です。

じつは気が強い？　私が？　何ですか、それは。誰がそんなことをいっているのですか。

妊娠した友達？　ああ、あの話ですか。彼女がどうかしましたか。

私がお金を取った？　冗談じゃありません。たしかに五万円じゃ少ないといったのは私です。でも相手の大学生を呼び出して、もっと搾り取ってやろうといいだしたのは由里です。実際、彼女が交渉に当たりました。私は横で黙って聞いていただけです。由里が、知り合いにヤクザがいるようなことを仄めかして脅すのを聞き、すごいなあと感心するばかりでした。

車？　車を売れだなんてこと、私がいうわけありません。私は妊娠した友達に、彼氏は車を持ってるんだよね、だからお金はあるんだよね、といっただけです。それを聞いた由里が、だったらその車を売らせようといいだしたんです。

手数料十万円？　どうだったでしょう。私は覚えてないです。とにかくあの件に関しては……あの件に関してもですけど、由里が主導していました。いつだって、私はただの腰巾着です。

高校卒業後も、由里との関係は続きました。彼女が東京に行ったのは嬉しかったです。私もたまには東京へ遊びに行きたかったし、向こうに知り合いがいれば心強いですから。由里が水商売の世界に入った時も、別に驚かなかったです。むしろ彼女に合っていると思いました。彼女の話を聞くのは楽しかったです。店にはたまに有名人も来るらしく、その席についた話をする時には誇らしげでした。

はい、私たちが上京したのは六年前です。主人が転勤になったからです。それで久しぶりに由里に会ったのですが、六本木に店を出したというので驚きました。聞いてみると、パトロンっていうんですか、そういう男性がいたようで、お金を出させたみたいです。でもその男性が別れたがっているようなので、手切れ金をいくら貰うか考えているところだ、なんてことを由里は話していました。それを聞いて、相変わらずだな、変わってないな、と呆れたというより感心しましたね。

ええ、そうです、彼女がうちに来たのは二年前です。マンションを購入して、三か月ほどが経った頃です。お祝いだといって観葉植物を持ってきてくれたんですけど、はっきりいって迷惑でした。あんなもの、置くところに困っちゃうだけです。ありがとう、とお礼はいっておきましたけどね。

振り返ってみると、あれは迂闊でした。何がって、由里を主人に会わせたことです。彼女が人のものを欲しがる性格だってことをすっかり忘れていました。それにまさかあの主人を……。じつのところ未だに信じられない気持ちです。

主人の浮気を疑うようになったのは、この秋です。主人の同僚の奥さんで、親しくしている人がいるのですが、その人から気になることを聞いたのがきっかけです。曽野さんは月曜日には終業時刻きっかりに退社することが多いそうですけど、お宅で何かあるんですか、と尋ねられたんです。

変だなと思いました。なぜなら月曜日に早く帰ってきたことなんてなかったからです。それ以後、私は主人の様子を注意深く観察しました。するとたしかに、いろいろと怪しいことに気づくのでした。たまに帰宅してから妙に愛想がよく、口数が多い日があるのですが、決まって月曜日でした。また私に予定を尋ねる際も、月曜日の行動を特に気にしているように感じられました。月曜日には、いつも以上に服装に気を遣っているようにも思え、私の疑念は確信へと変わっていきました。

確証を得るにはスマートフォンをチェックするのが最も手っ取り早いです。当然ロックされていますが、主人は指紋認証式を使っていました。ある夜、主人が熟睡している間に彼の指をスマートフォンに当ててロックを解除し、中身を確認しました。罪悪感なんてありません。疑われるようなことをするほうが悪いんです。そもそも、スマートフォンにロックをかけていること自体がおかしいんです。

でもメッセージやメールに、浮気を窺わせるものはありません。ただ時折主人からYなる人物に、奇妙なメールを送っていました。文章はなく、ただ四桁の数字だけを記してあります。発信日時をカレンダーで調べ、どきりとしました。いずれも月曜日で、時刻は午後五時半頃でした。

Yとは誰なのか。アドレスブックを調べましたが、そこにあるメールアドレスも携帯電話番号も、私の知らないものでした。

この奇妙な四桁の数字は何なのか。気になって仕方がなく、ある月曜日の午後五時頃、私は主人の勤め先に出向きました。主人のあとをつけようと思い立ったのです。

五時を少し過ぎた頃、主人が通用口から出てきました。少し距離を置き、そのあとについていきました。タクシーに乗られたらまずいなと思っていましたが、どうやら地下鉄の駅に向かっているようでした。

主人が乗ったのは、自宅とはまるで違うところに向かう地下鉄でした。どこへ行くつもりだろうと思いながら、私は彼の横顔を遠くから眺めていました。向こうは尾行されていることには全く気づいていない様子でした。

やがて主人は、彼とは縁もゆかりもないはずの駅で降りました。もちろん私も彼の背中を追っていきます。そして彼の行き先を知ったのです。

ホテル・コルテシア東京です。

フロントでチェックインする主人の姿を遠目に見て、ようやくあの四桁の数字の意味を理解しました。あれは部屋番号だったのです。先にチェックインした主人が浮気相手にメールで知らせ、女は後から部屋を訪れるというわけです。

その日からの苦悶（くもん）を口で表現するのは難しいです。何も手につかず、ノイローゼになりそうでした。

でも主人を詰問することは頭にありませんでした。私のほうに離婚する気は毛頭なかったからです。この歳で別れたら生活していくのが大変です。慰謝料をいくらか貰ったところで、何年も食べてはいけないでしょう。息子が一人前になるのはまだまだ先で、あてにはできません。そして離婚しない以上は、夫婦間に波風を立てないほうがいいに決まっています。家での居心地が悪くなったら、男は逃げだそうとするからです。何も知らない鈍感な妻のふりをして、今後も私と息子を養わせるのが、夫への最も意味のある罰なのです。

浮気相手が誰なのかは気になりましたが、それは別に重要ではありませんでした。問題は、どうすれば事を荒立てることなく主人に浮気をやめさせられるかです。いくら考えても妙案は浮かびません。

英太があんな写真を撮っていることを知ったのは、私がそういう状態の時でした。

あんな写真……はい、例の盗撮写真です。

ショックでした。近頃はろくに口をきこうとしないし、学校から帰ったら部屋に閉じこもったきりだし、年頃の男の子は何を考えているかわからないなと思っていたんですけど、あんなことに夢中になっているとは想像もしていませんでした。ただでさえ主人の浮気で参っているというのに、息子にまで裏切られたような気がして、本気で死んでしまいたくなりました。

私が嘆くと英太は奇妙な言い訳を始めました。覗いている部屋の女性が全然動かない、もしかしたら死んでいるのかもしれない、警察に知らせたほうがいいんじゃないか、というのです。仮にそうだとしても、息子が盗撮してたなんてこと、いえるわけがありません。英太に、身元を隠したままで通報できる方法を探すようにいったところ、匿名通報ダイヤルというのを見つけてきました。

間もなく殺人事件だったことがわかり、さすがに私も多少興味が湧きました。それで息子とあれこれ調べてみて、『モリサワ・クリニック』のサイトに行き着いたんです。すごいものを見つけたのかもしれない、と思いました。この森沢光留なる人物が殺人犯なら、息子の大手柄です。

でも私は全く違うことを考え始めていました。匿名で警察に通報するのは簡単ですが、それではこちらに何も得はありません。これほど重大な情報なのだから、もっとほかに使い途(みち)はないだろうか、と。

その時ふと、由里の顔が浮かびました。彼女ならどうするだろうと考えたのです。狡猾(こうかつ)な彼女のことです。あっさりと通報するとは思えません。この情報を最も高い値で買ってくれる人物に売りつけるのではないか、と想像しました。その人物とは、もちろん森沢光留本人です。

相談してみようか、と思いました。由里にこの話をすればきっと食いついてくる、という確信がありました。こうした取引は私には到底無理ですが、彼女ならばお手の物です。

由里に連絡を取り、久しぶりに会いました。しばらく雑談を交わした後、本題に入りました。英太が撮った写真や『モリサワ・クリニック』のサイトなどを見せながら事情を説明すると、由里の顔つきが変わっていきました。そして、どうするつもりなのか、と尋ねてきました。そこで逆に、由里ならどうするかを訊きました。

その途端、彼女は目を見開きました。瞳がきらりと光ったようでした。そして私の予想通りの答え——森沢光留本人に当たって口止め料を要求する、といったのです。

うまくいくだろうかと私が不安を口にすると、大丈夫、と由里は頷きました。あたしに任せてくれれば大丈夫、と。

それから二人で作戦を練りました。いえ、それは全く正確ではありませんね。正しくは、由里が練った作戦を私が拝聴するという感じでした。メールや手紙なんかを使わず、直接電話をかけようといいだしたのも由里です。大胆というか度胸があるというか、こういうことでは敵わないと改めて思いました。

『マスカレード・ナイト』のアイデアを聞かされた時には、恐ろしいほどの悪賢さに舌を巻きました。向こうには顔を見せることなく現金を受け取る――そんなことができるのだろうかと思いましたが、『マスカレード・ナイト』の趣向を利用すれば、たしかに可能のような気がしました。

しかし話を聞きながら、気になったことがあります。場所が、あのコルテシア東京だということです。偶然に決まっていると思いつつ、頭から離れません。

そこでその夜、例のYの電話番号を英太に見せ、スマホをスピーカーフォンにして電話し、ヤマモトさんですかと尋ねるよういってみました。息子はわけがわからない様子でしたが、いう通りにしました。電話は繋がり、相手は「違います」と答えました。

違います――短い一言ですが、それだけで十分でした。声の主は由里でした。

愕然としました。夫と友人に裏切られた悔しさで目眩（めまい）がしました。そして数時間前に会っていた由里の様子を思い出し、怒りで身体が震えました。

彼女は、自分がいかにあのホテルを使い慣れているか、そしてそこで行われるカウントダウン・パーティが今回の計画にいかに最適であるかを、目を輝かせ嬉々として話していたのです。自分が寝取った男の妻に、不倫場所の自慢をしていたのです。

その時の表情を思い出し、私は確信しました。あの女は、私に対して少しも罪悪感など持っていないのだ、と。

むしろ楽しんでいたに違いない。自分たちの不倫の舞台に間抜けな妻を招き、共に悪事を働くという状況に心を躍らせていたのだ、と気づきました。その心理の裏には当然、私を見下す気持ちも働いているのでしょう。それを裏付けるように、犯行がうまくいくかどうかということで不安を口にした私に、彼女はこういっていたのです。

大丈夫、あんたはいつも通り、あたしの手足として動いてくれればいいから――。

その言葉を思い返した瞬間、胸に生じた憎悪は一層膨れ上がりました。由里は友人などではない、あの女は私のことを自分にとって都合のいい存在としか見ていない、と思いました。

私は後悔しました。仮にこの計画がうまくいって大金が手に入っても、共犯者なのですから、由里とは生涯縁を切れなくなります。主人との関係を責めたところで、彼女にとっては痛くも痒くもないでしょう。浮気のことを公にしたければしたらいい、と開き直りそうな気さえしました。下手をすれば、逆に脅迫されるかもしれません。主人の不倫、息子の盗撮という不祥事に加え、私の恐喝という新たな秘密を摑まれることになるからです。

そんな私の思いをよそに、由里は着々と計画を進めました。森沢光留に、『マスカレード・ナイト』を使った取引を持ちかけたのです。森沢は了承したようでした。

私は焦りました。今更引き返せません。もはや主犯格となっている由里に、計画を中断させることなど不可能です。

そんな私にヒントをくれたのは、ほかならぬ由里でした。彼女はこういったのです。何があっても森沢にはこちらの身元を知られちゃいけない、そんなことになったら命を狙われるだろうから――。

はっとしました。いわれればその通りです。

私は思いきって森沢に電話をかけました。非通知だったので、森沢は由里からかかってきたと思ったようです。

私は自分が取引相手の共犯者であることを明かした上で、取引は罠だといいました。主犯の女は金銭の授受を終えた時点で警察に通報し、あなたを逮捕させる算段なのだと教えたのです。

森沢は戸惑っていました。こちらの目的がわからなかったからでしょう。なぜそんなことを教えるのか、狙いは何だと尋ねてきました。

主犯の人物を殺してほしいのだ、と私はいいました。もし殺してくれるなら、その人物の身元を教える。お金など一銭もいらないし、例の画像データはすべて破棄する。また金輪際連絡することはない、と付け加えました。

一日だけ考える時間がほしい、と森沢はいいました。そこでその日は電話を切り、翌日の同じ時間に改めて交渉を再開しました。

まず森沢は、私が殺してほしいといっている人物が今回の脅迫の主犯だという証拠がほしい、といいました。全く無関係な人間の殺害に利用され、挙げ句に通報されたのではたまらないというわけです。嘘などついてない、その人物が間違いなく主犯なのだといっても納得してくれません。私はどうしていいかわからず、途方に暮れてしまいました。

すると意外なことに森沢のほうから、提案がある、といってきたのです。

彼の案を聞き、唖然としました。それは由里の考えた『マスカレード・ナイト』作戦を逆手に取ったものでした。元々の計画では、森沢が隠した現金入りのバッグを由里が回収しにいき、中身を確認することになっています。森沢は、その場所で由里を待ち伏せし、彼女を殺害するという案をいいだしたのです。

森沢はさらに詳細な計画を話し始めました。滑らかな口調で語られる内容は理路整然としており、単なる思いつきでないことを窺わせるものでした。緻密さ、周到さにおいて、由里など彼の足元にも及びません。話を聞くうちに、私はこの勝負は彼が勝つと確信しました。この男に任せておけば大丈夫と思うようになりました。

　その後も二人で何度も打ち合わせました。十二月三十日に私たちがチェックインした後も、密かにやりとりしました。森沢もすでにホテルに来ているようでしたが、姿は見ませんでした。

　三十一日、由里がチェックインしました。夕食の時、私たちが食事をしているダイニング・レストランでたまたま会ったように装いました。由里は堂々としていましたが、主人は居心地が悪そうでした。家族といるところへ愛人が現れたのだから当然ですよね。だからだと思いますが、私がマンションの管理会社から電話があったことを主人に話すと、渋々のような顔をしつつ、そそくさとホテルを出ていきました。

　はい、電話があったというのは嘘です。主人をホテルから遠ざけるための口実です。事件が起きたら、宿泊客は全員ホテルに留まるよう警察からいわれるだろうと思いました。万一にも主人に疑いがかからないようにするための用心でした。

　午後十一時、私と由里は『マスカレード・ナイト』のパーティ会場に行きました。私は自前の服を着て、ホテルから借りた銀色の仮面を付けました。由里はピエロのマスクを被っていました。この姿で殺されるのかと想像し、ざまあみろと思いました。

48

本宮と共に新田が取調室に行ってみると、内山幹夫が背中を丸めて項垂れていた。新田たちの顔を見上げた後、ぺこりと頭を下げ、そのまま再び俯いた。

「そんなに縮こまることあないでしょう」本宮が苦笑しながら椅子を引いた。「取って食おうってわけじゃないんだから」

「いえ、あの……」声がかすれている。内山は咳払いをして続けた。「大変御迷惑をおかけしました」

「たしかに、あんたがもっと早くに名乗り出てくれりゃあ、事態は大きく変わってただろうね。俺たちがあんなに苦労することもなかった」本宮は派手な音をたてて椅子に腰を下ろした。

「すみません」内山は首をすくませる。

新田は横の机に向かって座り、抱えていたノートパソコンを置いた。内山の話をどうしても自分の耳で聞きたかったので、記録係に立候補したのだ。

「ええと、本名は内山さんだったね」本宮が手元の書類を見ながらいった。「名前のほうは幹夫さんのまんまか」

「前もいいましたけど、浦辺というのは犯人から指示された偽名です。その名字でホテルを予約してあると」

「そうだったね。さてと、じゃあまずは和泉春菜さんのことを教えてもらいましょうか。そもそも、どこで知り合ったんです？」

「ああ、はい。あの、知り合ったのは公園です」

「公園？　どこの？」

「名前はちょっとわからないです。家の近くの公園です」

浦辺幹夫――本名内山幹夫が、時折しどろもどろになりながら話した内容は、以下のようなものだった。

自宅の近くで進学塾を営んでいる内山は、昼休みに犬を散歩させることを日課にしていた。犬は十歳を過ぎたミニチュア・ダックスフントだが、まだ元気だった。

その公園は散歩コースの途中にあった。小さな公園で、いつ行ってもあまり人がいない。そこのベンチで休憩し、持参してきた犬用のパンを愛犬に与えるのだ。

ある時、工事が行われ、いつものベンチが使えなくなっていた。内山は別のベンチを探した。ブランコのそばに二つ並んでいて、一方が空いていたので、そこに腰を落ち着けた。

もう一方のベンチには、少年のような格好をした若い女性が座っていた。その公園でしばしば見かける女性だったが、話したことは一度もない。その日も言葉を交わすことなく、内山は犬を連れてその場から去った。

工事は数日で終わったが、それ以後もブランコのそばのベンチを使い続けた。特に理由はない、といえば嘘になる。隣のベンチにいる女性が気になっていたのだ。だが頻繁に会っていながら、挨拶すら交わせなかった。それを拒絶するオーラのようなものが、彼女の全身から出ているように感じたからだ。

きっかけは偶然だった。何かの拍子にリードから首輪が外れてしまい、犬が彼女のところまで行って、足元にじゃれつき始めたのだ。

内山は焦ったが、彼女の反応は意外なものだった。慌てた様子など全く見せず、犬をひょいと抱き上げると頭を撫で、次に身体を触り始めた。その手つきは動物を扱い慣れたプロのものだった。

内山は謝り、犬を受け取ろうとした。すると彼女は犬を返しながら思いがけないことをいった。後ろ足の関節に異常があると思うから、病院で診てもらったほうがいい、というのだった。触っただけでわかるのかと内山が訊くと、歩いている姿を見て前から気になっていた、という答えが返ってきた。職業がトリマーだと聞き、納得した。

早速病院に連れていくと、彼女の指摘通り、関節の異常が見つかった。生まれつきのものらしい。今すぐに手術をしなければならないほどではないが、定期的に検査をしたほうがいいとのことだった。

次に彼女と会った時、礼をいった。彼女は軽症でよかったといってくれた。それを機に、会えば話をするようになった。和泉春菜という名前や携帯電話の番号も教わった。

ペットを連れて入れるカフェに二人で行ったのは、言葉を交わしてから二週間目のことだ。そのさらに一週間後には食事をした。

二人で様々な話をした。話題は世間話から、お互いのことへと移っていった。春菜から仕事の話を聞くのは楽しかった。

知り合ってから二か月ほどが経った頃、ラブホテルに誘ってみた。断られたら二度と会わないでおこうと決めていたのだが、春菜は頷いてくれた。

それ以来、週に一度程度の頻度で、関係を持つようになった。しかし内山は、彼女には何か秘密があるように思えてならなかった。重大な何かを隠しているように感じた。その根拠の一つが電話だ。繋がらないことがしばしばあった。電源が切られているようなのだ。理由を訊くが、はっきりとした答えは返ってこない。また内山がいくら頼んでも、自宅の場所を教えてくれなかった。

もしかするとほかに男がいるのではないか、と疑った。

そんなふうに悶々（もんもん）としている時、衝撃的な出来事が起きた。春菜の遺体が見つかったのだ。しかも殺されたらしい。

その数日前から、おかしいと思っていた。公園には姿を見せないし、電話をしても一向に繋がらない。気になって職場を覗きに行ったこともある。

事件を知り、愕然とした。暗澹たる気持ちになった。犯人は捕まっていないらしい。一体誰が春菜を殺したのか。

警察に行くべきかどうか悩んだ。内山は妻帯者だ。そんなことをすれば、不倫していたことが家族にばれてしまう。世間に知られることも怖かった。経営している進学塾は私立の名門中学校の受験対策を売りにしているが、イメージダウンに繋がることは明白だ。それに自分が名乗り出たところで、捜査の足しにはならないだろうと思った。自分には、何の心当たりもないのだ。

春菜の死を悲しみつつ、内山は名乗り出ないほうを選んだ。事件が早期に解決してくれることを祈った。

ところが思いがけないことが起きた。内山のところにメールが届いたのだ。差出人はほかならぬ春菜だった。彼女に打てるわけがないから、別人が彼女のスマートフォンを使ったということになる。

その内容は内山を震え上がらせた。春菜との関係を公表されたくないならば指示に従え、というものだった——。

「せめてその時に通報してくれてたらなあ」本宮がため息交じりにいった。「犯人の手の内を読めたかもしれないし、罠を仕掛けることもできた」

「本当にすみません」内山は、ますます身体を小さくする。

「で、その指示ってのが、コルテシア東京に泊まれってことだったんだね」

「そうです……」

「そういうわけか」本宮は椅子にもたれながら、両手を頭の後ろで組んだ。「うまく利用されちまったもんだなあ」

「秘密を握られているというだけで混乱してしまって……本当に馬鹿でした」

「奥さんには説明したんですか」

「いえ、まだです。今日、ここへ来ることも話してません」

「そうですか。まあ、こちらから奥さんに知らせるようなことはないと思いますが」

「そうしていただけると助かります」内山は小さく頭を下げた後、あの、と本宮と新田を交互に見た。「春菜は、なぜ殺されたんですか？　やっぱり犯人は彼女の本来の恋人で、私の存在に気づいて、腹を立てて殺したってことなんでしょうか」

本宮が新田のほうをちらりと見てから内山に顔を戻した。

「それはまだわかりません。何しろ、被疑者が黙秘しているものですから」

「……そうなんですか」

再び俯きかけた彼に、内山さん、と新田が声をかけた。

「近いうちに、DNA鑑定をお願いすることになると思います。その際には御協力をお願いします」

「DNA鑑定?」

「和泉さんは……和泉春菜さんは妊娠しておられました」

内山の目が大きく見開かれた。

本宮が顔をしかめて小さく舌打ちするのが新田の視界に入ったが、そのまま続けた。

「和泉さんの部屋から妊娠検査薬が見つかっています。はっきりと陽性を示していました。子供のいる多くの女性に尋ねたところ、陽性だと判明している検査薬を捨てずに保管している理由はただ一つ、その妊娠を喜んでいるからだそうです。参考までに、被疑者の子でないことは確認されています」

内山は無言だった。俯いて、何度も大きく呼吸をした。そのたびに肩が上下した。

49

総支配人室に呼ばれると、いつも鼓動が少し速くなる。子供の頃、職員室に呼ばれたらドキドキしたのと同じだ。身に覚えなど何もないのに、叱られるのではと思ってしまう。

尚美は深呼吸を一つしてからドアをノックした。どうぞ、と藤木の声が聞こえた。

ドアを開け、失礼しますと頭を下げて部屋に入った。藤木は老眼鏡をかけ、黒檀(こくたん)の机に向かっていた。

「体調はどうかね」藤木は眼鏡を外し、立ち上がった。

「大丈夫です。ゆっくりと休ませていただきましたし」

「それならよかった」

藤木が手招きしながらソファに移動したので、尚美も従った。

「前回の事件に続いて、危ない目に遭ったね」ソファで向き合ってから藤木がいった。

「今回は……今回も、ですけど、かなり怖かったです」

正直な気持ちだった。あの時、新田が来てくれなかったらと考えるだけで身体が震える。じつのところ、夜もあまり眠れないのだった。

「警察の事情聴取は一段落したのかな」

「はい。新田さんが、私にはあまり負担のないように気遣ってくださいました」

「そうか」

その時、ノックの音が聞こえた。どうぞ、と応えてから藤木は尚美を見た。

「じつは君を呼んだのは、会ってもらいたい人がいるからなんだ」

ドアが開き、誰かが入ってきた。顔を見て、尚美は言葉を失った。

日下部篤哉だった。スーツ姿でネクタイもきちんと締めている。その顔には笑みが浮かんでいた。

なぜこの人物がここにいるのか、尚美にはまるで理解できなかった。声を出せないいま、呆然としていた。

あのカウントダウン・パーティの後、結局日下部とは会えなかった。尚美の身柄は一旦警察に保護されたからだ。日下部からも連絡がなかった。だから彼は予定通り、元日の朝にアメリカに旅立ったのだろうと思っていた。

藤木がくすくす笑った。「驚いたようだね。まあ、無理もない」

日下部が近づいてきて、懐から名刺を出した。

尚美はあわてて立ち上がり、名刺を受け取った。そこに印刷してある文字を見て、はっとした。『ホテル・コルテシア　北米支部担当局　人事第二部長　香坂太一』とあったからだ。

「コルテシアの方……だったんですか」

「じつはそうなんです。日下部篤哉というのは、僕の叔父の名です。騙して申し訳ない」香坂という男は丁寧に頭を下げた。

わけがわからず尚美が何とも答えられないでいると、「とにかく座ったらどうだ」と藤木がいった。「私からも説明したいことがある」

　香坂が藤木の隣に座るのを見て、尚美も腰を下ろした。

「前にコルテシア・ロサンゼルスの話をしただろ？　君を推薦したいといったはずだ」

藤木がいった。「香坂さんはね、日本人スタッフの選出を任されている方なんだ」

えっ、と尚美は香坂の顔を見返した。彼は白い歯を見せた。「じつは、そうなんです」

「でも、どうして……。あれはどういうことだったんですか。プロポーズとか、薔薇の道とか、それからええと」

「本当に申し訳ない」香坂が再び頭を下げた。「あれが僕のやり方なんです」

「やり方って……」

「私が君の話を香坂さんにしたところ、そこまで優秀な女性だというなら、テストしてもいいですかといわれてね。こっちも引っ込みがつかないものだから、どうぞ好きなようにやってくださいと受けて立った。するとあんな形で乗り込んでこられたというわけだ」

　藤木の話を聞くうち、ようやく事情が呑み込めてきた。尚美は改めて香坂を見た。

「あれは全部、嘘だったんですか」

「そういうことです。ごめんなさい」

「すると狩野妙子さんのほうも？」

はい、と香坂は答えた。

「彼女は僕のアシスタントです。学生時代に演劇をしていたものですから、芝居はお手の物です」

「あなたとあの方が汐留のカフェにいるところを見た、という者がおります」

「大晦日の前日ですね。そうですか、見られてましたか。彼女は汐留のホテルに滞在していたものですから」

いわれて気づいた。汐留に系列のビジネスホテルがあるのだ。そういえば大木は、仕事で汐留に行ったスタッフが目撃した、といっていた。そのスタッフも、そのホテルに用があったのだろう。

尚美は瞬きを繰り返し、にやにや笑っている藤木を見てから香坂に目を戻した。「すっかり騙されました」

「厄介なことをいいだす客だと思ったでしょうね」

「厄介というか……難しい要望だとは思いました」

「こんな言い方は乱暴かもしれませんが、コンシェルジュならばプロポーズを演出する程度のことはできて当たり前です。思いを打ち明けたいという男性の欲求を満たしてやればいいだけの話です。プロポーズというのは、する側よりもされる側のほうが対応が難しい。断るとなれば尚更です。なるべく相手を傷つけず、相手の気持ちを尊重した上でどう断るか。そこがコンシェルジュの腕の見せ所だと考えた次第です。その点で——」

香坂はぴんと背筋を伸ばし、尚美を見つめてきた。「あなたの演出は素晴らしかった。あのスイートピーには意表をつかれました。狩野君も驚いたといっていました」

狩野妙子というのは本名らしい。

ありがとうございます、と尚美は礼をいった。自分としては客の要望に懸命に応えようとしただけなので複雑な気分だった。

「それでね、あなたの対応があまりに見事だったので、欲が出てしまいました。さらにテストをしてみたくなったんです」

香坂の言葉に、尚美はぴくんと身体を反らせた。「それが仲根緑……」

「そういうことです。ラウンジで彼女を見た途端、閃きました。名前も知らない女性に一目惚れした、何とか二人きりで食事をしたい、という要望を出したら、あなたがどう対応するか、どうしても確かめてみたくなったんです」

「あれには正直参りました」尚美は本音を吐露した。

「でしょうね。でもあなたは諦めず、『あしながおじさん作戦』を提案してきた。さすがでした。あの時点で、仮に作戦が失敗に終わったとしても、あなたには合格点を出せると思いました」

「ありがとうございます。でも、まさか、あんなことに……」

「ええ、そうですね。彼女が男性だったとは。しかも殺人犯。事件を知った時には、新年早々悪い夢を見ているのかと思いました」香坂はゆらゆらと頭を揺らした。

「香坂さんは犯人と二人きりで食事をされたそうですね」藤木がいった。「不自然なことは何も感じなかったんですか」

この問いかけに香坂は顔をしかめた。

「お恥ずかしいかぎりです。全く何も感じませんでした。素敵な女性と過ごせてラッキーだとさえ思っていました。正直、落ち込んでいるところです。自分には人を見る目がないのかと」

「それをいったら、私もそうです」尚美はいった。「警察でも、そのことを何度も訊かれました。本当に気づかなかったんですかって。新田さんによれば、現在の犯人はスッピンのままなので、化粧したらどうなるか、多くの刑事さんは知らないそうなんです」

「だったら、化粧させるべきです。ああ、そのうちに僕のところへも警察が話を聞きにくるだろうな。頭が痛い」香坂は項垂れた。

「香坂さん、肝心の話をしなくていいんですか」藤木が苦笑して訊いた。

そうだった、と彼は顔を上げ、尚美のほうを向いた。

「いろいろとありましたが、さっきもいいましたように、山岸さん、あなたはテストに合格です。是非、我々に力を貸していただきたい。コルテシア・ロサンゼルスに来ていただきたいのです。お考えいただけませんか」

　香坂の熱を帯びた台詞に、尚美は動揺した。事件の衝撃が残っていて、まだそんなことを考える余裕がない。だが自分が必要とされていると感じられるのは幸せだった。

　ロサンゼルスか——。

　なぜか新田の顔が頭に浮かんだ。

50

　メニューを開き、うへっと能勢が声を漏らした。

「コーヒーが千円ですよ。一体、何が入ってるんでしょうか」

「至ってふつうのコーヒーです」新田はいった。「ただし、飲み放題。カップが空になったら、頼まなくてもウェイトレスが注いでくれます」

「そうなんですか。まるで押し売りですな。私、一杯で十分ですから、五百円というわけにはいかんのでしょうか」

「どうですかね。今度、料飲部長に提案しておきます」

「是非、お願いします。この値段じゃ、とても気軽に立ち寄れない」冗談か本気かわからない口調で能勢はいい、メニューを閉じた。

新田は水の入ったグラスに左手を伸ばし、ついでに腕時計を見た。待ち合わせの時刻を二分ほど過ぎたところだった。

二人はコルテシア東京のラウンジにいた。あの日下部篤哉が、あの仲根緑を見初めた場所だ。もちろん、今日待っている相手はそのどちらでもない。

新田は店内を見渡した。テーブルもソファも高級品が使われている。飲み物を運ぶウエイトレスの制服は上品で、動きも洗練されている。コーヒーが千円もするわけだ。

奥の席に一人の男性が座っている。年齢は三十代半ばというところか。灰色のセーターを着た、やや小太りの人物だ。彼がしばしば窺うような視線を向けてくることに、新田は着席した直後から気づいていた。

入り口に一人の女性が立った。紺色のワンピース姿で、キャメルのコートを腕に掛けている。顔が小さく、くっきりとした目元が印象的だ。この人だな、と新田はすぐにわかった。能勢もそうらしく、新田とほぼ同時に椅子から立ち上がった。

女性は新田たちのテーブルに視線を向けた後、やや緊張の面持ちで近づいてきた。彼等のテーブルの上には黒い紙袋が置いてある。それが目印なのだ。

「笠木さんですね」相手がそばまで来たところで新田が訊いた。はい、と彼女が答えるのを聞き、名刺を差し出した。「新田です。このたびは、突然お呼び立てして申し訳ありません」

警視庁の新田と自己紹介しないのは、周囲の耳を気にしたからだ。

続いて能勢も名刺を出した。彼女が受け取るのを待って、どうぞ、と新田は向かい側の椅子を勧めた。相手の自己紹介は不要だった。笠木美緒という氏名は承知している。テーブルを挟んで向き合った。目を伏せている笠木美緒の表情は硬い。刑事と対面しているのだから当然だった。

ウェイトレスがやってきて、彼女の前に水の入ったグラスを置いた。

「何でもお好きなものをどうぞ」新田は笠木美緒の前にメニューを差し出した。「お薦めはフレッシュオレンジジュースです」

「あ……じゃあ、それを」彼女は小声でいった。

新田はウェイトレスにコーヒーを二つとオレンジジュースを注文した後、改めて笠木美緒のほうに顔を向けた。彼女はまだ俯いている。

「今日は、こちらにはお一人で？」

新田が問うと、笠木美緒は身体をほんの少し動かした後、はい、と弱々しく答えた。

「そうですか」彼女の肩越しに、奥の席へ視線を走らせた。例の灰色セーターの男性と目が合った。相手はあわてた様子で顔をそむけた。

新田は彼女に視線を戻した。

「電話でもお話ししましたが、森沢光留が逮捕されました。かなり派手な事件で、ニュースなどでも大きく取り上げられたので、あなたも御存じだったようですが」

「はい……びっくりしました」

「あなたの名前は、森沢のスマートフォンから見つかりました。二年前のやりとりが残っていて、森沢にとってあなたが特別な存在だったらしいと察せられましたので、連絡を取らせていただいたわけです」

笠木美緒が、ほんの少し顔を起こした。「全部……ですか？」

新田は首を傾げた。「何がですか」

「やりとりが全部残ってたんですか、その……スマホに」

ああ、と新田は頷いた。

「全部かどうかはわかりません。森沢が消去したものもあるかもしれません。しかし、あなたとの関係を第三者に想起させるには十分なほどの内容は保存されていた、と申し上げておきましょう」

笠木美緒の形の良い眉が、ほんの少しひそめられた。気味悪さと怖さが改めて押し寄せてきたのだろう。

「森沢は黙秘を続けています」新田は話を再開した。「犯行内容については、我々はほぼ把握しております。証拠も揃っていて、釈明の余地はありません。起訴されれば有罪になることは間違いないでしょう。ただ、わからないのは動機です。極めて特殊な個性と価値観が関わっているのだろうということは、本人と会えば見当がつきますが、具体的にどのような感情からああいった犯行に及んだのか、まるで想像がつかないんです。森沢本人が語らない以上、それを推測するには被害者たちに訊くしかありません。とはいえ、二人の被害者、室瀬亜実さんと和泉春菜さんは、もうこの世にはいない。となれば、彼女たちと同様の状況になりつつ、幸いにも被害者にならずに済んだあなただけが、それを話せる唯一の人物ということになります」

　笠木美緒の睫がぴくぴくと動いた。「あまり思い出したくないことなんですけど……」

「お察しします」新田は頭を下げた。「しかし森沢の心の闇を暴くには、あなたの協力が必要なんです。どうかお願いいたします」

　隣で能勢も深々と頭を下げる気配があった。

　よろしいでしょうか、と頭上から女性の声がした。ウェイトレスが飲み物を運んできたらしい。新田は顔を上げ、それぞれの飲み物が並べられるのを黙って眺めた。

　ウェイトレスが去ると、笠木美緒はストローを袋から出し、オレンジジュースを飲んだ。緊張していた顔が、ほんの少しだけ緩んだ。「ほんとに美味しい……」

　でしょう、と新田は笑いかけ、コーヒーをブラックで啜った。

　笠木美緒は両手を膝に置き、ちらりと新田を見てから、また目を伏せた。「どこから話せばいいんでしょうか」

「あなたが話しやすいところからで結構です」

笠木美緒は何度か大きく呼吸をした。そのたびに細い肩が上下した。

私は、と呟くように彼女は話し始めた。「男性恐怖症でした」

新田は隣の能勢と目を合わせた。予想通りのキーワードが出てきたからだ。笠木美緒に顔を戻し、はい、と応じた。

「どうして私がそうなってしまったのか、それは話したくないんですけど……」

わかりました、と新田は即答した。「ならば、それは訊きません。では、森沢との出会いから、ということでいかがでしょうか」

笠木美緒は、安心した様子でこくりと頷いた。

「私が彼と会ったのは、ある講演会場です。講演のテーマは、男性恐怖症でした。参加者は全員女性です。女性限定とされていたからです」

「でも、そこに森沢はいた？」

「はい、私の隣に座っていたのが彼でした」

「女性限定なのに？」

「会場の入り口では」笠木美緒は、ふっと息を吐いてから続けた。「チケットを見せるだけで、本物の女性かどうかを確認されるわけではありませんでしたから」

つまり、と新田はいった。「森沢は女装をしていたわけですね」

はい、と笠木美緒は顎を引いた。

「不自然さは？」

「全くありませんでした。男性かもしれないなんて、これっぽっちも思いませんでした」

笠木美緒は初めて真っ直ぐに新田の目を見つめてきた。誤った道への誘導灯がいかに巧妙なものであったかを訴える目だった。

「森沢のほうから話しかけてきたのですか」

はい、と彼女は答えた。

「よく覚えていないんですけど、些細なことをきっかけに話しかけてきました。その話しぶりは上品で柔らかくて、少しも気取っていませんでした。素敵な女性だな、というのが第一印象です。ほかの女性には抱いたことのない不思議な雰囲気を感じました」

相手は牧村緑と名乗ったらしい。講演会が終わった後、お茶に誘ってきた。笠木美緒も、もう少し話してみたいと思ったので断らなかった。

「二人でいろいろと話をしてみて、とても気が合うように感じました。彼……いえ、その時は彼女ですね。彼女は、自分ならあなたの力になれる、心の病を治せると思う、と繰り返しました。その口調は熱心で、真剣みに満ちていて、また会いたいなと思わせる力を持っていました」

「で、付き合いが始まった？」

「はい」

「森沢は、いつ自分の正体を明かしたんですか」

「初めて私の部屋に来た時です。会ってから一か月後ぐらいだったと思います」

部屋で二人きりになった瞬間、笠木美緒は、初めてそれまでに感じることのなかった違和感を抱いたという。強いていえば、それは匂いだった。牧村緑の身体から発せられる何かが、笠木美緒を落ち着かなくさせていた。

するとそれを察したかのように、今日は打ち明けたいことがある、といって牧村緑は荷物を持ってバスルームに消えた。再び現れた彼女を見て、笠木美緒は悲鳴を上げそうになった。男の姿に変わっていたからだ。

「これは自分のもう一つの姿だ、と彼はいいました。生物学的には男性で、社会的にもこちらを表の顔として使っている、とも」

「性同一性障害？」

笠木美緒は首を横に振った。

「彼は、その言葉を嫌っていました。自分はどちらでもないのだ、というのが彼の言い分でした。男性でも女性でもなく、双方を超越した存在だ、とよくいってました」

「超越……ですか」

「いつ頃からですか」今まで黙っていた能勢が、初めて口を挟んできた。「森沢は、いつ頃からそんなふうに考えるようになったんでしょう？　物心ついた時からですか」

笠木美緒は、さあ、と首を傾げた。

「でも妹さんの影響が大きかったように聞いています」

「妹？」新田が訊いた。

「彼と双子の妹さんです。その話は、しょっちゅう聞かされました」

新田はスマートフォンを取り出した。森沢光留のプロフィールについては、すでに入力してある。

これか――家族構成の欄を見て、合点した。たしかに森沢には双子の妹がいた。

「世羅さん、という方ですね」

「そうです」

「妹さんについて、森沢はどんな話をしたのですか？」

「それは、あの、姉妹ごっこの話を……」

「姉妹ごっこ？」

「はい」

笠木美緒が話し始めた内容は、以下のようなものだった。

森沢光留にいわせれば、世羅は妖精のように美しかったらしい。光留とは仲が良く、何をするのも一緒で、どこへ行く時も離れなかった。

二人が十歳の時、両親が離婚した。二人は母親に引き取られた。医師だった母親は家を空けることが多かった。二人は力を合わせて、母親を支えていこうとした。

中学生になってから世羅はこっそり化粧をするようになり、ますます美しくなった。ある時、世羅が奇妙なことを提案した。光留を女の子のように化粧してみたいというのだった。男がそんなことをするのは変だといったが、絶対に奇麗になると思うから、と世羅は譲らない。結局、光留はいいなりになった。

化粧を終え、鏡を見て光留は驚いた。そこに映っているのは美しい少女にほかならなかった。鏡の前に二人で並ぶと、姉妹にしか見えなかった。

それ以来、二人で密かに「姉妹ごっこ」をするようになる。姉役はいつも光留だ。自分でも妙なことをしていると思いつつ楽しかった。

幸いなことに光留には明確な変声期は訪れず、高校生になっても体つきがあまり男性らしくならなかったので、この秘密の遊びは続いた。

光留たちが十八歳の時、母親が事故で亡くなった。その後二人は医療法人を経営している親戚たちの援助を受けながら大学に進学し、東京で一緒に暮らし始めた。

そこまで話したところで笠木美緒の口が突然重たくなった。先を話すべきかどうか、躊躇(ためら)っているように見える。

「どうしたんですか」新田は訊いた。

「いえ、あの……姉妹ごっこの話は以上です」笠木美緒はオレンジジュースのグラスを引き寄せ、ストローを口に含んだ。

「その世羅さんという妹さんは――」能勢が手帳を眺めながらいった。「二十一歳の時に亡くなってますね。それについて何か聞いておられますか」

まさに新田が質問しようと思っていたことだったので、どうですか、と答えを促した。

「……自殺したそうです」笠木美緒は、ぼそりと呟いた。

「原因は？」新田は訊きながら、彼女の顔を覗き込んだ。

辛そうに眉根を寄せた笠木美緒は、瞼を閉じて深呼吸を一つした後、再び目を開けた。

「レイプです。犯人は捕まらなくて、でもレイプされたっていう噂だけは流れて、それで耐えきれずに……」そこまで話すのが精一杯なのか、口元を押さえて俯いた。

自らの辛い思い出と重複するのかもしれなかった。男性恐怖症であったからには、当然何らかの原因が存在する。その多くはレイプなどの性的暴力だ。

「少し話を戻しますが」能勢がいった。「男の姿をした森沢を見て、あなたはどうでしたか。当時は男性恐怖症だったそうですが……」

笠木美緒は当惑した表情を見せ、唇をひくひくと動かした。どう回答すべきなのか、迷っているように見えた。

「震えが……出ませんでした」

「震え？」新田は訊いた。

「それまでの私は、男性と二人きりになると、身体が震えて止まらなくなってたんです。呼吸は乱れるし、脈拍も速くなって……。でも、あの時は平気でした。あの時にかぎらず、彼となら部屋で一緒にいても落ち着いていられたんです。おまけに妹さんの話も聞いて、この人は違うと思いました。ほかの男の人とは全然違う、と」

「それで信用するようになった？」

新田の問いに笠木美緒は頷いた。

「助けたい……彼は、そういってくれました。人類全体のためには男が必要かもしれないけれど、個人の幸せのためには男なんて必要ない。男のいない世界を作り上げて、その中で生きればいいんだって。それまでそんなふうに断言してくれる人なんていなかったから、すごく救われた気がして、この人についていけば何とかしてくれるかもしれないと思いました」

「そして実際、ついていった」

「……あの頃は」笠木美緒は視線を落とした。「どうかしていたのだと思います。どうしてあそこまで彼を信用して、彼のことを神様みたいに思ってしまったのか、自分でもよくわからないんです。振り返ると、異常だったとしかいえないんですけど、その時は彼の言葉に従うのが当たり前だと思い込んでいて、疑問なんか何も持たず、ただいいなりになっていました」

「具体的には、どのように？」

「行動を細かく管理されました。何もかも、彼の許可を得なければいけませんでした。どこへ行って、何をするか、誰と会うか、事前に報告させられました。勝手なことをすると叱られました。といっても彼は暴力なんかは決してふるいません。君を救いたいからしていることなのに、なぜ裏切るのかといって泣くのです。その姿を見ると、申し訳ないという気持ちしか起きてきませんでした」

完全なる洗脳だ、と新田は思った。笠木美緒は森沢光留にマインドコントロールされていたのだ。

「管理されたのは行動だけですか」能勢が質問した。「ほかにも森沢から指示されたことがあったのではないですか。たとえば、服装……とか」

笠木美緒の顔が一瞬にして蒼白になった。それから徐々に赤みを取り戻し、やがては紅潮にまで至った。

「その通り……です。彼と会う時には、特別な格好をするように命じられました」

「ロリータ？」

新田が訊くと、彼女は小さく頷いた。

「その時、森沢のほうは？」

笠木美緒は唾を呑み込んでから口を開いた。「女装です。私の部屋に来ると、彼は女性に変身し、女性として過ごしました。男性に戻るのは帰る直前です。その間、私はお人形さんのような格好をさせられました。世羅さんが、そういう服が好きだったみたいです」

「なるほど」新田は能勢と目を合わせた後、再び彼女のほうを向いた。「その関係は、どのぐらい続きましたか」

「半年ぐらいです」

新田は頷いた。森沢のスマートフォンに残っていた記録と一致する。

「終わったのには何か理由があるんですか？」

「はい。あの、じつはそれより少し前から、気持ちに変化が現れていたんです」

「どんなふうに？」

「それが、不思議なんですけど、男性と話せるようになっていたんです。身体が震えることもなくなっていて……」

「森沢以外の男性といても平気になった、ということですか」

「全く平気というわけではなかったですけど、かなり大丈夫になりました。そんな時、たまたまある男性と知り合うきっかけがあって、食事に誘われました」

「行ったんですか」

笠木美緒は首を横に振った。「男性との交際は、彼から固く禁じられていましたから」

「相手の男性には何と説明を？」

「わけがあって行けない、とだけ……」

「それで男性は納得しましたか」

「できない様子でした。その後、顔を合わせるたびに、事情を知りたがりました。その人が良い人だとわかっていただけに辛かったです。それである時とうとう……」

「森沢のことを話したんですね」

笠木美緒は黙って頷いた。

「相手の男性は何と？」

「君は操られている、といいました。催眠術をかけられ、本当の自分を見失っている、と。そんなことないといい返したんですけど、彼は強い口調で、今の状態がいかに異常かを語るんです。彼がいうには、私はストーカーを部屋に招き入れているようなものなのだそうです。彼が興奮して話すのを聞いているうちに、だんだんと彼のほうが正しいような気がしてきて、だったらどうすればいいのと訊いていました。彼は、今すぐ逃げだすべきだ、そのための手伝いなら喜んでやる、といってくれました」

いい人間に出会ったのだな、と新田は思った。その出会いは彼女にとって奇跡だった。

「どうやって逃げたんですか」

「仕事を辞め、マンションを解約し、荷物を処分して、スーツケース一つだけを持って部屋を出ました。新しく住む部屋は、彼が用意してくれました。持たされていたスマートフォンは捨て、自分の携帯電話も解約しました。幸い住民票は長野県の実家のままなので、移す必要はありませんでした」

「その後、森沢が接触してきたことは？」

「ありません」

そうだろうな、と新田は合点した。今回、笠木美緒の連絡先は、長野県の実家に問い合わせて知った。その実家の住所は、解約された携帯電話の会社から突き止めたのだが、令状がなければ教えてはもらえない。

「仕事を辞めたとおっしゃいましたね。どんな仕事をしておられたのですか」

「マネキン工場で働いていました」

「マネキン？」

「マネキンの顔を描く仕事です」

「ははあ……」世の中にはいろいろな仕事があるものだ。男性恐怖症のせいで、人と向き合う仕事から逃げていたのかもしれない。「今は、何を？」

今は、といって笠木美緒は少し顎を上げた。「ビニールハウスでイチゴを育てています」

「イチゴ？」

「はい、彼にいろいろと教わりながら……ですけど」ほんの少し口元を緩めた。

マネキン絵師とイチゴ栽培を生業とする男性がどのように出会ったのかを知りたかったが、立ち入りすぎかと新田は質問を控えた。

「結婚の御予定は？」

「そろそろ、と思っています」

「そうですか、おめでとうございます。結婚式場を検討される際は、是非このホテルも候補に入れてみてください。知り合いがいるので紹介してもいいです」

「ありがとうございます。でも、そんなに派手なことをする予定はないので」うっすらと頬を赤らめた笠木美緒の表情は、すっかり和んだものになっていた。

新田は能勢の顔を見た。ほかに質問はあるかと目で尋ねたのだが、能勢は小さくかぶりを振った。

背筋を伸ばし、笠木美緒のほうを向いた。

「大変よくわかりました。御協力に感謝いたします」

「もういいんでしょうか」

「結構です。ありがとうございました」

笠木美緒が椅子から腰を浮かすのを見て、新田たちも立ち上がった。すると奥に座っていた灰色のセーターを着た男性も、急いだ様子で席を立った。こちらを向いた時、新田と目が合った。

新田が会釈すると、男性はばつの悪そうな顔で頭を掻き、出口に向かった。

笠木美緒が、失礼しますと一礼し、新田たちのテーブルから離れた。その彼女を先程の男性が待っている。二人がラウンジから出ていくのを新田と能勢は立ったままで見送った。

51

森沢光留が、あの刑事になら話をしてやってもいいといって新田を指名したのは、一月十日のことだった。裏付け捜査に駆り出されていた新田は、警視庁内の取調室で森沢と向き合った。

森沢の顔はマイケル・ジャクソンのマスクを取った時のままだった。端整ではあるが、男の顔だった。髪も短い。

新田と向き合い、森沢はにやりと笑った。「『M．バタフライ』を知ってるか」

「映画ならＤＶＤで観ました」

新田の答えに森沢は、げんなりしたように鼻の上に皺を寄せた。

「ジョン・ローンか。あれは男以外の何者でもない。あんな女装に騙される男はいない。そうは思わなかったか」

「思いました」

だろ、と森沢は満足そうに頷いた。

『M．バタフライ』は、文化大革命当時の中国を舞台にした戯曲で、トニー賞を受賞している。フランス大使館の外交官が京劇の主演女優に恋をし、彼女を愛人にして子供まで産ませたと思っていたが、じつは彼女はスパイで、しかも男性だったというストーリーだ。

「あの戯曲は実話を元にしている」

「そうらしいですね」

「女装した男に惚れるなんて、騙された外交官の目はどうかしていたのかな」

新田が答えずにいると、森沢は嬉しそうに口元を緩めた。

「外交官の気持ちがわからなくもなさそうだね」

「そういう話をしたくて、俺を指名したんですか」

「こういう話もしたかったんだよ。君に話すのは楽しそうだと思ったから」

耳に残る中性的な声だが、男の顔をした森沢から発せられても少しも違和感はない。

しかしあの仲根緑が発していたのも、たしかにこの声だったのだ。あの時には女性の声としか思えなかった。いや、そもそも疑問を抱かなかった。

「あの男の取り調べは終わったのかな」森沢が訊いた。「キノヨシオ。包帯ぐるぐるのミイラ男の取り調べだ」

「なぜそれを訊くんですか」

「話の都合上、そこから始めたらわかりやすいからだ。どうなんだ？」

「とりあえず終わっています。本人の供述によれば、ハロウィンでミイラ男の仮装をした時の画像をＳＮＳに上げていたら、最近になってバイトをしないかという誘いがあったといっています。大晦日の夜にカウントダウン・パーティに出て、電話の指示通りに動けば、ただで一流ホテルに泊まれて謝礼も貰える。おいしい話だと思って飛びついたとか」

「ほかにも何人か候補がいたんだけど、あの男が一番信用できそうだった。期待通り、よくやってくれた」

「キノヨシオの名前で予約を入れたのはあなたですか」

「その通りだ。犯罪にもユーモアが必要だと思っているからね。でも嘆かわしいと思わないか？　一流ホテルのオペレーターが、漢字を聞いても気づかなかった」

「ユーモアに付き合ってくれたんじゃないですか」

「それならいいんだがね。では次に、あの男の取り調べはどうなんだ。内山幹夫は？」

「一応終わっています」

　新田の答えを聞くと、森沢は底意地の悪そうな光を二重瞼の目に宿らせた。

「最低の男だと思わないか？　少年少女たちを教育する立場にありながら不倫をしていたんだ。それでも心の底から愛していたということなら一定の評価もできるが、相手の女が殺されても、火の粉が降りかかることをおそれて名乗り出なかった」

「内山さんのことは和泉春菜さんから聞いたんですか」

「いや、春菜に持たせていたスマートフォンに、奴とのやりとりが残っていた。私と一緒にいる時に春菜のスマートフォンに着信があったりメールが届いたりしたら、相手が誰か私が問い詰めるので、内山とは私が貸し与えたスマートフォンで連絡を取り合っていたらしい。私と会っている間は電源を切っていたわけだ」

　内山が、春菜に電話をかけても繋がらないことがしばしばあった、といっていたのを新田は思い出した。

「なぜあの男を利用したと思う？」企みに満ちた顔で森沢は訊いた。「ミイラ男と同様に、金で雇った者を使う手もあった。なぜそうしなかったと思う？」

「ミイラ男に比べ、役目が重大だったからではないですか」

「それはある」森沢は頷いた。「ヘマをされたら大ごとだからね。でもそれだけじゃない」

「内山さんへの罰」

「それも大いにある。今もいったように、卑劣な男だ。罰を与える必要があった。でも、ほかにもっと大きな理由がある」

「何ですか」

「わからないか？　わからないだろうね。それを教えてやりたかったというのも、君をここへ呼んだ理由だ。いやあ、じつに楽しい」

嗜虐的に目を輝かせる森沢の顔を、新田は思いきり殴りたくなった。だがもちろんそんなことはできないし、被疑者が饒舌になっている時には邪魔をしないのが取調官の鉄則だ。極力感情を顔に出さないように注意し、次の言葉を待った。

「それを説明する前に、時計の針を少し前に戻そう」森沢は右手の人差し指をくるくると回した。「私がチェックアウトするところまでだ。そういえば君は、仲根緑からの感謝のメッセージは聞いてくれたのかな」

「聞きました」

「あのメッセージの半分は本気だ。山岸さんだっけ。彼女と君のおかげで、じつに楽しい時間を過ごせた。ただし、残りの半分は皮肉だがね」

何とも答えようがなく、新田は黙っていることにした。

「ホテルを出て自宅に戻ると、化粧を落とし、ウィッグを外した。マイケル・ジャクソンの服に着替えたら、バッグを提げて部屋を出た。バッグの中にはマイケルのマスクとホテルマンの制服、そして仮面が入っている。ちなみに制服は、似たものを通販で入手した。本物とは微妙に違うけど、見た目は殆ど変わらない。ホテルに戻るタクシーの中で、マイケルのマスクを被った。料金を払う時、運転手は目を丸くしていたな。もっともドアマンは平然としていた。私はホテルの正面玄関をくぐり、エレベータで三階に上がった。会場の前は賑わいを見せていた。山岸さんもいた。しばらくすると君もやってきた」

あの時か、と新田は回想した。稲垣からの指示で、配置についた時だ。そばにマイケル・ジャクソンのマスクを被った人物がいたのを覚えている。ミイラ男の姿を見たような気もした。

「さてと、ここで新たなクイズだ。今もいったように、私は一旦自宅に帰ってから再びホテルに向かったわけだが、仲根緑として二日も前から滞在していた理由は何だと思う？」

値踏みするように顔を覗きこんでくる森沢の視線を、新田は正面から受け止めた。

「警備状況の偵察ですか」

ピンポーン、と森沢は指を立てた。

「その通りだ。警察側の備えがどの程度のものなのかを確認しておきたかった。とはいえ、これは危険な賭けでもある。警察はどうせ、事件があったマンションの防犯カメラの映像を押さえている。乗り込むためには、もう一つの顔を使う必要があった。仲根緑――本名を牧村緑という女の顔だ。ところで牧村緑について、君たちは何か調べたのかな」

「あなたがチェックイン時に使用したクレジットカードについては調べました」新田は答えた。「十数年前に発行された正規のカードで、同じ名義の銀行口座も存在しました。どこで入手を？」

「闇サイトだよ。女の顔を持つ以上、女としての身分証明も必要だと思ったからね。今は難しいけれど、昔はネットで何でも買えた。他人名義の携帯電話もね」

どうやらその通りだったようだ。今回の犯行には二台のスマートフォンが使用されたが、どちらも他人名義のものだった。

「牧村緑の姿には自信があった。絶対に見破られないと確信していた」森沢は言葉にプライドを滲ませた。「とはいえ、女だから怪しまれないという保証はない。むしろ、年末に一人でシティホテルに何泊もする女など、警察にしてみれば不自然極まりない存在に映るだろう。そこで夫婦者を装うことを思いついたが、余計に怪しまれると気づいた。警察はハウスキーピングに乗じて、宿泊客全員の部屋や荷物を調べるに違いない。防犯カメラで部屋の出入りも監視するだろう。連れがいないことなど、すぐにばれてしまう。

ではどうするか。あれこれ考えているうちに、どうせ怪しまれるなら、とことん怪しまれてやろうか、という気になった。そこでストーリーを作ることにした」

「ストーリー？」

「牧村緑の悲しきラブストーリーだ。死んでしまった恋人を偲び、果たせなかった夢を果たすために約束の場所にやってきた、という筋書きだよ。しかし警察を欺くには完璧な準備が必要だ。これには多少、手間がかかった。最も苦労したのは、どこの誰を亡き恋人にするかだった。架空の人物では警察を騙せない。そこで親戚の医療法人のルートを使うことにした。法人内ではデータを共有している。そうして見つけたのが、仲根伸一郎という人物だ。独身で独り暮らし、死んだタイミングも悪くない。何より、大晦日が誕生日というのが気に入った。ストーリーに膨らみが生まれる」

森沢は嬉々として語っている。まるで自信作を撮った映画監督が、メイキング映像の中で制作秘話を打ち明けているようだ。

「準備万端整ったところでホテルへ乗り込んでいった。そして第一の矢を放つ。仲根緑と名乗ったことだ。クレジットカードの提示を求められることはわかった上での偽名だ。部屋に入ったら、ルームサービスでシャンパンを注文する。翌朝はモーニングセットを二人分。防犯カメラで入り口を監視していたら、怪しい女に夫などいないことはすぐに明らかになったはずだが――」森沢が新田の顔を見つめてきた。「そのあたりはどうなのかな」

「あの時点では、まだそこまでの話にはなっていませんでした。あなたには連れがいないのではないかという疑いが出てきたのは、ハウスキーピングの後です。いろいろと不自然な点があったので」

「煙草とライターがあるのに吸い殻がない。文庫本が売られているはずなのに、ハードカバーの本が置いてある、とか？」

「そうです」

森沢は頬を緩めた。「よかった。細かいから気づいてもらえないかと思った」

「その後、防犯カメラの映像で、あなた以外の人間が部屋に入っていないことを確認しました」

「なるほどね。大体想定通りだ。だけど、あれは予想外だったな。食事の時にシャンパンのボトルがサービスされたことには何とも思わなかったが、ホテルからのサービスだといって花をプレゼントされた時には、ちょっとおかしいと感じた。駄目押しが例の映像ショーだ。君が部屋に入ってくるのを見て、警察が探りを入れてきているのだと確信した。まともなホテルマンなら、あんなことはしない。それにその前から、君のことを刑事ではないかと疑っていたからね」

「そうなんですか」新田は驚いて訊いた。「どうしてですか」

「そんなもの、フロントを少しばかり観察していたらわかる。君はフロント業務を殆どしていなかった。君の前には常に公家面のフロントクラークがいて、君に仕事をさせないように動いていた。フロントに捜査員が潜入していることは予想していたから、ははあ、きっとこの男は刑事だなと思ったわけだ。ついでにいえば、あのノッポのベルボーイも刑事だろ？　ベルボーイはルームサービスなんかしない」

どうやら新田たちのほうが、先に化けの皮が剝がれていたようだ。これには奥歯を嚙みしめるしかなかった。

「刑事が部屋に入ってきたとなれば、こっちも一世一代の演技をしなきゃならない。気合いが入ったよ」

「あの涙は、どうやって？」

新田が訊くと、森沢は鼻をひくつかせた。

「私は自分の肉体だけでなく心もコントロールできる。涙を流したい時には流せる」

「そうなんですか。あれには騙されました」新田は正直にいった。

「だろうな」森沢は満足げに胸を反らせた。「でも仕上げは必要だった。そこで最後の小道具、ケーキの写真の登場だ。実際に作ってもらえるかどうかはわからなかったが、作ってくれと頼むことに意味があった。するとまたしても予想外の展開だ。仲根夫妻に会いたがっている客がいるというじゃないか。私は、これまた警察の探りに違いないと思った。そこで、ちょうどいい、ケーキの模型を前に仲根伸一郎との悲恋話を披露しようと考えた」

ところが、といって森沢は両手を大きく広げた。

「山岸さんが連れてきた男の話を聞き、私は仰天した。日下部といったっけ。何と、仲根緑に一目惚れしたというじゃないか。まさに、『M．バタフライ』だ。もし一人きりなら大笑いしていたところだ。もちろんそうはせず、真顔で丁重にお断りしたわけだがね。すると彼が山岸さんを呼び、いろいろと話すのを聞き、今こそ悲恋話の打ち明け時だと思った。そしてどうせ話すなら、警察の人間を立ち会わせたい。そこで君を呼んでもらった」

新田は、あっと声を漏らした。あれも森沢の計画の一環だったわけか。

「正直に答えてもらいたい」森沢がいった。「信用しただろ？　仲根伸一郎と牧村緑の悲しきラブストーリー。作り話だとは思わなかっただろ？」

新田はどう答えるべきか少し迷い、結局は頷いた。「ええ、疑いませんでした」

「そう、そういうものなんだ」森沢は一層目を輝かせた。「怪しんで怪しんで、最後に疑問が解けた時、人は一切疑わなくなる。牧村緑がチェックアウトした後に殺人事件が起きても、誰も彼女について深く調べようとはしないだろう。なぜなら彼女のことはもうわかっているからだ。事件とは無関係。調べる必要などない」

そこだけが別の生き物のようによく動く唇を眺めながら、新田は洗脳された被害者たちの気持ちが少しわかるような気がした。思いがけない内容を理路整然と、しかも流れるようにスピーディーに話されるのを聞いているうちに、自分がひどく頭の悪い人間のような気がしてくるのだった。

「話がずいぶんと回り道をしているように思っているかもしれないが大丈夫、ここから元に戻す」森沢が話を再開した。「マイケル・ジャクソンに変装してホテルに戻った私は、内山に電話をかけ、バッグを持って部屋を出るように指示した。さらにパーティ会場のある三階ではなく、二階でエレベータを降りるようにいった。一方、私自身にもすべきことがあった。ペンギンの被り物をした内山を警察がきちんとマークしているかどうかを確かめる、ということだ。もはやいうまでもないことだが、内山は攪乱（かくらん）係だった。だが警察が奴をマークしていないのでは意味がない。そこで警察が奴に目を付けるよう、いろいろと仕掛けた。偽名を使わせたのもそうだし、不自然な宅配便や食事をすべて部屋で摂らせたこともそうだ。パーティには参加しないはずなのに仮装して出ていくことも、監視カメラで見られていたなら不審に思われるはずだった。だが何より期待したのは、警察が春菜の周辺から内山の存在を発見してくれることだった。そうなれば間違いなく、奴は最重要人物扱いになる。警察はぴったりとマークすることだろう」

「攪乱係にミイラ男のような金で雇った者ではなく内山さんを使ったのは、それが理由ですか」

「そういうことだ。ようやくわかったようだね」

「内山さんの動きを警察が追っているかどうか、どうやって確かめたんですか」

新田が訊くと、森沢は満面の笑みを浮かべ、目を大きく見開いた。

「それを話したかった。どうやったと思う？」

「わかりません」

考えても無駄だと思い、あっさりと答えた。

「あの時の状況を思い出してほしい。三階は仮装集団で溢れていた。その中には仮装した捜査員も交じっていたはずだ。一方、二階は殆ど無人だった。ところがペンギン姿の内山が、その二階で降りた。さて警察としてはどうするか。防犯カメラだけに頼るわけにはいかない。そこで二階に行っても不自然でない捜査員に、様子を見に行くよう指示する」そういって森沢は新田の胸元を指差した。「君が階段を下りていくのを見て、内山にはきちんと見張りがついていると確信したよ。ホテルマンに化けている捜査員がいるかどうか、いるとすれば誰か、それを突き止めるのが仲根緑の大きな仕事だったんだ」

森沢の勝ち誇ったような顔を見て、この話をしたくて俺をここへ呼んだのだな、と新田は合点した。捜査のために刑事をホテルマンに化けさせたことが裏目に出た、おまえたちは無能だといいたいのだ。

「ここから先の詳しい説明は不要だろう。マイケル・ジャクソンからホテルマンの姿に着替え、チャペルに移動した。ホテルマンに化けたのは、万一防犯カメラで姿を捉えられても不審に思われないためだ。チャペルに入ると二台のスマートフォンを駆使し、取引相手の指示を内山に伝えた。取引相手にバッグがチャペルにあることをいって電話を切った後、ミイラ男にバッグ回収のゴーサインをメールで送った。扉の外から物音が聞こえたのは、その直後だ。取引相手にしては早すぎる。息を潜めていたら何者かが入ってきたので、スタンガンで襲った。山岸さんだということは手足の自由を奪っているうちにわかったが、道連れになってもらうしかなかった。取引相手の女が入ってきたのは、それから少し後だ」

ふうーっと息を吐き出してから、森沢は冷めた目を新田に向けてきた。

「チャペルを出て、三階に下りてからのことは君も知っているだろう。仮面を付けていたせいで正体がばれたというのは皮肉な話だと思うが、君の眼力に敬意を払っておこうか」

どうも、と新田は小さく頭を下げた。

「なぜ感電死なんですか。ほかの方法ではなく」

「女性を醜い死体にしたくないからだ。本人も苦痛を感じずに済む。だけどあの二人は私の恋人ではないから、その配慮は不要だったかもしれないな」

「タイマーを使用したのは、ブレーカーが落ちることを予想したからですか」

「その通りだ。誰もいないはずのチャペルのブレーカーが落ちたら、警備員がすっ飛んでくる。カウントダウン・ゼロであの世行きというのも粋だと思った。それにしてもタイマーの時刻を合わせ間違っていたとは、とんだミスをしたものだ」森沢はパイプ椅子の背もたれに身を預け、だらりと両手を下ろした。「私が話したいことは以上だ。後は君の好きなように調書を書けばいい」

「動機は何ですか」

新田が訊くと、森沢は鼻を鳴らした。

「取引相手の女から話を聞いてないのか。頼まれたんだよ、相棒を殺してくれと」

「そっちではなく、和泉春菜さんを殺した動機です。あるいは、室瀬亜実さんのほうでもいい」新田は傍らの書類を手に取った。「十二月三日の夜、あなたが和泉さんのマンションから出てくるところが防犯カメラに映っていました。また三年半前の六月十三日、室瀬さんのマンションから出るところも映像で確認しました。ただしこちらは牧村緑さんでした。メイクと髪型が違っていたので、すぐには気づきませんでしたが」

森沢は三白眼になっていた。憎悪の色が滲んでいる。「話したくないな」

「どうしてですか」

「神聖な内容だからだ。関係のない者には明かせない」

新田は書類を置き、腕組みをして森沢を見据えた。

「好きなように調書を書けといいましたよね。では、俺の想像を話してもいいですか」

じろり、と森沢が睨んできた。「どんな想像だ」

「先程あなたは、涙を流したい時には流せる、といいました。もしかすると、妹さんのことを思い出したら、涙が出るのではありませんか」

途端に森沢の顔が強張り、赤みがさした。その顔を見返しながら新田は続けた。

「先日、笠木美緒さんから話を聞きました。あなたのもとから逃げだせた唯一の女性です。あなたが彼女に何をしていたか、彼女に何を求めていたか、逐一聞かせてもらいました。あなたがなぜ女装するようになったのかも含めて」

「もういい」森沢がいった。「やめろ」

「結局あなたは彼女たちに、妹さんの面影を求めていたんだ。不幸な形で妹さんを失い、男でありながら男性を否定するようになった。心のバランスを保つために女性に変身したが、かつてのような姉妹ごっこはできない。そこで妹さんの代わりを探した」

「やめろといってるだろっ」森沢が机を叩いた。目が血走っている。

「ところがせっかく見つけ、洗脳したはずの妹の代役が、あろうことか男に心を許した。それはあなたにとって、絶対に看過できない裏切り行為だった。その心を元に戻せないとわかった時、歪んだ愛情は憎悪に変わった――」

「うるさいっ、黙れっ。おまえなんかに私の気持ちがわかるもんかっ。私の神聖な思いが」

「神聖？　あなたのやったことは、所詮、人殺しだ。それのどこが神聖なんですか」

「何だとっ」森沢が立ち上がった。

記録係の刑事が、あわてて腰を浮かせた。それを新田は手で制した。

「反論があるんですか」

「おおありだ。それなら教えてやろう。本当のことを。本当の動機を。今回の事件の動機だ」

森沢が憎悪を剝き出しにして吼えた。

「取引相手に頼まれたからじゃないんですか」

森沢は目を大きく見開き、新田に顔を近づけてきた。「全然違う」

「じゃあ、どういうことですか」

すると森沢は両手を腰に当て、顎を持ち上げて新田を見下ろしてきた。

「あの女たちとの取引話に乗りはしたが、じつのところ私の気持ちは揺らいでいた。一億円を用意するのは不可能ではないし、特に惜しくもなかったが、こんな安っぽい取引に応じるぐらいなら、潔く警察に捕まったほうがいいんじゃないか、という気持ちもあった。そんなふうに迷っていたところへ、共犯だという女から連絡があった。主犯格の女を殺してほしいという頼みだ。驚いたが、気持ちが奮い立つのを感じた。なぜだかわかるか？」

わからなかったので、新田は無言で首を振った。

「復讐を果たせる時が来たと思ったからだ」

「復讐？」新田は眉をひそめた。

「おまえたち、警察への復讐だ」森沢は人差し指を新田の鼻先に向けてきた。「世羅を殺した警察へのな」

「妹さんの死は自殺のはずです。レイプ事件が原因で」

「その通りだ。妹は卑劣なレイプ犯に地獄に落とされた。だけどその地獄の中で、さらに妹を蹂躙したのがおまえたち警察だ。取り調べで妹がどんなことをさせられたか、おまえは知ってるか。襲われた時のことを何人もの刑事の前で、何度も何度も繰り返ししゃべらされ、細かいことを根掘り葉掘り訊かれ、おまけに人形相手にどんな格好で犯されたかを演じさせられたんだ。それでも妹は、警察が犯人を捕まえてくれるものと信じ、耐えた。必死で堪えた。だけどどうだ？　結果はどうだった？　警察は結局、犯人を見つけられなかった。担当の刑事が薄笑いを浮かべ、妹に何といったと思う？　お嬢さん、犬に咬まれたと思って早く忘れることだ――そういったんだ。犬に咬まれた？　魂を失うほどの出来事なのに？」

森沢は両手をきつく握りしめた。その拳がわなわなと震えている。

「妹が自殺を図ったのは、それから間もなくのことだ」低い声でいった後、再び新田を睨んできた。「いつか、この恨みを晴らさねばと思っていた。そこへ今回の出来事だ。絶好のチャンスだと思った。殺人犯を捕まえるために警察は万全の体制を敷いている。そんな中で殺人事件が起きたらどうだ？　警察の権威は失墜する。世間から非難され、笑いものになるだろう。これだ。これほど痛快なことはない。天国の世羅に顔向けができると思った。だから話に乗った。あいつの取引に応じた。すべて世羅のためだ。復讐のためだ。これを何としてでもやらなければならないと思った。世羅のためだ。命を賭けてでも、やり遂げる。必ずやり遂げてみせると思った。世羅の復讐を……恨みを……」

森沢の叫びは、次第に悲愴感を伴って響き始めた。それと共に彼自身も、ゆっくりと膝から崩れていった。最後は頭を両手で抱えて床に蹲り、ただ叫び続けた。それはもう言葉にはなっていなかった。

52

タクシーのドアが開くと、新田が降りる前に、いらっしゃいませ、と挨拶された。見上げると顔馴染みのドアマンが笑っていた。独特の長い帽子が似合っている。

「あっ、どうも」

タクシーから降りた後、ガラスドアをくぐる前に、しげしげと周囲を眺めた。

「どうかされましたか」ドアマンが訊いてきた。

「いや、こっち側からじっくりと見たことがなかったなと思って。ほら、俺って、いつも向こう側にいたから」ガラスドアの内側を指した。

「ああ、そうでしたね」ドアマンが頷く。

「やっぱり一流ホテルだ。正面玄関も立派だわ」

「ありがとうございます。どうぞごゆっくり」ドアマンが頭を下げた。

新田はドアをくぐり、中に入った。コルテシア東京のロビーを見渡す。見慣れた風景のはずだが、初めての場所に来たような緊張感がある。

見覚えのあるベルボーイが笑顔で会釈してくれた。頷きながら、フロントに向かった。

フロントカウンターには氏原の姿があった。新田が近づいていくと、これまで一度も彼には見せたことのない極上の笑顔で迎えてくれた。「いらっしゃいませ。チェックインでしょうか」

「はい、新田浩介です」

氏原は手早く端末を操作した。

「お待たせいたしました。新田様。本日より御一泊、デラックス・ダブルの御利用ということでよろしいでしょうか」

「では、こちらに御記入をお願いできますでしょうか」氏原は宿泊票とボールペンを新田の前に置いた。

妙な感じだった。この伝票は飽きるほど見ているが、書き込むのは初めてだった。また、ボールペンの書き心地がいいことに少し驚いた。

「書けました」

「ありがとうございます」氏原は宿泊票を手に取り、新田のほうに顔を寄せてきた。「警察の方から聞いたのですが、犯人が新田さんの正体に気づいたのは、私の対応がまずかったせいだというのは本当ですか」

「いや、氏原さんの対応がまずいというか、俺がフロント業務をしていないのが不自然だったみたいで……」

氏原は目を伏せ、首を振った。

「そういうところに気づく人もいるのですね。申し訳ございません。私のミスでした」

「そんなことはないです」

「次からは気をつけます」

「いや、次はもうないと思います。俺だって、もう懲り懲りだし」

氏原はさらに何かいいたそうな気配を見せたが、新田の言葉にそれもそうかと思った

「間違いないです」

らしく、元の笑顔に戻って作業を再開した。

「お待たせいたしました、新田様。こちらがカードキーでございます。部屋に空きがございましたので、アップグレードさせていただきました」カードキーのフォルダを出しながら氏原がいった。

「えっ、マジですか。ラッキー」

「コーナー・スイートのお部屋でございます」

へええ、といいながら部屋番号を見てぎょっとした。1701号室だった。

「えっ、これってあの部屋……」

仲根緑が泊まっていた部屋だ。

氏原は、にっこりと笑った。「本日より営業に使ってよいと警察から許可が出ております。新田様が、再開後、最初のお客様です。ごゆっくりお過ごしくださいませ」丁寧に頭を下げた。

新田は苦笑し、フロントを離れた。

コンシェルジュ・デスクに行くと、山岸尚美が立ち上がり、頭を下げてきた。

「こんにちは。コルテシア東京へ、ようこそお越しくださいました」

「ロサンゼルスでの勤務はいつからですか」新田は訊いた。

「五月からです」

「ということは、あと三か月もあるわけか」

山岸尚美は真顔でかぶりを振った。

「三か月しかありません。やるべき準備がたくさんあるから大変です」

「大丈夫でしょう、あなたなら」新田は軽くいなした。「何なら、俺がロサンゼルスについてレクチャーしてもいいですよ」

「ありがとうございます。機会があれば是非」

「じゃあ、その機会を作りましょう。今夜、一緒に食事でもどうですか」新田はカードキーを掲げた。「思いがけず、コーナー・スイートが手に入りました。インルーム・ダイニング、なんてどうですか」

山岸尚美は当惑の表情を見せた。「夕食時は、まだ私の勤務時間が終わってないですね」

「だから無理、ですか？」新田は彼女の顔を覗き込んだ。「あなたはコンシェルジュですよね」

山岸尚美は少し考えた後、妙案を思いついた顔を向けてきた。

「新田様、明日の夜はいかがでしょうか？」

「明日？」

「明日ならば、シフトを代わってもらえますので」

「なるほど。オーケー、じゃあ明日の夜に」そういってから新田は、ふと思いついたことがあり、右手を差し出した。「あなたにお礼をいってなかった。捜査協力に感謝します」

山岸尚美は不意をつかれた様子を見せた後、にっこり笑って手を出してきた。「こちらこそ、命を助けていただいたこと、一生忘れません」

二人で握手した。山岸尚美の手は柔らかかった。

「ロサンゼルスでも、がんばってきてください」

「新田さんも、お身体に気をつけて」

手を離し、新田は歩きだしたが、すぐに立ち止まって振り向いた。

「明日の店の手配をお願いします。ゆっくりと話せる店がいい」

「かしこまりました」山岸尚美は自信に溢れた表情でいった。「どうぞ、ごゆっくりお寛ぎくださいませ」

新田は軽く手を上げて応え、大股でエレベータホールに向かった。

単行本　二〇一七年九月、集英社刊（書き下ろし）

取材協力　ロイヤルパークホテル

東野圭吾

マスカレード・ホテル

集英社文庫

不可解な連続殺人事件。容疑者もターゲットも不明。次の犯行場所がある一流ホテルということだけが判明。潜入捜査に就く若き刑事と女性フロントクラークがコンビを組んだ!? 傑作ミステリー長編。

東野圭吾

マスカレード・イブ

集英社文庫

お客様の仮面を守り抜くのが、フロントクラークであるヒロインの仕事。犯人の仮面を暴くのが、刑事であるヒーローの職務。あの二人が出会うまでの、それぞれの物語。すべてはここから始まった！

集英社文庫

マスカレード・ナイト

2020年9月25日　第1刷
2020年10月17日　第3刷

定価はカバーに表示してあります。

著　者　東野圭吾（ひがしのけいご）

発行者　徳永　真

発行所　株式会社　集英社
東京都千代田区一ツ橋2-5-10　〒101-8050
電話　【編集部】03-3230-6095
【読者係】03-3230-6080
【販売部】03-3230-6393（書店専用）

印　刷　凸版印刷株式会社

製　本　凸版印刷株式会社

フォーマットデザイン　アリヤマデザインストア　　マークデザイン　居山浩二

ISBN978-4-08-744152-9 C0193